AU FIL DU FLEUVE

DANS LA MÊME COLLECTION

Édouard Axelrad

AU FIL DU FLEUVE

Roman

*Production
Jeannine Balland*

DU MÊME AUTEUR

L'Arche ensevelie, René Julliard, 1959.
Le Vent de Chine, René Julliard, 1961.
La Terre de la Gazelle, J.-C. Lattès, 1981.
Marie Casse Croûte, J.-C. Lattès, 1985.
Le Jaune, J.-C. Lattès, 1987.
La Cavale irlandaise, Presses de la Cité, 1991.

© Presses de la Cité, 1994
ISBN 2-258-03462-0

A Nicole, ma femme

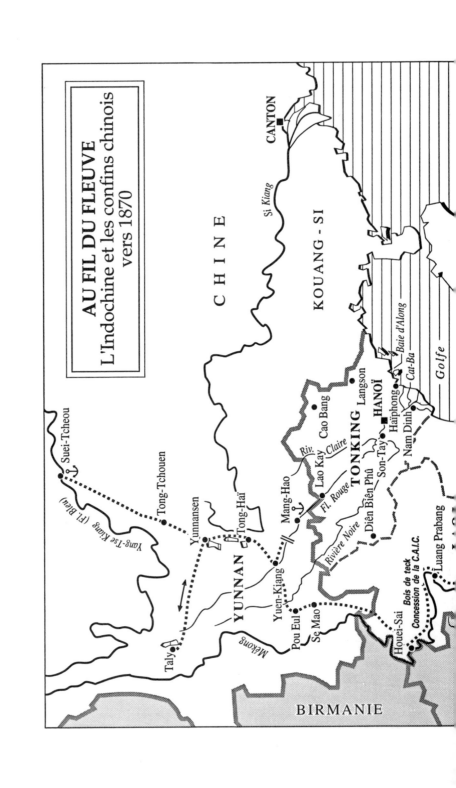

AU FIL DU FLEUVE
L'Indochine et les confins chinois
vers 1870

CHINE

Si Kiang

CANTON

KOUANG - SI

Baie d'Along

Cat-Ba

Golfe

Langson

Cao Bang

TONKING

Lao Kay

HANOÏ

Riv. Claire

Haïphong

Fl. Rouge

Son-Tay

Nam Dinh

Mang-Hao

Diên Biên Phủ

Rivière Noire

Tong-Haï

YUNNAN

Yuen-Kiang

Bois de teck
Concession de la C.A.I.C.

Luang Prabang

Pou Eul

Se Mao

Houei-Sai

Mékong

Yunnansen

Yang-Tse Kiang (Fl. Bleu)

Tong-Tchouen

Suei-Tcheou

Taly

BIRMANIE

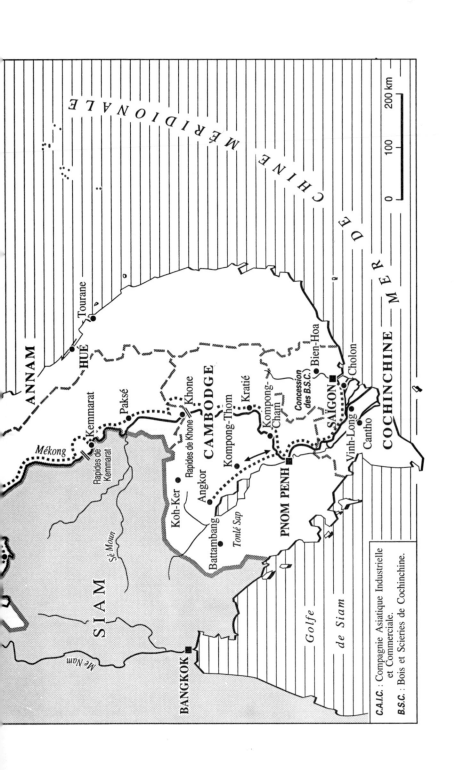

MER DE CHINE MÉRIDIONALE

ANNAM

Tourane

HUÉ

CAMBODGE

Kemmarat

Paksé

Mékong

Rapides de Kemmarat

Rapides de Khone

Khone

Koh-Ker

Angkor

Battambang

Tonlé Sap

Sè Moun

SIAM

Me Nam

Kompong-Thom

Kratié

Kompong-Cham

Concession des B.S.C.

PNOM PENH

Bien-Hoa

Cholon

SAÏGON

Vinh-Long

Cantho

COCHINCHINE

Golfe

de Siam

BANGKOK

C.A.I.C. : Compagnie Asiatique Industrielle et Commerciale.
B.S.C. : Bois et Scieries de Cochinchine.

0   100   200 km

PREMIÈRE PARTIE

1

Dans le Saïgon de 1893, Jakez Le Moal faisait figure de patriarche. Ses trente années d'Extrême-Orient l'avaient profondément marqué. Il n'avait pas atteint la cinquantaine, mais c'était un vieil homme.

Une cirrhose amplement méritée le guettait. Le palud l'agressait sans crier gare, en crises qui le laissaient pantelant. Avant la mousson, son corps entier était assailli par ses vieilles douleurs. Il comptait les maladies auxquelles il les devait, sans arriver toujours à les situer dans le temps, et les soignait à l'opium sans grands résultats.

Il avait été marin dans ses jeunes années.

Pêcheur d'abord, ou plutôt mousse à bord d'un morutier. Rien que d'y penser, il voyait rouge.

— Le bagne, grondait-il. Savez-vous ce qu'était un mousse à l'époque ? L'esclave de l'équipage, une dizaine de brutes et d'abrutis qui ne lâchaient leurs filets et leurs couteaux à trancher que pour botter le cul du môme, histoire de le dresser, comme ils disaient.

Après deux campagnes, il avait mis sac à terre, à la fureur de son père, pour qui refuser les brumes et le froid de Terre-Neuve était une sorte de désertion. Re-coups de botte.

— Ça n'est rien, mon gaillard, attends voir.

La mère, en deuil des sabots à la coiffe, comptait les coups, retenait ses larmes et se taisait, comme d'habitude. Mais elle était fière, au fond d'elle-même, qu'un Le Moal, le sien, ose braver l'interdit et s'évade de la chaîne.

— Pas pêcheur, voyez-vous ça, il ne sera pas pêcheur, grommelait le père. Que seras-tu donc, morveux ? Bonimenteur de foire, gardien de moutons, voleur à la tire, peut-être. Dis-le voir ?

— J'ai l'âge, avait répondu le garçon, et je vais signer. Pour cinq ans. Je naviguerai à l'État.

Il avait signé. Les quartiers-maîtres de la Royale étaient aussi vachards que les patrons de pêche et la vie de gabier guère plus douce que celle de mousse.

Jamais pourtant il n'avait regretté le Terre-neuvas paternel. A l'issue de ses classes, il avait embarqué sur le *Duperré*, qui ralliait la division de Cochinchine et avait vécu sans impatience l'interminable voyage autour de l'Afrique. Dénué d'imagination, il ne s'était fait qu'une vague idée de la vie qui l'attendait. L'important à ses yeux était que, bonne ou mauvaise, personne ne puisse la lui imposer. N'empêche : depuis trente ans, il pestait contre le pays et ses habitants, la chaleur et l'humidité, les bestioles qui vous bouffent le sang et les fièvres de toute sorte, bilieuse, dengue, quarte qui minent les plus solides et finissent par les avoir.

Sans doute, transi de froid sur les bancs de Terre-Neuve, le père jurait-il de même contre la vie de chien des morutiers. L'un et l'autre pourtant étaient attachés à l'existence qu'ils s'étaient faite et rien au monde n'aurait pu les en faire changer. Le père était allé au bout de la sienne et avait disparu en mer. La mère qui s'était habituée à ses absences annuelles, n'avait pas supporté celle-là, beaucoup trop longue, et avait saisi le premier prétexte venu pour se laisser mourir. Jakez, fils unique du couple, n'avait en Bretagne que de lointains cousins auxquels il n'avait rien à dire. Il n'y était jamais retourné.

Il s'était enraciné à la colonie, qu'il avait vue naître et qui lui était comme une parente, bâtarde mais indispensable.

Tout compte fait, il n'avait pas à s'en plaindre. Dans quel autre pays pouvait-on, à tout âge et sans se ruiner, s'offrir une fille de vingt ans ? Il en était à sa quatrième, une petite putain sino-annamite pour qui l'état de *congaï*, même et surtout avec un vieux, constituait une étape sur le chemin de la respectabilité.

Le Moal n'avait pas la mémoire des noms. Il nommait ses congaïs par le numéro correspondant à leur ordre d'entrée dans sa vie.

— *Chi-Tu'*[1] !

La jeune femme faisait mine de ranger ses casseroles, à seule fin de faire du bruit et d'indiquer à qui de droit son dégoût pour les tâches domestiques. Accessoirement elle pouvait prétendre ne pas avoir entendu l'appel du vieux et l'obliger à se répéter jusqu'à l'exaspération.

— Chi-Tu' !

Le ton laissait augurer une scène dont elle allait faire monter l'intensité par paliers successifs jusqu'au bouquet final, véritable florilège d'insultes, de récriminations et d'exigences. De guerre lasse, Le Moal finirait par solliciter un armistice qu'il paierait au prix fort. Encore, pour réussir une scène, fallait-il choisir judicieusement le moment de la déclencher.

Il y avait deux Le Moal : celui d'avant l'absinthe querelleur et d'humeur noire, et celui que la seule

1. Femme quatrième.

vue du sucre et de la petite cuiller posée en équilibre sur le bord du verre transformait en un optimiste béat. Chi-Tu' le savait et agissait en conséquence.

— Chi-Tu', à boire, nom de Dieu !

« Salope, se dit-il, comme pour prendre date avec lui-même, un jour je l'étranglerai ! »

Elle consentit à entendre et s'approcha en traînant ses socques de bois.

— C'est quoi vouloir ?

— A boire, tu le sais bien.

Elle rapporta la bouteille verte et ses accessoires, puis prépara le breuvage en silence. Tout à son attente, il ne percevait rien de son hostilité. La délicieuse brûlure de l'alcool le parcourut jusqu'à ses extrémités et le ramena aux agréments de la vie. Chi-Tu' était debout devant lui, présente et absente à la fois. Sous l'*ao-dai* luisant, le ventre ne se voyait pas, les fesses à peine. Petites, certes, mais rondes et pleines, douces à palper.

Elle se dégagea d'un mouvement brusque.

— Pas toucher.

Depuis quelque temps, il lui prenait fantaisie de se refuser. Avec ce qu'elle lui coûtait, et qui était nettement au-dessus de ses moyens, se voir contester la plus légitime des compensations était un comble. A Trébeurden, pour le même motif, il aurait battu sa femme et tout serait rentré dans l'ordre. Ici, les choses étaient plus compliquées. Cogner ne servait qu'à envenimer la situation. Force était de négocier : donnant, donnant. Il s'insurgeait, ignorant qu'avec le temps les termes du marché évoluaient à son détriment. Ce que le matelot ingénu et brutal pouvait obtenir naguère pour quelques sapèques, le vieux qu'il était devenu devait le payer au cours du jour. Exorbitant, le cours du jour !

Le Moal soupira. L'euphorie d'après l'absinthe s'était évanouie.

16

— Qu'est-ce que tu veux encore ?

L'œil exercé de Chi-Tu' ne manqua pas de remarquer l'avachissement de la silhouette. Jaké (Chi-Tu' faisait l'économie du z, définitivement imprononçable), Jaké, donc, était à point. Il ne résisterait plus longtemps.

— Tu sais bien ce que je veux, dit-elle en haussant les épaules.

Il le savait, hélas ! Il s'agissait d'un collier en or pesant plus de trois taëls, lesté d'un pendentif dans lequel était enchâssé un cabochon de jade gros comme un œuf de caille, un objet si extraordinaire que Ming Do, le bijoutier de la place du Marché, l'exposait en vain depuis plus de six mois. Le Moal en connaissait également le prix, totalement hors de ses possibilités.

Dix fois déjà, Chi-Tu' était revenue à la charge. Il lui avait expliqué, mais en vain, que même en vendant tout ce qu'il possédait, même en empruntant...

— Tu n'as pas essayé de marchander.

— Ça ne servirait à rien. A moitié prix, je n'aurais pas de quoi le payer.

— Alors, tant pis, conclut-elle.

Et de commencer la grève du lit, avec la certitude que, le besoin aidant, le vieux déterrerait le magot qu'il avait dû cacher quelque part.

Il faut savoir terminer une grève. Pour Chi-Tu', il n'était pas question d'interrompre la sienne et Le Moal, l'eût-il voulu, ne pouvait exhumer un magot qui n'existait pas.

Aux scènes bruyantes qui ponctuaient la vie du couple avait succédé le silence. Chi-Tu' et Le Moal demeuraient pourtant ensemble, et se guettaient l'un l'autre, englués dans le mélange de désir et de haine, d'écœurement et de cupidité qui leur tenait lieu de sentiments.

La chaleur et la mousson devenaient soudain

accablantes ; l'absinthe elle-même perdait son pouvoir euphorisant.

Enraciné, Le Moal, comme le palétuvier dans la boue des deltas. Mais à la différence du palétuvier ses racines pourrissaient et pour la première fois il en prenait conscience. L'oubli, dans son cas, était le plus recommandable. Heureusement, l'opium y pourvoyait.

A la cinquième pipe, il atteignait à la sérénité. Les souvenirs, alors, reprenaient vie et couleurs. Il aimait à les évoquer avec, à ses côtés, un compagnon d'autrefois, de préférence Honoré Viard, débarqué comme lui du *Duperré* en 1865 et affecté quelques mois plus tard à la mission d'exploration du Haut-Mékong.

— Combien étions-nous ?

— Une quinzaine environ. Attends voir. A part le commandant Doudart de Lagrée et Francis Garnier, il y avait un enseigne qui trimballait un chevalet de peintre et un violon.

— Delaporte.

— C'est ça. Je me souviens aussi de Thorel, le chirurgien, et du docteur Joubert qui collectionnait les pierres.

Viard sourit.

— Je m'en suis coltiné des sacs pour rien, car les cailloux, il les a semés, pendant deux ans sur nos 10 000 kilomètres de marche, entre Pnom Penh et Shangaï.

— Qui donc encore ?

— Carné, le diplomate que personne ne pouvait piffer, l'interprète et un sergent de Marine.

— Charbonnier.

— Plus un marsouin dont j'ai oublié le nom. Ça fait combien ?

— Avec nous deux, onze Européens à quoi il faut

ajouter une dizaine de Laotiens, de Cambodgiens et d'Annamites.

Le silence tombait entre eux, tout juste meublé par le grésillement de la boulette de drogue au-dessus de la flamme. Chacun revivait les premiers jours de l'aventure à bord de la canonnière 27, une barcasse asthmatique dont l'Amirauté avait trouvé le moyen de se défaire en lui assignant une mission dont, selon toute probabilité, elle ne reviendrait pas.

— Te souviens-tu de notre première rencontre avec Garnier ?

Comment l'oublier ? A bord du *Duperré*, il était un personnage connu dont n'importe quel matelot, au prix d'un quart de vin, racontait volontiers l'histoire :

« Ça se passait un soir, il y a cinq ans. Nous étions en plein océan Indien. Soudain, un homme est tombé à la mer. On l'a entendu crier, le temps qu'il fasse le plongeon, puis plus rien. Le *Duperré* portait toute sa toile, c'est dire ! Il faut du temps pour mettre en panne. Aussi vite qu'on aille, le bon-homme a disparu : perdu, noyé ou bouffé. Même en plein jour le *Duperré* n'aurait pas tenté l'impossible sauvetage ; alors, la nuit ! Eh bien ! ce soir-là, il l'a fait. On a vu une silhouette courir jusqu'à la poupe et plonger à l'aplomb du gouvernail. L'officier de quart a hurlé :

— Qui est ce fou ?

— L'enseigne Garnier.

Il a hésité une seconde avant d'ordonner de stop-per le navire et de mettre à l'eau une baleinière. La mer était phosphorescente et le sillage bien visible. Les rameurs l'ont remonté pendant dix minutes et le miracle s'est produit. Ils les ont retrouvés tous les deux, Garnier maintenant hors de l'eau la tête de l'autre, un lieutenant de cavalerie dont il ne connaissait même pas le nom... »

Voulait-on d'autres détails, un quart de vin supplémentaire permettait de les obtenir. Au fil des jours se tissait la légende. On apprenait que Garnier régnait présentement sur les cent mille Chinois de Cholon, l'incontrôlable faubourg de Saïgon, seul et sans moyens, et qu'il avait tout juste vingt-six ans.

— Je m'attendais à voir une espèce de géant, écrasant d'autorité, dit Le Moal. En fait de géant, nous avons vu apparaître un petit maigre, presque malingre sans allure. J'ai d'abord cru à une erreur. Ça ne pouvait être lui.

— Il y avait ses yeux.

— Pour ça, oui. Ils lui bouffaient le visage et on ne voyait qu'eux. Ils te figeaient sur place, te transperçaient et te décortiquaient.

— Et puis sa voix. Nous étions cent vingt, rangés en carré et chacun avait l'impression qu'il s'adressait à lui, personnellement.

— Je veux deux volontaires, avait-il déclaré aux hommes de la Compagnie de débarquement du *Duperré.* Deux volontaires pour une mission longue et difficile, mais qui demeurera leur plus grand souvenir. Et il y était allé de son discours : reconnaître le Mékong jusqu'à la source, découvrir la voie navigable qui mettra les richesses inouïes de la Chine à portée de la main...

Les matelots l'avaient écouté bouche bée, sans bien comprendre en quoi ils étaient concernés par les richesses inouïes de la Chine. Une dizaine d'entre eux s'étaient néanmoins portés volontaires, plus attirés par l'homme que par ses propos. Il les avait longuement scrutés, comme pour découvrir, à l'intérieur d'eux-mêmes, ce qu'ils recelaient de forces et de faiblesses. Son choix s'était finalement porté sur Viard dont il avait deviné l'intelligence et Le Moal, autant peut-être pour l'ingénuité de son regard que pour l'aspect brut et carré de sa charpente.

20

Il ne les avait pas trompés. La Mission avait été l'aventure de leur vie, rêve et cauchemar à la fois.

— La remontée du Mékong ; il en avait de bonnes, Garnier !

Ils pouvaient en rire aujourd'hui. Mais si, le 5 juin 1866, ils saluaient avec une joie ironique ceux des leurs qui restaient à quai, c'est qu'ils ignoraient tout de l'entreprise hasardeuse dans laquelle ils s'engageaient.

Viard aimait revivre l'instant où la canonnière 27, traçant sa route entre les rives luxuriantes de l'arroyo de la Poste, débouchait soudain sur l'immensité du fleuve.

— Pour être juste, dit-il, Garnier n'en savait pas beaucoup plus que nous. Encore une pipe ?

C'était la huitième. A ce stade, la sérénité dépassée, Le Moal atteignait à la clairvoyance.

Il soupira. Viard vint à son aide.

— Qu'est-ce qui ne va pas ?

— Il va falloir que je me débarrasse de Chi-Tu'. Cette petite ordure est devenue invivable. La maison est une porcherie, il lui faut une boyesse pour la cuisine et un ao-daï neuf chaque fois qu'elle met le nez dehors. Elle n'avait qu'une qualité : elle baisait bien. Cela aussi est terminé. Elle est en grève depuis hier.

— Le procédé est classique. Qu'exige-t-elle pour reprendre du service ?

— Tu connais Ming Do ?

— Le bijoutier de la place du Marché. Oui, bien sûr.

— As-tu vu le collier qu'il a en vitrine ?

Viard écarquilla les yeux.

— Comme tout le monde. Le jade du pendentif est unique. Il n'y a qu'un gros Chinois pour se ruiner avec un truc pareil. Ne me dis pas que Chi-Tu' veut le pendentif.

— Eh bien ! si. Le pendentif et le collier.

Il faut finir sa vie d'une manière ou d'une autre. La plus propre, se disait Viard, est évidemment une balle entre les deux yeux. Celle-là leur avait été refusée. Il leur en restait d'autres plus ou moins acceptables. Celle sur le chemin de laquelle s'engageait Le Moal était la pire de toutes. Il le secoua.

— Non mais, tu t'es regardé ? Ton salaire de forestier te permet de vivre à l'aise parce que la vie ne coûte rien. Chez toi, en Bretagne, tu n'aurais qu'à peine de quoi te payer à boire. Chi-Tu' fait la grève ? Fort bien. Tu prends ses affaires, tu les bourres dans deux paniers que tu suspends à un balancier, tu lui mets le tout à l'épaule et tu la fous à la porte ! Dans les conflits du travail, cela s'appelle un lock-out.

— Le malheur, c'est que j'ai envie de la garder.

— Tu disais le contraire il n'y a pas cinq minutes.

— Parce que je veux à la fois la garder et la foutre à la porte.

Le Moal, c'était visible, avait dépassé le stade de la sérénité et de la clairvoyance. Avec quelques pipes de plus il émergerait dans le domaine du rêve. Les rêves se feraient phantasmes et délires s'il insistait tant soit peu.

Pour l'avoir souvent emprunté, Viard connaissait l'itinéraire. Il suffisait de se laisser aller, attendre que viennent les idées, les apprivoiser pour qu'elles s'enchaînent les unes aux autres en une guirlande chatoyante dans laquelle il n'y aurait plus qu'à puiser.

— Te souviens-tu, dit-il après un long silence, de ce soir où Garnier nous annonça qu'il avait découvert le paradis ? Nous étions en route depuis un an et, pour avoir buté sur des chutes et des rapides infranchissables, nous savions que personne ne descendrait jamais le Fleuve depuis la Chine. Adieu les richesses inouïes ! Nous poursuivions cependant notre route sans autre ambition que d'aller chaque jour un peu plus loin. Soudain, après un bief paisible, le Fleuve se mit à bouillonner. La montagne étranglait la vallée réduite à une faille dans laquelle, sur plusieurs kilomètres, ce ne fut plus que tourbillons furieux et chicots de roche noire aspergés d'écume. Le passage se terminait par un goulet à travers lequel le Fleuve s'engouffrait en cataracte.

— Les rapides de Tang-Ho. C'est à partir de là que nous avons abandonné le cours du fleuve. Pendant un an encore nous avons marché mais jamais nous ne l'avons revu.

— Garnier, pourtant, voulait savoir ce qu'il y avait en amont des rapides. Par principe et peut-être même parce que c'était inutile. Parti seul à travers les épineux tapissant les parois verticales de la gorge, il était réapparu le lendemain méconnaissable. Ce qu'il raconta de son escapade était proprement incroyable.

— De l'autre côté, dit-il, la gorge s'ouvre et le fleuve chemine entre de longues plages de sable. C'est le règne du silence sur lequel veille une forêt de tecks gigantesques. J'ai marché jusqu'à une clairière qui s'est peu à peu animée sous mes yeux. Autour de moi, une dizaine de gibbons à la face hérissée de favoris argentés se sont assis en rond, s'approchant l'un après l'autre jusqu'à me toucher. Puis un cerf est apparu. Lui aussi s'est approché de moi. J'ai vu ses yeux habités d'innocence et que nulle peur n'assombrissait. Son mufle rose, palpitant, a frôlé mes mains qu'il a léchées. Il s'en est allé, aussi lentement qu'il était venu. Des éléphants ont émergé des couverts avec une majestueuse lenteur, et sont allés se doucher dans les flaques d'eau noire, réveillant des crocodiles qui leur ont paresseusement laissé la place.

» Dans le chenal principal du fleuve, une bête traçait son sillage. Émergeant de l'eau, elle apparut, monstrueuse et fantastique, les flancs blindés par d'épais caparaçons de peau, humant l'air, la corne haute pointée vers le ciel. Un rhinocéros de l'Inde de quatre tonnes au moins. Il est resté longtemps immobile, luisant sous le soleil. Un oiseau au long bec se percha sur son dos et se mit à chercher sa pâture dans l'épaisseur de son tégument. L'un portant l'autre, ils disparurent à leur tour et tout, dans la clairière, redevint immobile et silencieux. A croire que j'avais rêvé.

Le contraste entre la sérénité du monde d'avant l'homme décrit par Garnier et les violences finalement gratuites qu'ils s'imposaient, avait figé ses compagnons. A quoi rimait leur agitation, cette remontée mètre par mètre d'un fleuve auquel il était vain de se mesurer ?

Doudart de Lagrée avait été le premier à réagir.

— Vous avez eu beaucoup de chance, dit-il. Le rhinocéros de l'Inde est le plus rare de tous. Chez les Cambodgiens, il est craint et vénéré. Les Chinois le traquent depuis des siècles pour sa chair, son sang, sa peau, ses poils, ses veines et ses artères, ses excréments, sans oublier le principal, sa corne qui, à elle seule, vaut une fortune. C'est d'ailleurs pourquoi il a pratiquement disparu. Le lettré qui me servait d'interprète lorsque j'étais à Pnom Penh attribuait cette disparition à d'autres causes auxquelles notre entendement européen, imbu de sa logique, refuse tout crédit autre que poétique.

» Un roi dont l'histoire n'a pas retenu le nom, m'a raconté cet excellent homme, aimait une jeune fille nommée Nan Mukh Rah. L'une des singularités du monarque était de chevaucher un rhinocéros comme d'autres un cheval. C'était une monture fidèle mais ombrageuse, très fière de la confiance dont l'honorait son maître. Un soir, rendant visite à sa bien-aimée, le souverain attacha le rhinocéros à un feronia dont le tronc s'élevait à quelques pas de la maison. Tout émue de voir l'auguste visiteur, la jeune femme lui demanda comment il était venu.

» — Mais, répondit celui-ci, en chevauchant mon rhinocéros, comme d'habitude.

»Allez savoir ce qui se passe dans la tête d'un rhinocéros domestique. Celui-ci, tout à sa méfiance, tendit l'oreille, et interprétant de travers les propos de son maître, crut comprendre qu'il lui déniait sa qualité de monture royale. Chagrin, amertume, fureur : il tira sur ses liens, les rompit et s'enfuit dans la forêt, loin de la perfidie des hommes. Accessoirement, sachez que le roi, après une vaine poursuite, maudit l'animal qu'il condamna à vivre au fond des forêts, à se nourrir d'épines et à s'abreuver exclusivement d'eau trouble. Voilà pourquoi, Garnier, votre rencontre est un hasard heureux. Eussiez-vous attendu la tombée du jour, votre surprise aurait été plus grande encore car, pendant la nuit, un diamant scintille sur la corne de l'animal, comme sur la narine d'une maharani.

Aux abords du Grand Marché, les maraîchers installaient des éventaires de plein vent. Ils étaient toujours les premiers arrivés et défendaient avec hargne leur minuscule territoire. Les malabars apparaissaient plus tard, pliant sous des piles de tissus et les Chinois, qui disposaient de stalles sous la halle, n'ouvriraient leurs boutiques qu'après avoir absorbé leur riz matinal. Le marchand de *mi-vàng*, le balancier à l'épaule — vaisselle dans un panier, marmite fumante sur l'autre — trottinait déjà dans les ruelles en s'annonçant d'un appel nasillard ponctué par les deux notes de sa claquette de bois.

Les bruits de l'aube filtraient jusqu'au bat-flanc où Viard et Le Moal, parvenus au bout de leur nuit, profitaient de leurs derniers instants de bien-être et voyaient poindre la gueule de bois des lendemains d'excès.

— Le rhinocéros de l'Inde, souffla Viard, voilà ce qu'il te faut. Si quelqu'un est capable d'en trouver un, c'est bien toi. Ou alors, à quoi bon tes années de brousse et de forêt ? Qu'importe le diamant de la légende : la corne vaut, à elle seule, deux fois le prix du collier de Ming Do. C'est payer cher cette petite roulure de Chi-Tu', mais ça te regarde.

La traque, bien sûr, était tentante. En allant à la découverte des peuplements de tecks, d'ébène, de palissandre, de meranti ou de bois de rose, pour le compte de messieurs à monocle et redingote qui lui étaient inconnus, Le Moal avait rencontré tout ce que la forêt recèle d'animaux rares : éléphants, gaurs et *banteng*[1] aux cornes gigantesques, rhinocéros aussi, de toutes sortes, des petits à deux cornes, des géants, dits de Java et bien sûr, le roi de tous, l'indien, solitaire et migrant qui a commencé son errance il y a un millénaire, du côté de la Birmanie et qu'une nécessité étrange pousse à marcher vers l'est. Il avait tué, plus par nécessité que par goût, toutes sortes de gibier mais ne s'était jamais attaqué à ces grands-là par une sorte de respect pour leur surnaturelle majesté. Eh bien ! il s'y mettrait.

Oubliant ses trente années de tropiques il recommencerait à marcher, des jours, des mois, se nourrissant du tout-venant, défiant la vermine des hameaux, des gîtes de rencontre et le coup de sarbacane anonyme et silencieux sur les sentiers perdus du pays Lu. Il l'avait fait, pourquoi ne le referait-il pas ?

1. Animal mythique du Sud-Est asiatique, croisement de cerf et de bœuf sauvage.

L'opium a ceci de bon qu'il abolit le temps et les obstacles, tant du moins qu'on demeure immobile. C'est en posant pied à terre qu'il ressentirait le poids de sa décrépitude, la lourdeur de ses jambes et l'ankylose de ses articulations. Pour l'heure, son corps lui était encore étranger et il pouvait se permettre de traiter ses insuffisances avec désinvolture. Cinquante ans bientôt, la belle affaire !

— Un mot encore, dit Viard. L'histoire que nous a contée Doudart de Lagrée était incomplète. Lorsque le diamant luit sur la corne du rhinocéros, seule une balle en or est capable de le tuer, et celui qui la tirera doit être prévenu : il s'expose, de ce fait, aux pires représailles des génies. C'est dire que s'il veut jouir de son triomphe, il a intérêt à ne pas perdre de temps. A bon entendeur...

2

Nulle part, dans l'ensemble hétéroclite de territoires et de peuples soumis, annexés, protégés qui
constituait l'Empire colonial à la fin du XIXᵉ siècle,
la greffe n'avait pris aussi rapidement qu'à Saïgon.
En France, le Second Empire venait de passer à la
trappe, empereur compris, pour cause de désastre
militaire. Du moins ses amiraux avaient-ils ouvert
un nouveau champ à l'ambition de ceux que
l'impudent triomphe victorien faisait pâlir d'envie.
Ils étaient marins et marsouins, marchands et aventuriers, missionnaires aussi. La protection des
hommes de Dieu servait, comme d'habitude, d'alibi
aux conquérants ; le fait colonial se fondait sur cette
compromission qui lui était pour ainsi dire consubs-
tantielle.

En deux siècles de présence, les missions avaient
connu tour à tour des périodes fastes et sombres. La
disponibilité mystique de la population ayant le plus
souvent joué en leur faveur, l'évangélisation en pays
d'Annam s'était poursuivie aux prix de persécutions
épisodiques mais somme toute mineures.

Au milieu du siècle, l'empereur Tu Duc inversa la
tendance. Il choisissait mal son moment, le Second
Empire ne badinant pas avec la défense de la Bonne
Cause. Quelques massacres de missionnaires traî-

treusement perpétrés eurent tôt fait de transformer en une ardente obligation ce qui n'était jusqu'alors qu'une option militaire sans grand attrait.

En elle-même, l'Indochine n'était rien aux yeux de l'opinion et à peine davantage à ceux du gouvernement.

A elle seule, la volonté de défendre les valeurs de l'Occident chrétien sur cette terre lointaine n'aurait pas suffi à déclencher une action politico-militaire dont il était malaisé de prévoir les développements.

Heureusement, elle était recommandable pour d'autres motifs, que les tenants d'une intervention musclée clamaient à tout vent. L'Indochine, selon eux, était l'antichambre de la Chine, à la fois base arrière et base de départ militaire, voie d'accès et débouché commercial. Plus que tout, l'affirmation de la présence française dans la péninsule permettrait à la France d'être l'une des parties prenantes au dépeçage de la Chine, sur lequel les nations civilisées d'Occident phantasmaient depuis un demi-siècle.

Frapper, certes, mais où ? Les atermoiements de l'amiral Rigault de Genouilly durèrent près d'un an. Au nord, dans le delta du fleuve Rouge qui se trouvait à proximité immédiate de la Chine, au sud, dans celui du Mékong, plus excentrique mais probablement moins défendu, au centre, dans cet Annam qui était l'essence même de l'Empire avec Hué, sa capitale retrouvée d'où l'empereur Tu Duc orchestrait une politique farouchement xénophobe ?

Ce serait le centre. Devant les hommes de l'amiral, les partisans sur lesquels il comptait s'égaillèrent. Ses adversaires aussi, d'ailleurs. Mais il rencontra la dysenterie, le paludisme, le choléra, et il rembarqua, après une pitoyable équipée.

Partie remise. En faveur du nord ou du sud ? La mousson en décida. Elle soufflait du nord, et empêchait toute opération d'envergure.

Le sud, donc, et Saïgon, assoupie au bord de sa rivière.

Capitale éphémère pendant le règne de Gia Long, elle n'avait conservé aucune trace de ses fastes récents, pas même la citadelle de taille démesurée, conçue et construite par un colonel français qui, parti pour l'Extrême-Orient sur ordre du roi Louis XVI, ne sut à quelle autorité rendre compte de l'exécution de sa mission lorsqu'elle prit fin cinq ans plus tard. En 1795, cette citadelle du bout du monde n'intéressait strictement personne. Localement elle n'était pas appréciée non plus. En 1811, Gia Long avait réintégré sa capitale de Hué, autrement agréable que la bourgade envasée dont il avait, en vain, tenté de faire une capitale. Son successeur, Minh Mang, fit démanteler la citadelle incongrue du colonel français et en construisit une autre, plus en rapport avec l'importance de la ville.

Les pirates chinois à la solde de Gia Long, promus pour un temps au rang de défenseurs de l'ordre, avaient repris possession des arroyos. Les cloutiers, les devins, les tourneurs, les potiers et les tisserands qu'avait attirés la présence de la Cour s'en étaient allés et la ville était retournée à sa somnolence.

Elle ne comptait plus guère que deux mille habitants lorsque l'amiral Rigault de Genouilly en fit l'objectif de sa campagne.

La citadelle de Minh Mang était le seul bâtiment en dur de la ville, et, à ce titre, relevait du traitement par l'artillerie de la Flotte. Une fois incendiée et détruite, il ne resta plus, agglutinées le long des bras morts de la rivière, que des *canhas* perchées sur leurs échasses et, groupées au pied des murs en ruine de la citadelle, des masures posées à plat sur un sol perpétuellement fangeux.

Plutôt que de loger sous la tente ou de faire

dresser son lit dans une ruine branlante, l'amiral préféra demeurer à son bord jusqu'à ce qu'il ait reçu de Singapour une maison de bois démontable dont il fit le palais du gouvernement. La maison était confortable et même relativement imposante, mais le spectacle des alentours avait de quoi décourager les plus entreprenants.

Qu'en moins de dix ans une vraie ville, avec ses rues et ses avenues, ses jardins, ses squares et leur inévitable kiosque à musique, ses arbres vite plantés, tôt poussés, ses bâtiments officiels construits à l'évidence pour durer, ait pu surgir d'une plaine saturée d'eau, instable et marécageuse était difficilement imaginable. Il est plus étonnant encore que cette ville ait acquis d'emblée sa personnalité et son style et que son architecture, qui était celle du moment, ait triomphé du temps, au point de gagner en grâce à mesure qu'elle se démodait.

Saïgon, telle que l'avaient découverte Le Moal et Viard en débarquant du *Duperré*, avait déjà pris forme. Pourtant, sur les six années séparant la conquête de la ville de leur propre arrivée, les deux premières avaient été occupées par un retour offensif des Annamites commandés par le général Nguyen Tri Phuong et un siège de huit mois qui avait bien failli se terminer en catastrophe. Quatre ans, donc, de travail effectif, qui modelait jour après jour la future cité. Aucun urbaniste de génie n'en avait conçu l'image, aucun architecte en chef n'en avait planifié la construction et c'est un peu par hasard que les grands axes de la capitale, édifiés sur des canaux qu'il avait fallu combler parce qu'inutiles et insalubres, prirent après coup un aspect haussmannien.

31

Quoi qu'il en soit, après deux campagnes de pêche à Terre-Neuve, des journées interminables d'exercices en rade de Brest, trois mois de bourlingue dans les entreponts du *Duperré*, l'accueil de cette cité en devenir était un vrai bonheur. Plus qu'une ville policée, briquée comme le pont d'un croiseur, elle était à la portée des matelots de l'escadre. Les immeubles, les sociétés de négoce, les administrations écrasantes n'existaient pas encore, le règne de l'argent n'avait pas commencé. Le petit peuple, vif et industrieux, prompt à saisir l'occasion et à s'adapter aux situations les plus imprévues, avait trouvé, bien avant les mandarins engoncés dans leurs usages, le moyen de s'entendre avec ces nouveaux venus naïfs et braillards et de tisser avec eux des relations équilibrées : profit d'un côté, agrément de l'autre. Le mariage devait durer près d'un siècle.

Au cours des ans, Le Moal n'avait fait à Saïgon que des séjours de courte durée. Une année pour commencer, entrecoupée par de décevantes chasses aux pirates sur les arroyos de Basse-Cochinchine. A défaut d'ennemis, on n'en ramenait que quelques poules et des cochons confisqués à des villageois d'allure suspecte.

La Mission d'exploration du Mékong sous l'inflexible autorité de Garnier avait interrompu cette routine. A son retour, deux ans plus tard, Le Moal n'était plus le même homme... et Saïgon n'était plus la même ville. D'emblée, il regretta l'anarchie de naguère, les jeux de cache-cache avec la patrouille empêtrée dans le bourbier des chantiers et le fouillis des masures parmi lesquelles nichaient les bistros-fumeries-bordels, évidemment clandestins, où des gaillards éméchés allaient glaner leur vérole.

Casernes, prison, tribunaux, Sécurité militaire,

Police et Sûreté, tout ce par quoi l'autorité publique s'affirme et se protège, encadraient de plus en plus étroitement la vie des petites gens. Celle des puissants s'en trouvait confortée. Ils avaient partie liée avec le pouvoir.

Encore ivre de grands espaces, Le Moal supporta mal la reprise en main que les culs de plomb de l'Amirauté estimèrent opportun de lui imposer.

D'avoir été celui qui, par un matin glacé d'hiver, quelque part au fin fond du Yunnan, avait fermé les yeux du commandant Doudart de Lagrée, d'avoir été de garde auprès de son cercueil, pendant les trois derniers mois du voyage, l'interminable descente du Yang-Tse, l'étape de Shangaï, et la dernière traversée, jusqu'à Saïgon, avait valu au matelot de 1re classe Jakez Le Moal une sorte de notoriété qui, les fastes du retour passés, s'était retournée contre lui.

Garnier s'était embarqué pour la France, des idées plein la tête, et, à Saïgon, ses détracteurs ne manquaient pas de souligner qu'il lui avait fallu deux ans pour découvrir, après d'autres, que le Mékong n'était pas navigable, et pour ne reconnaître finalement que la moitié de son cours. Quant aux 10 000 kilomètres de marche, il appartenait à des fantassins d'en juger. Ce n'était pas affaire de marin.

Pour Le Moal, la Mission était un sujet tabou. Mieux valait passer au large pour ceux qui avaient l'esprit critique. Ils risquaient de se retrouver le nez éclaté par un coup de boule devenu célèbre autant pour ses effets dévastateurs que pour le nombre de jours de prison qu'il avait valu à l'irascible marin. Chacune de ses comparutions devant le tribunal prévôtal lui était une occasion d'insulter les insulteurs et de traiter de jean-foutre quel que soit leur grade, élevé de préférence, ceux qui dénigraient Garnier.

Si la Métropole avait normalement assuré la relève des effectifs engagés, si surtout la maladie n'avait décimé le corps expéditionnaire à une cadence que les plus pessimistes n'auraient osé prévoir, jamais le commandement n'aurait accepté que le matelot Le Moal prolongeât son séjour. Les fièvres fauchaient par centaines des hommes de vingt ans et transformaient les hôpitaux en mouroirs. Le Moal, lui, affichait une santé insolente. Seul parmi ses compagnons hâves et décharnés, il était revenu de son aventure chinoise en parfaite forme. Anophèles et amibes, vibrions et bacilles s'activaient autour de lui, mais le contournaient avec un étrange respect.

Renvoyer dans ses foyers le seul matelot de la flotte auquel le climat de Cochinchine était profitable, même si ledit matelot était un hurluberlu, la direction des personnels ne put s'y résoudre. Il rempila sur place.

Tous les membres de la Mission étaient maintenant dispersés. Viard avait été le dernier à partir. Le Moal l'avait accompagné jusqu'au bateau.

— Reviendras-tu ? lui avait-il demandé.

— Oui, mais pas comme matelot.

— On veut du galon, avait marmonné Le Moal. A la tienne !

— Du galon ou autre chose. Il n'y a pas que la Marine au monde.

En regagnant ses quartiers, Le Moal se répétait la formule.

— Bien sûr qu'il n'y a pas que la Marine. Viard en parle à son aise. Il sait lire et écrire, lui. Moi, c'est pas pareil.

Il s'en voulait d'avoir rempilé.

— Pourquoi, bon Dieu, pourquoi ?

Brimades, bêtise, injustices, écrabouillement de l'individu il n'ignorait rien des contraintes par quoi des gradés imbéciles manifestent leur puissance. Pourtant, à l'heure où la liberté passait à sa portée, il avait choisi la servitude. Oui, pourquoi ? La liberté ne s'acquiert pas sans apprentissage. Qui donc en aurait enseigné les rudiments à Le Moal ? Pour lui, quitte à ruer dans les brancards, il était moins angoissant d'être attelé que de marcher seul, à son pas, et de vivre sans maître.

Bon gré, mal gré, l'empereur Tu Duc avait pris son parti de l'annexion de la Cochinchine. Les amiraux-gouverneurs la quadrillaient par un réseau de canaux qui faisaient émerger des étendues sans fin d'alluvions à demi liquides. En quelques années les pluies laveraient le sel dont elles étaient imprégnées, la plaine s'affermirait et deviendrait un gigantesque grenier à riz. Elle n'était pour l'heure qu'un lac de boue dans lequel s'évertuaient à pelleter des milliers de coolies requis sans ménagement pour cette épuisante corvée.

Afin de surveiller les équipes de travailleurs autant que pour les protéger contre d'éventuelles attaques, des détachements de soldats et de marins avaient été mis en place. Dans les fortins de brique et de terre édifiés aux points sensibles ou à bord des canonnières immobiles dans une chaleur de four, ils maudissaient l'inaction à laquelle les condamnait leur tâche de garde et passaient leur temps à attendre une relève toujours en retard sur les prévisions. De temps à autre, une bande surgie de nulle part égorgeait quelques marsouins assoupis et disparaissait sitôt son forfait accompli. Les survivants battaient la campagne pendant une semaine, les canonnières patrouillaient jusqu'aux villages les plus proches, empruntant des sentes d'eau dont les rives se dépeuplaient sur leur passage.

35

A ratisser les arroyos on finissait par mettre la main sur quelques bandits ou supposés tels, qu'on arrêtait, faute de mieux, pour délit de sale gueule. Le procédé n'était pas totalement absurde puisque, à défaut d'autres forfaits, le plus anonyme des paysans, rivé aux mancherons de sa charrue du lever au coucher du soleil, était au moins coupable de complicité passive avec les rebelles.

L'arbitraire, disait-on à l'état-major, est peut-être borgne, mais il n'est pas aveugle. La preuve ? L'insécurité régressait en province, et la pacification permettrait sous peu de constituer des domaines sur les nouvelles terres.

Le Moal était un habitué des opérations en Basse-Cochinchine. A peine revenu de Chaudoc, il était expédié à Hatien ou à Vinh-Long. Ses séjours à Saïgon étaient brefs et ne duraient que le temps de dilapider le prêt économisé pendant les mois de rizière en une noce carabinée avec tapage nocturne, bagarre, scandale et rébellion, qui se terminait régulièrement à la prison maritime.

Le commissaire du tribunal prévôtal considérait Le Moal avec plus de lassitude que d'animosité.

— Encore vous !

Le marin crânait.

— Excusez, commandant. J'ai pas pu revenir plus tôt. J'ai quitté Saïgon en octobre, et nous sommes en janvier.

— Vous l'avez dit, se récriait le commissaire-juge. Nous sommes en janvier, le 28 exactement. Visiblement, vous ignorez que cette date est celle de la défaite de nos armes. Oui, la France est vaincue. A Versailles, Bismarck dicte ses conditions et les Prussiens vont occuper Paris. Seuls, les dix mille marins de la Défense se sont battus jusqu'au bout. Dans ce moment de deuil et de recueillement, on ne vous demandait que de vous conduire décemment.

C'était trop exiger. Vous avez préféré faire le coup de poing avec la patrouille.

— Je pouvais pas savoir qu'on avait perdu la guerre, plaidait Le Moal. A bord de l'*Arbalète*, tout le monde l'ignorait. Je suis même pas sûr que le commandant était au courant. En tout cas, il nous a rien dit. Vue de Chaudoc, Saïgon, c'est le bout du monde. Alors, la France, vous pensez...

— Trente jours, dont dix de cellule.

La prison est une caisse de résonance. Les murs les plus épais, les portes les mieux cadenassées n'empêchent pas les nouvelles d'y pénétrer puis d'être répercutées de cellule en cellule.

Le Moal les écoutait distraitement.

— Qu'est-ce que ça change pour nous ?

L'Empire disparu, la France serait-elle Royaume ou République ? Franchement, il s'en foutait. La dette de cinq milliards n'était pas son affaire : lui n'avait que son prêt, et même, pas toujours. L'Alsace-Lorraine ? C'était un coup dur pour les Alsaciens-Lorrains, mais lui, Dieu merci, était breton.

Il n'avait ni envie, ni curiosité, ni même ressentiment. La prison, finalement, n'était pas plus inconfortable que l'*Arbalète*. Il dormait mieux sur le châlit de sa cellule que dans le réduit qui lui avait été attribué à bord de la canonnière : un trou à rats, puant et sans aération dans lequel il macérait. Seule, dans ce cloaque, la bourbouille trouvait son compte. Elle le mordait aux aisselles, à la saignée des bras, à l'entrejambes et aux jarrets, mais sitôt en prison, inexplicablement, elle lâchait prise. Il appréciait ces jours de rémission, même au prix d'une privation de liberté.

Liberté ? Il grimaçait un sourire. Que signifiait le mot liberté lorsque pendant un mois de rang, on était confiné dans une boîte de tôle chauffée à blanc ? Il ne désirait rien, parlait peu et semblait en attente, d'on ne sait quoi.

— N'as-tu pas fait partie de la Mission du Mékong ? lui demanda un jour un codétenu.

Il releva brusquement la tête. Comme mû par un déclic, le couvercle de la boîte à souvenirs avait sauté. Les images se mirent à défiler devant ses yeux, en vrac, les douces frondaisons de Luang Prabang, les créneaux rouges d'un bourg fortifié chinois, la dernière vision du Mékong, masse d'écume barattée par une main géante. Les odeurs aussi, suaves parfois, écœurantes le plus souvent, insoutenables même comme celles qui imprégnaient l'air et la terre de cette région du Yunnan où le choléra avait tué tant de monde que les rares survivants attendaient leur tour d'être frappés, immobiles et prostrés parmi les corps sans sépulture.

— Et comment que j'en ai fait partie ! J'étais auprès du commandant de Lagrée pendant son agonie : deux semaines, jour et nuit. Nous logions dans une pagode ouverte à tous les vents. Dehors, il gelait. J'entretenais un feu de charbon de bois dans un petit fourneau en cuivre que j'avais placé sous son bat-flanc. Mais rien ne pouvait plus le réchauffer : la mort le tenait. Il se battait pourtant parce que c'était dans sa nature. Il lui a tenu tête jusqu'à la dernière minute.

— De quoi souffrait-il ?

Le Moal avait haussé les épaules.

— Il n'a jamais été bien solide. Dès le départ, il paraissait déjà malade. Ce n'est pas sans raison qu'il avait été déclaré inapte au service à la mer. Les efforts physiques lui étaient pénibles ; il haletait pour un rien, et parlait avec difficulté. On l'entendait à peine. Bien sûr, comme nous tous il était miné par la dysenterie et le palud. Mais c'est d'une tumeur au foie qu'il est mort.

38

— Et Francis Garnier, tu l'as bien connu ?

— Plus que bien. J'ai été son ordonnance pendant deux ans.

— J'ai vu des photos de lui. Il avait l'air aussi chétif que Lagrée.

— Il l'était. Je l'ai même surpris à cracher le sang. On était quelques-uns à savoir pourquoi. C'était une vieille histoire du temps qu'il était embarqué sur *le Faune*, le bateau de l'École navale. Une sorte de défi qu'il s'était lancé à lui-même : grimper jusqu'à la pomme du grand mât, l'escalader et se dresser dessus dans la pose du génie de la Bastille.

— Et alors ?

— Il l'a fait, mais n'a tenu que dix secondes. Une saute de vent l'a déséquilibré et ça a été la chute, ralentie par un rebond dans les enfléchures. Un sacré plongeon tout de même. Il s'est écrasé sur le pont avec un bruit mat, la poitrine défoncée, et ne s'en est jamais tout à fait remis. Il marchait pourtant comme personne. Il niait la fatigue, ignorait la maladie. Rien ne l'arrêtait. Il fallait le suivre, quitte à en crever.

— Curieux bonhomme.

— Non. Grand bonhomme.

— Où était-il quand Lagrée est mort ?

— En reconnaissance dans l'ouest du pays que ravageait une de ces guerres internes auxquelles on ne comprend rien et qui font des centaines de milliers de morts. Dans ce cas précis, il s'agissait d'une révolte musulmane, qui menaçait de s'étendre à tout le Yunnan.

— Il y a des musulmans en Chine ?

— Faut croire. Ceux-là ne plaisantaient pas. Les têtes coupées surmontant les créneaux de leurs citadelles étaient là pour le dire. Garnier a bien failli y passer. Lorsqu'il est revenu de Taly, la capitale des rebelles, le commandant était mort depuis une semaine. Il n'était pas question de continuer sans lui. Nous avons donc ramené son cercueil, un gigantesque bahut chinois si lourd qu'on ne pouvait le porter à bras.

Le Moal se tut. Les mots lui manquaient pour décrire le départ du cortège funèbre dans l'assourdissante cacophonie des trompes, des gongs et des cymbales, les honneurs rendus par une double haie de cavaliers aux allures de brigands et le tumulte d'une foule excitée par l'étrangeté de l'événement.

Et puis encore cette image, la dernière avant que la Mission ne parvienne, trois jours plus tard, en vue du Yang-Tse : une longue procession se frayant un chemin dans des champs de pavots en pleine éclosion, une mer de fleurs blanches et mauves ondulant sous la brise, sur laquelle tranchait la masse noire du palanquin, butin tragique de toute cette aventure.

— Pourquoi ces questions ?

— Parce que Garnier a quitté la Marine et qu'il est de retour en Chine.

— Garnier, un civil, allons donc !

— Enfin presque. Il s'est fait mettre en congé et s'est marié.

Sans savoir pourquoi, Le Moal se sentait frustré.

— Où s'est-il installé ?

— Il ne s'est installé nulle part. On l'a vu à Shangaï mais il n'y est plus. Il serait parti pour le Tibet. Quant à savoir ce qu'il va y chercher...

Garnier en Asie ! Rien qu'à cette idée, Le Moal était sorti de son apathie. Volubile, agité, il s'était mis à arpenter sa cellule, trois pas aller, trois pas retour. La captivité lui semblait soudain insupportable. Une vérité, enfouie au plus profond de lui-même parce que, pour ne pas désespérer de son existence, il était préférable de l'oublier, éclatait soudain en pleine lumière : que seules comptaient dans sa vie les deux années de la Mission. Le reste n'était rien, ni avant ni après. Et ces deux années se résumaient à l'omniprésence d'un homme dont la disparition l'avait amputé de la seule part valable de lui-même.

— Il est de retour, disait le codétenu avec agacement. Bon, et alors ?

— Tu n'y comprends rien. Il était parti, il ne restait rien de lui. Mort, quoi, ou à peu près. Et puis, voilà qu'il est... l'aumônier a un mot pour cela.

— Ressuscité.

— Voilà. Il est ressuscité et rien ne m'empêchera de le rejoindre.

— Je ne vois pas comment.

— Moi non plus. Mais je sais que je le ferai.

Comme chaque fois qu'il sortait de prison, Le Moal s'offrait un tour de ville. Il en avait établi l'itinéraire de longue date et s'y tenait. Les portes de la prison maritime s'ouvraient en tout début de matinée, avant que le soleil ne jaillisse d'entre les toits du faubourg de Kanh-Hoi. La brise du petit jour soufflait encore, et sous les flamboyants du quai Primauguet on pouvait croire qu'il faisait frais. Il aimait ce moment d'attente dont il savait la brièveté. A bord des bâtiments de la flotte, les officiers de quart comptaient les secondes. A huit heures pile, d'un seul mouvement, signaux et flammes montaient au long des drisses. Au gré des sautes de vent, des stridences de sifflet, des appels de clairon, et même des bouffées de musique parvenaient jusqu'au quai comme en ordre dispersé. Les couleurs hissées frissonnaient sous la brise. Puis le soleil prenait possession de la terre et de l'eau, des formes et des couleurs. Le vent tombait d'un coup, le clapot s'apaisait et la journée pouvait commencer.

Le Moal se dirigeait vers la rue Catinat, la plus ancienne de la ville, qui perdait chaque jour davantage l'aspect fruste des débuts. La brique et la pierre remplaçaient le bois. Les maisons à étages n'étaient plus l'exception. Toutefois le canal qui coupait la rue en son milieu était toujours là, plus nauséabond que jamais, ainsi que le pont en dos d'âne qui le franchissait. Il était question de le combler et de transformer en jardin le terrain récupéré, mais rien encore n'était fait.

En revanche dans sa partie supérieure, la rue Catinat débouchait sur le plus grand chantier ouvert à ce jour à Saïgon. Ici devait s'élever la cathédrale.

— Une cathédrale en brique, comme Albi, disait l'architecte, un certain Bouzard, qui n'hésitait pas devant les comparaisons hardies.

Les Travaux publics étaient chargés de la construction de l'édifice et le budget de la colonie en assurait le financement, à hauteur de deux millions de francs.

Avec difficulté, Le Moal faisait le compte : les crédits alloués à la Mission du Mékong avaient été de vingt mille francs. Était-ce dix fois ou cent fois moins que le coût de la cathédrale ?

— Regarde bien, dit une voix gouailleuse derrière lui. C'est notre Angkor qu'on va construire ici.

Il se retourna et resta muet de saisissement : Viard lui faisait face ; mêmes yeux rieurs, même visage avenant, même silhouette dégingandée à peine plus étoffée qu'autrefois. Sa tenue, fraîchement repassée, n'avait pas encore pâti de la chaleur du jour. Deux traits d'or en oblique barraient ses manches. Plus ému qu'il ne voulait le paraître, Le Moal se réfugia dans l'ironie.

— Je savais bien que tu voudrais du galon. Il me semble que t'es servi.

— Arrête, idiot. Je te cherche depuis un mois.

— Tu risquais pas de me trouver. J'étais en cabane.

— Pourquoi ?

— Bah ! Les raisons ne varient pas. Quand tu t'es offert le Mékong jusqu'au fond de la Chine, tu te demandes ce que tu fous sur un arroyo de Cochinchine. Et quand tu as servi sous Garnier, il y a des gens que tu ne supportes pas. C'est plus fort que moi : il faut que je le dise. Il y a toujours un galonné pour se sentir visé et me porter le motif. Ça n'a d'ailleurs aucun intérêt. Dis-moi plutôt comment le matelot Viard est passé second-maître.

— C'est simple : en faisant deux ans d'école de maistrance, un stage de topographie et un bout de guerre, fin 1870.

— Ça te donne quoi, ta topographie ?

La réponse rouvrit une plaie mal cicatrisée.

— La liberté, mon vieux. Avec une planchette, une alidade et un crayon pour tout bagage je serai ma propre mission, du nord au sud du pays.

Le sort était par trop injuste. Mieux valait ignorer la chance de Viard, afin d'éviter les comparaisons.

— Sais-tu, dit Le Moal après un silence, que Garnier est de retour en Asie ?

— Je l'ai rencontré avant son départ de France. Il venait de demander un congé que le ministère s'était empressé de lui accorder. Il gênait, un peu comme toi, mais à son niveau et avec son style. Il m'a parlé, sans me convaincre, de ses projets qui mêlent l'exploration et le commerce. Garnier est certainement un explorateur mais pas un marchand. Il est capable d'aller au bout du monde pour trouver la source d'un fleuve mais il se perdra dans la jungle des trafiquants chinois. Pour s'y reconnaître, il faut être bandit parmi les bandits. Il ne le sera jamais.

— Il a reparlé du Fleuve ?

— Pas du Mékong, mais d'un autre, dont il s'est

entiché, le Brahmapoutre qui prend sa source au nord du Népal, à cinq mille mètres d'altitude et à mille kilomètres à l'ouest de Lhassa. Faut-il qu'il soit désemparé pour vouloir se lancer dans une aventure pareille, complètement folle, sans utilité et dont il n'a, heureusement, pas les moyens. Car il y laisserait la peau sans profit pour personne. Quant à ses projets commerciaux, ils sont à peine plus sensés. Dans un pays en décomposition, comme la Chine ou soumis de fraîche date comme l'Indochine, seuls des aventuriers sans foi ni loi sont capables de faire fortune. Les autres sont balayés.

En dépit de sa grande gueule, Le Moal ne s'était jamais départi de sa candeur.

— Pas ici tout de même, protesta-t-il.

— Pas ici vraiment ? Tu es aussi ingénu que nos amiraux qui afferment l'impôt parce que c'est commode et ne veulent pas voir que les fermiers, avec leur armée de collecteurs mettent le pays en coupe réglée. Commode aussi, que trois ou quatre compagnies à privilège et une douzaine de messieurs honorables, particulièrement bien vus en haut lieu, tiennent en main l'Office du riz, du tabac, de l'opium, le commerce du thé, du quinquina, des bois, du benjoin. La paix règne parce que la machine est bien réglée. Si d'aventure elle a des ratés, si le *nha que* se révolte on envoie la dépanneuse, l'*Arbalète* par exemple, à bord de laquelle le matelot Le Moal a l'honneur de servir. Le bras armé des marchands, voilà ce que tu es, mon pauvre ami.

» Non, Garnier n'appartient pas à la confrérie. Le marchand, le vrai, que ne rebute aucun moyen pour parvenir à ses fins, nous l'avons rencontré, toi et moi, un jour, à Hang-Kéou. Souviens-toi, il se nomme Jean Dupuis.

3

Le 7 octobre 1867, à Xieng-Khong, ils avaient dit adieu au Fleuve. Il aurait été inutile et d'ailleurs impossible de poursuivre la marche vers le nord car la région était tenue par les rebelles musulmans. Les sauf-conduits dont ils bénéficiaient et surtout l'accréditation de la Mission, auprès du vice-roi du Yunnan signée par le prince Kong, régent de Chine, n'auraient pu leur attirer que des désagréments s'ils avaient commis l'imprudence de s'en prévaloir. Toutes les routes du nord étant fermées, restait celle du nord-est, vers Yunnansen qui n'était d'ailleurs qu'entrouverte.

Passé la frontière, le haut-Laos et ses villages de brousse furent vite oubliés. La Chine qu'ils découvrirent était belle à couper le souffle. Emergeant d'une forêt de pins, ils débouchèrent sur une plaine qui paraissait un jardin. Le chemin se faisait route, bordée de tombeaux, comme toujours à l'approche d'une ville chinoise. Cette voie funéraire n'avait toutefois rien d'un cimetière car les morts, ici, n'étaient pas cloîtrés. Elle traversait des vergers plantés de pêchers, de pruniers, de poiriers. Les premières maisons apparurent ensuite, petits cubes de pisé au milieu des potagers amoureusement cultivés.

Dans la poussière dorée du matin, le cœur de la

cité, une citadelle ceinturée de remparts massifs, semblait flotter sur un matelas de brume. De loin, elle avait l'aspect d'un lavis sans autre couleur que du gris, du plus clair au plus foncé. De près, on s'apercevait que murailles, habitations, pagodes, portiques, tout, jusqu'aux banderoles de papier interdisant l'accès des maisons aux mauvais esprits, était d'un rouge sang de bœuf. Couleur omniprésente comme l'était l'odeur d'excréments fermentés dont il était sage de s'accommoder sans tarder puisqu'elle imprégnait le pays tout entier.

C'était Se Mao, la capitale du thé.

Dans cette région, que la guerre avait jusqu'alors épargnée, l'autorité du régent était indiscutée. Les mandarins de l'endroit se prosternaient à la vue de son image, à l'écoute de ses paroles, à la lecture de ses ordres. La Mission y fut reçue avec des égards particuliers et y demeura deux semaines, le temps, pour Lagrée, déjà bien malade, de reprendre des forces. Elle quitta Se Mao en grand équipage derrière des porteurs de bannières, rouges bien entendu, un mandarin à cheval, un orphéon et une garde d'honneur, armée de lances et d'antiques fusils.

Depuis Se Mao, ils marchèrent trois semaines. L'automne avait roussi la plaine. Le soleil luisait encore, mais il chauffait de moins en moins. La montagne qui barrait la plaine, droit devant eux, était coiffée d'une calotte de nuages d'un gris sale dans lesquels s'enfonçait le chemin. Soudain ce fut l'hiver avec le froid, la pluie et la boue. Sur le sentier instable, dont l'argile était tout à la fois collante et visqueuse, la marche de la colonne prit une allure chaotique. Elle les mena à des bourgs fantômes sur lesquels la guerre était passée comme un feu de brousse, en ne laissant derrière elle que le vide et le silence, des murs calcinés et quelques têtes aux yeux caves et aux cheveux ruisselants. C'était l'exception. La plupart des villes traversées étaient indemnes. On n'y voyait cependant aucune animation. Les rues et les places étaient désertes. Désert aussi l'emplacement du marché. Les habitants ne se hasardaient que peu sous l'averse. On les apercevait derrière le rideau de pluie qui cascadait des toits sans gouttière, groupés sur le seuil de leurs maisons, attendant patiemment la fin du déluge.

Pour la Mission, il cessa aussi soudainement qu'il avait commencé. Le 20 novembre, en franchissant un col noyé de brume, elle se trouva transportée dans un monde de lumière et de couleurs. En moins de cinq minutes, les nuages s'effilochant au long des pentes avaient été aspirés vers les cimes et le ciel était apparu d'un bleu profond, minéral, presque surnaturel. Au pied de la montagne s'étendait une plaine, aussi plantureuse que celle de Se Mao. Mais celle-ci était traversée par le sillon d'un fleuve roulant à l'aise, en cette saison de basses-eaux, un flot puissant et lisse, dans un lit taillé pour contenir ses crues les plus furieuses. Depuis les berges, des vergers s'élevaient en pente douce vers la ville éclatante de blancheur qui avait eu la chance de se construire ici.

— Le Moal, ma sacoche !

Garnier déplia la carte qu'il avait dessinée lui-même, à partir des éléments approximatifs dont il disposait et qu'il complétait grâce aux renseignements glanés sur sa route.

— On n'est jamais le premier nulle part, disait-il. Où que l'on aille, quelqu'un vous a toujours précédé, soldat, marchand, aventurier ou missionnaire. Il faut considérer avec prudence la relation de leurs aventures mais ne jamais la négliger. Ainsi avait-il noté pour en avoir trouvé mention dans les carnets d'un voyageur ancien, que la région produisait du sucre, du coton, du musc et du bois d'ébène, mais aussi des minerais de cuivre, d'étain et d'argent.

Opulente et sereine, la ville ronronnait au soleil.

La carte en indiquait le nom, Yuen Kiang, ainsi que celui du fleuve dont le flot rougeâtre baignait ses jardins, le Hong-Kiang, qui devenait le Song Koi[1], passé la frontière du Tongkin.

Pour qui venait d'Indochine, le nom faisait rêver. Le cours du Song Koi figurait sur les cartes les plus sommaires. On savait donc qu'il pénétrait au Tongkin à Laokay, qu'il traversait la Haute Région par une vallée profonde et rectiligne, débouchait en plaine, frôlait Hanoï et se jetait dans la mer de Chine après s'être divisé en une multitude de bras.

C'était peu. Personne ne savait sur quelle partie de son cours le Song Koi était navigable. Était-il, comme le Mékong, une voie sans issue ou bien, au contraire, une voie d'accès au Yunnan et à la Chine du Sud ? Si tel était le cas, après dix-huit mois d'épreuves et de fatigues, la Mission aurait l'amère satisfaction de constater qu'elle se trouvait à quinze jours de navigation du delta du Song Koi. Même pour une découverte de cette importance le détour était un peu long.

Ne resteraient alors que deux points à régler : la libre disposition du débouché sur la mer et la liberté de navigation sur le fleuve.

Lagrée avait écouté Garnier d'un air las.

— Rien moins que l'occupation du Tongkin !

— Surtout pas, s'était récrié Garnier avec plus de vivacité que de bonne foi. Il faudrait tâcher de ne pas en venir là. Une concession portuaire et un

1. Fleuve Rouge.

48

traité pour l'ouverture du Fleuve nous suffiraient. Nous devrions les obtenir par la négociation et ne recourir à la force qu'en dernier ressort.

— La force ?

— Une chiquenaude en vérité si l'on considère l'état d'anarchie qui règne au Tongkin.

— Ne rêvez pas, Garnier. Les préalables d'abord. Le Song Koi est-il navigable, oui ou non ?

L'arrivée de la Mission était attendue à Yuen-Kiang où l'on savait, depuis une semaine, qu'elle était recommandée au vice-roi du Yunnan par le régent en personne. Le gouverneur tenait à démontrer que l'excellence de ses services lui permettait d'anticiper l'exécution d'ordres qui ne lui étaient pas encore parvenus.

Aux portes de la ville, le comité d'accueil était en place. Tous les mandarins du chef-lieu étaient présents, en habits de cérémonie, chacun précédé d'un garçonnet brandissant une pancarte indiquant ses noms, grade et qualité. La traduction qu'en donnait l'interprète était, sans doute, fantaisiste. Peu importait. C'était le spectacle qui comptait et, de ce point de vue, la réussite était totale. Derrière une forêt de lances et de hallebardes, d'immenses étendards jaune et noir brodés de dragons claquaient au vent. Quatre porteurs ployaient sous la charge d'un gong résonnant comme un bourdon de cathédrale. La fanfare ne ménageait pas sa peine : chacun pour soi, à la chinoise, les musiciens s'époumonaient à souffler dans des cuivres aux pavillons démesurés. Il en résultait un désastre musical, heureusement occulté par une pétarade assourdissante et les vivats d'une brigade d'acclamations hilare et bon enfant.

— Qu'est-ce qu'ils ont à se marrer ? demanda Le Moal à Viard avec un rien d'humeur.

Les femmes étaient belles, dans leurs atours multicolores, et leurs rires moqueurs lui chauffaient le sang.

— Sais-tu de quoi nous avons l'air ? Ils attendaient un cortège de mandarins à boutons de jade ou de cristal, coiffés de chapeaux à glands et vêtus de soieries à faire pâlir de jalousie les plus chamarrés des leurs. Or, que voient-ils arriver ? Deux douzaines de gueux dans des uniformes en loques. Et des Blancs, par-dessus le marché. N'est-ce pas à mourir de rire ?

A la pagode, où la Mission s'était installée, les cadeaux affluaient. Des victuailles surtout, mais aussi des objets, usuels ou rares, qui leur étaient offerts avec une politesse exquise. Grâces donc soient rendues au régent sans qui l'accueil de cette ville aurait pu être radicalement différent. Car, s'agissant d'un Chinois, raffinement et grossièreté, douceur et brutalité, tolérance et cruauté cohabitent chez le même individu et ne sont que des facettes de sa personnalité. C'était affaire de circonstances. Il fallait simplement se féliciter que celles qui prévalaient à l'occasion de leur passage fussent particulièrement favorables.

— Tu as vu les femmes *lolo* ? dit Le Moal à Viard. Si on ne s'en fait pas une dans ce patelin, y a plus qu'à raccrocher.

Les femmes lolo, en effet, étaient belles, aguichantes, et apparemment aussi peu farouches que les phou-sao de Luang Prabang. Les deux compères ne se proposaient d'ailleurs pas de séduire une héritière lolo, mais plus modestement de découvrir la maison hospitalière qui devait bien exister ici, comme dans toute ville digne de ce nom.

— D'accord, répondit l'autre, mais gaffe au Vieux. Il a tendance à se prendre pour un curé. Dix fois qu'il m'a piqué, au Laos, alors que j'étais sur un bon coup.

50

Le Vieux, ce soir-là, était trop épuisé pour jouer les Père-la-pudeur, et Garnier, de son côté, avait autre chose à faire que de surveiller ses matelots en bordée. Il écoutait le gouverneur et n'en croyait pas ses oreilles.

— Navigable, le Song Koi ? Vous verrez par vous-même, affirma-t-il : jusqu'à Mang-Hao, à 250 lis[1] en aval de Yuen-Kiang, le cours du fleuve est encombré de rapides plus ou moins dangereux et barré par une cataracte infranchissable. Mais au-delà de Mang-Hao la voie est libre jusqu'à la mer.

— Voulez-vous dire qu'elle est utilisable ?

— Je dis qu'elle est utilisée, depuis toujours. Rien ne vous empêche de l'utiliser vous-même, si ce n'est la mauvaise volonté des Tongkinois, et l'anarchie qu'ils ne savent comment juguler.

Il prit un temps et ajouta.

— Nos empereurs en sont venus à bout chaque fois qu'ils en ont ainsi décidé. Il suffisait de peu de chose.

Un temps encore, pour cracher dans le pot de faïence disposé entre les deux fauteuils de bois de rose.

— Vous savez, les Tongkinois sont des sous-hommes.

Garnier avait du mal à modérer son enthousiasme même en face d'un Lagrée qu'un prolongement de l'aventure n'intéressait visiblement pas. Ignorant l'épuisement du malade, il s'évertuait à forcer son attention.

— Vous vouliez savoir si le Song Koi est navigable, dit-il. Nous avons maintenant cette certitude.

1. 140 kilomètres.

— Fort bien, répondit Lagrée d'un ton las. Nous consignerons cette indication dans notre rapport de mission.

— Pourquoi ne pas la vérifier nous-mêmes ? Après tout, nous sommes à pied d'œuvre.

Lagrée demeura silencieux ; parler même le fatiguait. Sa douleur au côté ne le lâchait plus. Une seule idée, obsessionnelle, survivait dans la déroute de son corps. Tenir, tenir assez longtemps pour atteindre Suei-Tcheou, sur le Yang-Tse, c'est-à-dire le terme de l'aventure, puisque la suite n'était plus que routine. En mettant les choses au mieux, ils parviendraient à Suei-Tcheou en trois mois.

— Docteur, durerai-je jusque-là ?

— Vous vivrez tant que vous en aurez la volonté, mentit Joubert. Et tant que vous vivrez, vous donnerez ses chances à la guérison. Mais si vous relâchiez votre vigilance, si par lassitude vous baissiez votre garde, la fin serait proche.

Lagrée se satisfaisait de cette échappatoire qui enveloppait de vérité un noyau de mensonge. Il luttait donc pour survivre et s'efforçait d'apprivoiser la douleur dont il contenait les assauts par la ruse et par la persuasion.

Lorsque, pour un temps, elle était mâtée, il retrouvait un pauvre sourire et enchaînait en oubliant l'interruption qu'elle avait provoquée.

Garnier n'avait pas bougé ; il attendait qu'avec le reflux de la douleur le visage de Lagrée se recompose.

— Vous y tenez tant que cela à votre vérification ? Et d'abord, vérifier quoi ? Qu'après la cataracte le fleuve est libre ? Pour pouvoir l'affirmer, il faut y aller, ce qui suppose une expédition que nous n'avons ni les moyens ni la vocation d'entreprendre. Cela dit, concéda-t-il devant la mine déconfite de Garnier, prenez un matelot avec vous et descendez le fleuve jusqu'à votre cataracte, puisqu'elle enflamme votre imagination. Poussez même jusqu'à Mang-Hao pour voir s'il est vrai que des barques de transport s'y rassemblent. Vous nous rejoindrez sur la route de Yunnansen.

*
**

— Le Moal ! ramasse tes affaires. Nous partons à l'aube.

Le matelot vit Lagrée allongé sur son bat-flanc — un gisant de pierre — et interrogea du regard le docteur Joubert. Pas de réponse. Il revint à Garnier.

— Sauf votre respect, commandant, la Mission a besoin de se refaire. Nous sommes ici depuis cinq jours à peine...

— Il ne s'agit pas de la Mission. Nous partons, toi et moi, demain, par le fleuve.

Le Fleuve, toujours le Fleuve. Cet homme était fou. Le Moal, pourtant, était transporté à l'idée d'avoir été choisi par lui pour partager sa folie. A ses côtés, les difficultés les plus insurmontables s'aplanissaient avec une apparente facilité. Il en démêlait l'inextricable écheveau et les résolvait une à une comme en se jouant.

On marchait en direction du nord et voilà qu'on naviguait plein sud à une vitesse folle.

Le plus simple était de suivre sans chercher à comprendre.

— Où allons-nous ? demanda néanmoins Le Moal.

Garnier, debout dans la pirogue, regardait défiler les hautes falaises calcaires, striées de jaune et de rouge qui enserraient le lit du fleuve. De minute en minute, le courant gagnait en rapidité. Déjà, dans le lointain, écumaient les premiers rapides. Il riait, ce qui, en soi, était assez rare et sa réponse, hachée par le vent de la course, ne laissait pas d'être inquiétante.

— Dieu seul sait où nous allons, mon ami. A ce train-là, nous pourrions bien sauter la cataracte et arriver demain à Mang-Hao. En vérité, le diable est avec nous !

Le diable s'était peut-être incarné dans la piroguière lolo, haut troussée, qui bondissait sur les rochers au milieu des rapides, un filin à la main, tenait le bateau en laisse et attendait que les remous l'aient positionné, l'étrave dans le courant, pour tout lâcher et sauter à bord. Elle aussi riait, à croire que le risque l'excitait. Elle avait des joues rebondies, rouges et vernissées comme des pommes, un turban orné de pièces d'argent qui tintinnabulaient au moindre mouvement et des formes drues sur lesquelles elle oubliait, entre deux rapides, de rabaisser ses pantalons bouffants.

Peut-être rôdait-il également autour de Garnier qu'un subit accès de fièvre, accompagné d'une toux déchirante, terrassait peu après l'arrivée à l'étape du soir. La piroguière avait décidé de l'arrêt, en faisant comprendre qu'elle refusait de s'engager, de nuit, dans les rapides situés en aval. Sa priorité était la sécurité, non le confort de ses passagers. De ce point de vue, la qualité de l'escale laissait à désirer. C'était un village pouilleux, dont la seule construction en dur était un poste de douane, ou plutôt un octroi, fonctionnant au bénéfice d'un potentat local si insignifiant que le pouvoir lui laissait cet os à ronger.

La piroguière ayant informé le gabelou de la qualité des voyageurs — et de leurs moyens —, celui-ci se mit en frais pour les accueillir dans sa demeure, une pièce unique où régnait une puanteur qui vous clouait sur le seuil.

Sur la table-bureau, débarrassée d'un revers de

54

main des papiers entassés depuis des ans, il fit servir, venu on ne sait d'où, un dîner succulent auquel Garnier, recroquevillé sur le bat-flanc qui occupait la moitié de la pièce, ne toucha guère. La piroguière était en appétit. Elle dénichait du bout de ses baguettes des morceaux de choix marinant dans des préparations d'allure étrange et vaguement repoussantes, puis les déposait dans le bol de Le Moal en assortissant ses attentions de commentaires égrillards, à en juger par les gloussements et les coups d'œil qui les accompagnaient.

Le Diable était peut-être l'hôte invisible du gabelou, contrôlant la fièvre de Garnier et l'ivresse de son matelot, à qui la piroguière faisait boire un alcool traître et douceâtre.

Le dîner terminé, le gabelou gagna le bat-flanc et déposa entre lui et Garnier un plateau à opium culotté par l'usage puis fit signe à Le Moal de s'allonger de l'autre côté. La piroguière n'attendit pas d'en être priée pour prendre place contre le flanc du matelot.

Le gabelou se mit à l'ouvrage. Il eut tôt fait d'ouvrir le pot de faïence bleue rempli d'un Yunnan de première qualité et d'accomplir les rites : prélever une goutte de drogue du bout de l'aiguille, la faire rôtir au feu de la lampe, la malaxer pour en faire une boulette, la planter sur l'orifice du fourneau et la transpercer en libérant l'aiguille d'un coup sec du poignet.

Les préparatifs achevés, il jeta un coup d'œil à Garnier qui gisait de l'autre côté du plateau. La politesse aurait exigé qu'il offre la première pipe à son invité, mais celui-ci ne paraissant pas en mesure d'apprécier ce genre d'égards, il se servit le premier en se disant qu'il serait bien temps, tout à l'heure, de réveiller le mort-vivant qui suait sa fièvre à côté de lui.

En fumeur averti, contrôlant et maîtrisant son impatience, il se coucha en chien de fusil, inclina sa pipe au-dessus de la lampe, fit grésiller la boulette et aspira d'un seul coup la fumée qu'elle dégageait.

Alors seulement, commença son vrai plaisir qui était de la sentir s'insinuer, de bronches en alvéoles jusqu'au fond de ses poumons et de lui laisser le temps de déposer ses subtils poisons dans les dédales mystérieux où son sang viendrait s'en charger.

*
**

A l'époque où, tout jeune administrateur de Cholon, Garnier rêvait d'une Indochine idéale en compagnie de ses amis Bizemont, Liro et surtout Philastre, le plus cher de tous, il avait tâté de l'opium comme tout un chacun. Il avait apprécié l'atmosphère feutrée de la fumerie où les projets les plus fous prenaient forme et se développaient aussi harmonieusement que les volutes de fumée bleue. En revanche, la fumée elle-même ne lui avait pas véritablement procuré de plaisir.

— L'opium ne pourrait rien m'apporter, rétorquait-il, non sans prétention, à ceux qui s'étonnaient de son indifférence. J'ai de l'imagination à revendre, et, Dieu merci, je ne suis affligé d'aucune douleur.

Aujourd'hui, dans ce village perdu du Yunnan la souffrance s'était abattue sur lui et la pipe, obligeamment préparée par le gabelou, avec la boulette de drogue se boursouflant au feu de la lampe, était le seul remède à sa portée.

Radical, d'ailleurs, et rapide, et plus efficace que les pilules et les sirops du docteur Joubert. Car ce remède-ci ne se contentait pas de supprimer la douleur, il effaçait la pouillerie de l'endroit, il teintait de sérénité l'angoisse provoquée par l'interminable agonie de Lagrée et permettait d'admettre, avec détachement, que la Mission du Mékong resterait un échec, quelles que fussent les couleurs sous lesquelles on la camouflerait.

Les préoccupations de Le Moal étaient plus triviales. Il était partagé entre l'effet paralysant provoqué en lui par la proximité immédiate de Garnier et le désir qu'exacerbait le contact du corps chaud et odorant de la piroguière.

Ce qui primait en lui, dans les sentiments que lui inspirait son chef, était le respect, le dévouement même et une admiration sans frein. Il le voyait évoluer dans un univers différent du sien, auquel il lui paraissait normal de n'avoir pas accès. Et voilà qu'il se trouvait coincé entre lui et une fille qui le provoquait avec de plus en plus d'audace.

Il bandait, merde ! Encore heureux que l'autre tirant sur son bambou ne s'en rendît pas compte ou que, poussé à l'indulgence par la bonne drogue, il voulût bien feindre de ne pas le remarquer.

L'expérience des femmes qu'avait pu acquérir le jeune homme était des plus restreintes. A vingt et un ans, il n'avait connu que le bordel de Trébeurden où il avait fêté, si l'on peut dire, le retour de sa première campagne de pêche. Ce qu'il avait connu à Saïgon était pire. Les pensionnaires des boîtes à matelots ouvertes au lendemain de la conquête n'avaient de femmes que le nom. Très vite, il s'était détourné d'une fréquentation qui le dégoûtait de lui-même, mais n'était pas demeuré assez longtemps à Saïgon pour « s'encongayer ».

L'exploration du Mékong n'avait pas été propice aux aventures. Viard prétendait qu'au Laos il avait été sur le point d'obtenir les faveurs d'une ravissante phou-sao. A son palmarès ne figurait que cette bagatelle inaboutie. Celui de Le Moal était resté vierge, désespérément, jusqu'à cet instant même.

Totalement inhibé par le double voisinage de Garnier et de la piroguière, Le Moal n'avait pas même aidé les mains qui cherchaient le secret de l'ouverture de son pantalon à pont. Il s'était laissé dévêtir et n'avait qu'à peine tressailli au contact de la croupe ample et charnue qui avait pris possession de son ventre. Il n'avait pas bougé, elle à peine et de l'intérieur. Leur accouplement avait duré longtemps. Elle en avait maîtrisé le cours comme elle affrontait celui du fleuve en lançant sa pirogue dans les rapides puis en la laissant aller dans les biefs d'eau paisible. Le Moal avait suivi, subjugué par cette volonté qui ne souffrait aucun partage. Le plaisir l'avait anéanti. Sans transition, il avait plongé dans le sommeil et n'avait repris ses esprits que le lendemain à l'aube.

Si, par la grâce du diable, Garnier libéré de la douleur avait oublié ses tourments et jouissait d'un bien-être inespéré, si, dans le même temps son matelot, pris en main par une piroguière lolo, connaissait la jouissance partagée, pour la première fois de sa vie, il fallait convenir qu'en Chine du moins Satan était bon bougre. Il avait quitté la place avant que ne se lève le jour et avait effacé toutes ses traces.

Garnier était frais et dispos, le gabelou avait la gueule de bois, la piroguière avait tout oublié de ses ébats nocturnes, et Le Moal n'était pas loin de penser que sa bonne fortune, née des phantasmes de la nuit, n'avait été qu'un rêve.

Ce sabbat bien modeste — mais l'endroit valait-il davantage ? — restait sans signature. Le malin le parapha : en quelques heures le niveau du fleuve baissa de plus d'un mètre. Les rapides devinrent totalement infranchissables et Garnier, floué par le Song Koi comme il l'avait été par le Mékong, n'eut plus qu'à reprendre la route du nord pour rejoindre Lagrée à l'une des dernières stations de son calvaire.

***

Ils se retrouvèrent un jour de décembre, au sud du Yunnansen, dans une campagne ensevelie sous la neige, par un vent meurtrier chargé de grésil, qui déchirait les poumons.

C'en était trop pour Lagrée. Il ne pouvait plus marcher ni même se tenir à cheval. Les gardes annamites de l'escorte, dont la moitié cheminaient pieds nus, le transportaient en palanquin. Leur dévouement ne profitait guère au malade, car l'immobilité, pour lui, était pire que le mouvement. Il gelait littéralement, et sombrait dans une léthargie comateuse, interrompue seulement par les secousses du portage et les douleurs qu'elles provoquaient.

A Yunnansen, ils avaient été hébergés au palais des Examens, plus confortablement que dans les pagodes où ils logeaient habituellement. L'accueil avait été chaleureux, mais le séjour finalement trop bref pour permettre une amélioration significative de la santé de Lagrée. Il refusait de se ménager.

— J'en aurai le temps sous peu, plaisantait-il lorsque Joubert l'adjurait de prendre du repos.

Ils furent d'abord présentés en grande pompe au *son ta jen*[1], hiératique sous le chapeau à globule de jade, qui eut la courtoisie de ne pas remarquer l'allure misérable des membres de cette Mission, placée par le régent sous sa protection. Il lui prodigua au contraire les marques de la plus haute considération et sortit de ses réserves, pour lui faire une haie d'honneur, son impressionnante ménagerie d'animaux fantastiques, de démons et de monstres grimaçants, toutes créatures de carton-pâte destinées à inspirer l'effroi mais qui ne manifestaient ici qu'une déférence servile et une totale soumission.

1. Vice-roi du Yunnan.

La réception du *ma-ta-jen*[1] fut moins protocolaire : on était entre militaires. La Mission avait prouvé de quoi elle était capable ; l'état d'épuisement de ses membres disait assez quelles épreuves ils avaient traversées. Pour ne pas être en reste, le ma-ta-jen se devait de montrer que sa réputation de guerrier n'était pas usurpée. Avec le plus parfait naturel, il se dévêtit devant ses hôtes éberlués, et exhiba un corps zébré de cicatrices, de la boutonnière en étoile à l'entaille perpétuellement suintante. Il passait un index appréciateur sur les sillons les plus profonds, les plus violacés et commentait les combats qui lui avaient valu ces étranges décorations.

Il avait beaucoup tué et le rappelait avec un bon gros rire. Tuer l'ennemi, quoi de plus naturel pour un soldat ? Il y avait toutefois plus gratifiant que ces carnages ordinaires, disait-il avec un sourire qui le faisait ressembler à l'un des monstres du son ta jen.

— Les traîtres, ah ! les traîtres ! Leur faire comprendre qu'ils vont être démasqués, mais entretenir le doute, voir la peur altérer leurs traits, prolonger l'attente jusqu'à ce qu'elle devienne insupportable et que les coupables eux-mêmes préfèrent y mettre fin. Pourtant, le châtiment des traîtres est quelque chose d'assez spécial...

Un sourire encore, un rictus plutôt.

— Vous avez raté de peu le spectacle. Les officiers musulmans de la garnison avaient ourdi un complot. Je les ai démasqués.

— Y en avait-il beaucoup ?

— Un bon millier.

— Combien en reste-t-il ?

Une joie féroce illumina les traits du ma-ta-jen.

— Il n'en reste qu'un. Moi !

1. Général en chef des troupes impériales.

Et maintenant, à table ! Le banquet comportait vingt-six services. Il fallut trois heures pour en venir à bout. Le ma-ta-jen présidait, en se contentant de humer les plats au passage. On était en période de ramadan et il ne plaisantait pas avec ses devoirs religieux.

— Avez-vous visité Médine ? demanda-t-il à Garnier.

— Non, avoua celui-ci.

— Et Al Quds ?

— Non plus.

— C'est un tort, déclara le ma-ta-jen. Al Quds est la Mecque des chrétiens. Le pèlerinage est une obligation morale qui s'impose à eux comme à nous. Je connais plusieurs de vos missionnaires. Nous sommes moins éloignés les uns des autres qu'il n'y paraît. Que leur apostolat soit voué à l'échec...

— A l'échec ? l'interrompit Garnier.

— En doutez-vous ? Voyez l'Islam en Chine. Le sultan de Taly, chef des rebelles, menace de submerger le Yunnan et de raser sa capitale, que moi je défends. Qui de nous deux l'emportera ? Au fond peu importe puisque nous sommes l'un et l'autre musulmans. En face de nous, vos chrétiens font pâle figure. Ils sont peut-être cent à Yunnansen, deux ou trois mille dans tout le pays, qu'on laisse vivre ou qu'on persécute selon l'humeur du moment. Croyez-moi, la seule certitude des missions est l'échec, ce qui n'enlève rien à leur mérite, au contraire. J'aime les gens de conviction, le père Fenouil, par exemple, que j'ai vu hier encore. Il m'a parlé de vous.

Garnier ne l'avait rencontré qu'une fois. Il lui était apparu comme un agité qui aspirait à devenir un homme d'influence et mélangeait inconsidérément politique et apostolat. Bavard et naïf, l'homme était dangereux.

— Que vous a-t-il dit ? demanda Garnier avec méfiance.

— Du bien, commandant. Il m'a dit aussi que votre mission était à bout de ressources et que ce serait de ma part une bonne action de lui venir en aide. J'y suis d'ailleurs disposé.

Garnier était furieux. Ses hommes avaient peut-être des allures de clochards mais n'étaient pas des mendiants.

— Je vous remercie, général, répondit-il sèchement. Je ne vous ai rien demandé.

— Je le fais donc de mon propre mouvement, trancha le ma-ta-jen. Mon offre n'avait rien d'offensant. En revanche, je ressentirais votre refus comme un affront.

Il fit signe à un garde qui apporta un coffret métallique.

— Voici cinq mille taëls. C'est un prêt, bien entendu. Un prêt entre amis. Vous me le rembourserez quand vous pourrez, en armes, des carabines Lefaucheux si possible.

La réception s'achevait. Le ma-ta-jen reconduisit ses hôtes jusqu'à leurs palanquins, et se fit homme du monde.

— Dites au commandant Doudart de Lagrée combien j'ai regretté son absence. Dites-lui aussi que je forme des vœux pour qu'il retrouve la santé auprès des siens. Ah, et puis, pendant que j'y pense : ne vous attardez pas à Yunnansen ; la guerre peut parvenir ici d'un jour à l'autre. Avec un malade à transporter, vous ne vous en sortiriez pas.

La population de Yunnansen ne savait que trop ce que signifierait l'occupation de la ville par les rebelles musulmans. Elle fuyait droit devant elle. La

Mission se trouvait noyée dans le flot humain à la recherche d'un refuge et d'un bol de riz. Recherche vaine et fuite inutile, la mort étant de toute façon au bout de la route, du fait de l'ennemi ou de la famine.

La neige avait fondu et transformé les chemins en fondrières. Des milliers de miséreux s'y traînaient dans l'espoir chimérique qu'au prochain village les habitants ne se barricaderaient pas dans leurs maisons.

La Mission était mieux lotie : elle disposait de provisions de route mais, tout comme la population en exode, elle ne pouvait espérer trouver un toit sous lequel s'abriter. Tong Tchouen, sa prochaine étape, était à plus de 200 lis[1], c'est-à-dire à six jours de marche et autant de nuits de bivouac dans le crachin glacial de janvier. Selon toute vraisemblance, Lagrée n'y survivrait pas.

Le ma-ta-jen, bourreau jovial et sans complexes, tenait à protéger les compagnons d'armes que lui avait recommandés le régent au-delà de ce qu'exigeaient ses instructions. Il ne comprenait rien à leur aventure, mais se sentait dépassé par ce qu'elle impliquait. En d'autres temps, il aurait méprisé l'officier aux galons défraîchis et sa troupe hirsute. Aujourd'hui, leur dénuement lui paraissait troublant, et il les respectait. Se dire le camarade de ces gens-là le rehaussait à ses propres yeux. Il avait alerté le gouverneur et le commandant de la garnison de Tong Tchouen et leur avait prescrit d'aller au-devant de la Mission afin de lui apporter aide et assistance.

A la suite de quoi ils logèrent successivement dans une pagode et dans une grange que les soldats venus de Tong Tchouen avaient vidées de leurs occupants

---

1. 120 kilomètres

à coups de crosse et de bâton. Quelques-uns avaient tenté de s'accrocher : femmes, enfants par grappes, vieillards, invalides et estropiés dont les lamentations avaient laissé les soudards insensibles. Ils avaient finalement déguerpi et s'étaient fondus dans le paysage noyé de pluie.

Ceux de la Mission étaient au sec, et bientôt au chaud, mais pas fiers d'eux-mêmes. Ils évitaient de se regarder.

Le Moal s'était trop souvent trouvé du côté des humbles pour se sentir à l'aise dans la peau d'un privilégié. Il fallait qu'il le dise et il le fit presque malgré lui.

— Au fond, on est de beaux dégueulasses.

Personne ne releva la remarque. Personne non plus ne se plaignit d'avoir mal dormi, lorsqu'il apparut, le lendemain matin, que les expulsés leur avaient légué un assortiment de vermines d'une extraordinaire virulence, avec lesquelles il leur fallut vivre désormais.

C'est en cette dévorante compagnie qu'ils arrivèrent à Tong Tchouen. Ils s'installèrent au premier étage d'une pagode débarrassée du bric-à-brac cultuel qui l'encombrait. Le gouverneur y avait fait dresser, à l'intention de Lagrée, un lit de sangle échoué ici on ne savait comment et qu'aucun Yunnanais n'aurait jamais songé à utiliser.

En s'allongeant sur cette couche qui parut douce à son corps émacié, Lagrée sut qu'il n'irait pas plus loin. Il fit venir le docteur Joubert à son chevet.

— Je vous avais demandé, il y a deux mois, si j'avais des chances de vivre jusqu'à notre arrivée à Suei-Tcheou. Vous souvenez-vous de votre réponse ?

— Fort bien.

Lagrée se força à sourire.

— Vous vous êtes trompé, docteur, ou plutôt,

vous m'avez caché la vérité, par amitié sans doute. Je vivrais, m'aviez-vous dit, tant que j'en aurais la volonté. Je me suis efforcé de vous croire : la volonté ne m'a pas manqué. Pourtant, la Mission franchira les dernières étapes du voyage sans moi, car je mourrai ici, dans quelques heures ou dans quelques jours.

— Qu'en savez-vous ? protesta le docteur sans conviction.

— Ce serait trop long à expliquer. L'important est que je sache à quoi m'en tenir. J'attendrai donc ici, le plus paisiblement possible. C'est une affaire personnelle dont je souhaite que la Mission soit tenue à l'écart. Il conviendrait donc de l'éloigner, utilement s'entend, pendant le temps nécessaire. Nous sommes-nous compris ?

— Oui, commandant.

— J'ai dit : une fin paisible. Dans ce pays, les moyens ne manquent pas de l'assurer. Voyez cela. Et maintenant, appelez-moi monsieur Garnier.

Garnier ne s'était jamais consolé d'avoir dû abandonner la route du nord et de renoncer aux quelques centaines de kilomètres d'exploration qui auraient conduit la Mission aux portes du Tibet.

Lorsque le ma-ta-jen avait évoqué la personnalité du chef des rebelles, ce sultan de Taly avec qui il avait engagé une lutte sans merci, Garnier lui avait demandé si un étranger, non concerné par cette lutte, aurait des chances de parvenir jusqu'à lui.

Le ma-ta-jen ne concevait pas qu'il pût exister d'actes gratuits.

— Dans quel but ? demanda-t-il avec méfiance.

— De le connaître. Vous m'en avez donné l'envie. Et surtout de découvrir Taly, qui se trouve sur l'itinéraire que la Mission a dû abandonner.

— Non sans raison. Le pays n'a aucun intérêt, si ce n'est le pittoresque des forêts de têtes tranchées que le sultan a cru bon de planter. Quant au sultan lui-même, vous n'avez aucune chance de le voir. Vous offenseriez sa vue, et il ne laisse jamais les offenses impunies.

Était-ce vrai ? Plus terrifiant apparaissait le sultan de Taly, plus glorieuse serait la victoire que le ma-ta-jen comptait bien remporter sur lui.

On aimait les monstres, dans ce pays, et l'on en confectionnait à profusion des effigies et des statues, plus grimaçantes les unes que les autres, sur lesquelles on s'exerçait à vaincre. Le sultan de Taly n'était peut-être, lui aussi, qu'un épouvantail...

— Garnier, vous m'avez souvent parlé de votre désir de pousser jusqu'à Taly. Que diriez-vous d'y conduire la Mission ?

Pris de court par l'insolite de cette proposition, Garnier tarda à répondre.

— S'agit-il de la Mission tout entière ou de moi seulement, avec un ou deux hommes ?

— J'ai bien dit la Mission, qui terminerait ainsi son exploration avant d'entreprendre le retour.

Garnier avait appris à connaître Lagrée. C'était un homme pudique, secret, qui se méfiait des mots, trop souvent dénaturés par une charge émotionnelle de circonstance. Il en réduisait l'usage et confiait aux silences le soin de les compléter.

— Et vous, commandant ?

— J'attendrai votre retour ici. Le docteur Joubert prendra soin de moi ainsi que votre matelot, Le Moal, qui est un brave garçon.

— Ne croyez-vous pas...

— Non, je ne crois pas. Restons-en là, voulez-vous ? Rédigez-moi votre ordre de mission. Je le signerai.

En moins de quarante-huit heures, Garnier avait

66

bouclé ses préparatifs, que le prêt providentiel du ma-ta-jen avait permis de mener à bien. Les instructions étaient prêtes. Il retardait néanmoins le moment de les porter à la signature de Lagrée, à dater de laquelle il se sentirait complice d'une sorte de suicide.

Le jour prévu pour le départ, il fut bien obligé de s'y résoudre.

« Se diriger vers le confluent du Fleuve et du Ya Long. De là s'avancer si possible vers Taly afin de préciser tout ce qui est relatif au Mékong... »

Lagrée s'attarda sur ce texte, la plume levée.

— Surtout pas d'imprudences, Garnier. En cas de difficultés, faites demi-tour. N'oubliez pas qu'à partir de maintenant toutes les responsabilités pèsent sur vos épaules, ce qui exclut les audaces solitaires.

— Je ne l'oublierai pas.

Il se souleva avec difficulté et signa d'une main incertaine, puis se laissa aller, comme soulagé d'un fardeau qui l'oppressait.

— Adieu, Garnier. Bonne chance !

— Adieu, commandant.

— Tu demeureras auprès du commandant pendant la journée. Tu le veilleras pendant la nuit. Jusqu'au bout, comprends-tu ?

Pour Le Moal, c'était une punition imméritée.

— Vous ne m'emmenez pas avec vous ?

— Le commandant t'a demandé. S'il ne l'avait pas fait, je t'aurais désigné.

— Pourquoi ?

Comment répondre que Lagrée avait besoin de sa

jeunesse, son appétit de vivre, sa force brute mais aussi de son innocence, sa capacité de révolte et d'émerveillement, pour l'aider à supporter la souffrance, la fièvre, l'odeur de l'agonie et l'horreur du mourant envers lui-même.

Garnier enserra de sa main l'épaule du matelot.

— Parce que tu es le meilleur, mon gars.

Le brillant polytechnicien, le découvreur de la culture khmère, le lettré, le diplomate se dépouillaient du clinquant de leur réussite pour réapprendre la simplicité.

Le Moal n'avait que peu à raconter sur lui et les siens. Sa vie, semble-t-il, avait commencé avec l'appareillage de la canonnière 27 sur l'arroyo de la Poste. C'est sa vie d'avant qui intéressait pourtant Lagrée.

— Avant, je ne vivais pas.

— Tu as fait deux campagnes à Terre-Neuve.

— Une vacherie, commandant. Ce n'est pas en humiliant un mousse qu'on en fait un homme.

— Ton père avait été mousse avant toi.

— Justement. Il a pris le pli. Toute sa vie, il a été humilié, par l'équipage, quand il était mousse, par le patron de pêche, lorsqu'il était marin et par l'armateur, quand il est devenu patron. Le grand-père n'a pas fait mieux. Lui, pour finir, c'est la mer qui l'a eu. Sa vieille l'avait prévu. Ça faisait quinze jours qu'elle se lamentait au pied du calvaire de Trégastel lorsque la nouvelle est arrivée. Toutes les vieilles, chez nous, font ce genre de prédiction : à force, elles finissent par avoir raison. Disparaître en mer, je ne dis pas non, mais pas en pêchant la morue.

— Tu n'as jamais regretté d'avoir signé ?

— Non, pourquoi ?

— Aucun bosco ne t'a jamais humilié ?

— Un seul a essayé. Je lui ai mis la tête au carré.

— Et il t'a envoyé à fond de cale.

68

— Pour ça, oui. Avec les fers.

— Et ça ne t'a pas humilié ?

Le Moal avait regardé Lagrée avec étonnement.

— Pas du tout. On était quittes. La prison, commandant, n'est pas ce qu'on croit. Il n'y a que les faux-culs pour prétendre qu'elle est infamante.

Ainsi passaient les heures et les jours.

Lorsque la douleur revenait, par vagues, et qu'irrésistiblement elle submergeait les défenses dérisoires qu'il avait édifiées pour la maîtriser, Lagrée faisait appeler le docteur.

— Joubert, c'est l'heure, je crois.

— Pas encore, commandant. Un peu de patience.

Il vivait désormais dans l'attente du remède magique, une boulette grosse comme un pois chiche qu'il avalait, d'un coup sec et faisait passer avec un grand verre d'eau. L'effet était immédiat, mais la rémission de plus en plus brève. Joubert refusait pourtant d'augmenter les doses. Sa rigueur mettait Le Moal hors de lui.

— Qu'est-ce que ça peut vous foutre, lui avait-il lancé, de lui donner une boulette de plus ?

— Il en prend déjà trois par jour. C'est énorme.

— Pas si énorme que ça, puisqu'il continue à souffrir.

— Tu ne te rends pas compte du risque.

Le risque ! Il en avait de bonnes !

— Docteur, menaça-t-il, c'est simple. Ou bien vous lui donnez ce qu'il réclame, ou bien je le lui procure.

Le docteur avait cédé, non sans remords. Lagrée glissait maintenant vers sa fin dans une demi-inconscience.

— A Trébeurden, disait Le Moal, quand un mourant s'en allait dans les douleurs, il y avait toujours quelques grenouilles de bénitier pour lui

69

,planter des bougies tout autour et coasser leurs prières plus fort qu'il ne criait. Ici, concluait-il en désignant du menton le gisant immobile et muet, c'est plus propre.

*
* *

Garnier ne tînt pas compte des sombres avis que lui avaient prodigués les missionnaires rencontrés sur sa route.

— Vous ne pénétrerez pas en zone rebelle, avaient-ils prophétisé. Les musulmans vous massacreront.

— Vous n'avez pas de missions de l'autre côté ?

— Si.

— Et qu'y font les bons pères ?

— Ils survivent.

— Eh bien ! nous ferons comme eux.

Les difficultés qu'ils avaient surmontées ne provenaient toutefois pas des rebelles, mais de l'hostilité de la nature. Avant d'apercevoir les premiers étendards rouges frappés du croissant de l'Islam, il leur avait fallu traverser une barre montagneuse culminant à plus de 4 000 mètres d'altitude.

— Les cols sont impraticables, leur avait-on dit.

Impraticables, peut-être, mais surtout introuvables. Le chemin avait disparu sous la neige et c'est en sondant devant soi qu'on avançait. Au jugé, car dans ce relief tourmenté, la boussole n'était d'aucun secours. Ils trouvèrent pourtant le passage, presque par hasard, en errant à l'aveuglette dans la brume, et le traversèrent sans même s'en rendre compte. Le soleil brillait de l'autre côté de la montagne. A plus de mille mètres en contrebas le Yang-Tse était une coulée d'or. Au-delà du fleuve régnait le sultan de Taly.

Aucune troupe armée ne les avait interceptés à

leur entrée dans son territoire. La bienvenue leur avait été souhaitée par la forêt de têtes tranchées qu'avait évoquée le ma-ta-jen. Le spectacle avait de quoi décourager les moins motivés : ils faisaient demi-tour. Ceux qui poursuivaient leur chemin étaient prévenus du risque qu'ils couraient, sans savoir pour autant ce qui, dans leur comportement, pourrait leur être imputé à crime et donc leur valoir la peine capitale.

Sur leur chemin, ils avaient découvert une mission détruite plusieurs fois et reconstruite par quelques fidèles obstinés. Le père Guilcher, qui la dirigeait, n'avait pas vu un Européen depuis quatorze ans.

— Nous ne sommes pas vraiment persécutés, disait-il, sauf lorsqu'il s'agit de trouver un responsable en cas de calamité, famine, épidémie ou inondation. Encore ne s'en prend-on qu'à nos biens, pas à nos vies. Dieu nous protège.

Dieu, sans doute, mais aussi le sultan pour qui il n'était pas nécessaire d'anéantir des malheureux que leur Dieu, visiblement, avait abandonnés.

— J'irai à Taly avec vous, dit le père.

— Quand y êtes-vous allé pour la dernière fois ?

— Avant le début de la révolte. Depuis, les musulmans m'en interdisent l'accès. Ensemble, nous passerons. S'il y a un risque, je veux le courir avec vous.

— Vous avez vu les champs de têtes ?

— S'ils ne font pas reculer un laïc, comment pourraient-ils impressionner un missionnaire ?

Le sultan appréciait le courage, ou l'inconscience de ces gens qui misaient sur leur tête dans un jeu dont ils ne connaissaient pas les règles. Il voulait savoir ce qui les différenciait des hommes ordinaires. Aussi ses ordres étaient-ils formels : les intrus devaient être suivis et surveillés, leurs mouvements

71

contrôlés, leur détermination testée, fût-ce par intimidation. Toutefois rien ne devait les empêcher d'arriver jusqu'à Taly.

Garnier et les siens avançaient donc, étonnés de ne pas rencontrer d'obstacles, mais néanmoins angoissés par la menace diffuse qui émanait de leur escorte.

Viard, initié au dessin par le chirurgien Thorel, ne lâchait plus son carnet de croquis. L'étrangeté des gardes l'avait frappé. Il s'était d'abord intéressé à leur bonnet de fourrure, dont les oreillettes leur battaient les épaules ; puis à leur vêtement, une veste matelassée serrée à la taille par une ceinture large de deux mains et des jambières de cuir lacé ; à leur fouet aussi, qu'ils tenaient entre les dents plus souvent qu'à la main.

Intéressant, jamais vu, mais pas étrange. Viard traquait les détails ! En vain.

Garnier qui le regardait dessiner lui en fit la remarque.

— Tu perds ton temps. Ce qui rend ces hommes différents n'est pas leur costume. Les as-tu vus autrement qu'à cheval, non, n'est-ce pas ? Et pour cause : ce sont des centaures !

Les centaures du sultan de Taly ne manifestaient pas d'hostilité envers les étrangers qu'ils escortaient. Pas d'intérêt non plus, ni de curiosité. Les centaures, c'est connu, ignorent superbement les hommes et ne s'abaissent même pas à les mépriser.

Leur silence et leur impassibilité ne se démentaient jamais, pas même lorsqu'ils fendaient la foule à coups de fouet meurtriers pour ouvrir un passage à la Mission.

Taly, enfin, et son lac bleu turquoise !

Les centaures disparurent, relayés par des miliciens incapables et braillards. Un bruit courait parmi la foule : ces étrangers, ces infidèles n'étaient

72

intrépides que grâce aux pouvoirs dont ils étaient dotés et que matérialisait un troisième œil caché sous leurs coiffures. Il fallait en avoir le cœur net.

Pressés de toutes parts, Garnier et ses hommes parvinrent à une grande place bordée, sur l'un de ses côtés, par un mur crénelé. A l'abri de cette enceinte se dressaient des bâtiments dont on n'apercevait que les toits de tuiles vernissées. C'était le palais du sultan.

Ils ne pouvaient plus avancer ni reculer. Les gardes s'efforçaient de contenir les curieux, mais si maladroitement et avec si peu d'efficacité qu'ils se trouvèrent bientôt à la merci des excès de la foule en folie. Un garde se faufila entre eux, parvint derrière Garnier et d'un geste preste lui arracha son chapeau.

— Le troisième œil, hurlait la foule. Nous voulons voir le troisième œil.

Sans en attendre l'ordre, les Annamites dégainèrent leurs sabres-baïonnettes, dont les moulinets commencèrent à impressionner les plus excités, lorsqu'un coup de taille entama profondément l'épaule d'un garde. Sang, hurlements, bousculade. Deux autres gardes, dont celui qui, l'instant d'avant, agitait triomphalement le chapeau de Garnier, gisaient à terre, assommés à coups de crosse, et proprement piétinés par les leurs.

L'étreinte se desserrait. Un mandarin à cheval fit son apparition. Ignorant la foule grondante et les blessés à terre, il fit signe aux Français de le suivre jusqu'au Yamen où était prévu leur logement.

Garnier s'adressa au père Guilcher.

— Demandez-lui pourquoi il a tardé à intervenir.

— C'était l'ordre du sultan, répondit le mandarin avec un sourire. Il voulait vous voir à loisir et vous donner l'occasion de démontrer votre détermination, sans péril, dois-je dire. Il ne s'agissait que

73

d'une sorte de jeu. Sinon, il n'aurait pas remplacé les cavaliers mongols par des gardes yunnanais.

Garnier admettait mal d'avoir été manœuvré.

— Le sultan ! Où était-il ?

— Dans le pavillon supérieur du palais, d'où il vous suivait à la lorgnette.

Fâcheux début. Ce sultan de malheur semblait cultiver le mépris comme une fleur rare et prendre plaisir à en distiller le poison. Le pire était d'avoir à subir ses avanies sans pouvoir réagir.

A peine étaient-ils installés qu'un mandarin se présenta au Yamen, affable et souriant, et s'enquit de leurs besoins. Le sultan, dit-il voulait tout connaître des buts de la mission, ne fût-ce que pour en faciliter le déroulement.

Il revint le soir même, accompagné d'un haut dignitaire du Palais, proche du sultan dont il se dit le porte-parole.

— Votre sang-froid, dit-il à Garnier, a été apprécié par mon maître, qui n'aime rien tant que la noblesse de cœur. Je suis chargé de vous dire que le garde qui vous a manqué de respect a été durement châtié.

— Ma personne, répondit Garnier, n'était pas en cause, mais l'État que je représente. C'est en son nom que je remercie le sultan.

— Il m'a été dit que vous vouliez aller au-delà de Taly. Jusqu'où et pour quoi faire ?

— Reconnaître le Mékong à sa sortie des gorges du Tibet. Notre but est de contribuer à la connaissance du monde.

— Envisagez-vous de fournir des armes à l'une ou l'autre des factions qui se font la guerre ?

— Le commerce des armes est affaire de marchands. Nous sommes des géographes, des scientifiques, des diplomates, pas des marchands.

Les visiteurs opinèrent du bonnet. Ils ne dou-

74

taient pas de la bonne foi des étrangers. En tout cas, ils le dirent — avec une conviction qui faisait bien augurer de l'accueil du sultan. Aussi, lorsque le lendemain à neuf heures, le père Guilcher fut mandé au palais, Garnier attendit son retour avec la certitude qu'il lui ramènerait l'invitation attendue.

Las ! Lorsqu'il reparut à midi, c'était un homme anéanti.

— Le sultan ne m'a même pas laissé approcher. Il m'a fait rester debout à dix pas de lui, serré de près par deux gardes. Et j'ai dû l'écouter sans pouvoir placer un mot. Lorsque je faisais mine de parler, il faisait un geste à l'intention des gardes, qui m'intimaient l'ordre de me taire. J'ai noté l'éclat de ses yeux. C'étaient ceux d'un assassin. Et ses paroles m'atteignaient comme autant d'insultes.

» — Dis aux étrangers que je ne les recevrai pas, tonna-t-il. Ils prétendaient à l'arrogance et n'en ont pas les moyens. Venus à Taly sans mon autorisation, ils en repartiront sur mon ordre. Demain matin. Passé ce délai, leur sécurité ne sera plus assurée. De même devront-ils avoir franchi nos lignes sous trois jours. Mes cavaliers mongols y veilleront.

» Il a ajouté qu'à ses yeux, les buts de votre expédition, tels que vous les avez exposés, n'étaient que l'habillage grossier d'une mission d'espionnage.

» De tels agissements, a-t-il conclu, méritent assurément le châtiment suprême.

Garnier était hors de lui.

— Qu'attend-il pour nous l'infliger ? Il n'est pas, que je sache, à une vingtaine de têtes près ?

— Excusez-moi, dit le père Guilcher, mal à l'aise, le reste est difficile à dire. Voilà : il vous fait grâce en raison de... votre insignifiance, et exige simplement que vous disparaissiez de sa vue.

— Simplement !

L'outrage était de ceux qu'on fait payer à coups de canon. C'était un luxe que ne pouvait s'offrir la Mission. A la vérité, elle ne pouvait s'en offrir aucun, pas même un coup de pétoire.

Le père baissait la tête.

— Moi aussi, je suis frappé, et plus durement que vous. Je n'étais que toléré. Il paraît qu'en me compromettant avec vous, je me suis rendu indésirable. Je devrai donc abandonner mon ermitage et m'exiler hors de la province, après vingt ans de présence. Dieu sait ce qu'il adviendra de mes chrétiens !

Sur le chemin du retour, Garnier remâchait sa rancœur. Inconsciemment, il avait voulu se mesurer au sultan mais devait reconnaître que celui-ci l'avait manœuvré avec une habileté consommée. S'il avait pu lire l'avenir dans les astres, il aurait été rasséréné, car le sultan n'avait plus que quelques mois à vivre. Le ma-ta-jen allait lui régler son compte : lui tuer quarante mille hommes, brûler sa ville, massacrer une bonne moitié de la population de la province et, pour finir, le capturer. Promis à un supplice exemplaire, le sultan prendrait toutefois le ma-ta-jen de court et se donnerait une mort digne de lui, en avalant des feuilles d'or.

Garnier pressait la marche, conscient de s'être éloigné assez longtemps pour que Lagrée ait pu achever sa vie comme il l'avait souhaité.

Le délai avait été largement suffisant. Lagrée était mort le 12 mars, quelques jours après que la Mission eut quitté Taly. Il avait été conscient pendant les deux derniers jours. La grâce de les vivre sans souffrance lui avait été accordée.

Ainsi qu'il le lui avait demandé, Le Moal lui avait fermé les yeux.

L'odyssée de Garnier et de ses compagnons s'était terminée à Suei-Tcheou, quelques jours plus tard, avec l'embarquement de l'énorme cercueil chinois sur la jonque qui devait les emmener à Hang-Kéou. Les distances restant à franchir — deux mille kilomètres de fleuve et trois mille milles de mer — ne relevaient plus de l'aventure, mais du simple transport. Les fastes du retour à Saïgon, avec musiques, revues de troupes et grand pavois, n'en seraient pas le dernier acte, mais seulement l'estampille officielle, une sorte de dépossession au bénéfice de la mémoire collective de la nation.

Tout cela était secondaire. Seul comptait à leurs yeux cet instant fugitif dans lequel se condensait la somme de joies, d'espoirs, d'émerveillements et de souffrances vécus et endurés. Il n'avait duré que le temps de s'apercevoir qu'il était insaisissable et que le sommet si ardemment désiré tout juste atteint, il fallait le quitter et redescendre vers la vie ordinaire avec, comme bagage, le regret lancinant de ce passé tout neuf et néanmoins révolu.

Viard et Le Moal le constataient avec mélancolie tandis que la jonque était happée par le courant et commençait sa longue descente du Yang-Tse.

1872 : quatre ans déjà.

Le souvenir de ce moment d'exception ne s'était pas effacé. Chacun de son côté s'était efforcé de le préserver et y était parvenu. Petit à petit, cependant, la vie s'en était retirée. Leurs retrouvailles allaient permettre de ressusciter, intacte, l'émotion douce-amère d'autrefois.

— Combien de temps a duré le voyage jusqu'à Hang-Kéou ?

Le Moal compta sur ses doigts.

— Pas loin de trois semaines. Trois semaines d'ennui. Puis le fleuve s'élargit, devint une mer en marche. Et ce fut la fin. Posée sur l'horizon se profilait la silhouette d'une ville immense, antipathique d'emblée, qui gagnait en laideur à mesure qu'on s'en rapprochait.

Hang-Kéou : sa forêt de mâts et de vergues, les volutes de fumée des vapeurs, les appels de sirènes, des pavillons par centaines, des clippers et des navires de ligne ; dans la cohue du port, occupés à boire ou à se battre, tous les marins du monde ; et pour finir, le consulat de France. Drôle d'aboutissement.

*
**

Le Moal et Viard étaient attablés dans l'une des gargotes de plein vent dont on déplaçait les tables tout au long de la journée afin qu'elles demeurent à l'ombre du marché. La tenancière avait disposé devant eux le bouillon de vermicelles et sa coupelle de *nuoc-nam,* des pinces de crabe au sel et des cubes de porc noyés dans une sauce aigre-douce.

— Content ? demanda-t-elle.

Pour toute réponse, Le Moal aventura une main baladeuse sous son *caïquan.* Elle se dégagea en riant.

C'était une de ces filles qui passent, sans crier gare, de la maigreur à l'embonpoint. Le Moal l'avait connue au moment de cette mutation, trois ans plus tôt et ne s'en plaignait pas.

Lorsqu'il revenait d'une campagne sur les arroyos, ou qu'il sortait de prison, elle était présente et disponible, sans que rien trahît la façon dont elle avait meublé son absence. Elle faisait l'amour avec simplicité en évitant le bruit et le mouvement, qui sont des incongruités, mais suivait avec bonne volonté s'il arrivait à son homme de s'aventurer hors des sentiers battus.

78

— Français beaucoup cochon, commentait-elle sobrement.

Elle lavait son linge, le nourrissait dans sa gargote et prétendait l'abreuver, ce qui, disait-il, était un mensonge éhonté. Comme, en contrepartie des avantages qu'elle lui consentait, il était censé lui donner la totalité de son prêt, il devait constamment ruser pour soustraire à sa vigilance de quoi se saouler décemment. D'où des scènes si souvent répétées qu'au fil des mois elles avaient perdu toute efficacité. Il n'y prêtait qu'une attention distraite, comme à l'appel du gecko ou au beuglement du crapaud-buffle.

— Ainsi donc, tu t'es encongayé ?

— J'aurais voulu t'y voir. Depuis quatre ans, tu étais en France, moi ici. Lorsque la Mission a débarqué à Saïgon on nous a qualifiés de héros. Admettons. Mais les héros ne font pas vœu de chasteté. Ils se débrouillent, comme tout le monde.

Des héros ! C'est ce qu'avait déclaré en ouvrant les bras, Philibert Dabry, consul de France à Hang-Kéou, un fonctionnaire cireux de teint et fripé d'allure que les Affaires étrangères entretenaient chichement à ne rien faire.

Pour la première fois depuis longtemps, il allait pouvoir rédiger un rapport de première main, mettre enfin à profit sa connaissance du pays que l'ambassadeur — sans parler du Département — n'avait jamais daigné reconnaître.

Ils étaient huit, face au consul. Garnier au milieu, Carné et Delaporte à ses côtés, le médecin et le chirurgien un peu en retrait, et les trois marins adossés à la cloison latérale. De sa place, Le Moal embrassait toute la scène.

A l'air libre, dans la poussière et la boue des pistes, on ne remarquait pas l'allure de vagabonds de ces voyageurs au long cours. Dans le bureau du consul, que la brise du fleuve ne parvenait pas à aérer, leur présence paraissait insolite. Presque ridicule. En tout cas déplacée.

A les voir tous, barbus et décharnés, dans cette pièce qui sentait le moisi, Le Moal était partagé entre le fou rire et la colère.

— Qu'est-ce qu'on fout dans le bureau de ce rond-de-cuir ?

Garnier parlait. Tout y passait : le haut-Laos, les rapides et les cataractes, les roitelets des confins birmans, la Chine des rebelles.

— Je ne sais pas ce que j'aurais donné pour qu'il se taise, se rappelait Le Moal. C'était notre histoire qu'il racontait au premier venu. Et j'avais l'impression qu'il nous la volait.

Le consul notait fébrilement.

— Inutile, dit Garnier.

Il posa la main sur un dossier épais dont les pages cornaient.

— Tout est dans ce rapport, que je vous demande seulement de faire recopier. Je conserverai l'original.

Il parlait, comme pour se libérer d'une trop grande et trop longue pression intérieure. Peu importait l'interlocuteur.

— ... En découvrant la saignée du Song Koi, que l'on dit navigable, nous avons compris que nos efforts n'avaient pas été vains. La voie de pénétration que nous cherchions était là.

Le consul se renversa dans son fauteuil. Il vivait l'un des rares moments de jubilation de sa carrière.

— Le Song Koi, dit-il, ses possibilités et les conditions de son ouverture au commerce m'occupent depuis des années. J'ai écrit à ce sujet rapport sur rapport. Sans suite. Qui se soucie des élucubrations d'un consul ? Je n'ai été écouté que par un homme qui n'est ni militaire, ni diplomate, ni missionnaire, mais marchand. C'est le terme qu'il emploie pour se définir. Vous jugerez vous-même du personnage, que j'ai pris la liberté d'inviter. Il vous intéressera sans doute car le Song Koi, depuis quatre ans, est sa passion.

Une espèce inconnue de Chinois barbu, en robe de satin gris perle à plis cassants, dont le chapeau pointu, les manches-pagode et l'éventail complétaient le déguisement, fit irruption dans la pièce.

L'accoutrement était grotesque, mais le personnage trop énorme pour faire rire. A bien y regarder, il était plus inquiétant que ridicule. Trop grand, trop fort, trop sûr de lui, trop dédaigneux de l'opinion des autres, qu'il balayait d'un geste de son éventail. Trop cordial aussi, avec un rien de condescendance. Sa voix, où persistait un reste d'accent, était de celles qui dominent le tumulte des champs de foire.

— Jean Dupuis, Chinois d'Auvergne, natif de Saint-Just-la-Pendue.

Il tendit à la ronde une main de tâcheron.

— L'honneur est pour moi.

Adossé à la cloison du bureau, le matelot Le Moal écoutait, regardait, mais n'avait pas droit à la parole. Aujourd'hui, quatre ans après les faits, il les jugeait sans complaisance.

— A lui seul, Dupuis occupait tellement d'espace qu'il n'en restait pour personne d'autre. Nous l'écoutions, bouche bée, Garnier comme tout le monde. Et ça me faisait chier de voir le patron sans réaction devant cet énergumène.

Dupuis sortit des plis de sa robe, un rouleau qu'il aplatit sur le bureau du consul.

— On vous a dit que le Song Koi était navigable.

Je vous le confirme. Voici la carte, établie par mes soins, de son cours à travers le Tongkin. Vous noterez les rapides de Pitun, de Seau-Tun et Trois-Rapides, tous franchissables, même aux basses-eaux.

Il se tourna vers le consul.

— Les seuls problèmes sont politiques. Pour ouvrir le Fleuve à la navigation, il faut en contrôler le cours. Le gouverneur de Cochinchine pense y parvenir au moyen d'un accord avec l'empereur d'Annam. Il se trompe. Jamais la cour de Hué n'y consentira et si jamais elle signe une convention, soyez assuré qu'elle trouvera toujours un prétexte pour ne pas l'appliquer. La question est donc de savoir si nous serions prêts à l'y contraindre.

Garnier s'était ressaisi.

— Qu'en pense le consul ?

— En l'état actuel des choses, la contrainte est exclue.

Dupuis le soupesa d'un air goguenard.

— C'est ce qu'on m'a fait comprendre. Mais je suis entêté. La position officielle française ne m'est pas opposable. Je suis un marchand de Hang-Kéou, libre d'ouvrir le Fleuve à mes risques et périls et par mes propres moyens. Ceci dit, je souhaite que la France s'associe à mon effort et je déplorerais qu'elle s'en désintéresse, car alors, j'aurais à choisir d'autres partenaires.

Le consul bondit de son siège.

— Ce serait une trahison.

Dupuis hocha la tête avec commisération.

— Un marchand, un vrai, n'a de comptes à rendre qu'à lui-même. C'est à son ambition que va sa fidélité. Tant que les marchands phéniciens, portugais ou vénitiens s'en sont tenus à ce principe, ils ont fait progresser le monde. Au même moment, l'Espagne, mélangeant furia militaire, prosélytisme missionnaire et fièvre de l'or, s'acheminait vers une inéluctable décadence. Il serait bon qu'on y réfléchisse, à Paris et à Saïgon. Les politiques et même les militaires sont des rêveurs. Pas les marchands, qui n'ont eu besoin de personne pour s'installer à Goa, à Malacca, à Amboine ou à Macao.

Son regard fit le tour de l'assistance et se fixa sur Garnier.

— Je souhaite, monsieur, que l'ouverture du Fleuve soit faite, sous nos couleurs, et que nous y soyons associés.

— Le consul faisait la gueule, se rappelait Viard. Garnier était visiblement choqué par l'arrogance du marchand, mais ne trouvait rien à lui répondre. Et toi...

Le Moal retrouvait, intacte, sa rancœur d'alors.

— Moi, dit-il. J'avais mal pour nous tous. Dupuis le marchand ne le disait pas expressément, mais il était clair, pour lui, que nous avions perdu notre temps. Un jour, bien plus tard, j'ai demandé à Garnier pourquoi il était resté muet.

— L'homme me déplaisait, m'a-t-il répondu, mais j'étais obligé d'admettre qu'il avait raison.

4

Tous ses commandements avaient porté chance à l'amiral Dupré : la Crimée, Madagascar, la Réunion, les mers de Chine. Tous, sauf le dernier. Nommé gouverneur de la Cochinchine en 1871, il était, depuis un an, un homme malheureux. Ses crédits et ses moyens d'action avaient été rognés : à la suite de la défaite, la France n'avait pas le cœur aux aventures lointaines. Les rapports qu'il entretenait avec la cour de Hué ne lui valaient pas plus de satisfactions. S'en plaignait-il à Paris, la réponse était toujours la même.

— Nous n'avons pas de politique de rechange. Les traités existent. C'est à vous de les faire appliquer.

Il s'y efforçait, avec l'espoir que l'empereur se lasserait de les violer. Il se montrait loyal et feignait de croire qu'il était payé de retour. Sans se départir de son calme, il résolvait les difficultés que lui créait le partenaire annamite et trouvait même stimulant d'avoir à surmonter les embûches qu'il semait sur son chemin.

Il appréciait, en fin de compte, ce travail de Sisyphe qui pour un temps lui faisait oublier l'« affaire », son autorité bafouée et l'insolent triomphe de l'aventurier sans foi ni loi à qui tout réussissait.

Chaque matin, s'asseyant à son bureau, il posait avec un mélange de rage et d'angoisse la sempiternelle question.

— Où en est Dupuis ?

*\
**

Dupuis avait affirmé qu'il descendrait le fleuve jusqu'à Hanoï par ses propres moyens. Un an plus tard, il l'avait fait, accompagné d'une demi-douzaine de Chinois, à bord d'une pirogue qui avait traversé, sans coup férir, les zones tenues par les Pavillons Noirs, les Pavillons Jaunes et bien entendu les gardes annamites censés défendre l'accès de la capitale.

Il avait réalisé l'exploit impossible avec une déconcertante facilité. Sur quoi il était parti pour Paris non sans avoir annoncé au comte Mejean, consul général à Shangaï, l'ouverture du Song Koi au commerce, de concert avec les autorités du Yunnan, pour l'automne 1872.

L'information était d'importance. Le diplomate se fit un devoir de la transmettre à Saïgon.

Funeste missive. Au fur et à mesure que l'amiral avançait dans sa lecture, la colère lui fonçait le teint. Il était au bord de l'apoplexie lorsqu'il en vint à bout. Le coup de gueule qui suivit resta longtemps dans les mémoires.

— Ainsi donc, hurlait-il, ce bandit de grand chemin ouvre le fleuve, de son propre chef. Croit-il donc qu'on ouvre ou ferme un fleuve comme on manœuvre un robinet ? Il fixe des droits de douane, il s'adjuge des mines et il traite avec la Chine, dans notre dos. Cet homme doit être fou !

Debout devant l'amiral, le lieutenant de vaisseau Goudart, officier d'ordonnance, attendait que l'orage se calme.

— Dupuis, dit-il d'un ton neutre, fait escale à Saïgon.

L'amiral sursauta.

— Quand cela ?

— En ce moment même.

Enfin une bonne nouvelle ! Les ordres fusèrent.

— Amenez-le-moi. Faites-le arrêter au besoin. Il doit répondre de ses actes devant moi. Devant la justice aussi, d'ailleurs. Les chefs d'inculpation ne manqueront pas. Faites vite. Ne laissez pas l'oiseau s'envoler.

Une heure plus tard, Goudart réapparaissait, la mine déconfite.

— Le bateau des Messageries a quitté Saïgon ce matin.

— Qu'on le rattrape au cap Saint-Jacques.

— Je me suis informé. Le pilote a quitté le bord. Le bateau est en haute mer.

Dupuis arrivant en France, faisant la tournée des ministères, circonvenant la presse et les milieux d'affaires grâce à ses talents de bonimenteur de foire, présentant « son » Tongkin sous un jour fallacieux, aux dépens des intérêts supérieurs tant de la France que de l'empire d'Annam. Voilà ce que signifiait son voyage.

A ses arguments, l'amiral Dupré n'avait à opposer que l'état d'avancement de ses propres négociations, peu de chose à vrai dire. Et rien sur l'état du Tongkin où personne de chez lui n'avait jamais mis les pieds. Il y avait bien des missionnaires au Tongkin, mais aucun n'était crédible : Dupuis semblait les avoir ensorcelés.

Il fallait bien autre chose pour faire pièce à l'aventurier.

86

— Goudart, le *Bourayne* est-il en état de prendre la mer ?

— Il vient de terminer ses essais.

— Bien. Convoquez-moi le commandant Senez, et par la même occasion M. Legrand de la Liraye.

L'interprète officiel du gouvernement parut surpris de la nature de la mission dont il était investi.

— Messieurs, le *Bourayne* se rendra dans le golfe du Tongkin. Il reconnaîtra les bouches du Song Koi et vérifiera, sur place, les assertions du sieur Dupuis, qui prétend que le pays est calme, et les affirmations contraires des mandarins de Hué. Vous regarderez, vous écouterez et vous vous ferez une opinion. Départ demain. Retour dans trois semaines. Je veux avoir en main votre rapport lors de mon départ pour Paris, le mois prochain.

Il n'était pas besoin d'être grand clerc pour deviner ce que l'amiral souhaitait y trouver, et découvrir sur place de quoi le satisfaire. Sur ce plan, le rapport que lui remit le commandant Senez était hautement satisfaisant.

« Les pirates sont partout, affirmait-il, et le pays tout entier est en feu... »

C'en était assez pour l'amiral, qui s'embarqua à destination de Marseille, avec un dossier bien ficelé.

A Paris, ce fut sa parole contre celle de Dupuis. Chacun défendant son dossier : d'un côté celui du marchand qui prétendait avoir le Tongkin à sa main, de l'autre, celui de l'officier général dont il était impensable de mettre la parole en doute. Qu'importaient les dossiers ? Entre un marchand et un amiral, le choix des Administrations fut vite fait. Dupuis frappa à toutes les portes et fut partout éconduit. Le ministre, qui ne put refuser de le recevoir, ne le laissa pas même exposer son point de vue.

— Nous n'admettrons pas, dit-il d'un ton sec, de nous laisser entraîner dans une aventure sans issue. Vous serez seul face aux Pavillons Noirs.

Dupuis ironisa.

— Avec quatre hommes et un caporal, j'en viendrai à bout. Ce ne sera pas un exploit, car les Hé-Ki[1] n'ont pour tout armement que seize fusils de chasse et quelques pétoires à mèche. Il n'y a que les gens de Hué pour les craindre. Et aussi, malheureusement, ceux qui croient à leurs contes de bonne femme.

Le ministre toisa l'insolent personnage.

— L'amiral Dupré fait sans doute partie, selon vous, de ces simples d'esprit ?

Dupuis fit front.

— Je ne suis pas dans sa confidence.

— Vous allez être dans la mienne, monsieur Dupuis. Je vous la ferai connaître dès demain, par écrit, afin que les choses soient claires.

« Dans la situation présente de la France, écrivit le ministre, nous ne pouvons que faire des vœux pour le succès de votre entreprise. Nous ne pouvons intervenir ni pour, ni contre dans cette affaire qui demeure entièrement à vos risques et périls. Si vous éprouvez de la résistance et si vous croyez pouvoir l'emporter, frayez-vous un passage par la force, c'est votre affaire ; mais si vous et vos gens êtes tués nous ne pourrons intervenir pour vous venger. »

Il était seul ? Soit. A lui donc la mise sur pied de son corps expéditionnaire, avec l'armement, le matériel et l'encadrement nécessaires. Il réunit une véritable flottille : deux canonnières, le *Lao Kay* et le *Hong Kiang*, un vapeur, le *Mang Hao*, une chaloupe à vapeur, le *Son Tay* avec leurs équipages et un commandement de qualité. Son armement était

1. Pavillons Noirs.

sans doute plus moderne que celui dont disposait la marine. Ses canons étaient servis par un personnel breveté. Ses soldats étaient annamites ou chinois. Les partisans des Lé, cette dynastie impériale qui avait régné sur l'Annam durant trois siècles, lui offraient des hommes par milliers. Le vice-roi du Yunnan également. Pour l'instant, il refusait ces propositions qui allaient au-delà de son objectif : la libre circulation sur le fleuve.

Il était seul ? A lui donc, le Tongkin ! Les ganaches de Paris et de Saïgon allaient apprendre de quel bois il se chauffait. Pendant les douze mois qui suivirent il fut marchand, diplomate et condottiere. Secondé par une demi-douzaine d'hommes dévoués jusqu'à la mort, il affola la cour d'Annam, terrorisa les mandarins tongkinois, neutralisa les Pavillons Noirs, força le fleuve par deux fois, à l'aller et au retour, avec des cargaisons d'armes, de sel, de cuivre et d'étain. Interlocuteur privilégié du *titai*[1] du Kouang-Si et du vice-roi de Canton, il était désormais un personnage quasi officiel.

— La baudruche est dégonflée, avait dit l'amiral.

La baudruche se portait bien. A Saïgon on en était réduit à suivre les progrès de Dupuis en faisant des vœux pour qu'enfin il trébuche, mais ce diable d'homme flairait les pièges et les retournait contre ceux qui les lui avaient tendus.

Rien ne semblait pouvoir l'arrêter.

Pour Francis Garnier, officier en congé sans solde, et déjà plus qu'à demi civil, cette même année avait été moins faste.

— Je ferai du négoce, avait-il déclaré à sa jeune

1. Maréchal.

femme. Je visiterai les régions les plus reculées de la Chine, que les Européens connaissent peu, ou même ne connaissent pas. Je me rendrai également dans les provinces ravagées par la guerre, où personne n'ose s'aventurer. J'en rapporterai, par les routes que j'aurai ouvertes, des marchandises rares qui depuis des années ne parviennent plus en Occident.

Vus de Paris ces projets semblaient audacieux mais réalisables. On ne bouclait pas un périple de dix mille kilomètres sans se faire une réputation de gagneur.

Sur place, ils paraissaient chimériques.

Garnier ne tarda pas à comprendre que sa reconversion serait plus ardue qu'il ne l'avait imaginé. Ainsi que ses pairs, il avait eu tendance à considérer le commerce comme le grouillement désordonné des quais tel qu'on l'observe, avec un rien de condescendance, depuis la passerelle d'un croiseur. Du subalterne pas très propre, mais facile et profitable à en juger par la piètre qualité de ces gens à qui la fortune venait sans qu'ils eussent à risquer leur peau. Pourquoi échouerait-il là où ils réussissaient ?

Il ignorait que, pour passer de l'atmosphère stérilisée de la Royale aux sentines de la Chine profonde, il fallait apprendre à respirer autrement. Et commencer par oublier le sens des mots, l'échelle des valeurs, les notions d'honneur, de courage et de droiture qu'on vous avait inculquées. L'apprentissage pouvait alors commencer. Il durait des années : il en avait fallu six à Jean Dupuis, qui pourtant était doué, pour devenir aussi retors et subtil que les plus redoutables de ses concurrents.

Garnier n'avait ni le temps ni la patience nécessaires. Et le don lui faisait défaut.

Pendant des mois, il se consacra à des projets qui tournaient court.

— J'ai affaire à des fripouilles et des incapables, disait-il. On ne commande pas à la chance : or, elle m'est contraire. Le brigandage, les inondations, les cargaisons perdues, j'aurai tout subi.

A bout de ressources, il avait fini par tirer la conclusion de ses échecs, et l'avait avoué à sa femme, non sans mélancolie :

— J'ai l'intention de demander à l'amiral Dupré la place de résident au Cambodge. Nous vivrons près des ruines d'Angkor, en faisant des économies et nous arriverons à payer nos dettes.

Les demandes de Francis Garnier n'avaient pas éveillé l'attention de l'amiral-gouverneur.

Il avait remis sa réponse à plus tard. Garnier pouvait attendre, le Cambodge aussi. Ce n'était pas le Sud chinois qui l'intéressait mais le Tongkin où la situation tournait au cauchemar.

— Où en est Dupuis ?

L'appui du gouvernement n'avait valu à l'amiral que des satisfactions d'amour-propre. Jamais l'aventurier ne s'était senti plus libre d'agir. Et la liste de ses méfaits gagnait en nombre et en gravité. L'amiral en était venu à redouter l'arrivée du courrier.

Peu après son retour à Hanoï, en mai 1873, Dupuis décidait d'assurer la police dans la ville marchande, et faisait bâtonner les mandarins récalcitrants.

Le mois suivant, le maréchal Nguyen Tri Phuong arrivait à son tour dans la capitale et faisait placarder une proclamation menaçante pour Dupuis et ses acolytes. De quoi, pensait-on, lui faire entendre raison. L'espoir avait été de courte durée. Les proclamations du maréchal étaient protégées par un parasol, symbole de l'autorité du souverain. Dupuis fit enlever proclamations et parasols qu'il promena en ville avant de les brûler.

Les mandarins avaient capturé plusieurs de ses hommes. Il répliqua en enlevant un nombre deux fois supérieur de mandarins. Le maréchal avait fait arrêter le chef de la police, jugé trop tiède dans son action contre le Français. Son successeur était arrêté à son tour par Dupuis deux heures après qu'il avait été nommé.

Qu'il s'agisse de ruse ou de violence, il ne laissait rien passer. Pour une embuscade, il en organisait deux. Pour un coup de pétoire sur une de ses jonques, il confisquait une jonque annamite, chargement et équipage compris ! Puis il négociait en position de force.

Le pire était qu'en agissant ainsi, Dupuis ne contrevenait à aucune directive gouvernementale française. Le ministre avait été on ne peut plus clair :

« Si vous croyez pouvoir l'emporter, frayez-vous un passage par la force, c'est votre affaire... »

C'était, disait l'amiral, donner carte blanche à un pirate dont on ne savait même plus s'il était français. Jusqu'à présent, en effet, il n'avait jamais arboré le drapeau tricolore. Seul le pavillon du titai flottait au grand mât de son bateau. C'était bien à l'ombre de la Chine qu'il agissait comme le prouvait la lettre du vice-roi de Canton aux autorités annamites. Attaquer Dupuis, disait-il en substance, c'est se rebeller contre le suzerain chinois.

Dupuis avait d'ailleurs de plus en plus de mal à décliner les offres de service du titai. Il ne tenait qu'à lui de disposer de dix mille Yunnanais pour écraser pêle-mêle les Pavillons Jaunes et Noirs, les pirates de tout acabit ainsi que les troupes du maré-chal Nguyen Tri Phuong en réponse à sa menace « d'exterminer les envahisseurs jusqu'à la racine et de les couper en tout petits morceaux ».

Impavide, Dupuis comptabilisait les pertes et le manque à gagner dont pâtissait son entreprise, empêchée de commercer normalement. Après une année d'escarmouches, les indemnités qu'il se réservait d'exiger de la cour de Hué atteignaient 500 000 taëls.

***

A Hué plus encore qu'à Saïgon, Dupuis apparaissait comme l'un de ces monstres dont seule une intervention surnaturelle pouvait venir à bout. Ainsi l'Empire avait-il été sauvé, à diverses reprises, par un animal fabuleux, cheval ailé, tortue, dragon, et même par une vierge inspirée. Il était toutefois préférable de ne pas compter sur ce genre de sauvetage, et d'en appeler à l'occupant, puisqu'il se prétendait le défenseur de l'Annam. A défaut d'autre ressource, l'Empereur consentit à cette perte de face, et se déclara on ne peut plus disposé à signer l'accord dont la négociation piétinait depuis deux ans. A condition, bien entendu, qu'auparavant, la France ait chassé Dupuis du Tongkin.

Ainsi donc, la patience finissait par payer. Séance tenante, l'amiral dicta une dépêche à l'intention du rebelle, en prenant soin de la confier aux Annamites pour transmission à l'intéressé. La dépêche leur était remise non cachetée, dans un étui ouvert afin qu'il soit bien clair qu'elle leur était destinée tout autant qu'à Dupuis.

« En ma qualité d'amiral-gouverneur de Cochinchine, écrivait Dupré, et sur la demande des autorités annamites, je vous invite à vous retirer du

Tongkin. Si vous ne vous conformez pas à cette invitation, je laisse aux Annamites la liberté de pouvoir employer tels moyens qu'ils croiront devoir prendre pour vous chasser. Vous n'aurez, en ce cas, à vous en prendre qu'à vous-même des conséquences qui pourront en résulter, pour vous et pour vos gens. »

L'amiral Dupré était-il un triste sire, capable de livrer un compatriote à la vindicte de ses ennemis ou bien avait-il, lui aussi, assimilé les mœurs d'Extrême-Orient et se comportait-il en Asiatique ? Peut-être se promettait-il de recueillir les fruits du travail de Dupuis sans avoir à se salir les mains et lui enjoignait-il de quitter le Tongkin sans ignorer qu'il n'en ferait rien. Peut-être invitait-il les Annamites à le chasser, bien qu'il sût qu'ils n'y parviendraient pas. Cette incapacité n'était pas pour lui déplaire : elle lui assurait un avantage appréciable dans la négociation à venir.

On n'en était pas là. Les mandarins d'Hanoï avaient interprété au premier degré le message de l'amiral.

Le maréchal Nguyen Tri Phuong retrouva sa superbe. Après avoir fait trembler les Européens de Saïgon qui étaient des milliers, il viendrait bien à bout de Dupuis et des quelques dizaines de mercenaires avec lesquels il terrorisait le Tongkin.

La citadelle d'Hanoï se mit à bourdonner comme une ruche. C'était une attaque tous azimuts que projetait le maréchal. Sur le fleuve, des radeaux incendiaires. Des pieux formant barrages en travers de ses passes les plus étroites. Dans la ville marchande, une pluie de projectiles enflammés visant les dépôts de munitions et les magasins de Dupuis. L'enlèvement, par surprise, de ses hommes dès qu'ils se risqueraient, seuls ou en petit nombre, dans les ruelles proches de la citadelle. L'interdiction de le ravitailler, faite aux commerçants cantonais sous peine des pires représailles. Tout cela préludant à une attaque générale, dans laquelle il prévoyait d'engager les cinq mille hommes dont il avait personnellement suivi l'entraînement.

On ne sait ce qu'avaient prédit ses astrologues au vieux guerrier. S'étaient-ils fourvoyés ou bien le maréchal avait-il refusé de les entendre ? Rien ne se déroula comme prévu. Les radeaux se désintégrèrent avant d'atteindre leurs objectifs : le courant eut raison des barrages de pieux ; les incendies furent maîtrisés avant qu'ils n'aient atteint les dépôts de munitions. Les Chinois se débrouillèrent comme à l'accoutumée pour tourner les interdictions qui leur étaient faites.

Le 11 septembre, le maréchal lança son attaque. Cinq mille hommes participaient à l'action.

Trois heures plus tard, les cinq mille hommes, ou ce qu'il en restait, repassaient en catastrophe les portes de la citadelle. Le maréchal était bien le seul à garder le moral. Il se disait — ce qui, après tout, était vrai — qu'il venait de perdre une bataille de plus, mais pas la guerre.

L'empereur ne pouvait se permettre d'attendre un hypothétique retournement de fortune. Il lui fallait une issue quel qu'en soit le prix. Il n'en était plus à une humiliation près. Une de plus, donc, mais pire que les autres, car il allait au-devant de celle-là, en réitérant son appel à l'amiral français.

L'amiral ne se lassait pas de relire la lettre de l'empereur. Elle lui apportait la preuve qu'il avait eu raison contre tous : le ministère à Paris, l'empereur à Hué et Dupuis à Hanoï. Il vivait le moment de tous les possibles. Grisé par ce succès soudain, il en oubliait que le jeu était truqué et qu'il était engagé dans une gigantesque partie de poker-menteur.

L'empereur n'avait pas signé sa lettre ? Qu'importe. L'amiral ne se priverait pas du plaisir d'écrire, de sa main, le texte de sa réponse.

« Je ne vois d'autre moyen de répondre convenablement aux désirs de Votre Excellence qu'en envoyant un officier accompagné de quelques hommes à Hanoï pour signifier à M. Dupuis l'ordre de se retirer et pour le faire exécuter de force, s'il refuse d'obéir de bonne grâce. »

Il se relut, réfléchit une seconde et appela l'aide de camp.

— Expédiez-moi d'urgence cette dépêche. Mais d'abord, lisez.

Goudart apprécia la subtilité de la manœuvre.

— Bien joué, amiral. Reste à savoir qui vous enverrez à Hanoï. Philastre, je suppose ?

L'amiral secoua la tête.

— Vous êtes un naïf, Goudart. Ce qui prime, c'est l'ouverture du Fleuve. Dupuis vient après. Vous connaissez Philastre : un tourmenté qui se demande si notre place est en Cochinchine. Alors, le Tongkin... ! Il verrait une félonie dans l'inversion de nos priorités.

— Qui d'autre, si ce n'est lui ?

— Garnier m'avait écrit, il y a quelques semaines. Invitez-le à rejoindre Saïgon d'urgence.

Tous les projets commerciaux et même journalistiques de Garnier s'étant soldés par des échecs, la proposition de l'amiral arrivait à point nommé et le sauvait d'une totale déconfiture.

« J'ai à vous parler d'affaires importantes écrivait l'amiral et je vous prie de venir le plus tôt que vous pourrez. »

— Quelles affaires, d'après toi ? avait demandé sa femme, Claire.

— Que sais-je ? Une résidence au Cambodge, une ambassade officieuse en Chine.

— M'emmèneras-tu avec toi ?

— Comment faire avec un enfant de trois ans, sans même savoir où l'on va m'expédier. Mieux vaut que tu m'attendes ici et que je vienne te chercher lorsque j'y verrai plus clair.

Entre Shangaï et Saïgon, il eut le temps de réfléchir à la lettre étrange de l'amiral. Aurait-il parlé d'affaires importantes à propos du Cambodge où il ne se passait jamais rien ? La Chine alors, mais pourquoi l'amiral qui n'y exerçait aucune autorité ?

Il en était encore à se poser la question, alors que le bateau entamait sa manœuvre d'accostage le long des quais des Messageries. A terre, une petite foule de blanc vêtue, le casque oblong vissé sur la tête, attendait les voyageurs de Chine. La même, semblait-il, qui saluait les partants, immuable figuration sur laquelle tranchait aujourd'hui le dolman à doubles aiguillettes d'or de l'officier d'ordonnance de l'amiral.

— Pour qui donc Goudart arbore-t-il toute sa quincaillerie ? se demanda Garnier.

L'aide de camp vint à lui.

— Bon voyage ?

— Excellent. Qui viens-tu chercher ?

— Toi.

Garnier n'en crut pas ses oreilles. Goudart montra la calèche rutilante qu'un cocher, à la livrée de l'amiral, venait d'amener au pied de la passerelle.

— Avec ça. Tu loges à l'hôtel du gouvernement. L'amiral désire te voir tout de suite.

— Sais-tu ce qu'il me veut ?

Goudart biaisa.

— Je sais seulement que le vieux est impatient. Il trépigne depuis ce matin.

*
**

— Asseyez-vous, Garnier. Je vous ai fait venir pour vous parler des affaires du Tongkin. Vous connaissez Jean Dupuis, n'est-ce pas ?

— Oui, amiral.

— Alors, écoutez-moi bien. Un : notre gouvernement ne veut pas s'engager au Tongkin. Deux : Jean Dupuis, qui s'est vu refuser tout appui à Paris, a entrepris d'ouvrir le Song Koi au commerce par ses propres moyens.

Garnier intervint.

— Entrepris ou réussi ?

— N'exagérons rien. En passant en force, il a effectué deux ou trois allers-retours. Mang-Hao-Hanoï. Je n'appelle pas cela l'ouverture d'une voie commerciale. Ces expéditions n'ont rien résolu, au contraire. Elles sont à l'origine des problèmes politiques qu'il nous faut résoudre aujourd'hui.

» Trois : nos rapports avec l'empereur Tu Duc ont toujours été conflictuels. Pour notre chance, il prend au sérieux la menace que fait peser sur l'empire d'Annam l'entreprise de Jean Dupuis. Seul, il est incapable de la conjurer et il insiste pour que nous l'y aidions. Tu Duc en position de demandeur, qui aurait osé le rêver ? Nous avons la possibilité de prendre pied au Tongkin, à sa requête, ce que Paris ne saurait nous reprocher, et d'ouvrir nous-mêmes, pour de bon, la voie de Song Koi, que nous nommons ici le Fleuve Rouge.

— Conjurer la menace que constitue Dupuis : la formule est vague.

— Exprimons-nous donc clairement. L'empereur nous demande de le chasser.

— Est-ce la mission dont vous me chargez ?

L'amiral rit de bon cœur.

— Mon cher Garnier, vous oubliez que vous êtes en Extrême-Orient où se marient tous les contraires : le soleil et la pluie, le salé et le sucré, la vérité et le mensonge. L'amabilité de l'empereur est un faux-semblant, la mienne n'est pas plus franche, les succès de Dupuis ne sont qu'apparence, son alliance avec les Chinois aussi. Tu Duc nous demande de le chasser ; nous acceptons de mener une enquête, ce qui est différent. Une enquête impartiale, Garnier, et minutieuse et longue à souhait, qui nous permettra d'affirmer que nous donnons satisfaction au souverain, alors que, entre nous, hein ?...

Garnier revint à la charge.

— Soit. Mais pendant l'enquête, qu'est-ce que je fais de Dupuis, à supposer qu'il se laisse faire ?

— Vous aviserez. J'ai fait appel à vous parce qu'à force de les avoir fréquentés, je suppose que vous savez parler aux marchands.

— J'aurai donc carte blanche ?

— Absolument. Et vous disposerez des moyens que vous jugerez nécessaires. Mille hommes s'il le faut, avec quatre et même cinq canonnières.

Après avoir ratissé le bas-delta pendant des mois, l'enseigne de 1re classe, Isnard, commandant de l'*Arbalète*, apprit, par une note de l'amiral-gouverneur, que sa mission avait été couronnée de succès et qu'il n'y avait plus de pirates entre le Bassac et la pointe de Camau.

Isnard, qui avait travaillé au jugé, était soulagé

d'un grand poids. C'était un jeune homme épris d'idéal que sa confrontation avec la piraterie cochinchinoise avait perturbé. Après avoir coulé un sampan qui tentait de s'esquiver, et constaté qu'il ne transportait que du charbon de bois, ou mis le feu à une paillote d'où, en fait de pirates, une femme et une ribambelle d'enfants sortaient en piaillant, il passait de mauvaises nuits. Dans l'impossibilité de faire part de ses doutes à quiconque, il souffrait d'être son propre juge. « Pas qualifié », se disait-il. Un prêtre aurait été le bienvenu, mais les aumôniers de la marine préféraient exercer leur ministère à bord de croiseurs aux effectifs pléthoriques, plutôt qu'au bénéfice de quelques marins isolés traînant leurs péchés à la remorque sur les arroyos de la Basse-Cochinchine.

Sa satisfaction aurait été complète si l'amiral-gouverneur n'avait précisé, dans sa note, qu'après avoir liquidé les pirates, il fallait maintenant venir à bout des rebelles dont on situait les repaires dans le labyrinthe inexploré de la plaine des Joncs.

Isnard avait stoppé l'*Arbalète* le long d'une rive ombragée de Bassac. C'était un luxe que n'offrirait pas de sitôt l'errance sous le soleil implacable de la plaine des Joncs. Il transmit à son équipage les félicitations de l'amiral.

— La chasse aux pirates est terminée, dit-il. Nous les avons exterminés.

Les matelots se marraient. Le Moal poussa du coude son voisin, pointeur du canon de chasse.

— C'est toi qui as eu le dernier, hier. Il a fait une cabriole comme pour saluer la compagnie.

A bord de ce rafiot mangé de rouille, que les couches de peinture les plus généreuses ne guérissaient pas de sa lèpre, la discipline était quelque peu malmenée. Lorsque la machine lâchait des jets de vapeur intempestifs et pissait de l'huile par tous ses joints, la majesté de la Royale en prenait un coup. La vie à bord gagnait en convivialité ce qu'elle perdait en rigueur.

— Le Moal, as-tu fini de faire l'idiot ?

— Excusez, commandant, c'est la joie de rentrer à Saïgon.

— On ne rentre pas, mon garçon, on continue. Après les pirates, les rebelles, qui se cachent en plaine des Joncs. Nous allons les débusquer de leurs repaires.

La plaine des Joncs, région de marais, labyrinthe d'eaux stagnantes et de roseaux géants, infestée de malaria, avait la pire des réputations. Parmi ceux qui s'y étaient aventurés, une bonne moitié n'étaient pas revenus. Les autres en parlaient avec des yeux hallucinés.

— Un soleil à rendre fou, disaient-ils, de la vase qui t'aspire et t'engloutit, des herbes coupantes comme des rasoirs, de l'eau croupie et des moustiques comme t'en as jamais vu. La merde, quoi !

Avec ou sans raison, Le Moal protestait toujours, c'était plus fort que lui. Aujourd'hui, lui semblait-il, s'indigner était un devoir.

— On dit que personne ne peut survivre en plaine des Joncs, pas plus les rebelles que nous. On va donc y crever pour rien.

Isnard comprenait le désarroi de ses hommes. Il prenait racine dans la terreur de l'inconnu qui nourrit depuis toujours l'imaginaire des gens de mer. Aussi réagit-il avec indulgence.

— Nous ne ferons que passer. Aussi rapidement que possible. Les rebelles, eux, sont sur place. La maladie les décime sans doute. Nous allons nous en assurer.

— Les rebelles, maugréa le pointeur du canon de chasse, il en a de bonnes, l'amiral ! D'abord, comment reconnaît-on un pirate d'un rebelle ?

101

— Question de dates, répondit Le Moal. Jusqu'à ce soir minuit, les nha que que tu flingues sont des pirates. A partir de demain à l'aube, ce seront des rebelles. T'as compris ?

Isnard préféra ne pas entendre. Le Moal se défoulait pour le compte de l'équipage et disait tout haut ce que lui-même n'était pas loin de penser.

— Suffit ! Nous prendrons le courrier à Vinh-Long demain et y passerons la nuit. Appareillage à l'aube pour Cat Lay. Pas de questions ? Bon. Rompez.

L'essentiel du courrier tenait dans une grande enveloppe, contenant le plan d'opérations en plaine des Joncs. C'était l'œuvre d'un breveté qu'Isnard connaissait bien. Un travail sérieux, d'une logique sans défaut.

— Une logique d'Occident, lui avait-il fait remarquer quelque temps auparavant, qui malheureusement n'a pas cours ici. Pour l'efficacité, mieux vaudrait se mettre à l'heure annamite. Vous dites que deux et deux font quatre. C'est vrai, sauf si, à votre insu, l'Annamite du coin a retranché un. Auquel cas, deux et deux font trois.

Le breveté avait haussé les épaules. Barbotant dans ses arroyos, le nez au niveau de la rizière, Isnard vivait dans un monde sans perspectives. Il faudrait songer à le relever bientôt, sans quoi il finirait par raisonner comme un nha que.

A part le plan d'opérations, le courrier contenait un pli marqué urgent, prescrivant au commandant de l'*Arbalète* de débarquer le matelot de 1re classe Le Moal Jakez et de le mettre en route pour Saïgon dans les plus brefs délais.

— Le Moal, tu débarques. Fais ton sac. La chaloupe de Saïgon part à huit heures du matin.

Il avait assez maudit la vie à bord de cette barge pour ne pas se réjouir d'en être délivré. Sa joie, toutefois se tempérait d'inquiétude.

— Pourquoi je débarque ? demanda-t-il à Isnard. Qu'est-ce que je leur ai fait, à Saïgon, pour qu'ils viennent m'emmerder jusqu'ici ?

— Tu y tiens tant que cela, à l'*Arbalète* ?

— C'est pas ça. Mais quand on me convoque, moi, c'est jamais pour me féliciter. Alors, je me méfie.

— Tu as tort. Un jour ou l'autre, chacun a sa chance. C'est peut-être ton tour. Bon vent, Le Moal, on te regrettera.

A la Gestion du Personnel, le second maître chargé des Effectifs le reconnut d'emblée. C'était lui qui visait son carnet à chaque sortir de taule.

— Te voilà, toi !

— Paraît que je suis convoqué.

Le gratte-papier semblait furieux. Il fourrageait dans ses dossiers, en pestant contre le gibier de prison qui l'obligeait à en détruire l'ordonnance. Le Moal ne put se contenir.

— C'est le motif que vous cherchez ?

— Non, mais je pourrais bien le trouver. En attendant, tu la fermes, tu briques ta tenue, qui pue la vase, et tu te présentes à l'Amirauté, bureau 29. Voilà ta convocation.

L'Amirauté, tapie sous les flamboyants, ses toits débordants sur lesquels pleuvaient les pétales écarlates, les murs de crépi blanc et les parquets de bois luisant, ses bureaux dans lesquels on pénétrait par des portes à va-et-vient à travers lesquelles circulait une brise fraîche.

Bureau 29.

— Entrez.

Francis Garnier se tenait au milieu de la pièce. C'était bien lui, et pourtant, il n'était pas le même. Un uniforme rutilant avait remplacé les loques de naguère et des favoris encadraient un visage refait à neuf, dont les rides avaient été gommées. La barbe de patriarche avait également disparu.

Le Moal restait planté sur le seuil, muet de saisissement. Garnier souriait.

— La Cochinchine ne te vaut rien, et Saïgon, paraît-il, encore moins. Je t'emmène avec moi au Tongkin. D'accord ?

Bien sûr qu'il était d'accord, mais il n'arrivait pas à le dire. Une boule grosse comme le poing lui obstruait la gorge. Et pour tout arranger, ses yeux n'arrêtaient pas de cligner. Il n'allait pas chialer, tout de même. Eh bien ! si, à grosses larmes, qu'il avait retenues depuis son enfance cabossée.

5

Il parlait aussi bien le mandarin que le cantonais, maniait le pinceau comme un lettré, avait troqué redingote, haut-de-forme et bottines contre la robe de soie grise, le chapeau conique et les chaussons du marchand chinois. Ce n'était pourtant qu'un déguisement. Inexplicablement, la terre de Saint-Just-la-Pendue adhérait à ses semelles de feutre.

Jean Dupuis, marchand de nationalité française, établi en Chine depuis quinze ans, avait été chargé par le vice-roi de Canton de le représenter auprès de ses vassaux tongkinois pour tout ce qui touchait à l'ouverture du Song Koi au commerce.

Le titai du Yunnan lui avait proposé dix mille hommes de son armée personnelle, et lui avait avancé quinze mille taëls pour ses frais d'expédition, à valoir sur les bénéfices de l'exportation des minerais chinois.

Ambassadeur officieux, Jean Dupuis avait reçu la mission de faire savoir aux Pavillons Jaunes que le *foutai*[1] du Kouang-Si était disposé à leur accorder le pardon et de négocier leur retour en Chine.

Il était clair, aux yeux des Chinois, que l'hostilité des mandarins tongkinois reflétait celle de la cour de Hué. D'où la tentation de se débarrasser de la dynas-

1. Gouverneur.

tie des Nguyen, vassaux incommodes et de la remplacer par celle des Lé, apparemment plus souples et tout aussi titrés. Leurs chefs avaient d'ailleurs fait savoir à Dupuis qu'ils n'attendaient que son signal pour s'emparer des chefs-lieux de province et mettre fin à l'autorité de la cour de Hué.

Et la France dans tout cela ?

C'était simple : Paris ne voulait pas entendre parler du Tongkin.

Dupuis avait donc en main des atouts maîtres. Il ne nourrissait aucune ambition de conquête et ne rêvait pas d'un pays chimérique dont il se ferait le roi.

— Un peu de gloire, disait-il, et beaucoup d'argent, voilà ce que nous rapportera l'affaire.

A une seule condition : qu'elle reste ce qu'elle était, c'est-à-dire une affaire sino-annamite dans laquelle la France n'était pas partie prenante et donc qu'il reste lui aussi ce qu'il était, c'est-à-dire un marchand chinois.

L'homme était difficile à cerner : chef de guerre impitoyable, négociateur subtil, marchand retors, il passait son temps à déjouer les pièges de ses ennemis. Les scrupules ne l'étouffaient pas. Il préférait compromettre ses ennemis plutôt que de les supprimer mais n'hésitait pas, si nécessaire, à recourir aux moyens les plus radicaux. Il envisageait froidement de renverser l'empereur Tu Duc par titai interposé. Le renforcement de la tutelle chinoise sur le Tongkin servait indubitablement ses intérêts.

Il avait pourtant choisi de les ignorer. Ni la neutralité malveillante de Paris ni l'hostilité déclarée de l'amiral Dupré ne l'avaient fait dévier de la ligne de conduite qu'il avait adoptée une fois pour toutes. C'est à la France que devait profiter l'ouverture du Song Koi et c'était sa fierté à lui, Dupuis, que de lui offrir les clefs de ce fabuleux territoire.

En vertu de quoi il avait refusé les dix mille soldats

du titai, les trois mille hommes des Lé, à qui il avait enjoint de se tenir tranquilles. Il avait évité une confrontation dont il avait toutes les chances de sortir victorieux mais qui aurait sonné le glas des chances françaises.

Ce comportement, suicidaire pour un conquistador, avait permis à l'amiral Dupré de se poser en arbitre entre lui et la cour de Hué, mais les Annamites récusaient l'arbitrage. Ainsi l'amiral naviguait-il à vue entre ses ambitions secrètes, les instructions de Paris et les exigences de l'empereur, et Dupuis courait-il le risque d'être acculé, de son propre fait, à un choix impossible.

Porté à l'optimisme, il n'imaginait pourtant pas qu'un officier français, quels que soient les ordres, userait de la force contre lui. Garnier moins que tout autre.

Qu'en pensait Garnier, tandis que le *d'Estrées* peinait dans la houle courte et rageuse de la mer de Chine ? Nul à bord ne le savait et personne ne se hasardait à lui poser la question.

En vérité, il était ravi de la position qui lui était faite.

Après une dernière soirée à laquelle était convié le Tout-Saïgon, le 11 octobre, au petit jour, l'amiral était venu le trouver dans sa chambre pour lui faire ses adieux. Il l'avait mis dans sa voiture, qui attendait, attelée, au bas du perron et lui avait plusieurs fois serré les mains avec émotion. Tous les navires sur rade avaient salué le *d'Estrées* au moment où il appareillait.

Belle affaire, comme l'écrivait Garnier, mais modeste expédition. Le *d'Estrées* emmenait quatre-vingt-trois hommes. Il remorquait l'*Arc*, canonnière de rivière délabrée sur laquelle comptait Garnier pour remonter le Song Koi. Un second détachement de quatre-vingt-huit hommes devait quitter Saïgon douze jours plus tard avec la deuxième canonnière, l'*Espingole*.

C'était peu, face aux cinq cents hommes de Dupuis et aux quinze mille autres, prêts à marcher avec lui, si du moins les véritables instructions de Garnier étaient de le neutraliser.

Le Moal, ordonnance du chef d'expédition, essayait de mettre de l'ordre dans sa minuscule cabine du *d'Estrées*. A l'exaltation des retrouvailles et à la joie fiévreuse de renouer avec l'aventure, avait succédé une sourde inquiétude. L'enthousiasme de Garnier avait sur Le Moal un effet révulsif.

Il ne connaissait rien de l'imbroglio tongkinois ni du rôle ambigü dévolu à son chef : trop compliqué pour lui. Mais à défaut de jugement, il avait un flair, analogue à celui des animaux de brousse, qui lui permettait de renifler le danger.

— Je suis heureux de t'avoir retrouvé, lui avait dit Garnier. Nous avions descendu un bout du Song Koi ensemble. Il était juste que tu sois avec moi pour le remonter.

— Je m'en souviens comme si c'était hier.

— C'est surtout de ta piroguière que tu te souviens. Il faudra que tu ailles jusqu'au Yunnan pour la revoir, elle et l'enfant que tu lui as peut-être fait.

Devant son air morose, Garnier s'était inquiété.

— Le Moal, qu'est-ce qui ne va pas ?

Le matelot avait hésité, puis s'était lancé.

— J'ai pas compris ce que vous avez dit aux hommes le lendemain du départ. Dupuis, c'est quoi exactement, un ami ou un ennemi ? Et Tu Duc, qui nous fait chier depuis dix ans, est-ce que c'est pour lui qu'on va tirer les marrons du feu ? Cette affaire-là, commandant, je la sens pas, et puis, je vais vous dire autre chose. J'étais en train de charger vos bagages, l'autre matin, lorsque l'amiral est venu dans votre chambre. Je l'ai vu vous secouer les mains comme si vous lui rendiez un foutu service. Quel service, bon Dieu ? Il vous donne un commandement du tonnerre, et il se lève à cinq heures du matin pour vous remercier de l'accepter. Eh bien ! moi, je dis que c'est pas net. Cet amiral-là, il vous mène en bateau, c'est le cas de le dire.

Garnier s'impatienta.

— C'est tout ?

Le Moal dressa l'oreille. Le vent du nord-est soufflait en tempête et dans une mer hachée la canonnière se débattait au bout de sa remorque.

— C'est avec l'*Arc* qu'on va remonter le fleuve ?

— Oui.

— Si elle tient le coup !

Le *d'Estrées* recevait par le travers une succession ininterrompue de vagues crêtées d'écume qui le faisaient gémir sous les coups. Entre deux vagues, la remorque mollissait, puis jaillissait hors de l'eau, tendue à se rompre. A chaque choc, elle entaillait les tôles rouillées de la canonnière qui se désagrégeait littéralement, prenait l'eau et commençait à sombrer. Les quatre hommes de garde à bord avaient attendu jusqu'au dernier moment avant de hisser le signal de détresse. On les avait recueillis d'extrême justesse avant de couper la remorque à la hache. L'*Arc* avait piqué du nez, sa poupe s'était dressée à la verticale. Elle avait marqué un temps d'arrêt dans cette position insolite. Une vague l'avait masquée. L'instant d'après, elle avait disparu.

— Y en a pas une pour rattraper l'autre, commenta Le Moal. L'*Arbalète* était aussi pourrie que celle-là, mais sur les arroyos, ça se remarquait moins.

Ils avaient fait escale à Tourane pour embarquer trois ambassadeurs de la cour de Hué.

— Des ambassadeurs, pestait l'ordonnance, tu parles ! Des espions, oui. Y a qu'à voir leurs gueules de faux-culs.

Le propos était trivial, mais traduisait un jugement plus clairvoyant que celui de Garnier, pour qui la présence à bord de trois diplomates annamites était un succès en soi.

Le voyage se poursuivit, avec une canonnière en moins et trois ambassadeurs en plus, dans une mer toujours aussi détestable. Le commandant du *d'Estrées* qui ne brillait pas par la hardiesse, parlait d'échouage sur les hauts-fonds inexplorés du golfe du Tongkin, de courants contre lesquels la machine du *d'Estrées* ne pourrait lutter, de tourbillons, de cyclones dévastateurs. Bref, il voulait faire demi-tour et aller attendre la fin de la tempête à l'abri dans la baie de Tourane.

— Pas question, trancha Garnier, mes trois pensionnaires pourraient profiter de l'escale pour se raviser et disparaître. De quoi aurions-nous l'air ?

— On va se fracasser, gémit le malheureux commandant.

— Contre quoi ? La mer est vide.

— Les écueils...

— Sondez, vous verrez bien.

La ténacité de Garnier finit par avoir raison des appréhensions du commandant. Le 23 octobre 1873, trois semaines après avoir quitté Saïgon, le *d'Estrées* mouilla à la Cat-Ba comme l'avait fait le *Bourayne* dix-huit mois plus tôt.

Les pêcheurs du petit port avaient gardé un bon souvenir des largesses du commandant Senez. Aussi, dès l'arrivée du *d'Estrées*, les vit-on converger par dizaines vers l'aviso pour proposer leurs services.

Ils se faisaient forts de piloter Garnier dans le

dédale des bras du delta, de lui indiquer les chenaux navigables, les pièges à éviter et les précautions à prendre en raison de l'amplitude des marées.

L'interprète s'évertuait à répondre aux uns et aux autres. Sur les sampans qui assiégeaient les flancs du *d'Estrées*, tout un petit peuple gesticulait pour se faire comprendre. Sortis des auvents de bambous tressés qui coiffaient leurs embarcations, des femmes et des vieillards étaient apparus. L'arrivée du gros navire avec sa cheminée empanachée de fumée noire excitait leur enthousiasme.

— J'ai jamais vu des Annamites rigoler comme ça, remarqua Le Moal.

— Ils ne sont pas annamites, répondit l'interprète.

— Chinois, alors ?

— Pas vraiment. Ce sont des Nungs. La baie d'Along est unique et le peuple qui y vit également.

— Unique ?

Il suffisait de lever la tête pour contempler le plus beau paysage du monde. Garnier était trop occupé pour le voir.

— Il me faudra une jonque de charge, ou plutôt deux.

— C'est moyen.

— Des coolies pour transborder la cargaison du *d'Estrées*.

— Moyen aussi.

— Et des hommes pour tirer les jonques à la cordelle.

Les sampaniers hochaient la tête. La pêche s'annonçait miraculeuse. Leur chique de bétel passait d'une joue à l'autre. Ils riaient de toutes leurs dents barbouillées de rouge.

— Moyen tirer aussi.

Les corvées de halage étaient aussi vieilles que le fleuve.

— Y a-t-il des pirates à terre ?

Lors de la venue du *Bourayne* à la Cat-Ba, Legrand de la Liraye leur avait posé la même question. Les pêcheurs avaient compris qu'il souhaitait une réponse positive, et ils lui avaient donné satisfaction. Oui, le pays était infesté de brigands. Ils brûlaient, pillaient et rançonnaient les villages dont l'un, justement visible depuis la Cat-Ba, achevait de se consumer.

Ces gens-ci, au contraire, semblaient décidés à rester et leur chef n'attendait même pas que ses jonques soient chargées pour s'élancer dans l'intérieur.

— Il y a toujours eu des pirates par ici, répondirent les pêcheurs. Quand personne ne les chasse, ils deviennent puissants. Mais devant les fusils et les canons des Blancs ils déguerpiront si vite que le plus difficile sera de les rattraper.

Garnier n'en rencontra pas lors de la première reconnaissance qu'il effectua dans le delta. Quelques barrages de pieux interdisant l'un des bras du fleuve rappelaient cependant leur présence.

— Les pirates ne sont souvent qu'un alibi, lui dit son guide. Les mandarins leur mettent sur le dos celles de leurs actions qu'ils n'osent assumer.

Les fortifications d'Hai-Duong devant lesquelles il parvint au troisième jour de sa reconnaissance, lui rappelèrent celles des villes chinoises : murs crénelés, porte monumentale, toits recourbés. Les portes étaient fermées et les murailles désertes, comme en Chine toujours, lorsque la Mission abordait une ville hostile.

— Je vais réveiller ce monde, dit Garnier, avec jubilation, sans même se rendre compte qu'il renonçait d'emblée à son rôle d'arbitre. Le Moal, les couleurs ! Canonnier, un coup à blanc !

Comme si elle n'attendait que ce signal, la ville s'anima. Les quais, les toits, les murs de la citadelle se couvrirent de monde. Les portes s'ouvrirent sur un cortège de parasols, de palanquins et de filets. Sans

souci des préséances, les notables de la ville se bousculaient pour arriver les premiers au débarcadère.

Encore tout essoufflés, ils se confondirent en
excuses et en explications. Ils n'avaient pas été prévenus de l'arrivée de l'officier mandaté par l'empereur.
Mais cet oubli serait réparé, le commandant et son
état-major accepteraient-ils l'invitation à déjeuner des
autorités municipales ?

Il n'y avait rien là que de très ordinaire. Garnier,
nouveau venu au Tongkin, prenait pourtant pour
argent comptant l'excès d'hostilité comme l'excès de
soumission, qui n'étaient, en fait, que simulacre et
convention. A tout hasard, il se plaignit du peu
d'empressement manifesté par les mandarins de la
province.

— Ce n'est pas de moi qu'il s'agit, précisa-t-il mais
de l'autorité au nom de laquelle je suis ici.

Mains jointes et front baissé, les mandarins
reconnurent leur indignité, et pour bien marquer que
le message était reçu, ils firent bâtonner trois collègues
du plus bas grade, totalement insignifiants, à qui l'on
reprocha, en toute mauvaise foi, de n'avoir pas organisé la réception de Garnier conformément aux instructions qu'ils avaient reçues.

Il fallait plus de diplomatie pour aborder les Missions. De tout temps, le martyre des missionnaires
avait servi à justifier les expéditions coloniales. Le
Second Empire avait forcé le trait. Proclamant la
propagation de la Foi comme prioritaire, le pouvoir
accordait aux Missions une protection si ostensible
que celles-ci finissaient par la ressentir comme une
tutelle.

— Nous sommes les soldats de Dieu, protestaient
les missionnaires. Nos armes et nos ambitions sont
spirituelles. Nous ne saurions être considérés comme
l'alibi ou l'avant-garde d'une entreprise de conquête.

Les plus incisifs étaient les Espagnols qui n'avaient

pas, comme les Français, à ménager des autorités dont ils dépendaient pour une bonne part.

Certes, en France, l'Empire avait disparu, mais la République n'avait pas encore accouché de la laïcité qui d'ailleurs, à la colonie, ne fut longtemps qu'une fausse couche.

Il fallait le dire : cette expédition ne porterait pas atteinte à l'œuvre des Missions. Une visite à la plus proche d'entre elles s'imposait donc. Elle était espagnole, dominicaine de surcroît. L'évêque qui la dirigeait, Mgr Colomer, vicaire apostolique du Tongkin oriental, fit dire à Garnier qu'il était en tournée pastorale. Son coadjuteur tint à préciser que, comble de malchance, il serait absent pendant toute la semaine.

Le Moal suivait Garnier comme son ombre.

— Croyez-vous que ce soit vrai ? demanda-t-il en dévisageant effrontément le prélat.

Garnier laissa la question sans réponse.

— Monseigneur, poursuivit-il, voici la lettre que l'amiral Dupré désire faire parvenir à tous les évêchés du Tongkin. Lisez donc. Mgr Colomer y trouvera tous les apaisements souhaitables quant à la nature de ma mission.

« Monsieur Garnier, écrivait l'amiral, a l'ordre d'inviter M. Dupuis à renoncer momentanément à son entreprise, pour la reprendre plus tard dans des conditions régulières, et de l'y contraindre en cas de refus ; d'exiger, aussitôt le renvoi de celui-ci, que le Fleuve Rouge soit ouvert aux barques annamites, françaises et chinoises... de faire respecter les stipulations protectrices des chrétiens et de se maintenir au Tongkin jusqu'à la conclusion du traité. Mes intentions sont loyales. Mon but est d'initier le gouvernement et le peuple annamites à la civilisation chrétienne... »

Le coadjuteur lut avec attention, replia la lettre, se recueillit puis leva sur Garnier un regard d'inquisiteur.

114

— Vous avez réellement l'ordre de neutraliser monsieur Dupuis ?

La brutalité de la question fit vaciller Garnier. Rien qu'une seconde, le temps de trouver une réplique.

— Je ne doute pas de la parole d'un évêque. Douteriez-vous, Monseigneur, de celle d'un amiral ?

De retour au mouillage du *d'Estrées*, Garnier avait regagné sa cabine. Sur le pont, ses officiers, des jeunes gens de vingt à vingt-cinq ans, menaient grand tapage. Ils n'avaient que faire de subtilités politiques, et quoi que leur chef ait pu dire, ils ne pouvaient imaginer d'autre mission, pour leur petite troupe, que celle de s'assurer du Tongkin.

Dupuis était pour eux un franc-tireur — culotté, il fallait en convenir — une avant-garde, voire un supplétif. Pour certains qui éprouvaient envers les civils une méfiance viscérale, il était un concurrent, certainement malhonnête, mais aucun d'eux ne le considérait comme un ennemi.

Pour Garnier, les choses étaient moins simples. En quittant Saïgon, il pensait qu'en deux semaines de voyage ses idées auraient eu le temps de se décanter. Ce n'était pas le cas, loin de là. De jour en jour, il avait retardé le moment d'écrire à Dupuis pour lui faire connaître ses instructions. Ce n'était pourtant pas faute de s'y être essayé. Devant la feuille blanche il avait découvert l'ambiguïté de sa démarche et ses médiocres dispositions pour le double langage.

Après trois moutures différentes et pressé par le temps, mécontent de lui-même, il finit par rédiger un texte qui puait l'hypocrisie, qui disait tout et le contraire et trahissait un peu tout le monde.

— Mauvais, bougonnait-il en se relisant, mais qui pourrait faire mieux ?

« Mon cher Monsieur Dupuis,
Je suis arrivé, vous le savez peut-être déjà, par le

d'Estrées, avec la mission officielle de faire une enquête sur vos réclamations contre le gouvernement annamite et sur les plaintes de celui-ci à votre endroit. Ma mission ne se borne pas là. L'amiral désire mettre un terme à la situation équivoque du commerce étranger au Tongkin et contribuer autant qu'il est en lui à la pacification de cette contrée. Je compte beaucoup sur votre expérience du pays pour m'éclairer sur la meilleure solution de ce difficile problème. Il est bon cependant — et vous comprendrez aisément pourquoi — que nos relations n'aient au début qu'un caractère officiel. A un certain point de vue, je suis un juge qui ne doit se laisser prémunir par aucune des deux parties. Mais je puis au moins vous prémunir contre les bruits exagérés que les Annamites ne manqueront pas de faire courir sur les motifs de ma venue et vous affirmer, de la façon la plus positive, que l'amiral n'entend abandonner aucun des intérêts commerciaux engagés. Il vous a, d'ailleurs, donné des preuves non équivoques de la vive sympathie qu'il porte à votre entreprise... »

Garnier avait tort de se faire du souci au sujet du libellé de sa lettre. Dupuis l'attendait de pied ferme en se disant, non sans ironie, que l'honnête Garnier avait dû bien souffrir en la rédigeant. Il savait, pour en avoir reçu des centaines, qu'en Extrême-Orient, une missive officielle doit être décryptée, et qu'une correspondance est un assaut de finesse dans lequel la façon de rédiger un texte et de l'interpréter ouvre à la signification de la chose écrite diverses options entre lesquelles le destinataire conserve sa liberté de choix.

Pour maîtriser cet art compliqué, Garnier avait tout à apprendre. Son premier exercice, se disait Dupuis, était empreint de fraîcheur et de naïveté. Le bon jeune homme !

116

La réponse de Dupuis ne tarda guère.

« Vous allez certainement avoir besoin de mes services, écrivit-il. Je mets mes navires et mon personnel entièrement à votre disposition. »

Et il joignit à son message des croquis du delta qui devaient permettre à Garnier de trouver les passes les plus sûres pour remonter de la mer jusqu'à Hanoï.

Garnier, sans doute, était pressé d'arriver. Une semaine s'écoula pourtant sans qu'on eût de ses nouvelles. Était-il égaré, en panne de machine ou de haleurs ? L'assistance prêtée à un compatriote quelconque est une élégance. Elle est un devoir impératif si le compatriote est investi d'une mission officielle. Dupuis partit donc à la rencontre de Garnier.

Celui-ci s'était engagé dans le Cua-Cam à bord de la grosse jonque, transportant le personnel et la cargaison transbordés du *d'Estrées*. Le petit canot à vapeur de l'aviso, emprunté à son commandant, remorquait à grand-peine l'énorme barge. Le flot lui était pourtant favorable. Dès qu'il s'inversa, le convoi refusa d'avancer. Garnier attendit la marée suivante pour repartir, et ainsi de suite durant trois jours. Vint enfin le moment où, même au risque de faire exploser la chaudière du canot, il devint impossible de vaincre le courant.

Les moyens mécaniques étant défaillants, force était de recourir aux ressources humaines. La rizière, par chance, n'était pas déserte : la récolte du dixième mois venait de commencer, et il ne fut pas trop difficile de trouver des paysans plus ou moins volontaires pour la corvée de halage.

— Rémunérés, précisa Garnier, au vif étonnement de l'interprète.

Une corvée payée ! C'était une première en pays d'Annam. Les Français étaient décidément de drôles de gens.

— Tu en fais une tête, Le Moal !

Mètre par mètre, la jonque progressait. Garnier semblait se satisfaire de cette allure.

— Y a de quoi, commandant !

— Nous avons remonté le Mékong à la cordelle. Personne n'en faisait une histoire.

— Notre mission était de remonter le fleuve, pas de le conquérir, tandis qu'au Tongkin...

— Il ne s'agit pas non plus de conquête.

Le Moal regarda Garnier, bouche bée.

— Et de quoi donc s'agit-il ? En tout cas, on va avoir belle gueule, à l'arrivée à Hanoï, tirés par cinquante bouseux. Annamites et chinetoques, pour une fois d'accord, vont se foutre de nous et moi, commandant, qu'on se paye ma tête, j'aime pas.

Un appel de sirène lui coupa la parole. Doublant le coude de la rivière qu'allait aborder la jonque, apparut le *Mang Hao*, ce bateau de rivière flambant neuf dont Dupuis avait fait son navire amiral. Une minute plus tard, il s'amarrait à couple de la jonque. Garnier reconnut aussitôt la silhouette massive du Chinois de Saint-Just-la-Pendue. Sa robe était de la même soie grise à plis cassants que celle qu'il portait à Hang-Kéou. Il était coiffé du même chapeau conique. Son uniforme, en somme, qui ne sacrifiait en rien à la fantaisie : sévère, comme l'était d'ordinaire son visage. Mais Dupuis, aujourd'hui, arborait le sourire éclatant des beaux jours.

Une passerelle avait été jetée d'un bord à l'autre. Dupuis ne s'y engageait pas et attendait, immobile et sans impatience. C'était sa manière d'exiger les honneurs. Garnier le comprit. D'un signe de tête il fit placer de part et d'autre de la passerelle, l'aspirant Hautefeuille et un quartier-maître.

— Les honneurs, je vous prie.

— Sur le bord, ordonna l'aspirant.

Le sifflet d'argent du quartier-maître modula ses deux notes aiguës.

Dupuis franchit la passerelle et se découvrit, en réponse au salut de Garnier.

— Commandant, dit-il, quelle joie de vous voir, enfin ! Bienvenue au Tongkin.

Bienvenue au Tongkin ! Garnier ne put réprimer un mouvement d'humeur que l'autre feignit de ne pas remarquer. « Grossier personnage », marmonna Garnier.

Selon les besoins de la cause, Dupuis pouvait apparaître fin diplomate ou marchand sans scrupules, délicat ou malotru. Dans les circonstances présentes, tout autre que lui se serait fait discret. Il s'imposait au contraire au risque de faire s'écrouler la fragile construction qu'échafaudait Garnier. Dupuis allait l'entendre dès qu'ils se trouveraient seul à seul.

Après les honneurs du bord, les présentations.

— Enseigne de vaisseau Esmez, lieutenant de Trentinian, aspirant Hautefeuille, médecin-lieutenant Chedam. Voulez-vous voir les hommes ?

— Je vous en serais reconnaissant.

Drôle de revue. Le mandarin barbu passait lentement d'un matelot à l'autre, scrutant chacun d'un regard pénétrant. Son accoutrement ridicule, curieusement, ne prêtait pas à rire.

Il était parvenu en bout de file, devant un matelot à la mine délurée, dont il avait tapoté la poitrine du bout de son éventail.

— Toi, je te reconnais. Je t'ai vu à Hang-Kéou, il y a cinq ans, dans le bureau du consul. Tu te tenais derrière le commandant. Je me trompe ?

— Non, monsieur. Moi aussi je vous reconnais.

Il crânait, Le Moal, mais n'en revenait pas. On pouvait dire du marchand chinois, tout le mal qu'on voulait ; il avait quelque chose de plus que les autres.

— Nous avons à parler, monsieur Dupuis.

— Ici, ou sur le *Mang Hao* ? Peut-être y serions-nous plus à l'aise.

— La jonque me convient. Soyons brefs. Ainsi que je vous l'ai écrit, je suis ici comme une sorte d'arbitre entre vous-même et les Annamites. J'aurai donc à connaître de vos plaintes comme des leurs.

— J'ai dressé la liste des miennes à votre intention. La voici, accompagnée de mes demandes d'indemnisation. Nos griefs respectifs, ajouta-t-il, ne sont pas le plus important de l'affaire. Ils l'occultent plus qu'ils ne l'éclairent. Pour la comprendre, il faut s'en tenir à des idées simples. Les autorités chinoises, suzeraines de l'Annam, m'ont autorisé à ouvrir le Fleuve Rouge au commerce, ce que j'ai fait en me heurtant à l'hostilité, larvée d'abord, ouverte ensuite, des mandarins tong-kinois et des troupes annamites, aux ordres du maréchal Nguyen Tri Phuong. Avec l'aide chinoise, j'aurais pu en venir à bout. J'ai toutefois refusé cette aide pour laisser toutes ses chances à une intervention française, et n'ai pris, en vous attendant, que des mesures conservatoires.

— Lesquelles ?

— La protection de mes gens et de mes bateaux ainsi que le contrôle de la ville marchande, qui était devenue un coupe-gorge.

— Vous avez monté votre propre police ?

Dupuis sourit à tant de naïveté.

— Non, évidemment. Le titai a mis cinq cents hommes à ma disposition. Ce sont ces soldats qui assurent la sécurité de la ville. Pillages, incendies, meurtres, enlèvements qui étaient monnaie courante ont pratiquement cessé, ce qui n'est pas du goût des mandarins. Vous les entendrez, puisque telle est votre mission. Aussi bien disposé que vous soyez à leur égard, vous ne tarderez pas à vous apercevoir qu'à travers ma personne c'est la France qu'ils visent. Dès lors vous serez amené à choisir. Ou bien vous les aiderez à les débarrasser de moi, ce qui n'avancerait en rien les affaires de l'amiral Dupré, car si même son

120

traité était signé, jamais — m'entendez-vous ? — jamais les Annamites ne l'appliqueraient, et vous n'auriez plus qu'à rembarquer. Ou bien vous essaierez de tenir la balance égale entre les mandarins et moi. En moins de quinze jours votre situation sera devenue intenable. L'action sera votre seule issue et vous vous trouverez bien, commandant, de l'aide que je suis en mesure de vous apporter.

» Et maintenant, si nous reprenions notre route ? Nous ne sommes pas encore rendus.

Le *Mang Hao* avait pris en remorque la jonque de Garnier, qui traînait elle-même le canot à vapeur du *d'Estrées*. Il était finalement moins humiliant d'arriver à Hanoï dans cet équipage plutôt que de se présenter tiré à la cordelle par cinquante bouseux, comme le disait Le Moal.

— On vous attend à Hanoï, dit Dupuis. La première image que les gens auront de vous est donc importante. Puis-je me permettre une suggestion ?

— Je vous en prie.

— Il serait bon que votre canot à vapeur, arborant votre guidon, précède notre convoi pour l'arrivée à Hanoï, et qu'il soit armé d'une pièce de quatre pour saluer la rade.

Ainsi fut fait. A quelques milles en dessous d'Hanoï, le canot à vapeur passa devant le *Mang Hao*, tandis que la jonque de Garnier arborait la grande enseigne du *d'Estrées*.

La ville apparut : ce qu'on pouvait en voir depuis le fleuve n'était guère attrayant. Ni quais ni monuments, pas de maisons « en dur », mais des canhas de bois et de bambou tressé dont les toits de chaume moutonnaient jusqu'à l'horizon. Les plus proches du fleuve étaient perchées sur des échasses à trois ou quatre mètres au-dessus de la pâte visqueuse de la rive.

— Ça, une capitale, bougonnait Le Moal, en pensant aux pétales écarlates qui pleuvaient des flamboyants sur le quai Primauguet.

Était-ce l'entassement de ces masures ou la vase qu'elles engraissaient de leurs ordures ? La bienvenue d'Hanoï s'exprimait avant tout par une odeur de tinettes.

Tout était gris dans ce paysage : le ciel, l'eau, les maisons et les sampans flottant à fleur de vase. Seule note de gaieté dans cette désolante monochromie, l'avancée de pieux du débarcadère sur lequel se pressait une foule chatoyante, mêlant les soies de toutes nuances. Et foule de qualité, si l'on en jugeait par la quantité d'oriflammes qui frissonnaient au-dessus des têtes enturbannées.

Le canot de Garnier salua la rade d'un coup de canon. Les bateaux de Dupuis, le *Lao Kay*, le *Hong Giang*, le *Son Tay*, ancrés dans le fil du courant, abaissèrent leurs couleurs et répondirent au salut de Garnier par des décharges assourdissantes, neuf coups chacun, après quoi il ne resta au canot qu'à rendre la politesse. Cela faisait beaucoup de bruit, à quoi s'ajoutaient les hurrah des équipages.

Garnier se fit précéder par une section d'infanterie de marine. La garde du titai formait la haie et contenait à grand-peine une assistance dont l'enthousiasme devait beaucoup, sans doute, aux conseils éclairés de Dupuis.

Lui-même s'était effacé devant le représentant de la France, avec une humilité qui n'abusait personne. Sans qu'un seul mot ait été dit, les deux personnages, et leurs entreprises apparaissaient bel et bien liés aux yeux des mandarins, priés d'assister, en tenue de cérémonie, à cette mirobolante fête de famille.

Le cérémonial de l'accueil s'éternisait. Une fois lus

les discours que personne n'avait écoutés, les gongs, les pétards et les flonflons d'orchestres affreusement discordants avaient pris le relais. L'interprète, perdu depuis longtemps dans le vacarme ambiant, avait renoncé à traduire quoi que ce soit. L'enthousiasme ne se traduit pas, il s'impose, qu'il soit sincère ou de commande. Celui-là avait assez duré. Garnier retint l'interprète par la manche.

— Qui est chargé de nous mener à nos quartiers ?

Les mandarins discutèrent entre eux pour désigner ceux à qui reviendrait cet honneur.

Il échut à deux petits vieux, de grade subalterne, qui s'en seraient volontiers dispensés. La petite troupe de Garnier s'engagea à leur suite dans la ville marchande. L'itinéraire suivi, à travers un dédale de ruelles pouilleuses, semblait ne mener nulle part. Garnier s'arrêta, et avec lui tout le cortège.

— Où nous conduisez-vous ?

Les deux vieux parurent embarrassés.

— Dans la meilleure auberge de la ville.

Pâle de rage, Garnier interpella l'interprète.

— C'est à la citadelle que nous allons. Dites-le-leur, et ajoutez que nous y allons au pas de course. Le Moal, occupe-toi des deux magots. Fini le carnaval !

— C'est toujours sur les plus vieux et les plus humbles que retombent les corvées, se lamentaient-ils.

Celle-là pourrait bien leur valoir une bastonnade en règle. Mais comment résister lorsqu'un barbare haut comme une montagne souffle dans votre cou son haleine de dragon et n'arrête pas de vociférer ?

— *Di-ve, di-ve* [1] *!...*

Sur le chemin de la citadelle, des émissaires de plus en plus nombreux et de plus en plus gradés essayèrent d'arrêter cette tornade. Tous les prétextes étaient bons pour dissuader Garnier de poursuivre. Il répondait en forçant l'allure.

1. Allez, vite !

La panique avait gagné la hiérarchie des mandarins militaires. Leurs ordres normalement relayés de grade en grade avec une sage lenteur jusqu'aux exécutants ne leur parvenaient plus. Le mandarin responsable de la porte Est de la citadelle attendit en vain un ordre de ses supérieurs. Sans ordre, pas d'action, et surtout pas d'initiative. On ne badinait pas avec les principes dans le mandarinat militaire. Il laissa donc sa porte ouverte et Garnier s'y engouffra avec tout son monde.

— Où est le Yamen du maréchal ?

Les deux vieux avaient porté leurs mains jointes à hauteur de leur front, en posture de supplication. Pour le crime qu'ils allaient commettre, la bastonnade serait sans doute un châtiment trop doux.

— Le Yamen du maréchal ?

La poigne de Le Moal s'était abattue sur l'épaule du moins décati des deux mandarins.

— Allons !...

Le Yamen était une élégante construction de bois entièrement laquée dont les parois et les cloisons constituées de panneaux coulissants, permettaient de profiter du moindre souffle d'air. Il y faisait frais, et sombre. Le silence y régnait. Ainsi le voulait le maître des lieux pour qui, en matière de guerre, l'action bruyante et brutale n'était que le prolongement de l'essentielle méditation.

Il n'existait pas, pour lui, de situation nouvelle, sans attaches avec le passé et il le prouvait en puisant dans sa longue expérience ou dans l'Histoire, aussi ancienne soit-elle, les similitudes dont il nourrissait ses analyses.

Les faits rappelés pouvaient être véridiques, légendaires ou mythiques. La différence, pour lui, était mince. Il était assez vieux pour savoir qu'en prenant de l'âge, une vérité se chargeait de légendes, et qu'elle n'accédait à son plein épanouissement qu'après s'être dépouillée du factuel pour ne plus retenir que le symbole.

124

Il n'improvisait jamais, et ne parlait qu'après avoir anticipé les réponses de ses interlocuteurs et préparé pour chacune d'elles ses propres répliques.

A soixante-quatorze ans passés, le maréchal Nguyen Tri Phuong entamait son dernier combat, dans des conditions désespérées militairement parlant. A l'artillerie des avisos français il n'avait à opposer que des canons de forteresse datant d'un autre siècle. Aux chassepots de l'infanterie de marine, des lances et des fusils à mèche qu'il fallait une bonne minute pour charger ; aux revolvers, des coupe-coupe. L'Annam avait pour lui le nombre, le temps et l'astuce. L'empereur en jouait, depuis dix ans et il espérait bien l'emporter. La mission de ce jeune officier, arrivé le jour-même à Hanoï, le prouvait à l'évidence. Elle le vouait soit à l'inaction, soit à la rébellion, ce qui, pour un mandarin militaire parvenu à la dignité suprême, condamnait inexorablement son auteur. Francis Garnier, donc, était un homme perdu et Jean Dupuis également. Car c'est bien de lui qu'il s'agissait, en dernière analyse.

Il en était là de ses spéculations lorsque lui parvint de l'extérieur l'écho d'une discussion dans laquelle dominaient des éclats de voix gutturaux, qu'il ne connaissait que trop bien.

Le temps de se demander comment des Français avaient pu pénétrer dans la citadelle, Garnier se trouvait devant lui, s'excusant — comme si cette intrusion était excusable — de le déranger à l'heure de la sieste.

Le maréchal ne fut pas en reste. Il s'excusa lui aussi, mais de sa tenue, qui ne convenait pas à la réception de l'envoyé français.

— Eussé-je été prévenu de votre visite, c'est à un banquet que je vous aurais convié. Dans l'instant je ne puis vous offrir, pour vous rafraîchir, que du thé de Luc-Nam. Saviez-vous, commandant, que le thé de Luc-Nam peut se comparer aux plus fins thés de Chine ?

— M. Dupuis m'a dit cela, en effet. Il a même prévu d'en exporter dès que le Fleuve Rouge serait ouvert au commerce.

Le maréchal et Garnier se mesurèrent du regard. Le maréchal parla le premier.

— Je suis heureux de faire votre connaissance, monsieur Garnier.

— Nous avons des souvenirs communs, monsieur le maréchal. En février 1861, j'étais à Ki-Hoa, devant Saïgon.

Très à l'aise, le maréchal répondit.

— La qualité de l'adversaire d'hier donne tout son prix à l'alliance d'aujourd'hui. Dès que vous aurez chassé Dupuis...

— Ma mission n'est pas de le chasser, mais d'arbitrer le conflit qui vous oppose, et d'ouvrir le Fleuve Rouge au commerce. L'amiral Dupré vous l'a écrit.

— Mais l'empereur m'a écrit le contraire. Comment pourrais-je ne pas le croire, à l'exclusion de tout autre, fût-il amiral français ? Le mieux, me semble-t-il, serait que je demande à Hué un complément d'instructions, et qu'en attendant, nous décidions, d'un commun accord, de geler la situation.

— Je n'y verrais aucun inconvénient si elle était normale, ce qui, malheureusement, n'est pas le cas. Pour parvenir jusqu'à Hanoï, j'ai dû forcer plusieurs barrages ; on m'a signalé qu'en ville, incendies, pillages et enlèvements sont faits courants. Il est regrettable que, pour y mettre fin, Jean Dupuis ait été amené à assurer la police dans la ville marchande.

— Ne confondez pas les effets et les causes. Ce sont les exactions de Dupuis qui sont à l'origine des troubles et non l'inverse. Qu'il disparaisse et le calme reviendra. Cela, dois-je le répéter, est de votre responsabilité.

— Je ne l'oublierai pas, soyez sans crainte.

Le maréchal se leva, pour signifier à Garnier que l'entretien était terminé.

126

— N'oubliez pas non plus, dit-il, qu'Hanoï est placée sous la protection du génie Tran Vu, dont la première intervention, il y a de cela vingt et un siècles, sauva Hanoï d'une invasion chinoise. Il s'était alors incarné dans le corps d'un enfant miraculeux montant un cheval de fer. Depuis lors, il a eu raison de tous nos ennemis quel que soit leur travestissement : une tortue, un chat à neuf queues, un coq magicien, le diable de Thaï-Dich ou celui de Lo Lam. Nos ennemis d'aujourd'hui ne travestissent plus leur apparence mais leurs paroles, ce qui est plus subtil. Il n'importe, le génie Tran Vu déjoue ces pièges-là comme les autres. Vous devriez visiter le sanctuaire où est élevée sa statue, un bronze géant de trois mètres de haut. C'est une pagode du XIᵉ siècle de votre ère, propice à la méditation, édifiée sur les bords du Grand Lac, à deux pas d'ici.

Garnier s'impatienta.

— La méditation est importante, je n'en disconviens pas. Mais le sommeil l'est encore davantage. J'apprécierais qu'un logement me soit attribué, dans la citadelle, où je me reposerai mieux que dans une auberge de la ville marchande.

Le maréchal protesta qu'il n'y avait pas de logements dans la citadelle. Sur l'insistance de Garnier, il finit par se rappeler l'existence du camp des Lettrés, un vaste quadrilatère entouré d'une muraille en maçonnerie, à l'intérieur de laquelle s'élevaient de nombreux bâtiments décrépis mais habitables.

— Voyez, dit Garnier, comme les choses sont faciles avec de la bonne volonté.

Le maréchal grimaça un sourire.

— C'est un honneur d'accueillir un personnage de votre qualité.

Une heure plus tard, la compagnie de débarquement prenait ses quartiers dans le saint des saints mandarinal tandis que l'officier responsable de la

6

Le bureau de Dupuis, où l'un de ses officiers conduisit Le Moal, n'était qu'une arrière-boutique encombrée où se retrouvaient clients et partenaires pour des palabres sans fin. Les cours successives qu'il fallait traverser avant d'y parvenir grouillaient de monde. Il y avait là des soldats du titai et des matelots de toutes races, des officiers européens et des coolies annamites attelés à d'énormes charges, sacs, caisses, ballots dont on apercevait l'entassement par les portes entrouvertes des entrepôts.

La toiture d'un magasin avait subi des dégâts qu'une équipe de couvreurs était en train de réparer.

— On dirait qu'il y a eu le feu, remarqua Le Moal au passage.

— Il s'en est fallu de peu. Chaque nuit, les Annamites s'infiltrent par les toits jusqu'aux maisons voisines pour lancer, par-dessus les murs, des briques enveloppées dans du coton enflammé et des sachets de poudre munis d'une mèche fusante. Jusqu'à présent sans résultat. Mais hier, on est réellement passé à côté du désastre.

L'officier désigna le bâtiment.

— C'est que, là-dedans, il y a deux cent mille cartouches et vingt-cinq tonnes de poudre. Nous étions heureusement en alerte. L'incendie a été combattu dès la première minute.

— Et les incendiaires ?

— Nous les connaissons. Ils sont douze. Ce sont des condamnés, que les mandarins ont fait sortir de prison en leur promettant la liberté et une prime alléchante s'ils réussissaient à faire sauter notre magasin. L'un d'eux s'est blessé en s'enfuyant. Nous l'avons capturé. Foutu pour foutu, il nous a balancé toute l'histoire. Elle intéressera sûrement le commandant Garnier.

*
**

Dupuis rongeait son frein. Garnier s'était engagé à lui communiquer le texte de la proclamation qu'il comptait placarder en ville. Les commerçants chinois l'attendaient aussi. Les bruits les plus contradictoires couraient sur les intentions de l'envoyé de Saïgon. Qui disait vrai, des mandarins ou de Dupuis ? Dans le doute, ils se calfeutraient dans leurs boutiques, et se gardaient de prendre parti. Hanoï, eût-on dit, retenait son souffle.

— Alors, jeune homme, cette proclamation ?

Le Moal tendit à Dupuis un rouleau de papier.

— La voici.

L'impression que faisait sur lui le texte de Garnier se lisait sur son visage. Le Moal y vit successivement une indulgence amusée, de l'étonnement, de l'inquiétude et pour finir une colère froide et méprisante à laquelle il aurait préféré une réaction brutale, avec cris et insultes, qu'il aurait pu relever à sa manière.

Mais la condescendance apitoyée de Dupuis, si elle était insupportable, n'était pas pour autant une offense. Le Moal ne pouvait qu'en souffrir en silence.

Dupuis avait repris sa lecture.

— Pauvre Garnier, où va-t-il se perdre ?

130

— Le commandant, dit Le Moal, veut avoir votre avis.

— Sur quoi ?

— Sa proclamation.

Dupuis ricana.

— Tu l'as lue, toi, sa proclamation ?

— Oui, euh... c'est-à-dire, non. Vous savez, la lecture et moi, on n'est pas très amis.

— La Haille, d'Argence, écoutez cela.

Les deux adjoints de Dupuis, s'approchèrent.

« Population du Tongkin, il faut bien vous convaincre d'une chose, c'est que les mandarins et soldats français sont unis avec les mandarins et soldats annamites comme des frères entre eux. »

La Haille s'étonna de la hargne de Dupuis.

— Elle n'est pas mal, sa proclamation. Un peu candide, peut-être. Pour un début, ça n'est pas un défaut. Garnier n'a pas reçu de projectiles enflammés, aucun de ses hommes n'a été assassiné, enlevé ou blessé. Ses intentions sont pacifiques et il fait état de sa bonne foi, ce qui renforcerait sa position si jamais il était attaqué.

— Vous savez bien qu'il le sera.

— Croyez-vous qu'il ne le sache pas, lui aussi ?

— Admettons, bougonna Dupuis. En attendant les Chinois vont nous accuser de les lâcher, Nguyen Tri Phuong va persuader les Pavillons Noirs de marcher avec lui, les Lé vont comprendre qu'il n'y a rien à attendre de nous et la population, qui était prête à se révolter contre les mandarins, va se soumettre une fois de plus. Quant à l'ouverture officielle du Fleuve Rouge au commerce Garnier ne l'obtiendra pas par sa méthode. La loyauté, la bonne foi, les scrupules ne sont que des signes de faiblesse aux yeux des Annamites. Il n'arrivera même pas à négocier.

131

Dupuis se tourna vers Le Moal.

— Saurais-tu répéter ce que j'ai dit ?

— Oui, je crois. Mais je n'ai pas tout compris.

— Aucune importance. M. Garnier, lui, comprendra, du moins, je l'espère.

**
*

Qu'il y crût ou non, Garnier entama les pourparlers avec l'ambassadeur de Hué le surlendemain de son arrivée. Ce fut un dialogue de sourds. Garnier parlait du Fleuve et l'ambassadeur de Dupuis.

— Pour ce qui concerne le Fleuve, dit l'ambassadeur, il me faut en référer à Hué.

— L'empereur, répliqua Garnier, est saisi de la demande de l'amiral depuis plus de vingt jours. Il vous a mandaté pour négocier avec moi. Vous avez, sans nul doute, reçu des instructions.

— Pas au sujet du Fleuve.

— Peut-être se sont-elles égarées. Je pense que trois jours constituent un délai suffisant pour vous permettre de les retrouver, ou, à défaut, de vous déterminer. Sinon, quelle serait l'utilité d'un plénipotentiaire ?

— Et passé ce délai ?

— J'agirai, en déclarant le Fleuve Rouge ouvert au commerce. Il y a urgence, monsieur l'ambassadeur. Pas plus tard qu'hier, trois bateaux de Dupuis, venant de Laa kay, sont arrivés à Hanoï. Ils ont effectué le trajet en moins de deux jours. Si nous ne reprenons pas l'initiative...

— L'initiative consiste à chasser Dupuis.

— Et fermer le Fleuve au commerce, en attendant que vous receviez d'improbables instructions de Hué ? Je m'y refuse. Dupuis a ouvert le Fleuve au commerce. Nous devons prendre l'affaire à notre compte, et vous avez trois jours pour me faire connaître votre position. Ou bien nous agirons de concert, ou bien j'agirai seul. A vous de décider. Trois jours, monsieur l'ambassadeur. Pas davantage. Et puis, pendant que nous y sommes, veuillez faire part de mon indignation au maréchal Nguyen Tri Phuong. Non content d'avoir fait cruellement bâtonner le mandarin de garde à la porte Est de la citadelle, il l'a fait emprisonner. Ouvrir sa porte à un ami n'est pas une faute, que je sache. Ou bien faut-il comprendre que nous ne sommes pas alliés ? J'aimerais que le maréchal m'éclaire sur ce point.

Il y avait deux puits dans l'enceinte du camp des Lettrés. L'eau qu'on en tirait sentait la vase. C'était, disait-on cependant, la meilleure de toute la ville. On s'en contentait donc, quitte à la couper de gnôle si vraiment on voulait en boire.

Le coolie chargé de la corvée d'eau en était à son quatrième seau. Le Moal s'attarda à le regarder. L'homme était maigre, presque décharné, mais d'une vigueur surprenante, comme beaucoup d'Annamites.

— Où vont-ils chercher leur force ? s'étonnait Le Moal. Avec ce qu'ils bouffent, je ne tiendrais pas debout.

Le coolie avait senti qu'il était observé et son comportement s'était soudain modifié. Il puisait maintenant son eau en toute hâte, pressé d'en finir et de quitter les lieux. Sur le chemin des cuisines, il passa tout juste à l'endroit où, le matin même, Le Moal avait découvert un chien crevé. Crevé de quoi ? Sur le moment il ne s'était pas posé la question. La cour avait été balayée et la charogne avait disparu. Mais le coolie, en puisant, à l'aube, l'eau de la soupe, avait bien dû le voir.

Sans trop savoir pourquoi, Le Moal demanda à l'interprète de l'interroger à ce sujet. Oui, il avait vu le chien. A Hanoï, il y a beaucoup de chiens errants qu'on trouve morts, on ne sait pas de quoi. C'est ce qu'il aurait dû dire, mais là encore il se troubla, et prétendit, contre toute vraisemblance, qu'il n'avait pas puisé d'eau au petit matin, que donc il n'avait pas vu de chien, qu'il ne savait rien et qu'en tout cas il était innocent.

— Personne ne t'accuse, dit Le Moal. Tu es innocent, bon. Mais d'autres ne le sont pas. Qui sont les coupables ?

— Je ne les connais pas.

— Et de quoi sont-ils coupables ?

— Je n'en sais rien.

Le Moal regarda ses mains larges et épaisses, des mains d'étrangleur, et le cou fragile du coolie, tendons saillants, glotte palpitante, qu'il suffisait de serrer, de relâcher, de serrer encore. L'aveu, n'importe lequel, était, en somme, à portée de main. C'était insuffisant : il voulait plus et mieux. Son regard allait du coolie au puits.

Le puits. Soudain, tout s'éclaira. Les récits qui avaient bercé son enfance lui revinrent en mémoire. A Trébeurden, on se répétait les histoires de brigands ou d'envahisseurs qui signaient leur passage en empoisonnant les puits. Certains, porteurs de mort, avaient dû être comblés. Il en avait vu, de ses yeux, deux ou trois dont ne subsistait que la margelle.

Le coolie le regardait avec terreur.

— Pourquoi a-t-il peur ? demanda Le Moal à l'interprète. Dis-lui que je ne lui veux aucun mal, au contraire. Je parie qu'il a soif, donne-lui donc à boire.

A la vue de l'eau, l'homme se recroquevilla.

— Non, non, gémit-il.

Garnier regagnait ses quartiers après son entrevue avec l'ambassadeur. Il reconnut Le Moal, qu'entourait une douzaine de marsouins passablement excités.

— Que se passe-t-il ?

— Les puits, commandant. Ce type a empoisonné les puits. Il a avoué mais prétend ne pas savoir qui lui a fourni le poison. J'allais le faire boire s'il continuait à se taire.

— Inutile. Il ne sait sans doute rien.

En pareille circonstance, Dupuis aurait fait ingurgiter une bonne pinte d'eau au coolie, et, une fois atteint l'effet recherché, aurait fait déposer discrètement son corps devant l'une des portes de la citadelle.

Il y a diverses façons de poursuivre un dialogue. Garnier était trop novice pour connaître celle-là.

Les douze commerçants chinois les plus importants de Hanoï avec qui Garnier souhaitait s'entretenir des possibilités que leur offrirait l'ouverture du Fleuve au commerce lui firent savoir qu'ils étaient malencontreusement tombés malades et devaient garder la chambre. Les médecins leur avaient même prescrit l'isolement. Les chefs des maisons Tong Tai et Sun Hi, se sentant plus gaillards que leurs collègues, s'étaient néanmoins risqués hors de chez eux. Des sbires du maréchal avaient aussitôt tenté de s'en emparer. Dans la ville marchande, leurs chances de réussite étaient minces. A peine avaient-ils mis la main sur leurs victimes, qu'ils se faisaient proprement écharper par les hommes de Dupuis...

Garnier approuva du bout des lèvres. Il était impensable à ses yeux que le maintien de l'ordre ne soit pas assuré par une autorité publique.

Qu'aucune police régulière ne soit en mesure de le faire dans le moment présent ne justifiait pas le recours à des milices privées. Il le dit, non sans rudesse.

— Vous avez raison, répondit Dupuis. Les milices privées ne sont qu'un expédient. Je vous propose de remplacer les miennes par une force de police montée et contrôlée par vos soins.

— Vous savez bien que je n'en ai pas les moyens.

— Si vous en avez la volonté, vous pouvez vous les donner, et si vous ne le faites pas, les Annamites estimeront que vous leur avez laissé le champ libre. Chacune de vos hésitations sera mise à profit par le maréchal Nguyen Tri Phuong. Déjà, il fait empoisonner vos puits, il tente d'incendier mes magasins, il menace de mort les Chinois qui voudraient prendre contact avec vous, et ceux qui commercent avec moi. Il fait défense aux missionnaires de vous rencontrer. Il y va, dit Mgr Puginier, de la sécurité de ses chrétientés. Il y avait cinq mille hommes à la citadelle la semaine dernière : ils sont dix mille aujourd'hui. Que comptez-vous faire ?

— D'abord me renforcer. Le *Decrès* m'amène une compagnie, les canonnières l'*Espingole* et le *Scorpion* qui me sont affectées, cinquante hommes de plus. Nous serons plus de deux cent cinquante. Après-demain expire le délai que j'ai donné aux Annamites pour qu'ils acceptent de signer conjointement avec nous l'Acte d'ouverture du Fleuve Rouge au commerce. Si, d'ici là, ils n'ont pas donné suite à ma proposition, je le signerai seul, et le ferai placarder aussitôt.

— Placarder ou appliquer ?

— Appliquer.

— Bon, voyons les choses concrètement. Dans une semaine, je fais partir trois jonques chargées de sel à destination de Mang-Hao. Les Annamites s'opposent à ce départ. Est-ce que je force leurs barrages ou bien vous en chargez-vous ? Et dans la remontée du Fleuve, devrai-je me défendre seul, ou bien vos forces me protégeront-elles ? Le pourrez-vous, et surtout, le voudrez-vous ?

La question prit Garnier par surprise.

Comme beaucoup de marins et de militaires, il se faisait de sa mission une idée pétrie des valeurs sûres et éprouvées de grandeur et de civilisation. Il servait la France, mère des arts, des armes et des lois, au surplus fille aînée de l'Église, et se consacrait à la défense des intérêts français, vaste concept dont, précisément, l'intérêt personnel, mercantile et sans âme, était exclu. Le commerce, abstraction ou allégorie rejetant toute mésalliance avec le négoce, participait de cette noblesse d'intention.

Dupuis, tout au contraire, ne se prétendait le dépositaire d'autres intérêts que les siens, et ne se croyait pas obligé de jouer sur les mots. Il chiffrait sans complexe tout ce qui faisait la vie d'un marchand : les contrats, les marchandises, à l'achat et à la vente, les transports, la concussion, mais aussi les difficultés nées de la conjoncture, retards, hostilité larvée ou déclarée, traîtrises de toutes sortes. Ainsi avait-il déterminé le montant de l'indemnité que lui devaient les Annamites pour les entraves apportées à son activité.

Garnier le suivait avec réticence. Il faisait un bout de chemin avec lui, mais souhaitait pouvoir reprendre sa route le plus rapidement possible. Le négoce, auquel il s'était essayé sans succès, ne lui avait pas laissé de bons souvenirs. L'insolente réussite de Dupuis lui rappelait cruellement une page décevante de sa propre existence.

Dupuis sourit avec bonhomie :

— Je sais ce que vous pensez, commandant, parce que vous avez été conditionné pour penser ainsi. Si vous aviez la possibilité de me protéger, vous trouveriez un prétexte pour vous en abstenir. Heureusement, si l'on peut dire, vous ne le pourriez pas même si vous le vouliez. Et comme je ne vous le demande pas, tout est pour le mieux. Ceci, parole de marchand, n'altère en rien l'amitié que je vous porte, mais m'amène à vous dire le fond de ma pensée. Vous ne pourrez intervenir sur le Fleuve que si vous êtes maître de Hanoï. Pour cela, il faudra que vous neutralisiez le vieux maréchal d'une manière ou d'une autre.

Les conseils de Dupuis exaspéraient Garnier :

— Vous l'avez bousculé sans trop de mal, fit-il remarquer.

— Certes, mais je ne l'ai pas abattu. Vous ne voyez en lui qu'un épouvantail, et vous avez tort. Nguyen Tri Phuong, grand commissaire royal, est le premier des obstacles dressés sur votre route. Incontournable. Il a épousé la fille unique de l'empereur. Gendre et beau-père ont en commun une haine inexpiable de la France. Chacun d'eux l'exprime à sa manière. L'empereur fait mine de négocier, le maréchal ne se donne pas cette peine. Il vient d'accueillir les deux fils de Phan Than Giang et les a nommés généraux. Phan Than Giang, vous connaissez ?

— N'était-ce pas cet ambassadeur malheureux...

— Malheureux, comme vous dites. Phan Than Giang était vice-roi de Cochinchine. Inquiets des progrès de la conquête, les Annamites l'avaient envoyé en France pour négocier un compromis avec Napoléon III. Il avait ramené de Paris un traité qu'un marchand comme moi n'aurait pu qu'approuver. Mais pas un amiral-gouverneur. Voilà qu'on bradait la gloire de nos armes et qu'on laissait en plan la propagation de la Foi. Le traité ne fut jamais appliqué et Phan Than Giang, désespéré,

138

se donna la mort. Il avait deux fils, qui rejoignirent les rebelles des provinces du Sud cochinchinois.

Comme à l'accoutumée, garde du corps autant qu'ordonnance, Le Moal se tenait à trois pas derrière Garnier, invisible à force d'immobilité.

Dupuis l'interpella.

— La Basse-Cochinchine, cela te dit quelque chose? Pendant des années tu as poursuivi des fantômes. Les frères Phan, eux, étaient bien réels. Qualifiés d'agitateurs et condamnés à mort. En parlait-on, au moins, à bord de l'*Arbalète*?

— Nous, dit Le Moal piteusement, on traquait les pirates et les rebelles. J'ai jamais entendu parler d'agitateurs.

— Tu vas pouvoir te rattraper. Ils sont arrivés à Hanoï la semaine dernière. Pas plus qu'avec le maréchal, il n'y a avec eux de compromis possible.

Où Dupuis voulait-il en venir?

— Les Lé ont infiltré la garde du maréchal, et se font forts de le supprimer, si nous sommes d'accord.

— L'assassinat ne figure pas au nombre de nos moyens. Au surplus, il ne résoudrait rien. Au lieu d'un maréchal-symbole cacochyme, nous aurions sur les bras, un maréchal-martyr tout frais. Les martyrs, monsieur Dupuis, ne sont pas soumis à la limite d'âge. Certains d'entre eux ont empoisonné la vie des gens pendant des siècles.

— Je suis bien de votre avis. Vous n'avez donc pas le choix. Il faut vous assurer de la citadelle, avec tout ce qu'il y a dedans, le maréchal, les frères Phan, l'ambassadeur de Hué, les mandarins et la garnison, dont l'effectif augmente de jour en jour. Quand comptez-vous agir?

— Pas avant de connaître les réactions des Annamites à ma proclamation.

— Les réactions seront hostiles.

— Il faut qu'elles le soient: menaçantes pour le

139

moins, violentes si faire se peut, sinon Saïgon ne me suivrait pas et Paris moins encore. Je pense que les conditions d'une intervention seront réunies le 15 novembre.

Pourtant annoncée et attendue, la proclamation de Garnier frappa de stupeur l'ambassadeur de Hué. Le matin même, il avait transmis à l'envoyé français une lettre de l'empereur Tu Duc exigeant son départ du Tongkin, au motif qu'il avait failli à la mission dont il avait été investi.

La proclamation de Garnier était en quelque sorte la réponse de la France à l'empereur : une insulte à l'autorité impériale et un acte d'agression contre l'Annam.

Moins surpris que l'ambassadeur, le maréchal avait aussitôt fait procéder à la distribution de deux cents cartouches pour chacun des deux mille fusils de la garnison. Pourvus de munitions en abondance, les artilleurs reçurent l'ordre de demeurer auprès de leurs pièces. A la piétaille des auxiliaires, parents pauvres de l'armée, le maréchal avait assuré que le génie Tran Vu, présent dans la citadelle, allait faire, de leurs piques et de leurs lances, des armes d'une mortelle efficacité.

Invisible jusqu'alors, Mgr Puginier apparut soudain. Affolé à l'idée des répercussions qu'allait avoir sur ses chrétientés le coup de force français, il vint supplier Garnier d'ajourner son attaque.

— Demain ou dans trois jours, quelle différence, Monseigneur ?

— En trois jours, commandant, le monde peut changer, le miracle survenir. Même sans parler de miracle, l'empereur Tu Duc peut se raviser, le maréchal perdre de son agressivité, vous-même pourriez, qui sait, voir la situation sous un jour nouveau. La différence, dites-vous ? Elle est tout simplement entre l'espoir et la désespérance.

140

— Elle est ailleurs aussi. En accord avec le maréchal, les Pavillons Noirs marchent sur Hanoï. Trois jours leur suffiront pour arriver sous les murs de la citadelle.

Il réfléchit une seconde.

— Le maréchal sait-il que vous me rendez visite ?

— Il me l'a conseillé, répondit le candide prélat. Et d'ajouter. Pourrais-je vous demander l'hospitalité pendant ces jours d'épreuve ?

« Pourquoi, écrivait le maréchal, le lendemain, avez-vous cru devoir prendre des précautions à l'égard de Monseigneur ? Vous savez combien je suis attaché à la paix et ne doute pas que vous le soyez tout autant que moi. »

Dupuis à qui Garnier avait montré cette missive avait été catégorique.

— Il vous fallait une certitude, vous l'avez. En Extrême-Orient lorsqu'on en veut à la tête de son ennemi, on l'invite à dîner et on le décapite au dessert. Mon cher, vous êtes invité à la table du maréchal. Libre à vous de ne pas vous y asseoir.

— J'attaquerai demain, à cinq heures trente, dit Garnier. Voici comment.

— Branle-bas à quatre heures trente, sans clairon ni lumière, soupe, distribution des munitions : dix paquets de cartouches par fusil et vingt-quatre cartouches par revolver. On attaquera en deux colonnes. La première, de trente hommes sous le commandement de l'enseigne Bain fera une diversion sur la porte Sud-Ouest, l'enlèvera le cas échéant, mais ne pénétrera pas dans la citadelle. La colonne principale attaquera un quart d'heure plus

141

tard, avec comme objectif la porte Sud-Est. En un premier temps, le lieutenant de Trentinian, avec trente hommes, enlèvera le redan qui la protège. Il sera suivi par l'enseigne Esmez à la tête de vingt-cinq fusiliers-marins et trois gabiers porteurs d'échelles. Tout ce monde se regroupera face à la porte. L'aspirant Hautefeuille appuiera l'attaque avec trois pièces de quatre. Les canons du *Scorpion* et de l'*Espingole* neutraliseront les portes Est, Nord et Ouest. Je dirigerai moi-même l'assaut.

Dupuis avait écouté avec attention. Il avait noté que Garnier excluait toute intervention de sa part, et ne s'en était pas étonné.

Que Dupuis le gêneur soit mis à l'écart, que soit ainsi démentie toute collusion avec lui ne pourrait que satisfaire l'amiral Dupré. Pour des raisons exactement inverses, Dupuis jugeait indispensable d'apparaître associé à l'entreprise officielle française. Il en allait de sa face et de sa crédibilité auprès de ses commettants chinois. L'expliquer à un Garnier n'aspirant qu'à se libérer de son encombrante tutelle ne l'aurait avancé en rien. Et puis quoi ? Demander qu'une place lui soit faite dans le dispositif d'attaque, faire figure de pièce rapportée dans une affaire qui était la sienne, au moins autant qu'elle était celle de Garnier ? Non merci.

Les hommes de Garnier forceraient la porte Sud-Est. Il se réservait la porte Est et l'on se rencontrerait à l'intérieur de la citadelle, fraternellement unis.

L'attaque débuta comme prévu. L'enseigne Bain enleva sans difficulté la porte Sud-Ouest et le lieutenant de Trentinian le redan de la porte Sud-Est. Le tir des défenseurs était nourri mais totalement inefficace et l'artillerie des remparts quasi muette.

La porte Sud-Est se dressait maintenant devant Garnier. C'était un ouvrage à l'aspect redoutable, dont les vantaux de bois de fer semblaient aussi solides qu'un mur. Bardée de larges plaques de bronze, elle ne pouvait être attaquée à la hache, et les pétards des sapeurs faisaient long feu contre son blindage. Même les obus des pièces de Hautefeuille ne l'entamaient pas.

Le temps passait et les créneaux, un instant désertés, commençaient à se repeupler. Encore cinq minutes, et le nombre jouerait contre les assaillants, une cinquantaine d'hommes à découvert qui n'auraient même pas la ressource de battre en retraite.

La porte mesurait une dizaine de mètres de haut. Garnier remarqua qu'elle n'était massive et blindée que dans sa partie inférieure. Au-dessus, bois et bronze laissaient la place à une claire-voie de barreaux en fer épais comme le pouce.

— Hautefeuille, pointez sur les barreaux, et tirez à mitraille.

Il fallut à l'artilleur trois décharges de sa batterie pour déchausser les barreaux, en arracher quelques-uns, en cisailler d'autres et pratiquer une brèche dans la claire-voie. La fumée du dernier tir ne s'était pas encore dissipée que Garnier, comme hors de lui, bondissait sur la porte qu'il escaladait en s'agrippant aux plaques de bronze, se glissait entre les barreaux tordus et sautait de l'autre côté d'où parvenait un tumulte rageur, ponctué par des coups de revolver.

Le Moal, pourtant attentif aux gestes de Garnier, avait mis une seconde de trop à réagir. Il hurla.

— Non, commandant, pas vous !

L'imprudent était déjà en train de s'expliquer avec la foule hérissée de piques qui obstruait la voûte obscure, percée sous le rempart. Quelques secondes plus tard il l'avait rejoint et fait le vide, en tirant dans le tas.

— Suffit, cria Garnier, occupe-toi de la barre de porte.

Il allait soulever le lourd madrier hors de ses logements lorsque parvinrent du dehors les ordres de Hautefeuille.

— Amenez les pièces. Débouchez à zéro. Feu !

A peine eut-il le temps de se coller au mur. La porte frappée de plein fouet par quatre obus s'arrachait à son bâti. La maçonnerie avait cédé, mais pas le bois des vantaux, ni leur armature de bronze. Entraînée par son poids, intacte ou presque, la porte bascula en avant, freinée dans sa chute par les énormes dormants de bois qu'elle avait arrachés à la muraille.

Tout aussitôt, les hommes d'Esmez et de Trentinian se ruèrent dans l'ouverture. Sous la voûte, c'était le sauve-qui-peut. Ils la traversèrent au pas de charge et débouchèrent à l'intérieur de la citadelle, véritable ville avec ses avenues et ses ruelles, ses bâtiments de toute sorte, ses casernes et ses magasins, ses cours, ses jardins et surtout son enceinte intérieure enserrant le réduit, cœur et âme de la place, vers lequel convergeaient ceux qui voulaient encore se battre. Les assaillants devaient se frayer un passage à travers une multitude totalement paniquée de soldats sans chefs et d'auxiliaires arrachés à leurs rizières, arrivés de la veille, ne sachant que faire ni où aller et qui cherchaient désespérément à s'enfuir.

En vain. Car Dupuis, non content d'avoir, lui aussi, pénétré dans la citadelle par « sa » porte, avait fait bloquer les issues Nord et Ouest, et capturait à tour de bras soldats et mandarins, souvent de haut rang, qu'il faisait ramener sous bonne escorte à l'intérieur des murs.

La fusillade, cependant, n'avait pas cessé. Personne ne savait exactement qui tirait ni sur quoi. C'est à cette confusion que les assaillants durent d'essuyer la seule perte de la journée, un des

144

Chinois de Dupuis qui venaient de forcer la porte Est et qu'abattit par erreur un *saco*[1] de Hautefeuille.

Au milieu de cette débandade, le réduit tentait de s'organiser. Il semblait bien que ce serait dans les murs de l'enceinte intérieure que se jouerait la fin de la partie. Les hommes de Garnier, noyés dans le flot de leurs prisonniers, entassaient fusils, lances et étendards aux quatre coins de la citadelle. Il en aurait fallu une bonne cinquantaine pour prendre d'assaut le réduit mais, dans l'instant, Garnier n'avait pas les moyens d'en rallier ne fût-ce que la moitié.

— Le Moal, rameute-moi tout ce que tu trouveras. Je te donne cinq minutes, pas plus.

Il mit la main sur une quinzaine de marsouins qui entreprirent de s'approcher de l'enceinte, en fendant la foule des fuyards. Leur progression était malaisée. Le Moal perdit de vue ses voisins de droite et de gauche, chercha Garnier et ne le vit plus.

« On se retrouvera devant le mur », se dit-il, et il continua d'avancer, de plus en plus facilement. La proximité du réduit n'attirait visiblement pas grand monde. Au sortir d'une ruelle, il déboucha sur un glacis désert qui s'étendait jusqu'à l'enceinte, et s'arrêta, frappé de stupeur, par le spectacle qui s'offrait à lui.

Un vieillard, vêtu d'une tunique de mandarin supérieur, se tenait debout sur le faîte de la muraille. L'homme était de petite taille et d'allure frêle. Sa barbiche clairsemée était celle d'un vieux sage, mais sa voix était celle d'un imprécateur. Dressé sur ses ergots, il apostrophait ses propres soldats qu'il traitait de chiens et ses ennemis dont il prophétisait l'apocalyptique débâcle.

Un doigt vengeur pointé vers le ciel, il invoquait

1. Fusilier-marin.

le génie protecteur du Royaume et le mettait en demeure de faire face à ses obligations. A quoi aurait servi qu'il ait sauvé le pays dix fois s'il le laissait aujourd'hui désarmé face à ses agresseurs ?

Dans son autre main, il tenait une brique dont il menaçait l'ennemi.

— Que le Gardien du Ciel en décide ainsi, et cette brique deviendra la foudre qui réduira en cendres les barbares !

Il les défiait.

— Fous que vous êtes, de croire que le pays peut être conquis.

Subjugué par les gesticulations du petit homme, Le Moal s'efforçait de comprendre le sens de son discours, mais n'en percevait que la ligne mélodique, brisée par des alternances de graves et d'aigus, qui lui rappelaient les monologues du théâtre chinois. Sur cette étrange scène, le bonhomme ressemblait à s'y méprendre à ces acteurs dans le dos desquels surgit un monstre grimaçant dont les spectateurs dénoncent à grands cris la présence.

— Qu'est-ce que ce guignol ?

L'interprète qui, comme Le Moal, avait perdu le contact avec Garnier se trouva soudain à ses côtés.

— Tu ne le connais pas ?

— Non.

— C'est le maréchal Nguyen Tri Phuong.

— Qu'est-ce qu'il raconte ?

— Que jamais la situation n'a été aussi prometteuse, que ce n'est pas le moment de se rendre car le génie protecteur Tran Vu marche sur Hanoï. Il dit que ceux qui seront debout pour l'accueillir participeront à la victoire et connaîtront les neuf félicités.

— Grotesque.

— Pas tant que cela. Regarde.

La muraille se hérissait de piques et de fusils :

146

c'était l'armée, sortie du néant à l'appel du vieil homme, qui se mettait en place et ouvrait le feu. Sur le terre-plein les impacts faisaient lever de petits nuages de poussière.

— Reste pas à découvert, dit l'interprète, tu vas te faire moucher.

— Tu crois ça, répliqua Le Moal hargneusement.

Il arma son chassepot et le pointa sur la silhouette gesticulante. L'interprète l'entendit marmonner.

— C'est pas tous les jours qu'on se paye un maréchal.

Par la suite, Le Moal prétendit qu'il l'avait visé aux jambes. Quoi qu'il en soit, c'est au bas-ventre qu'il l'atteignit. On le vit disparaître de son perchoir et, tout aussitôt, comme si le génie Tran Vu lui-même en avait donné l'ordre, le feu cessa.

Garnier, que le succès enivrait, trouva naturel qu'il lui ait suffi de paraître pour enlever tout esprit de résistance aux combattants les plus déterminés. Il n'apprit la blessure du maréchal qu'après la reddition du réduit. Dans la maison où on l'avait transporté, il le trouva entouré des frères Phan et de l'ambassadeur de Hué. Ceux-là étaient de bonne prise.

Il se pencha sur le blessé.

— J'aurais voulu éviter tout cela, dit-il.

Le maréchal parvint à dominer sa souffrance.

— Vous ne l'auriez pas pu. C'était inévitable, comme l'est ce qui va suivre.

Garnier fit mine de ne pas avoir entendu.

— Voulez-vous que je vous envoie notre médecin ?

— Je vous remercie, commandant, mais cela ne sera pas utile.

La vie de l'empereur Tu Duc s'écoulait entre les

murs de la Cité impériale. Il n'aimait ni le climat ni les gens du Nord. Rares étaient ceux qui se souvenaient de l'avoir vu à Hanoï. L'élégant pavillon qui lui était réservé à l'intérieur de la citadelle brillait inutilement de ses ors et de ses laques. On n'y voyait personne hormis les serviteurs qui attendaient de jour en jour et d'année en année l'arrivée de l'improbable visiteur.

Garnier trouva le bâtiment à son goût. Un peu trop ouvert, sans doute, mais de belle apparence et digne, en tout cas, du gouverneur et commandant de la division navale qu'il serait bientôt.

Il y pénétra alors que se poursuivaient le tri des prisonniers et la remise des armes. Un serviteur vint à lui, affolé qu'un étranger violât la demeure impériale. Tout le personnel se retrouva bientôt face à lui, courbé en deux mais lui faisant barrage.

— Ils disent, traduisit l'interprète, que cette maison est celle de l'empereur.

— Dites-leur que je suis son invité et qu'en conséquence j'y logerai jusqu'à nouvel ordre. Qu'on me montre ma chambre et mon bureau.

— Cette table et ce fauteuil... tenta de protester un vieux serviteur.

— Je sais, ce sont ceux de l'empereur. C'est avec un sentiment de respect que je m'en servirai. Bon, et maintenant, qu'ils me foutent la paix. Le Moal, j'ai besoin de personnel. Tu gardes la moitié de ces gens et tu mets dehors les autres.

Assis à la table laquée sang-de-bœuf, il s'était mis à écrire.

L'ordre du jour d'abord.

« Marins et soldats, je suis heureux d'avoir à vous adresser les éloges que mérite le courage que vous avez montré à l'attaque de la citadelle d'Hanoï... »

Puis, à l'intention de la population, une proclamation dont le triomphalisme ne convainquit qu'à moitié les habitants de la ville marchande.

« J'ai dû chasser de la citadelle les mandarins qui n'ont aucun amour du peuple et n'ont d'autre souci que de s'emparer de ses biens en le saignant jusqu'à la moelle. Nous vous considérons comme nos frères et nous nous appliquerons de toutes nos forces à faire votre bonheur. »

A Claire, sa femme, il écrivit l'instant d'après.

« Je suis logé dans la citadelle à l'endroit où est le roi quand il vient à Hanoï. Le site est ravissant. J'y vais préparer ta chambre. Nini aura un éléphant pour se promener dans le jardin... »

— Excusez-moi, commandant, il faut que je vous parle.
— C'est urgent ? demanda Garnier sans lever la tête.
— Oui, commandant.
Le Moal, visiblement, n'était pas dans son assiette.
— Je t'écoute.
— Eh bien, voilà. Le maréchal...
Il se racla la gorge.
— On a dit qu'il avait pris un éclat d'obus. C'est faux. J'en sais quelque chose : c'est moi qui l'ai descendu. Il était debout sur le mur, à débiter ses histoires. Plus il gueulait, plus il rameutait de monde. D'un coup ça s'est mis à tirer depuis le mur d'enceinte, et pas qu'un peu. Alors, j'ai tiré, moi aussi. Mais j'ai visé aux jambes, commandant, ça je le jure.
— Inutile de jurer, je te crois. Tu as bien fait de tirer. C'était lui ou toi.

149

— C'est pas d'avoir tiré qui me gêne. J'ai vu tomber des dizaines d'hommes dans la rizière, et même des femmes. Mais on était toujours plusieurs à tirailler ensemble si bien qu'il était difficile de savoir qui avait fait mouche. Là, c'était différent. Il y avait ce vieux bonhomme, qui aurait pu être mon grand-père, debout avec sa brique à la main et puis moi avec mon chassepot. J'ai tiré et c'était comme si j'avais vu ma balle lui déchirer le ventre. Ensuite, quand vous l'avez visité, je l'ai bien regardé et j'ai eu honte, car, maréchal ou pas, c'était juste un vieillard que j'avais massacré.

Garnier n'en revenait pas. Il croyait son matelot blindé de toutes parts et il lui découvrait une âme tourmentée.

— Je te répète, dit-il avec douceur, que tu as bien agi. Pour le reste, arrange-toi avec l'aumônier et, en attendant, prends une bonne cuite. Tu y verras plus clair demain.

Dans les jours qui suivirent l'incroyable succès d'Hanoï, Garnier vogua sur un nuage. Il crut véritablement avoir le Tongkin à sa main. L'effondrement de la résistance annamite ne faisait plus de doute à ses yeux. Seuls quelques lettrés, en province, appelaient encore le peuple aux armes. Il suffirait d'apparaître pour qu'ils se soumettent. L'instauration d'un protectorat suivrait ; ce serait l'affaire de quelques semaines.

Garnier se voyait déjà en mesure de bouleverser le jeu politique en Indochine. Il acceptait les offres des Lé qui lui amenaient cinq mille partisans armés, et nommait leur chef général. A terme se poseraient la question de la restauration de cette dynastie et, par voie de conséquence, celle de la déchéance des

Nguyen. L'amiral ne pourrait qu'apprécier le remplacement de Tu Duc par un empereur acquis à l'idée de protectorat. Rien n'empêcherait alors le Tongkin de devenir la voie royale du commerce avec la Chine.

A Paris, où l'on voyait petit, les pessimistes, les timorés et les envieux seraient forcés de reconnaître que, sans moyens matériels et financiers, un homme seul avait amené à la France un sous-continent.

Cela valait bien une protection exceptionnelle.

« Je compte sur la notoriété dont je jouis déjà en France, écrivait-il à sa femme, et sur la confiance absolue que l'amiral Dupré paraît avoir en moi pour que l'on me confirme à Paris dans les pouvoirs extraordinaires que j'ai en ce moment. Je remplirai alors toutes mes conditions d'avancement pour passer sur place contre-amiral. »

Dupuis ne partageait pas cet enthousiasme.

— Nous nous battons ici, rappelait-il, non pour conquérir un pays mais pour l'ouvrir au commerce. Votre premier adversaire était le maréchal. Vous l'avez éliminé, et vous tenez Hanoï. Votre second adversaire est le prince Houang, gouverneur de Son Tay et commandant en chef des troupes tongkinoises. Ne vous épuisez pas en actions secondaires. Frappez à la tête. Houang défait, l'armée se débandera. Alors seulement vous aurez accès au Fleuve. Auparavant vous devrez avoir réglé le problème des Pavillons Noirs. Le prince Houang négocie en ce moment avec leur chef, Lieou-Yuen-Fou. Là aussi, prenez-le de vitesse.

— En quoi faisant ? demanda Garnier avec humeur.

— En négociant vous-même avec eux. Ainsi vous assurerez-vous le libre passage sur le haut-fleuve, tout en évitant une guérilla que vous n'auriez, à terme, pas les moyens de soutenir.

Garnier eut un haut-le-corps.

— A quel prix ?

— Voilà un bien grand mot. Parlons plutôt d'échange de bons procédés.

— Jamais ! Qui serais-je si, après avoir chassé d'Hanoï les mandarins corrompus, je me compromettais avec des assassins ? Je les pourchasserai sans trêve, et j'ai d'ailleurs commencé à le faire.

— Je sais. Comme tout le monde, j'ai vu les têtes fichées sur des bambous, pour l'exemple, au-delà de la porte Ouest. Il y a longtemps qu'en Extrême-Orient les têtes coupées n'impressionnent plus personne. Je ne suis pas sûr que vous ayez décapité à bon escient. Enfin, n'en parlons plus. C'est de Son Tay et du prince Houang qu'il s'agit maintenant. Je suis prêt à mettre mes canonnières et cinq cents hommes à votre disposition. Quand attaquez-vous ?

— Le delta d'abord : je ne peux pas courir le risque d'être coupé de la côte.

Dupuis eut beau insister, rien n'y fit. Garnier tenait à ses priorités.

— Dans dix jours, dit-il, j'en aurai fini.

Il découpla sa meute : Esmez, Balny, Trentinian, Hautefeuille. A chacun son chef-lieu. A Esmez échut Chu-Li, à Balny Phu-Ly, à Trentinian Hai-Duong, à Hautefeuille Ninh Binh qui tombèrent après quelques escarmouches ou à la seule vue de ces barbares qui attaquaient à un contre cent en riant comme des démons. Ils sommaient les garnisons de se rendre et contre toute logique obtenaient satisfaction. Les portes des citadelles s'ouvraient devant eux. Ils passaient sans s'arrêter devant les mandarins prosternés, entassaient les grands étendards de soie, n'en prélevaient que quelques-uns comme trophées, et brûlaient le reste pêle-mêle avec les parasols de notables. Après quoi, ils nommaient gouverneur de la province celui des mandarins que les évêques recommandaient pour la sincérité de sa soumission, et demeuraient sur place quelques jours, afin d'asseoir son autorité.

L'impossible pari était tenu. Au dixième jour, Garnier en personne arrivait devant Nam Dinh, la mieux fortifiée des citadelles du delta. Il s'en était réservé la conquête.

Fermement tenue en main par une caste mandarinale dévouée à la cour de Hué, la ville fit mine de se défendre. Les boulets de marbre et les balles à mitraille de la citadelle enfoncèrent le plat-bord du *Scorpion* et dévastèrent sa mâture. On se canonna pendant une heure et demie puis l'une après l'autre, les batteries adverses se turent.

Garnier reprit le plan d'attaque qui lui avait réussi à Hanoï, à cette différence près qu'ici la porte qu'il devait forcer était blindée sur toute sa hauteur. A défaut d'entrer par la porte, il fallait donc escalader les murs. Quelques chevaux de frise protégeant les abords de la porte furent dressés en un échafaudage atteignant les trois quarts de la hauteur du mur.

Garnier allait s'y élancer, mais Le Moal veillait au grain.

— Ah non ! s'écria-t-il. Vous ne me la ferez pas deux fois !

Bousculé par son matelot, Garnier entendit la leçon et prit le parti d'en rire.

— Tu as tous les culots, dit-il. Allons, à toi de jouer.

S'aidant d'une couverture qui fut vite réduite en lambeaux, Le Moal entreprit son escalade dans une broussaille inextricable de barbelés et parvint non sans mal au faîte de la branlante construction. De là, il se rétablit sur le mur, et déchargea son revolver au jugé. Personne ne lui faisait face.

C'était devenu une habitude. A Hanoï comme dans les citadelles provinciales, la fuite succédait aux rodomontades. Garnier en avait conclu, non sans suffisance, que cette dérobade devant le combat tel qu'il le concevait dénotait chez les Annamites une absence totale d'esprit de sacrifice et donc une prédisposition à la servitude.

*
**

Pour l'essentiel, la campagne du delta était terminée. Si courte qu'elle ait été, elle avait peut-être duré trop longtemps.

Dupuis, Bain, Mgr Puginier sonnaient l'alarme. Le prince Houang avait quitté Son Tay pour rejoindre, sur le Day, les Pavillons Noirs de Lieou-Yuen-Fou. Tous deux ébauchaient un vaste mouvement d'encerclement autour de Hanoï. Déjà deux avant-postes, Phu-Hoai et Gia-Lam, étaient tombés entre leurs mains.

Sornettes ! Chacun de ses trois correspondants avait ses propres raisons d'étaler son pessimisme. Garnier rangea leurs lettres en grommelant.

— Bain voit des Pavillons Noirs jusque sous son lit. Dupuis est furieux que je ne l'aie pas écouté. Il serait temps qu'il apprenne qui commande au Tongkin. L'évêque me casse les oreilles avec la protection de ses ouailles. Un peu de persécution n'a jamais fait de tort à l'œuvre missionnaire. Au contraire.

Le courrier de Saïgon ne comptait que deux plis. L'un, de l'amirauté, qui annonçait l'envoi par le *Decrès* du matériel qu'il avait demandé, en particulier des fusils pour armer ses milices, mais il ne contenait pas le moindre mot de l'amiral. Pour la première fois, la pensée l'effleura que le soutien dont il bénéficiait à Saïgon était peut-être moins solide qu'il ne le croyait.

154

Il relut, pour se conforter, les instructions que lui avait remises l'amiral avant son départ pour Hanoï et fut stupéfait de constater que, littéralement, il y avait contrevenu point par point. Certes, au moment où ils se quittaient, l'amiral avait planté ses yeux dans les siens.

— Garnier, avait-il dit. Vous avez carte blanche.

Carte blanche, c'était clair ! Mais écrit nulle part. Garnier chassa, comme importune, l'idée que l'amiral puisse, éventuellement, renier sa parole.

L'autre pli contenait une lettre de Philastre, l'ami le plus proche, qui avait été le dernier à lui serrer la main ayant qu'il n'embarque. A ses adieux, il avait ajouté des propos sibyllins auxquels Garnier, dans l'agitation du moment, n'avait pas prêté attention.

— Il te faudra beaucoup de force, avait-il affirmé. De force morale, s'entend. Tu n'en manques pas. C'est pourquoi je crois en ta réussite.

L'esprit encore occupé par ce souvenir, Garnier ouvrit la lettre de Philastre, commença sa lecture et n'en crut pas ses yeux. C'était une longue diatribe d'une violence inouïe qui criait à la trahison et qui reniait sans vergogne dix ans d'amitié.

« As-tu songé, écrivait-il, à la honte qui va rejaillir sur toi et sur nous, quand on saura qu'envoyé pour chasser un baratier quelconque, tu t'es allié à cet aventurier pour mitrailler sans avis des gens qui ne t'attaquaient pas et qui ne se sont pas défendus ? »

Les succès, les triomphes même de Garnier n'avaient pas véritablement réjoui l'amiral Dupré. A ses comptes rendus enthousiastes, Paris répondait invariablement que toute installation au Tongkin était exclue. Limitée à Hanoï, l'intervention militaire pouvait à la rigueur se justifier : c'était de la légitime défense. En revanche, l'occupation du delta, quelle que soit la façon de la présenter, était en contradiction formelle avec les instructions de Paris. Tant que durait le succès, les admonestations du ministre demeuraient sans suite, mais il était clair qu'à la première anicroche, la sanction serait sans appel. Dupré se sentait en sursis et trouvait cette position désagréable. Pour comble, Tu Duc écrivait. Le ton même de ses doléances, la dignité dont il faisait preuve, face à l'agression dont il se déclarait la victime, parleraient en sa faveur lorsqu'ils seraient connus en France.

« Je suis profondément affligé, affirmait l'empereur, des actes excessifs commis par M. Garnier. Les philosophes ne cherchent pas à s'élever au-dessus des autres hommes. Combien ne doit-il pas, à plus forte raison, en être de même des royaumes amis... »

Il poursuivait en affirmant que ces actes constituaient le seul et véritable obstacle à la signature du traité que souhaitaient également la France et l'Annam.

Cette lettre n'était sans doute pas plus sincère que les dizaines d'autres dans lesquelles Tu Duc avait protesté de ses bonnes intentions. Mais elle parvenait à Saïgon à un moment où l'amiral se sentait à la fois menacé par un désaveu de Paris et conforté dans sa négociation avec les Annamites par la possession des gages qu'avait saisis Garnier.

Jusqu'alors, il avait été demandeur et s'était heurté aux atermoiements de la cour de Hué. Aujourd'hui avec l'occupation du delta tongkinois

156

par Garnier, les rôles étaient inversés : Tu Duc était demandeur. Que le traité soit signé, qu'au besoin on restitue tout ou partie des citadelles conquises, Paris oublierait ses griefs et l'essentiel serait sauvé.

— Faites-moi venir monsieur Philastre.

Rares étaient, dans la Marine, ceux qui partageaient les opinions du lieutenant de vaisseau Philastre. Ses fonctions d'inspecteur des Affaires indigènes l'avaient éloigné des siens, qu'il jugeait sans indulgence. Profondément imprégné de culture annamite, il considérait que l'intervention française, dernière en date des invasions subies par l'empire d'Annam, n'était qu'une péripétie de sa longue et chaotique histoire. Il se disait l'ami des Annamites. Ceux-ci l'appréciaient en fonction des services qu'il pouvait leur rendre, mais ne lui accordaient qu'une confiance précaire et révocable.

L'amiral Dupré fit lire à Philastre la dernière lettre de l'empereur.

— Ainsi que vous le voyez, dit-il, Tu Duc se dit prêt à signer le traité, pour autant que lui soient rendues les villes du delta. J'y suis disposé.

— Rendons-les donc.

— L'empereur veut l'évacuation des villes, d'abord et la signature du traité ensuite. Nous voulons le traité d'abord et la restitution des villes ensuite.

— Les Annamites n'ont aucune raison de nous faire confiance. Ils refuseront.

— Nous avons tout autant de raisons de nous méfier d'eux. Il est indispensable de briser ce cercle vicieux. Vous le pouvez, et vous le devez.

— Avant d'essayer de convaincre les Annamites, et de me porter garant de votre bonne foi, il faudrait que j'en sois moi-même convaincu. Comment pourrais-je l'être, alors qu'en ce moment même, sur vos ordres ou au moins avec votre aval, Garnier fait main basse sur le Tongkin ?

— Je le rappellerai.

— Quand ?

— Lorsque vous aurez persuadé les Annamites de notre sincérité. Allez à Hué toutes affaires cessantes. L'*Antilope* est à votre disposition.

Philastre réfléchit une seconde.

— Pouvez-vous me confirmer par écrit que vous proposez la restitution de toutes les places et le rappel de Garnier ?

L'amiral tenta de biaiser.

— Le rappel de Garnier n'est pas une clause, mais un argument. Un argument confidentiel.

— Cette confirmation, amiral, est à mon seul usage. Elle renforcera mon pouvoir de persuasion.

— D'accord. Vous l'aurez ce soir.

— Merci, amiral.

*
**

Philastre tombait mal. La nouvelle de la prise de Nam Dinh était parvenue à Hué en même temps que lui. Garnier, disait la dépêche, avait saisi le trésor d'Hanoï, de Hai-Duong, de Ninh Binh et de Nam Dinh, soit au total un million de piastres, en barres d'argent. Il commençait à percevoir l'impôt, ce qui était grave, mais, plus intolérable parce que engageant l'avenir, il avait décidé d'en abaisser le taux.

Devant ces réalités, les promesses de l'amiral, même cautionnées par Philastre, ne pesaient pas lourd.

« L'ami des Annamites » fut accusé de traîtrise par ceux-là même en faveur de qui il intervenait. Mieux valait, lui dit le ministre des Affaires étrangères, un ennemi déclaré qu'un allié félon. Il était bien de la race de celui qui avait renié ses engagements envers Phan Than Giang ou de cet autre qui avait promis de chasser Dupuis et se compromettait avec lui.

Philastre se défendait en arguant de sa bonne foi.

— J'ai été trompé. L'amiral aussi. J'ai eu connaissance des instructions de Garnier : elles étaient sans ambiguïté. Il y a contrevenu.

— Mais il reste en place. Est-ce à dire que la désobéissance est tolérée dans votre armée ?

— Elle est réprimée, Excellence. Garnier sera rappelé sans préjudice des sanctions qui lui seront ultérieurement infligées.

— Nous ne sommes pas intéressés par le sort à venir de M. Garnier, mais par les mesures à prendre immédiatement à son encontre. Vous dites qu'il sera rappelé. Qui le lui signifiera ? Vous allez rentrer à Saïgon rendre compte à l'amiral qui s'accordera le temps de la réflexion, prendra une décision, se demandera qui désigner pour la faire appliquer.

— Ce sera moi.

— Dès lors, pourquoi ces atermoiements, alors que chaque jour peut provoquer l'irréparable ? Au lieu de retourner à Saïgon, allez directement à Hanoï. Un ambassadeur de la cour, muni des pouvoirs de l'empereur, vous accompagnera. Puisque l'amiral est d'accord il approuvera votre démarche. Vous parliez de bonne foi : voici venu le moment de nous prouver la vôtre.

Le *d'Estrées*, arrivé de Hong Kong pour relever l'*Antilope*, attendait Philastre en baie de Tourane. Au commandant Didot, qui avait mission de le ramener à Saïgon, il demanda de faire route vers le nord. Didot s'y résigna de mauvaise grâce. Où irait-on si un passager pouvait s'arroger le droit de modifier la route ou changer la destination du navire à bord duquel il voyageait ?

Tout bien pesé, Philastre n'était guère plus à l'aise, et la présence à ses côtés de l'ambassadeur de Hué soulignait l'ambiguïté de sa position.

Rappeler Garnier, soit. Sauf à en recevoir l'ordre de Saïgon, qu'il avait sollicité avant de quitter Tourane, il ne pouvait rien en faire. Et même avec un ordre, pour peu que Garnier, fort de ses conquêtes, conteste ses pouvoirs, il ne voyait pas comment le contraindre à céder la place. Toutes choses égales, il était vis-à-vis de Garnier dans la même situation que celui-ci vis-à-vis de Dupuis trois mois plus tôt.

La banlieue d'Hanoï brûlait. Phu Hoaï d'où le prince Houang avait chassé Perrin était à portée de fusil de la citadelle. Houang n'était resté dans la place que le temps de l'incendier et d'enclouer ses canons, puis il s'était replié, à deux kilomètres de là, derrière une levée de terre protégée par d'épais bosquets de bambou. Pendant toute une journée Perrin avait tenté d'enlever cette position, mais avait dû se retirer après avoir épuisé ses munitions.

Cette attitude nouvelle des Annamites était inquiétante. Depuis deux mois, il suffisait d'apparaître pour qu'ils se dispersent. Garnier avait fondé son succès sur leur refus du combat. S'ils se décidaient à faire face si peu que ce soit, le squelettique corps d'intervention français risquait d'être mis à mal. Aujourd'hui comme hier, l'esquive restait la tactique favorite des Annamites. Mais on notait depuis peu une obstination à réoccuper le terrain abandonné dès que l'assaillant avait tourné le dos.

— Ils foutent toujours le camp, remarquait Le Moal, en s'empêtrant dans leurs étendards, mais deux heures après ils sont de retour. Combien de temps va durer ce jeu-là ?

160

— Le pire est à venir, dit Dupuis. Les Pavillons Noirs ont terminé leur approche. Pirates sans doute, mais guerriers à leur façon. Il est encore temps de les neutraliser. Monsieur Balny, ils vous ont approché, à ce que l'on m'a dit.

— C'est exact. Ils m'ont fait parvenir une lettre signée du chef d'une de leurs bandes, un certain Ha-Hong qui me demandait de le laisser agir contre les Annamites, en échange de quoi il me proposait le partage du butin escompté. Je lui ai répondu que nous pendions les bandits de son espèce.

Heureux les gens à principe, ils ne savent pas ce qu'ils disent ! Dupuis se détourna de Balny et s'adressa à Garnier.

— Quand attaquons-nous Son Tay ? Le temps presse, commandant !

— Après demain, 21 décembre.

*
**

Il n'était plus question de tenir Dupuis à longueur de gaffe. La nécessité faisait loi : aucune opération n'était possible sans ses canonnières, ses bateaux de transport et ses jonques de charge. Les effectifs de Garnier avaient fondu. Entre blessés et malades, quinze pour cent du corps expéditionnaire était indisponible. Le *Decrès*, dont l'arrivée était imminente, n'amenait qu'un renfort en trompe-l'œil. Les cent cinq hommes annoncés par le commandant Testard devaient relever la compagnie de débarquement « prêtée » à Garnier, dont il réclamait la restitution avec insistance.

Les cinq cents Yunnanais de Dupuis, les deux cents hommes qu'il avait fait venir du Kouang-Si, ses quinze officiers européens étaient donc beaucoup plus qu'une force d'appoint. En effectifs, en armement et en munitions, elle pesait deux fois plus lourd que celle de Garnier.

161

L'attaque de Son Tay, était une action combinée dont les détails avaient pu être mis au point grâce à la connaissance du terrain que Dupuis possédait à fond.

La coopération des marsouins de Garnier et des Yunnanais de Dupuis n'allait cependant pas de soi, et celle de leurs chefs respectifs non plus. Tous deux en étaient conscients et travaillaient à un plan d'opération éliminant les frictions entre militaires et soldats de fortune.

Désœuvré, Le Moal faisait du rangement, le plus bruyamment possible. Garnier l'interpella.

— As-tu bientôt fini ?

— Oui, commandant. Puis-je disposer ?

— Une heure, pas davantage.

Le Moal fila droit jusqu'à la maison du maréchal. Il voulait le voir pendant qu'il était encore temps, et le redoutait tout à la fois. Ce face-à-face était une pénitence qu'il s'infligeait, en espérant qu'elle le délivrerait de ce que l'aumônier appelait son remords.

Rien n'indiquait, à première vue, que le maréchal vivait encore. Son visage était cireux et ses narines pincées. Son souffle était imperceptible. Il fallait l'observer de près pour remarquer le mouvement de ses mains. Elles s'ouvraient et se refermaient sur le vide avec une lenteur extrême.

« C'est sa brique qu'il cherche », pensa Le Moal.

Debout auprès du lit, il regardait le vieillard aux yeux clos et se sentait étrangement proche de lui. N'étaient-ils pas unis d'une certaine façon ? Unis par la mort, donnée par l'un et par l'autre reçue.

A son entrée dans la pièce, les serviteurs qui veillaient le blessé s'éclipsèrent sans qu'on pût dire si, pour eux, la présence du Français était un hommage ou une offense.

Plusieurs fois, à la lueur des candélabres placés à

162

la tête du lit, il sembla à Le Moal que les yeux du gisant avaient cillé. Il finit par les ouvrir pour de bon. La vie, toutefois en était absente, et ne revint les habiter que de façon fugace.

— Souffrez-vous ?

Les lèvres du moribond se desserrèrent sur l'ébauche d'un sourire. Il ne répondit pas. L'une de ses mains, paume ouverte, glissa sur le drap dans la direction de l'homme debout à son chevet. Elle était froide et sèche, crispée comme une serre.

Le vieil homme fit un effort pour retrouver la parole.

— C'était... vous ? demanda-t-il d'une voix à peine audible.

— Oui, c'était moi.

— Bien.

Le maréchal ferma les yeux. Il sembla à Le Moal qu'en dépit de son immobilité il s'éloignait, comme une barque dont on largue l'amarre s'écarte de la rive.

— Saloperie, saloperie, hoquetait-il en reprenant le chemin de la Maison du roi.

Plus qu'une volonté délibérée de conquête, c'était le refus de négocier des Annamites qui avait poussé Garnier à s'emparer successivement de la citadelle d'Hanoï puis des chefs-lieux du delta. Il s'était attendu à ce que la défaite entame leur intransigeance et qu'à la fin des fins la cour de Hué envoie à Hanoï de véritables plénipotentiaires munis des pouvoirs nécessaires pour en finir avec la sempiternelle négociation franco-annamite.

De divers côtés on annonçait la venue de cette ambassade. Peut-être était-elle en route. Peut-être aussi des agents de Hué faisaient-ils courir le bruit de son arrivée dans l'espoir de saper l'esprit offensif des Français. Jusqu'à la dernière minute il avait voulu laisser ses chances à la paix. Ses ordres avaient été donnés en conséquence.

— Au cas où une délégation annamite se présenterait à Hanoï, les bâtiments sur rade la salueraient de sept coups de canon.

A moins de vingt-quatre heures du déclenchement de l'attaque sur Son Tay il n'y croyait plus.

Et pourtant !

Il était neuf heures du matin. Dupuis et lui en avaient pratiquement terminé avec le partage des tâches et les ordres de marche destinés à leurs unités lorsque retentit la salve d'honneur.

Garnier sursauta.

— Entendez-vous ?

Pressentant le pire, Dupuis prit les devants.

— Je ne veux rien entendre. Qu'est-ce que cette ambassade qui arrive on ne sait d'où, sans prévenir ? Une manœuvre de dernière minute qui pue l'intoxication. On veut désarmer votre bras. Ne vous laissez pas faire.

— Mille regrets, monsieur Dupuis. J'attendais, sans trop y croire, la venue des plénipotentiaires annamites. Je les recevrai donc. Il ne me faudra pas longtemps pour percer à jour leurs intentions. En attendant, et jusqu'à nouvel ordre, l'opération de Son Tay est décommandée.

Dupuis repoussa sa chaise avec violence.

— Vous êtes désespérant.

Les plénipotentiaires s'installèrent dans le Yamen du maréchal, que Garnier, par considération pour sa personne, n'avait pas occupé après qu'il eut été blessé. Ils y restèrent un long moment et reçurent des visiteurs que les agents de Dupuis, qui pourtant connaissaient leur monde, n'arrivèrent pas à identifier. Puis ils sortirent en ville et se séparèrent, pour ne regagner le Yamen qu'à la nuit tombée. Ils étaient six à être partis de la citadelle, et trois seulement à y rentrer.

Dès leur arrivée à Hanoï, Garnier leur avait fait porter une invitation. Pendant tout l'après midi il avait attendu une réponse, qui ne lui parvint qu'à la nuit tombée en même temps qu'un court billet de Dupuis.

Les ambassadeurs proposaient une réunion pour le lendemain matin à dix heures.

Dupuis, de son côté, affirmait que les trois « absents » avaient été signalés sur la chaussée de Son Tay. Ils circulaient dans des filets de mandarins et avaient disparu à hauteur des avant-postes des Pavillons Noirs.

— Sans commentaires, conclut Dupuis.

Rabat-joie, se dit Garnier. Il aurait préféré, bien sûr, que la négociation commence immédiatement. Le retard, toutefois, était insignifiant en regard de l'attente épuisante et stérile à laquelle, pendant deux années, avait été soumis l'amiral Dupré.

Le Moal avait fini de disposer la moustiquaire au-dessus du lit de Garnier. C'était un rite plus qu'une nécessité. Fin décembre, les moustiques étaient engourdis par le froid.

Depuis longtemps, l'ordonnance n'avait vu son patron d'aussi bonne humeur.

— Cette ambassade, demanda-t-il, c'est une bonne chose ?

— La meilleure qui soit : la possibilité d'éviter la guerre.

— M. Dupuis n'avait pas l'air de cet avis.

— Tu fourres ton nez partout, à ce que je vois. Non, Dupuis n'est pas d'accord avec moi. Les civils poussent à la guerre, c'est connu, et d'autant plus vigoureusement que ce sont les militaires qui la font.

— Faut être juste, répliqua Le Moal. Le Dupuis il veut peut-être la guerre, mais il la fait.

— Sa guerre à lui, une guerre de marchand.

— Et nous, commandant, notre guerre, c'est quoi, exactement ? Le maréchal...

Agacé, Garnier lui coupa la parole.

— Le maréchal est mort ce matin, paix à son âme. Va te coucher et réveille-moi à six heures.

Le 21 décembre, en début de matinée, Mgr Puginier dit sa messe devant Garnier et les membres de son état-major. La journée s'annonçait fraîche et ensoleillée ainsi qu'il arrive fréquemment en cette saison.

Tout comme Garnier, l'évêque avait appris avec joie l'arrivée des ambassadeurs annamites. Pour ses missions hier encore menacées, l'espoir d'une vie tranquille renaissait.

— Nous avons rendu grâce à Dieu, dit l'évêque. Rendons grâce à la sagesse humaine.

Il avait invité les officiers présents à boire à l'événement. Dupuis s'était joint au petit groupe sans partager son exubérance. Il avait écouté le toast porté par Garnier, mais avait gardé son verre levé pendant que les autres vidaient le leur.

— Vous ne buvez pas ? s'étonna Garnier.

— Mais si, répondit-il. Je bois à vos espoirs, messieurs.

Il allait partir. Garnier le retint.

— Je désirerais présenter aux ambassadeurs une pièce que les traducteurs ne risquent pas de dénaturer. Serait-ce trop vous demander...

— Voyons ce texte.

Dupuis lut les trois feuillets que lui tendit Garnier.

— Vous aurez la traduction dans deux heures. Je la fais porter chez vous ?

— Non, au Yamen. Je serai heureux d'en disposer en cours de séance.

— Parfait.

Il appela Bain.

— Vous mettrez en place une section avec clairon devant le Yamen. Elle rendra les honneurs à l'issue de la conférence. Quartier libre pour ceux qui ne sont pas de service.

Les présentations furent vite faites. Garnier s'étonna.

— Vous étiez six, me semble-t-il.

Les trois mandarins arboraient le sourire candide qui accompagne, chez les Annamites, les mensonges les plus artistement ficelés.

— Nos trois amis ne sont pas des plénipotentiaires, mais des mandarins des Finances, chargés d'évaluer les dommages subis par les biens de la couronne en raison des actes injustifiés commis par les forces françaises.

— Je recevrai volontiers leur rapport. Par la même occasion, je leur remettrai le mien dans lequel sont détaillés les vols, les pillages, les incendies et les atteintes aux personnes dont nous avons pâti. En marge de nos discussions, une réunion avec vos experts financiers sera la bienvenue. Mais venons-en à nos affaires.

» L'amiral Dupré, vous le savez, tient essentiellement à entretenir avec la cour de Hué des relations de confiance et d'amitié. Il désire les développer, notamment sur le plan commercial. L'ouverture du

167

Song Koi au commerce en plein accord avec vos autorités, sans privilège ni exclusive en faveur ou à l'encontre de quiconque, illustre parfaitement cette politique, qu'il s'efforce de promouvoir depuis deux ans...

Les trois ambassadeurs hochaient la tête en émettant des grognements approbatifs. Ce qui ne les empêcherait pas, lorsqu'ils prendraient la parole, d'évoquer en termes fleuris la duplicité française dans l'affaire Dupuis et de déplorer, comme en s'excusant, l'inqualifiable agression dont les provinces du delta venaient d'être les victimes.

Après ces préliminaires, estimait Garnier, les véritables discussions pourraient commencer.

On en était là lorsque Le Moal, rouge d'excitation, pénétra en trombe dans la salle de réunion et courut vers Garnier. Penché sur son oreille, il lui parla à voix basse.

— Faites-le entrer, dit Garnier.

Le Moal introduisit un catéchiste dépêché par Mgr Puginier.

— Je t'écoute.

— Les Pavillons Noirs, dit le catéchiste, marchent sur la face ouest de la citadelle. Ils sont six cents au moins, appuyés par deux mille Annamites. Depuis les remparts, on les voit grouiller dans la plaine. Certains empruntent la chaussée de Phu Hoai, mais la plupart progressent à travers les rizières. On les entend aussi. Leurs cris mêlés, les gongs et les cymbales qui rythment leur marche font une rumeur immense. Ils ont des éléphants armés en guerre et des canons dont on voit luire au soleil les tubes de bronze.

— A quelle distance sont-ils ?

— Les premières vagues abordent les glacis.

Garnier se tourna vers les ambassadeurs.

— Qu'en dites-vous, messieurs ?

168

Ils ne disaient rien, et pour cause. Sans plus s'occuper d'eux, Garnier se précipita hors du Yamen.

— Le Moal, va chercher mon revolver et rejoins-moi sur le rempart ouest.

De cet observatoire, il apercevait les étendards des Pavillons Noirs fichés en terre de part et d'autre de la chaussée de Phu Hoai, à moins de quatre cents mètres des portes de la citadelle. Le défi était là, soutenu par une avant-garde d'hommes décidés. Le gros de la troupe, en groupes compacts, se camou-flait tant bien que mal derrière la levée de terre qui assurait la défense rapprochée d'Hanoï et qu'on appelait le rempart du Roi.

Les plus audacieux des Pavillons Noirs s'étaient avancés en terrain découvert, certains même jusqu'au pied des remparts. Le Moal avait rejoint Garnier en train d'organiser une riposte avec les isolés, passablement inefficaces, qu'il avait trouvés sur place.

— Votre revolver, commandant.

Il jeta un coup d'œil par-dessus le rempart et aperçut des He Ki, pris au piège de leur audace, que les chassepots abattaient l'un après l'autre.

— Ils voulaient nous faire le coup de Nam Dinh, gouailla Le Moal.

Abrités derrière le rempart du Roi, He Ki et Annamites attendaient l'heure de l'assaut. En pro-logue, l'avant-garde se faisait hacher menu. Mais sa mission n'était que de diversion. L'important était le déclenchement de l'insurrection préparée par ceux des leurs qu'ils avaient infiltrés dans la citadelle et qui leur adresseraient les signaux convenus dès qu'ils se seraient rendus maîtres des portes.

En guise de signaux, ils ne virent que la fumée des départs de la batterie de quatre rameutée par Gar-nier. Réglés sur les bosquets de bambou qui couronnaient le rempart du Roi, les tirs des petits canons de montagne firent des ravages dans les groupes serrés de Pavillons Noirs et d'Annamites confiants dans les promesses de victoire que leur avaient prodiguées leurs chefs mais aussi les augures, les génies et jusqu'aux ancêtres, dûment consultés avant l'action.

Un éléphant, blessé à la trompe et rendu fou par la douleur, se mit à charger en tous sens et doubla le volume des pertes dues au bombardement.

Passant soudain de l'exaltation à la panique, les deux mille Annamites se débandèrent. Depuis les remparts, on les vit s'enfuir en se piétinant les uns les autres, sauter dans les fossés, plonger dans les mares, et galoper dans les rizières. Spectacle connu et apaisant. Contrairement à ce qu'on avait craint, les Annamites étaient bien restés les mêmes. Ceux qui sur les remparts suaient d'angoisse quelques minutes plus tôt retrouvaient leur superbe.

Les yeux rivés à ses jumelles, Garnier scrutait la levée de terre et les bosquets de bambou. Balny, qui avait regroupé l'effectif d'une section avec les hommes qui lui étaient tombés sous la main, suivait à ses côtés les effets de la canonnade.

— Beau spectacle, dit-il jovialement.

Garnier rabaissa ses jumelles. Son visage était pâle de rage. Les étendards de soie sur lesquels ondulaient des dragons brodés d'or étaient toujours plantés à quatre cents mètres de la citadelle. La ligne du défi restait intacte, même si ceux qui l'avaient tracée étaient allés se faire tuer au pied des murs.

« Des guerriers », avait dit Dupuis. Comme d'habitude, le marchand avait raison.

Balny riait. D'un regard, Garnier le fit taire.

— Les Annamites se sont enfuis, la belle affaire ! Les He Ki, eux, n'ont pas bougé, et c'est là l'important. Perrin va continuer à les bombarder. Ils ne pourront tenir longtemps. Les bambous les cachent mais ne les protègent pas. Vous et moi, nous allons leur couper toute retraite.

— Avec quoi ?

— Vous avez trente hommes, non ? Quinze pour vous, autant pour moi. Je passe par la chaussée de Phu Hoai, vous par celle de Son Tay. On fermera la nasse derrière Tu Lé.

Quinze contre six cents, et lui, seul en avant, courant si vite que ses hommes s'égrenaient en chapelet à sa suite. Une fois encore, le chef politique et militaire au « Tongkin français » jouait les voltigeurs de pointe.

Le Moal lui collait aux basques. A plusieurs reprises il avait essayé de le dépasser. En vain.

— Commandant, ça suit pas, avait-il haleté.

D'une touffe de bambous, à vingt mètres sur la droite, un coup de feu était parti.

— Va voir ce que c'est, lui dit Garnier, tout en poursuivant sa course.

Déjà Le Moal abordait les bambous. Parmi les hommes de Garnier, trois seulement l'avaient suivi de près. L'un venait de recevoir une balle en pleine poitrine, le second, blessé au visage, n'avançait plus qu'en titubant et le troisième, paralysé par l'angoisse, ne pouvait plus mettre un pied devant l'autre.

Garnier était seul. Les yeux fixés sur le rempart du Roi dont il n'était plus éloigné que d'une centaine de pas, il continuait de foncer, le revolver à la main. Il ne vit pas une rigole fangeuse dans laquelle il trébucha. Se relever n'était que l'affaire de deux secondes. Il n'en disposa pas.

Le Moal avançait dans les bambous en se frayant un chemin avec sa baïonnette. Un second coup de feu, tiré à bout portant lui déchira les tympans. La

171

balle, qui lui était destinée, frappa la culasse de son fusil et, par ricochet, l'atteignit à la face. A demi inconscient, il resta quelques instants immobile, à l'écoute des messages de son propre corps.

Rien à signaler du côté des jambes, des bras, de la poitrine ou du ventre. Sa tête, en revanche, lui semblait avoir doublé de volume sans que, pour autant, cette marmite du diable réussisse à contenir son cerveau en ébullition.

Il voyait, mais mal, à travers le sang qui ruisselait de son front et n'entendait rien hormis le vacarme qui emplissait son crâne. Soudain, ses oreilles se débouchèrent avec un couinement aigu, juste à temps pour percevoir, venant de sa gauche, là où devait se trouver Garnier, un tumulte de cris et de jappements.

Puis le silence.

— Nom de Dieu, le patron !

A peine sorti de son bosquet, il aperçut une douzaine de Pavillons Noirs s'enfuyant à toutes jambes vers le gros de leur troupe, qui avait déjà décroché. Pendant une seconde, il crut au miracle, parvint à la rigole, fit quelques pas dans l'eau boueuse, et vit.

Ce n'était pas Garnier, pas même son corps, et à peine son uniforme. La tunique en lambeaux avait été fendue au coupe-coupe à hauteur de la poitrine. En dessous béait un trou encombré de chairs et d'os rose et noir assez large pour qu'une main ait pu plonger dedans et en arracher le cœur.

Le bas-ventre avait été traité de la même façon. C'est par là que les Hé Ki avaient dû commencer. Les deux mains crispées autour de l'horrible mutilation semblaient en témoigner.

Ce qui restait du corps n'avait plus de tête : tranchée et emportée pour être promenée de village en village, elle serait le trophée ambulant des Pavillons Noirs.

172

Le Moal s'étonna de ne sentir en lui ni désespoir ni fureur. Rien, le vide, le néant devant cette chose sans nom dont rien ne subsistait de celui qui avait été à la fois son père, son frère et son maître.

Il avait entrepris machinalement de traîner hors de la rigole le corps à demi englué et de l'allonger dans une position décente. Alors seulement il s'avisa qu'il lui manquait l'une de ses bottines et il se mit à la chercher puis, l'ayant retrouvée à quelques pas de là, il rechaussa le pied avec application.

Autour de lui, les retardataires faisaient cercle : des marins, des marsouins et parmi eux, un sergent qui parlait fort.

— Je l'ai entendu crier : A moi mes braves...

Le Moal se leva lourdement et s'approcha du sergent. Dans le masque sanglant que lui faisait sa blessure, les yeux luisaient d'une folie meurtrière.

— Tu n'as rien entendu, salaud, parce que tu te planquais à cent mètres d'ici. Alors, tu vas la fermer, compris ? Sinon, sergent ou pas, je te mets la gueule en miettes.

Personne ne mouftait.

— Vous autres, dit-il, coupez-moi des bambous, qu'on fasse un brancard : on rentre.

DEUXIÈME PARTIE

1

Saïgon. 1874

— Qu'est-ce qui te retient ici ?

— Rien. Mais rien non plus ne m'appelle ailleurs.

— Le retour au pays ne te tente pas ?

— Je n'ai rien à y faire. Le père s'est perdu en mer l'an dernier, et la mère ne lui a pas survécu six mois. Il paraît que j'ai hérité de la maison mais aussi des dettes. Le père avait mal assuré son rafiot, et n'avait même pas fini de rembourser le Crédit maritime. Pour avoir la maison, il fallait payer le bateau. Un bateau disparu, tu te rends compte ?

— Tu as refusé l'héritage ?

— Je n'ai rien refusé, rien accepté non plus, ce qui met en fureur le notaire de Lannion qui m'écrit à chaque courrier pour me dire que j'aurais intérêt à vendre la baraque à mes cousins afin que le bien reste dans la famille.

— Qu'as-tu répondu ?

Le Moal se renversa sur sa chaise et s'efforça de rire.

— Qu'une partie au moins de Jakez Le Moal était morte au Tongkin et que je n'étais pas sûr d'être l'autre moitié.

Viard regarda son ami. Deux plis d'amertume encadraient sa bouche. Tout en lui, d'ailleurs, était amertume.

177

— Tu as passé un sale moment. D'accord. Mais enfin, l'histoire n'a pas duré des siècles. Combien de temps, au fait ?

— Pas même deux mois, mais là n'est pas la question. Qu'elle n'ait été, finalement, qu'une énorme connerie, je veux bien. Après tout, Garnier s'est piégé lui-même. Ce que je n'ai pas digéré, c'est la suite.

— Philastre ?

— Oui. Ce type est une ordure. Tout Hanoï m'a entendu le dire, sauf lui apparemment, qui s'est dégonflé devant un simple mataf. Je n'ai jamais réussi à lui parler seul à seul, pas même sur le *d'Estrées* à bord duquel nous sommes revenus à Saïgon. Il est vrai que j'étais à fond de cale.

— Pour quel motif ?

Le Moal haussa les épaules.

— Violence, rébellion, injures comme d'habitude. Mais il ne perd rien pour attendre. Je finirai par le coincer. Et maintenant que je suis civil, je lui casserai la gueule à moindres frais.

La nuit tombait sur la pointe des Blagueurs, au confluent de la rivière de Saïgon et de l'arroyo chinois. Pendant les jours qui précédaient l'arrivée de la mousson, lorsque dans l'attente des premières pluies, la ville se pâmait de chaleur, cette terrasse du bord de l'eau captait la brise de rivière que faisait fraîchir le crépuscule. Il y avait foule alors pour profiter de ce relatif bien-être. En face, le long du quai des Messageries, la nuit n'interrompait pas le déchargement des cargos nouvellement arrivés. Régulièrement, la malle de France s'y amarrait. Chacun, devant le spectacle du paquebot illuminé, pouvait imaginer son propre départ et parer l'événement des couleurs les plus brillantes.

Viard observa la manœuvre d'une jonque si lourdement chargée qu'elle paraissait ingouvernable, puis reporta son regard sur le navire autour duquel s'agglu-

178

tinait un essaim de sampans. Il le désigna d'un mouvement de menton.

— Le *Dupleix*, destination Marseille, départ demain. Non, vraiment pas ?

— Merci. J'ai mieux à faire ici.

— Des projets ?

— Dupuis m'a trouvé ce qu'il me faut.

— Tu l'as donc revu ?

— Très souvent. Nous avons rendez-vous ici même. D'ailleurs, le voilà.

Dupuis, en flanelle blanche et panama, était méconnaissable. La tenue coloniale lui seyait moins bien que celle de mandarin. Ou peut-être la lassitude affaissait-elle sa silhouette. Il s'assit lourdement.

— Ah ! ces amiraux ! bougonna-t-il. Dupré, à qui je dois ma ruine, était rusé et médiocre. C'est d'ailleurs à la médiocrité de ses ruses qu'il dut son rappel. Mais enfin, il existait. Krantz, lui, n'existe pas. Ils n'ont en commun qu'une disposition toute particulière à renier leur parole. Dupré m'écrit de Paris qu'il ne peut rien pour moi mais que Krantz, à Saïgon, a tout pouvoir. Krantz dit exactement le contraire. Pendant ce temps mes bateaux et mes gens sont bloqués à Haïphong. Ils ne peuvent ni remonter au Yunnan ni descendre à Saïgon.

— Sous quel prétexte ?

— Que le traité, le fameux traité, signé la veille du départ de Dupré, n'est pas entré en vigueur. Dupré a eu son papier, alourdi des sceaux de la République et de l'empire d'Annam. Il n'en demandait pas plus.

— Et maintenant ?

— Maintenant, rien. Jamais le traité ne sera appliqué, et si vraiment nous voulons le Fleuve Rouge, il faudra tout recommencer, avec un autre Garnier... mais sans moi qui éviterai désormais toute dérive patriotique dans l'exercice de mon métier.

Étonnant personnage, à qui le succès ne tournait

179

pas la tête et qu'aucun désastre n'abattait. La défaite, disait-il, est plus riche d'enseignements que la victoire. Qui a jamais tiré la leçon de son succès ?

— Quelle est celle que vous avez tirée de votre aventure tongkinoise ?

Dupuis rit de bon cœur.

— Une leçon profitable, « monsieur » Le Moal. L'affaire du Tongkin, voyez-vous, ne fait que commencer. Ce n'est pas le prochain coup qui m'intéresse, ni même le suivant, mais celui d'après. Je n'y aurais pas pensé si nous avions tranquillement ouvert le Fleuve Rouge au commerce. M. Philastre serait sans doute étonné d'apprendre qu'en me persécutant il a finalement agi au mieux de mes intérêts.

Il se pencha vers Le Moal.

— Ne fais pas cette tête-là, petit. Tu as rendez-vous demain matin avec Henri Jouffroy qui est le directeur des Bois et Scieries de Cochinchine. En un premier temps, il va t'envoyer en forêt. Tu t'y referas une santé. C'est un monde où les Philastre n'ont pas leur place. Tu découvriras la compagnie des arbres, qui est le contraire de la solitude.

Viard intervint.

— Vous avez été forestier ?

— Ce fut même mon premier métier. Plus tard, j'ai appris à parler vingt dialectes chinois, mais la première langue qui m'ait été enseignée est celle des arbres. Tu la parleras toi aussi. Dans six mois, le souvenir de Garnier ne te fera plus souffrir, et l'idée de vengeance te paraîtra dérisoire.

Le Moal ne croyait pas à la vertu curative de la vie en forêt. Il n'acceptait pas qu'avec le temps ses souvenirs puissent se dissoudre dans l'oubli ou même qu'ils perdent la netteté de leurs contours. Il les voulait entiers et sans retouches. La perspective d'une vie solitaire ne lui déplaisait pas. Elle lui permettrait de les évoquer en un tête-à-tête sans fin. S'il était vrai, comme disait Dupuis, qu'un jour il parlerait aux arbres, il leur ferait comprendre que jamais il n'appartiendrait à leur univers, car la sérénité n'était pas son lot.

*
* *

Lorsqu'il était rentré dans la citadelle avec la civière improvisée sur laquelle gisait le corps sans tête de Garnier, personne n'était encore au courant de l'issue de l'engagement contre les Pavillons Noirs. Et il n'avait personne à qui l'apprendre. Trentinian, Hautefeuille, Harmand étaient dans leurs provinces ; Dupuis, à la tête de quarante hommes, avait foncé hors de la citadelle dès qu'il avait appris la folle équipée dans laquelle s'était lancé Garnier ; Balny, avec ses quinze matelots, était quelque part sur la chaussée de Son Tay. Seul officier dans la citadelle, Bain de la Coquerie pressentait un malheur et d'avance cédait à la panique.

Précédant la civière, Le Moal avait pénétré jusqu'au réduit central sans trop savoir où déposer son funèbre fardeau.

— Au Yamen, avait-il soudain ordonné aux quatre marins hébétés qui portaient le brinquebalant assemblage de bambous.

Le visage noir de sang séché sous le front à moitié scalpé, il était l'image même de la mort devant laquelle les gens s'écartaient avec une crainte superstitieuse.

Sur ce qui avait été la table de travail du maréchal Nguyen Tri Phuong, il avait fait déposer le corps dont un bras s'insurgeait contre la sorte de garde-à-vous que les vivants imposent à leurs morts. Il avait dépêché l'un des matelots chez Mgr Puginier pour obtenir des cierges — des grands, avait-il précisé — et avait retenu les trois autres pour entamer une veillée.

— Dans l'état où on est... avaient-ils protesté.

— Le lieutenant Bain nous fera relever.

L'enseigne n'avait pas tardé à apparaître. Il s'était approché de la table.

— C'est... c'est lui ? avait-il demandé.

L'incongruité de la question avait frappé Le Moal et l'avait fait émerger de l'état de semi-inconscience dans lequel il se mouvait.

— Si l'on peut dire !

Bain était hors d'état de comprendre ce que ce sarcasme avait de désespéré. Ses propres angoisses l'occupaient tout entier.

— Où sont les autres ?

— Quels autres ?

— Le lieutenant Balny et trois hommes, deux de chez lui et un de chez monsieur Garnier, tués eux aussi.

On les amenait justement au Yamen. Il n'y avait pas de tables sur quoi les allonger et il ne fallait pas songer à transporter depuis sa chambre le bat-flanc du maréchal qui pesait près d'une tonne. En fait de catafalques, ils n'auraient droit qu'à un peu de paille éparpillée sur le carrelage du péristyle.

Bain ne pouvait détacher ses regards de ces cinq corps auxquels manquait la tête et qui, de ce fait, étaient devenus des choses sans nom.

Dupuis, devant qui quelques centaines de Pavillons Noirs s'étaient évanouis, venait de rentrer à la citadelle. Bain l'avait accueilli sur le seuil du Yamen.

— Garnier, Balny et trois marins, bégaya-t-il. Décapités.

Il avait tourné la tête vers l'intérieur du bâtiment.

— Ils sont là. C'est atroce. Il faut évacuer Hanoï.

Dupuis avait agrippé sa vareuse et rapproché, à le toucher, son visage de celui de l'enseigne.

— Vous avez dit « évacuer » ? Ainsi donc aujourd'hui tout le monde fout le camp : les Annamites, les Pavillons Noirs et maintenant les Français au motif que deux de leurs officiers se sont fait tuer. Évacuez, monsieur, si le cœur vous en dit. L'un de mes bateaux vous recueillera.

— Et vous ? avait murmuré Bain.

Dupuis l'avait dévisagé avec commisération.

— Je me trouve fort bien à Hanoï et n'ai aucune envie d'en bouger.

Il se radoucit.

— Secouez-vous, jeune homme. Et dites-vous que vous devez à la mémoire des cinq décapités de ne pas perdre la tête à votre tour.

Le Moal avait entendu la boutade et l'avait ressentie comme une insulte. Il allait s'en indigner lorsque, inopinément, il fut pris d'un fou rire incoercible, à la limite de l'hystérie.

En fin de saison sèche, le crépuscule durait peu mais était d'une rare beauté. Depuis le couchant, l'embrasement montait haut dans le ciel, tandis qu'à la surface de la rivière, pendant quelques minutes de grâce, s'étalait une flaque d'or incandescent.

A la pointe des Blagueurs ce spectacle tarissait soudain les conversations. Les plus blasés en oubliaient leur absinthe, le temps que l'incendie s'apaise et que la rivière se drape dans ses voiles de nuit.

Le Moal attendait en silence que les ultimes paillettes d'or se soient fondues dans l'eau grise. Lorsque la dernière eut disparu il reporta son regard sur Dupuis.

— Pourquoi, lui demanda-t-il, avoir éprouvé le besoin d'insulter Bain de la Coquerie le soir de la mort de Garnier ?

— Bain était un môme en état de choc, prêt à toutes les conneries. Une paire de gifles aurait fait

183

l'affaire, mais il ne pouvait en être question. Je l'ai cravaché avec des mots. Non sans succès : il n'a plus parlé d'évacuation. Toi-même...

Le Moal se rebiffa.

— J'ai paniqué, peut-être ?

— La panique est une évasion, le fou rire aussi. Comment expliques-tu le tien ?

Ce fou rire lui était resté en travers de la gorge. Il n'arrêtait pas de se le reprocher et détesta Dupuis de raviver sa honte.

— Au fond, dit-il, en cherchant lui aussi le mot qui blesse, vous n'aviez pas d'amitié pour Garnier. Pour qui donc, d'ailleurs, êtes-vous capable d'en éprouver ?

— Pour peu de gens. Garnier en était et toi, petit, avec ta tête de mule, tu en es également. Mais Garnier n'en éprouvait pas à mon égard et toi... hein, qu'en dis-tu ?

Le Moal se sentait accablé par le poids de ce qu'il ressentait mais qu'il était incapable d'exprimer. Dupuis partit d'un bon rire qui acheva de le décontenancer.

— Ne dis rien. Tout ceci n'a aucune importance. La seule chose qui compte c'est ton rendez-vous demain matin à huit heures avec Henri Jouffroy.

Les Bois et Scieries de Cochinchine occupaient un terrain de quatre hectares entre le Donnaï et la route de Saïgon à Bien-Hoa. Les bois arrivés par flottage étaient dirigés sur un bras mort de la rivière où ils mûrissaient avant d'être livrés aux scieurs de long.

En pénétrant dans la cour des BCS on ne voyait qu'eux. Dix équipes de deux hommes qui débitaient en tranches des grumes de huit mètres, maintenues en position par des chevalets d'épais madriers. L'une des extrémités des billes reposait sur le sol, l'autre pointait

184

vers le ciel. L'un des scieurs se tenait sur le fût, l'autre en dessous. Entre eux, le passe-partout allait et venait avec une régularité de métronome. Ils sciaient sur une longueur d'un mètre et recommençaient cinq centimètres plus loin.

— Du *lim*, dit Dupuis. C'est une espèce de chêne qu'on emploie pour la construction des jonques. Admire le travail : sans le moindre repère ces lascars tracent quinze traits de scie rigoureusement parallèles, mètre par mètre. Après quoi on reconstitue la bille en plaçant des cales entre les planches et on stocke.

— Combien de temps ?

— Pour bien faire, il faut compter trois ans dans l'eau avant sciage et ensuite deux ans à l'air libre. Mais il arrive qu'on n'ait pas le temps d'attendre. La demande est trop forte.

Le siège des BSC était une vaste construction sur pilotis dont les ouvertures captaient la moindre brise venue de la rivière. Henri Jouffroy en faisait volontiers les honneurs et s'attardait sur les pilotis, de superbes fûts noirs et lisses de quatre-vingts centimètres de diamètre.

Le Moal regardait sans curiosité excessive l'agitation de ce monde qui allait devenir le sien. Dupuis s'étonnait de son apathie.

— Du bois de fer, reprit-il, analogue à celui du pilier unique de la pagode du Petit Lac. Le Petit Lac, à Hanoï, tu t'en souviens, non ?

A l'évocation d'Hanoï, Le Moal se rembrunit.

— Pour l'heure, répondit-il, je préfère oublier Hanoï plutôt que de m'en souvenir.

Henri Jouffroy était venu à la rencontre de ses visiteurs. Dupuis et lui s'étreignirent. Ils avaient en commun des souvenirs qu'ils ne partageaient avec personne. Il s'agissait d'Afrique, apparemment, et de commerce de bois.

— Du bois d'ébène, disaient-ils.

185

Et on pouvait comprendre, à leurs sous-entendus, que ce commerce-là, aboli depuis 1848, avait néanmoins occupé le plus clair de leurs jeunes années.

— C'est le petit dont tu m'as parlé ?

Il scruta Le Moal avec le regard d'un maquignon. Le front était bas, légèrement concave, traversé par une cicatrice récente, profonde et rouge qui allait se perdre dans la chevelure drue. Les épaules étaient d'un lutteur et les mains d'un forgeron.

— Tu as combien d'années de séjour ?

— Neuf ans. Je suis arrivé en 65.

Jouffroy écarquilla les yeux.

— Neuf ans sans retourner au pays ! Pas de palud ?

— Non.

— Pas de dysenterie, pas de typhus, pas de bilieuse, pas même de dengue ?

— Non, rien.

— Eh bien ! je voudrais en voir beaucoup comme toi.

Il le prit par le bras.

— Tu connais la forêt ?

— Je l'ai traversée mais je ne la connais pas.

— Tant mieux. Tu pourras l'apprendre sans être obligé d'oublier ce que tu croyais savoir. Car on se trompe sur la forêt, mon jeune ami, surtout les forestiers de profession qui ne voient en elle que des arbres à abattre. Alors elle se venge et finit par avoir leur peau. Forcément. N'y survivent que ceux qui la comprennent.

— Poète, railla Dupuis.

— J'exagère, peut-être ? Souviens-toi...

Le climat d'Indochine, clément envers Le Moal, n'avait pas épargné Jouffroy. Gris de teint, maigre de corps à part l'œuf colonial à l'étroit dans sa chemise, le regard fiévreux comme réfugié au fond des orbites mauves, il avait eu droit à l'intégralité des maux qu'il énumérait l'instant d'avant. C'était le prix qu'il avait payé pour la connaissance de l'immense concession forestière des BSC. Connaissance imparfaite mais infiniment supérieure à celle de l'administration des Eaux et Forêts.

— Combien de kilomètres carrés ?

Jouffroy prétendait ne pas le savoir.

— Les surfaces, disait-il, ne signifient rien. Seules, les terres rouges m'intéressent. Toutes. Celles de la province de Bien-Hoa appartiennent à la concession. Les terres grises aussi, mais je les céderai à qui les voudra. Il n'y a encore ni cartes officielles ni plans cadastraux. Je fais les miens au fur et à mesure de mes reconnaissances...

Et s'adressant à Le Moal :

— ... qui seront les tiennes demain.

» La forêt de Cochinchine, disait-il encore, est difficile et décevante. En arrivant ici, je m'attendais à trouver quelque chose de comparable à Bornéo ou à la Malaisie : une forêt primaire où, passé les lisières, des futaies multicentenaires ont préservé le sous-bois. J'étais loin de compte. Les Moï ont dépucelé la forêt de Cochinchine depuis belle lurette. Elle est secondaire, tertiaire peut-être, ce qui a permis un développement foisonnant de plantes épiphytes à l'ombre des arbres les plus hauts : fougères, bénitiers, orchidées, lianes courant d'un arbre à l'autre, rotins, qui sont autant d'obstacles à la circulation. Comme moi à mes débuts, tu te sentiras écrasé par la densité hostile de la masse végétale, l'enchevêtrement des lianes et l'obscurité qui règne sous ce plafond humide et glauque.

» Et par la solitude : car il y a peu de vie animale dans le sous-bois. Seuls, quelques grands cerfs noirs et des sangliers gîtent dans la forêt. Il faut y ajouter des porcs-épics, des pangolins, des gibbons, des ours noirs à rabat roux et, au fond de certains ravins inaccessibles, des rhinocéros caparaçonnés de boue grise. Ta seule compagnie, constante celle-là, sera celle des sangsues. Elles ne te lâcheront jamais, même en saison sèche. Ne parlons pas de la saison des pluies. La forêt t'intéresse toujours ?

— Toujours.

— Je t'ai prévenu. C'est une garce, qui exige beaucoup mais est avare d'elle-même. Elle compte plus de soixante espèces nobles mais qui poussent en solitaires. Un *sao* par-ci, un *choi* par là, qui ne valent pas toujours la peine d'être abattus. Sur quatre hectares de forêt dense, j'ai compté mille quatre cent vingt arbres de plus de dix centimètres de diamètre. Huit cent quatorze étaient sans intérêt. Sur les deux cent quatre-vingt-dix sujets de valeur, neuf seulement étaient d'une taille commercialisable. Neuf sur quatre hectares ! Encore fallait-il s'assurer de la proximité d'une voie d'eau, sans quoi le plus bel arbre ne vaut rien. Et ne te dis pas, en découvrant un bois de rose, un santal ou un acajou de vingt centimètres de diamètre que tu reviendras dans deux ou trois ans. Dans la forêt de Cochinchine, les arbres ne s'accroissent en diamètre que d'un centimètre par an. C'est ton fils qui repassera, dans cinquante ans, si Dieu veut. Elle t'intéresse toujours la forêt ?

Le Moal haussa les épaules.

— J'ai fait la chasse aux pirates pendant deux ans sans jamais en voir un. Trouver neuf arbres sur quatre hectares, c'est déjà un progrès.

— Il me plaît, ton petit, dit Jouffroy à Dupuis. Tu commences demain.

— Qu'aurai-je à faire ?

— Rien d'autre que de suivre les pisteurs, les regarder travailler et noter tout ce qu'ils diront.

— Nous serons absents longtemps ?

— Un mois, c'est l'habitude. On verra à t'installer quand tu reviendras.

*
**

188

La chaloupe des BSC avait remonté le Donnaï pendant trois heures avant de parvenir au confluent du Song Ba, un *rach* de dix mètres de large enserré dans une végétation compacte sous laquelle disparaissaient ses rives. La remontée du Song Ba dura elle aussi trois heures. Vers midi, la chaloupe déboucha sur une étendue d'eau, clairière inondée plutôt que lac dans laquelle s'amassaient par centaines des grumes aux trois quarts immergées. Pour autant, on ne voyait pas de forêt alentour.

— Où sont les coupes ? demanda Le Moal.

S'Noul, le chef-pisteur *rhadé*, qui entretenait avec les arbres du Darlac des rapports compliqués, n'acceptait, sans doute, de sacrifier certains peuplements, que pour en protéger d'autres, sacrés ceux-là. Jouffroy l'avait compris de longue date. Jamais il n'avait remis en cause les choix de son chef-pisteur, même s'il n'en comprenait pas les motifs. Pourquoi épargner tel *Huynh*, centenaire imposant, à peine visible sous la chevelure enchevêtrée des lianes et des fougères et dont rien, pas même un minuscule lumignon ou une humble offrande dans son abri de bambou, ne signalait l'importance ? A qui d'ailleurs la signaler ? Il ne passait personne en ces lieux, du moins en apparence.

— Les coupes ?

Le Rhadé rangea dans son chignon la pipe de cuivre qu'il suçotait en marchant et compta sur ses doigts.

— Deux, dit-il.

— Deux quoi, deux heures ?

Il sourit. Entre ses lèvres, les dents taillées en pointe étaient étonnamment blanches.

— Deux jours. Partir demain avant soleil.

Au bord du lac, les BSC avaient érigé une case sur pilotis et un campement, base arrière des forestiers, pisteurs, coupeurs de bois et convoyeurs qui amenaient jusqu'ici, par des sentes d'eau invisibles sous la souille, les grumes de trois tonnes qu'on assemblerait en trains sinueux pour descendre le Donnaï.

La première nuit parut longue à Le Moal. Il avait décidé de s'installer dans la case mais n'avait pas tardé à constater que ce n'était pas le bon choix. Il y avait autant de moustiques à l'intérieur que dehors et beaucoup plus de bêtes de toute sorte, blattes, rats, tarets, punaises. Chacune d'elles traquait l'intrus à sa façon. Aussi les anciens évitaient-ils la case, où ne se fourvoyaient que les nouveaux venus.

Faute de sommeil, Le Moal pouvait penser. Totalement dénué d'imagination, il ne se faisait aucune idée de ce que serait sa nouvelle vie, une fois libéré de la hiérarchie écrasante à laquelle il s'était heurté avec fureur. Ou, s'il y songeait, c'était pour se demander à qui il se dévouerait et contre qui il s'insurgerait. A ce double point de vue, les dernières semaines à Hanoï l'avaient comblé. Il lui fallait les revivre pour en saisir le sens et la portée qui, dans la bousculade des jours, lui avaient échappé.

La panique d'abord, qui n'avait épargné que Dupuis. Et la confiance, qu'il avait restaurée en quelques phrases :

— En Garnier, nous pleurons l'ami et le chef. Mais nous trahirions sa mémoire si nous interrompions l'œuvre qu'il avait entreprise. Il nous a transmis les atouts qu'il avait en main. Et ces atouts sont intacts. Rien n'est changé, avait-il martelé. Nous contrôlons tous les chefs-lieux de province. Trente mille Lé sont prêts à marcher : le plus difficile est de modérer leur ardeur. Hanoï est calme. Nous avons arrêté l'homme que les Hé Ki avaient infiltré en ville, un nommé Lin Ichi dont les exploits sanguinaires jalonnent une carrière de bandit et d'assassin... Il n'a pas fallu moins de quatre de mes hommes pour en venir à bout.

190

— L'a-t-on interrogé ? avait demandé Bain.

— Non. Ce serait du temps perdu. Ce Lin Tchi est d'une espèce aussi insensible à la souffrance des autres qu'à la sienne. Rien ne pourrait l'amener à parler. Monsieur Bain, vous seriez bien avisé de le faire fusiller au plus vite et de faire porter sa tête hors les murs. Elle parlera pour lui.

Chacun, alors, avait pensé à celle de Garnier que les Pavillons Noirs promenaient triomphalement.

Dupuis se trompait : tout était changé. Seule, la présence de Garnier avait donné de la consistance à son entreprise ; elle n'avait existé que par lui, et avait cessé d'exister avec lui.

Bain et Esmez avaient néanmoins pris le relais, le premier comme chef militaire, le second comme responsable politique du Tongkin.

— Demain, avait dit Dupuis qui sentait vaciller leur détermination, nous reprendrons les négociations avec les Annamites là où elles en étaient restées. Auparavant, nous ferons à M. Garnier et à ses compagnons des obsèques dignes de leur sacrifice.

Un gecko nichait sous le toit de la case et se manifestait inopinément par le bruit de crécelle de son appel répété six, sept ou huit fois. Agressif au départ, il perdait progressivement de sa vigueur et devenait de plus en plus faible, jusqu'à n'être plus qu'un soupir d'agonisant.

— S'il va jusqu'à huit, disaient les Annamites, faites vite un vœu. Il sera exaucé.

A deux reprises, l'appel du gecko avait réveillé Le Moal.

— Saloperie, avait-il marmonné, non sans en compter le nombre. Six chaque fois...

Pour se rendormir, il lui fallait oublier les moustiques qui n'arrêtaient de vrombir que pour piquer, sur les paupières de préférence. Avec le lever de la lune, les crapauds-buffles s'étaient mis de la partie, imités par des rapaces que la clarté laiteuse de la nuit mettait en verve.

Plus question de dormir. Le Moal descendit jusqu'au lac. Les feux qu'avaient entretenus les pisteurs pendant leur veillée étaient éteints maintenant. Il n'en restait que des tas de braises rougeoyantes autour desquels gisaient des corps roulés en boule dans leur couverture à tout faire.

Le lac était calme. Les centaines de grumes dont les dos bosselaient la surface de l'eau n'étaient qu'un troupeau captif rassemblé par l'homme blanc et promis à la mort. Ces grumes-là n'avaient opposé aucune résistance à leur agresseur comme le faisaient, dans les rapides du Mékong, les flottages à billes perdues qui se cabraient et se bousculaient en des charges furieuses. Dans les Terres-Rouges, l'abattage n'avait rien de dramatique. Les pisteurs marquaient les sujets retenus. Les coupeurs construisaient de petits échafaudages sur lesquels ils se hissaient pour attaquer les fûts au-dessus de l'évasement de leurs contreforts.

Si le coupeur avait bien calculé son coup, l'arbre s'abattait dans un chuintement formidable et n'écrasait dans sa chute qu'une végétation sans consistance. Il rebondissait sur le sol, qu'il faisait vibrer à cent pas à la ronde.

Sous la lumière du jour soudainement apparue, un monde délogé de son habitat se mettait à grouiller par terre, vers, chenilles, scolopendres, fourmis géantes ou minuscules, rouges ou noires, insectes inconnus parce que vivant à la surface supérieure du dais végétal. De cet univers du dessus des arbres personne ne savait rien parce qu'il était impossible d'y parvenir et qu'une fois à terre il se désintégrait.

La forêt avait ses lois dont quelques rares initiés

192

avaient une connaissance exacte. Ils n'en disaient rien, sauf ce qu'il en coûtait de les transgresser.

Les accidents étaient rares. Les pertes, en revanche, étaient élevées. Une forme particulièrement insidieuse de malaria sévissait dans les contreforts du Darlac. Tout le personnel forestier était impaludé et travaillait entre deux crises à moins que la dernière en date ait été la bonne : peu de pisteurs dépassaient la trentaine.

La forêt, en définitive, était plus meurtrière que la conquête, et sans compensation. Ce n'était évidemment pas la vie à bord de l'*Arbalète*, cet étouffoir flottant qu'évoquait Le Moal, mais l'aventure folle, hors du temps et privée d'avenir que Garnier avait fait jaillir sous ses pas : deux mois de surpassement qui à eux seuls valaient une vie.

Il l'avait dit à sa manière pour répliquer à Philastre la première fois qu'ils s'étaient rencontrés.

— Ceux qui ont servi sous Garnier ont le droit de cracher au vent, tout comme les marins qui ont doublé le cap Horn.

L'insolence était si énorme, le mépris si affiché que Philastre était resté sans voix.

Huit jours s'étaient passés depuis les obsèques de Garnier, qui avaient eu lieu dans le parc qui touche à l'ancien palais royal, en présence des trois évêques du Tongkin. Le service avait été bref comme il convient pour un enterrement provisoire, à plus d'un titre, bien que personne n'en ait dit mot. Le Moal, en tout cas, n'arrêta pas d'y penser pendant toute la cérémonie.

Sa tête, à Garnier, on finirait bien par la récupérer. Il serait peut-être difficile de l'identifier, mais lui, Le Moal, ne s'y tromperait pas. Même tailladée, les yeux crevés, desséchée et comme usée d'avoir servi, il la reconnaîtrait. Qu'en ferait-on ? Le cercueil, heureusement, était de taille ordinaire, trop grand pour un corps sans tête. On l'y mettrait voilà tout, et si d'aucuns renâclaient devant la funèbre opération il la mènerait à bien tout seul.

Vingt-quatre heures plus tard arrivait la nouvelle : le lieutenant de vaisseau Philastre, muni des pleins pouvoirs de l'amiral Dupré était à la Cat-Ba. Les pleins pouvoirs pour quoi faire ? On ne savait. Il venait de Hué où il avait rencontré l'empereur et était flanqué d'un ambassadeur annamite — un de plus — dont il faisait, paraît-il, grand cas.

Depuis son entrée dans le Cua-Cam les gens d'Hanoï suivirent avec consternation les étapes de son voyage vers Hanoï. On sut qu'à la demande de l'ambassadeur de Hué il avait fait pendre trente-sept commerçants chinois originaires de Hong-Kong et qu'il avait fait bombarder leurs jonques. Ces Chinois-là étaient, paraît-il, ennemis des Annamites dont lui-même se disait l'ami. L'amitié vaut bien trente-sept pendus. Ce n'est d'ailleurs un secret pour personne que tous les Chinois sont bons à pendre. Le lendemain, à Hai-Duong, il déclara les Lé hors la loi et enjoignit aux unités françaises de les canonner sans préavis. L'un après l'autre, il visita les chefs-lieux du delta que tenaient des garnisons dérisoires de cinq à dix marsouins.

— Pliez bagage, vous n'avez rien à faire ici, ordonna-t-il à Trentinian, Hautefeuille, Harmand, fous de colère mais désarmés.

Il rendit leurs dignités aux mandarins que des lieutenants de vingt ans avaient mis au rancart sans ménagements. Les bannis réapparurent revêtus des insignes de leur puissance. C'était la revanche d'une caste bafouée qui célébrait sa restauration dans un tintamarre de gongs et de pétards au milieu d'une cohue de parasols, de palanquins tanguant comme des bateaux ivres et d'immenses oriflammes de soie brodée.

194

En moins d'une semaine, le Tongkin de Garnier avait cessé d'exister.

Restait Hanoï.

*
**

L'équipe de S'Noul le Rhadé entra en forêt au matin du troisième jour. L'ombre poisseuse du sous-bois surprit Le Moal. L'immobilité de l'air faisait oublier la relative fraîcheur qui régnait sous la voûte opaque de la végétation. Privé de la présence du ciel au-dessus de sa tête, le forestier devait faire face à un monde écrasant. Il se sentait seul avec lui-même, comme le pêcheur de perles sous vingt mètres d'eau ou le mineur au fond de sa taille.

Il avait fallu quatorze heures de marche pour parvenir jusqu'aux basaltes du Darlac d'où jaillissaient les arbres géants nourris de terre rouge.

La progression entre les lianes courant au sol, les hautes herbes coupantes, les arbustes et les branches basses habités par une faune venimeuse à l'affût de la moindre proie avait été désespérément lente.

— Il n'y a pas de piste, remarqua Le Moal.

S'Noul redressa sa hotte d'un coup d'épaule. L'absence de piste semblait le réjouir.

— C'est nous faire, dit-il en riant de tous ses chicots pointus.

Comment se dirigeait-il dans cette brousse si dense qu'on n'y voyait pas à dix pas ?

— Es-tu déjà venu ici ?

— Un peu connaisse, répondit-il. Ici, partout, même chose pour moi. Les arbres, c'est bientôt.

Il se laissa glisser dans la boue du rach, collante aux pieds, mais peu profonde. Il avait de l'eau jusqu'à la taille.

— C'est mieux marcher l'eau.

Et désignant de sa pipe les brodequins de Le Moal, il ajouta, d'un air désapprobateur :

— Pas moyen comme ça.

Pieds nus sur le pont d'un navire, à grimper dans les enfléchures ou à se maintenir sur le marchepied d'un hunier, un matelot était à son affaire. C'était autre chose de les enfoncer dans la vase où pullulaient des saletés sans nombre et d'y récolter des blessures qui n'en finiraient pas de suppurer.

Le Moal ignora le conseil du Rhadé. Mal lui en prit. Un de ses lacets cassa aussitôt et il eut le plus grand mal à extirper sa chaussure de la gangue de boue qui la retenait prisonnière. La progression dans le rach, brodequins aux pieds, était simplement impossible. Pestant contre le Rhadé, la boue, le rach et les bêtes immondes qui le peuplaient, il se déchaussa et se laissa aller dans la boue tiède, qui lui parut étonnamment douce à fouler... jusqu'à ce qu'une pierre coupante ou l'agression d'une bête invisible lui entame la plante du pied.

A l'arrivée au bivouac, il avait le visage boursouflé par des piqûres sans nombre, les mains et les pieds tailladés comme au rasoir, et il boitait bas. Mais surtout, pour la première fois depuis neuf ans, il tremblait de fièvre.

Il allait se laisser glisser à terre. S'Noul ne lui en laissa pas le temps. S'étant défait de sa hotte, il avait allumé un feu de brindilles à l'aide d'un briquet fait d'une toupie de bois et d'une barquette garnie de bourre de kapok. Les porteurs avaient ramassé des branches de bois mort qu'ils avaient dressées en cône. Autour du foyer, l'air était brûlant. Le Moal, pourtant, frissonnait.

S'Noul lui fit signe de se dévêtir. Sur ses jambes et ses cuisses, dans l'entrejambe, au pli de l'aine, à la saignée des bras des sangsues gonflées à éclater, longues de cinq centimètres et grosses comme le doigt, avaient croché et faisaient ventouse. Certaines, atteintes d'indigestion, s'étaient détachées d'elles-

196

mêmes. Il en avait écrasé d'autres qui l'avaient maculé du sang dont elles étaient gorgées.

Les Européens, avec leur manie de se vêtir, étaient des proies de choix pour les sangsues. Les Rhadés les craignaient beaucoup moins. Vivant dans une quasi-nudité ils les repéraient dès qu'elles s'accrochaient à leur peau et s'en débarrassaient sur-le-champ.

— Moyen brûler, dit S'Noul.

Il avait retiré du foyer une baguette incandescente avec le bout de laquelle il piquait le corps conges-tionné des sangsues. Elles grésillaient une seconde, se recroquevillaient, lâchaient prise et tombaient à terre. Mortes ou tout comme. Elles éclataient sous le pied, avec un bruit sec. C'était une piètre revanche.

Lorsqu'il en eut terminé avec le rituel des sangsues, S'Noul offrit à Le Moal sa couverture puante et raide de crasse.

— Merci, dit celui-ci, j'en ai une dans mon bagage.

S'Noul l'extirpa du sac de matelot que deux coolies transportaient, suspendu à une perche de bambou comme un trophée de chasse.

Le Moal protesta.

— Je vais crever de chaleur.

— Suer beaucoup bon, répliqua le Rhadé pour qui les fièvres n'avaient pas de secrets.

Comme tous les gens du Darlac, il connaissait les effets fébrifuges du quinquina, dont quelques peuple-ments de l'espèce rouge et jaune s'étaient développés spontanément sur le versant cambodgien du plateau.

Le rouge ne valait pas grand-chose, mais l'écorce du jaune, concassée et réduite en poudre, servait à préparer un breuvage souverain contre les crises de paludisme.

La poudre magique faisait partie de la pharmacie portative de S'Noul. Il la conservait dans une vessie de porc qui voisinait, dans sa hotte, avec une pierre polie, du fiel de serpent et des herbes amères dont il ne

197

manquait jamais de renouveler la provision avant chaque expédition en forêt. Ainsi se trouvait-il paré en cas de blessure, de maladie ou de rencontre avec un esprit malin.

En un quart d'heure, les porteurs eurent construit l'abri sous lequel Le Moal passa la nuit : quatre perches enfoncées dans le sol supportant deux cadres rigides ; l'un à quarante centimètres du sol, garni de lamelles souples servant de lit, et l'autre, à deux mètres de haut, constituant la charpente du toit. Le tout en bambou, naturellement, sauf la couverture en feuilles de palmier tressées.

La lisière de la grande forêt suivait le contour du socle basaltique du Darlac. On y pénétrait, comme par effraction, à travers une végétation d'une extrême densité qui recouvrait toute la frange de la forêt exposée à la lumière. Une fois franchi ce seuil, la relative facilité de circulation dans le sous-bois apparaissait comme une récompense.

— La forêt se mérite, avait dit Jouffroy.

Il semblait à Le Moal, copieusement abreuvé de la décoction de S'Noul, et la tête bourdonnante encore des échos de sa fièvre, qu'il avait participé à un rite initiatique douloureux mais indispensable.

— C'est commencer, dit S'Noul.

Il désigna une direction. Après une demi-heure de marche, les pisteurs délimitaient, soit sur la gauche, soit sur la droite, un carré de cent pas à l'intérieur duquel ils comptaient les espèces. A vingt mètres l'un de l'autre, ils avançaient en tirailleurs en ratissant le carré, et ne nommaient que les sujets nobles de plus de cinquante centimètres de diamètre.

S'Noul posa sa hotte à terre. Il en sortit un cylindre de bambou, rempli de baguettes multicolores, de

198

tailles variées, dont l'un des côtés était finement dentelé. C'était un outil de son invention qui lui servait à inventorier la forêt selon un mode de classement qu'il était le seul à connaître.

Invisibles dans l'épaisseur du sous-bois, les pisteurs progressaient vers lui en annonçant leurs trouvailles.

— *Gu !*

— *Sao !*

— *Trac !*

— *Dau !*

— *Huynh !*

S'Noul notait l'annonce de chaque arbre en jouant de ses baguettes, qu'il faisait passer d'une main dans l'autre.

La comptée terminée, la petite colonne reprenait sa marche et recommençait l'opération une demi-heure plus tard.

— *Bang lang !*

— *Gie !*

— *Mun !*

— *Lim !*

Le Moal ne disposait que d'un vocabulaire restreint. Il retenait difficilement les mots nouveaux. Si, par exception, il se souvenait des mots, il en oubliait le sens. En neuf ans de séjour en Extrême-Orient, il n'avait appris que les quelques locutions annamites qui permettent de se faire comprendre dans les circonstances ordinaires de la vie : manger, boire, coucher, dormir, aller, venir, et, bien entendu, payer.

Les noms d'arbres que criaient les pisteurs lui paraissaient impossibles à différencier, et le demeureraient tant qu'il n'aurait pas établi lui-même une correspondance entre les arbres vus de ses yeux, touchés de ses mains et les noms lancés à la volée.

A partir de là, jamais il ne ferait d'erreur. Il lui suffisait d'observer. Sa mémoire visuelle était sans faille.

Marchant aux côtés des pisteurs, il ne fut pas long à reconnaître le palissandre, l'ébène, le santal, le bois de rose dont les noms annamites lui devinrent aussitôt familiers, les douze espèces d'acajou, le *gioi* dont l'écorce et le grain rappellent ceux du chêne et du noyer et ce résineux dont on fait des cercueils parce que le parfum qu'il dégorge est agréable aux morts.

— *Hoan dan,* annonçaient les pisteurs.

Le cercueil de Garnier était-il en hoan dan ? Il chassait l'idée, l'image et le souvenir qui appartenaient à sa première vie, écrite, scellée bien sûr, mais dont il pouvait choisir de revivre tel ou tel épisode en sachant toutefois qu'il n'avait pas la possibilité d'en altérer l'inévitable et déchirante conclusion.

Pour maintenir le contact avec Esmez et surtout avec Bain, qu'il devait perpétuellement rassurer et à qui il transmettait des suggestions, à défaut d'ordres, Dupuis avait besoin d'un agent de liaison qui ne soit pas un nouveau venu aux yeux de l'enseigne. Le Moal, qui errait dans la citadelle comme un chien perdu, était l'homme qu'il lui fallait. Il obtint de Bain qu'il soit détaché auprès de lui.

— On ne remplace pas un patron comme le tien. On ne l'oublie pas non plus. Nous serons deux à penser à lui. Mais ne t'y trompe pas, garçon : il y a le temps du souvenir et celui de la vie qui continue. On tourne la page, ou bien on coule à pic.

Il avait désigné à Le Moal l'empilement des caisses, des sacs et des marchandises en vrac qui encombraient le bureau.

— Tu vois, avait-il dit en riant, à quoi ressemble l'antre d'un marchand chinois. Tâche de m'en faire quelque chose d'un peu militaire pour que M. Philastre, qui doit arriver demain, se sente en pays de connaissance.

L'entrevue promettait d'être orageuse. Le Moal ne l'aurait manquée pour rien au monde. Dans sa carrière déjà longue de taulard figuraient tous les motifs classiques d'incarcération. A vrai dire, il avait provoqué, pour le plaisir, plus souvent qu'il n'avait joué au justicier, aux dépens, toujours, d'une autorité aveugle et oppressive par nature. Il connaissait, pour les avoir faites, toutes les conneries qui pimentent la vie d'un matelot et qui lui donnent l'impression d'exister. Trois officiers, trois maîtres, un commissaire alignés en rang d'oignons derrière leur table pour lui tout seul ! Connaîtraient-ils seulement son nom s'il n'avait pissé sur les bottines d'un officier marinier qui se permettait des privautés avec la demoiselle dont il s'était acquis les faveurs au bordel de la rue Hamelin ? Aujourd'hui ce n'était pas à un officier marinier, rond comme une queue de pelle, qu'il allait dire son fait, mais à un lieutenant de vaisseau, muni des pleins pouvoirs de l'amiral-gouverneur, Philastre, nom de Dieu, ce fossoyeur du Tongkin qui avait ruiné en une semaine l'œuvre pour laquelle Garnier avait sacrifié sa vie !

Le Moal l'avait reconnu dès qu'il eut passé le seuil de son bureau. Parmi tous ceux qui avaient accompagné Garnier, le jour de son départ, il était le dernier à l'avoir salué. Ils s'étaient tenus par les avant-bras et ne s'étaient détachés l'un de l'autre qu'avec regret. Des propos qu'ils avaient échangés, Le Moal n'avait retenu qu'un bout de phrase de Philastre.

— ... tu ne manques pas de force morale, c'est pourquoi je crois en ta réussite.

Garnier, semble-t-il, avait été long à se déprendre de l'amitié qu'il portait au personnage. Jusqu'à une date récente, il l'avait défendu chaque fois que Dupuis l'attaquait.

— Je connais cette espèce, disait le marchand, la pire de toutes. Celle d'illuminés qui foutraient le feu au monde pour le purifier. Ainsi les inquisiteurs détruisaient-ils les corps pour sauver les âmes.

Garnier protestait.

— Sommes-nous sûrs qu'avec nos canonnières et nos compagnies de débarquement nous ne passons pas à côté d'une culture qui vaut, au moins, d'être respectée ?

— Celle d'Annam est respectable en effet. Mais nous ne voulons en voir que le côté pittoresque et suranné. Nous en avons piétiné bien d'autres et de plus brillantes en Chine. Les conquérants, mon cher Garnier, sont des barbares. Vous êtes, je suis un barbare. Philastre, qui en était un également, a trahi son état. Il n'est pour autant devenu ni un juste ni un sage, mais seulement un barbare perverti, quelque chose comme un pompier pyromane.

» Seulement, à la différence d'un capitaine des pompiers qui exclurait l'énergumène de sa compagnie, la Marine veille à sa carrière et lui confère les pleins pouvoirs. Nous allons faire les frais de cette extravagance.

« L'a l'air franc comme un âne qui recule », s'était dit Le Moal en voyant Philastre étreindre son ami, le jour de son départ pour le Tongkin. Bizemont et Luro, amis de longue date eux aussi, avaient l'air sincères et leurs vœux sonnaient juste, pas ceux de Philastre, pleins de réticences et de sous-entendus. C'est, du moins, ce qu'il disait aujourd'hui, transformant peut-être en prémonition ce qui n'avait été qu'une impression fugace.

Philastre, arrivé à Hanoï le 3 janvier, avait fait attendre Dupuis jusqu'au 7 avant de le convoquer à son bureau.

Le Moal s'était fait insistant.

— Je peux vous accompagner ?

— Si tu veux, avait concédé Dupuis, à condition que tu te tiennes tranquille.

— C'est promis.

Philastre avait attaqué d'emblée.

— Les chefs-lieux du Tongkin ont été occupés au mépris du droit des gens.

En un premier temps, Dupuis tenta de calmer le jeu.

— Cette initiative, à laquelle je n'ai participé en rien, a été prise par M. Garnier en vertu des pouvoirs que lui avait conférés l'amiral Dupré. Il m'a montré sa lettre de service, dont Mgr Puginier a également eu connaissance.

— Rien ne justifiait cet acte de brigandage.

— Brigandage, dites-vous ? Le 27 décembre, il y a dix jours, le commandant Didot a fait pendre trente-sept commerçants chinois aux vergues du *d'Estrées* puis a canonné leurs jonques. Sauf erreur, vous étiez à bord, et vous avez couvert cette tuerie délibérée. Vos instructions vous le permettaient-elles ?

— C'est moi qui pose les questions, s'emporta Philastre.

— J'en suis d'accord, si du moins, vous détenez les pouvoirs que vous prétendez. Puis-je les voir ?

— Vous relevez des tribunaux, monsieur Dupuis. Le seul document que je vous montrerai sera votre acte d'inculpation. Quant au Tongkin...

— M. Garnier...

— Le commandant Garnier s'est conduit comme un forban, et serait passé en conseil de guerre s'il n'avait été tué.

Une voix s'éleva derrière lui.

— On en voudrait beaucoup, des forbans de ce calibre !

Philastre eut un haut-le-corps. L'instant d'après, Le Moal lui faisait face, non pas à quatre pas, mais près à le toucher, le dominant d'une bonne tête, l'air menaçant et les poings fermés.

— Vous dites...

203

— Je dis que ceux qui ont servi sous Garnier ont le droit de cracher au vent, comme les marins qui ont doublé le cap Horn. Dame ! Ça tombe où ça peut !

L'effet pétrifiant du sacrilège laissa Philastre sans réaction. Dupuis meubla le silence.

— Les hommes de Garnier lui étaient dévoués corps et âme. Celui-ci était son ordonnance depuis sept ans. Il y a des mots à ne pas prononcer devant lui.

— Il répondra des siens.

— Cela vous regarde. Mais revenons-en à nos affaires. Le traité ouvrant le Fleuve au commerce est prêt. La mort de M. Garnier a empêché sa signature. Mais avec votre présence, rien désormais ne s'y oppose.

— Sauf mon accord. Aucun traité ne sera signé avant l'évacuation de nos troupes, y compris celles d'Hanoï.

Dupuis était atterré.

— Si nous partons, les Annamites ne signeront pas.

— Ce qui prouve bien que la négociation de Garnier n'était que contrainte, menace et chantage. Vous êtes marchand et connaissez le droit. Si même le traité avait été signé, les Annamites pourraient invoquer sa nullité. Nous évacuerons et nous négocierons ensuite avec les autorités légitimes du Tongkin entre partenaires égaux et de bonne foi.

— Les gens de Hué jouent double jeu, et vous le savez bien. Je n'ai personnellement rien demandé d'autre que de pouvoir commercer, au lieu de quoi, sur ordre des mandarins de Hué, mes magasins ont été incendiés, mes jonques bloquées en rivière et attaquées à l'abordage, mes hommes assassinés. Les pertes que j'ai subies dépassent le demi-million de piastres. J'en ai fourni le détail à M. Garnier, qui a reconnu l'exactitude de mes comptes et la validité de ma réclamation.

— Je n'avalise aucune des décisions de M. Garnier.

— Je vous adresserai donc un double de mon mémoire. Les fonds nécessaires à mon dédommagement existent. Nous avons saisi pour plus de cinq millions de francs en barres d'argent dans les citadelles du delta.

— De quel droit ? Ces fonds seront restitués à leurs légitimes propriétaires en même temps que les citadelles elles-mêmes. Ils ne sauraient financer des indemnités que nous ne voulons pas connaître. Vous avez agi, dois-je vous le rappeler, à vos risques et périls. D'ailleurs il n'est pas question de vous dans les instructions que j'ai reçues de l'amiral.

— Si nous en sommes là, dit Dupuis, je remonterai au Yunnan avec mes hommes et mes bateaux.

— Vous êtes libre de le faire, mais sans vos bateaux ni vos hommes.

— Alors, je descendrai à Saïgon.

— A votre aise. Toujours sans vos bateaux, qui resteront ici.

— A quel titre ?

— Demandez-le aux autorités annamites. Ce sont elles qui les ont placés sous séquestre.

— Vous parliez de brigandage, il y a un instant.

— Charbonnier est maître chez soi. Les Annamites vous proposent d'ailleurs de vous racheter votre flotte.

— A quel prix ?

— Celui de la solde de vos hommes, qui seront dispersés aussitôt après.

C'était cela ou la rébellion ouverte, les cinq cents Chinois de Dupuis renforcés par vingt ou trente mille Lé contre le corps expéditionnaire français et les Annamites alliés de fait des Pavillons Noirs. Ce gâchis-là, du moins, fut évité.

Dupuis se leva pour prendre congé.

— Vous aurez bien mérité de l'Annam, dit-il. Il est moins sûr que vous aurez mérité de la France. Vous êtes pourtant français avant d'être annamite. Votre vie, commandant, ne doit pas être simple. Que pensez-vous de notre présence en Cochinchine ?

Amertume et colère, d'abord contre lui-même : il y avait du désespoir dans le cri de Philastre.

— Nous sommes en Cochinchine comme des brigands et des voleurs !

Dupuis haussa les épaules.

— La Marine est bonne fille, dit-il simplement.

— Vous ne lui cassez pas la gueule ? grommela Le Moal, dès qu'ils se retrouvèrent dehors.

— La vie se charge de régler leur compte aux Philastre. Il n'est que d'attendre.

— Moi, je n'attendrai pas.

2

Six mois ont passé. Comme l'avait prévu Dupuis, la vie en forêt a endormi les vieilles révoltes et adouci l'aigreur des souvenirs. La saison des pluies n'avait pas arrêté les travaux de repérage de S'Noul le Rhadé mais les avait rendus plus éprouvants. Le Moal reconnaissait maintenant la plupart des espèces de la forêt cochinchinoise et n'hésitait que devant des spécimens rares, évadés de leurs zones de peuplement. Il allait bientôt pouvoir se passer de S'Noul et noter à sa façon les noms criés par les pisteurs. Après avoir traversé sa zone d'exploration suivant deux axes se croisant à angle droit, il pouvait en détailler le contenu avec une marge d'erreur ne dépassant pas trois pour cent.

Il avait appris à vivre avec son palud, une fièvre quarte, dont il savait à l'avance quand elle surviendrait et combien de temps elle le mettrait sur le flanc. Au plus fort de ses accès de fièvre, il interrompait sa marche et s'allongeait dans un abri de fortune, avec pour toute compagnie un pisteur laissé à sa disposition par le Rhadé. Il buvait à heures fixes sa décoction de quinquina, suait, grelottait et se retrouvait debout, deux jours plus tard, la tête vide et les jambes flageolantes.

Il n'avait échappé ni à la dysenterie ni aux dermites provoquées par l'atmosphère d'étuve dans laquelle il baignait nuit et jour pendant des semaines. De sa dernière tournée, il avait même rapporté une filariose et n'en finissait pas d'extraire de la peau de son ventre les vers qui s'y étaient logés.

Viard, qui le rencontra à cette époque, fut frappé par l'altération de son aspect physique.

— Il y a peut-être mieux à faire, lui dit-il, que de pourrir sur pied en forêt.

— Tu as quelque chose d'autre à me proposer ?

— Tu pourrais demander une concession dans le bas-delta. L'administration a réservé des terres aux militaires qui veulent se faire colons.

— Je les ai vues, ces terres. L'*Arbalète* s'y est embourbée plus d'une fois. Patauger dans la vase, construire des digues qui fondent comme du sucre dans l'eau, faire le nha que douze heures par jour pour rembourser la banque et le Chinois, et finir par choper le palud des basses terres, qui te liquide son bonhomme en un mois, merci bien. En forêt, au moins, je suis chez moi et personne ne vient m'emmerder. J'en ai plus appris en six mois avec mon Rhadé qu'en trois ans avec les forts en gueule de l'*Arbalète*, jouant les conquérants sur un rafiot bon pour la casse, sourds et aveugles aux gens et aux choses de ce pays.

» Mon Rhadé sait faire du feu avec deux bouts de bois, les arbres lui fournissent, à la demande, de l'eau pure et du pain. Avec sa sarbacane, il abat en silence de quoi assurer sa subsistance. Pas plus, car ce serait un péché. Aucun esprit malfaisant ne peut le prendre au dépourvu. Il détecte celui qui le guette, l'évite ou le neutralise sans pour autant l'humilier. Pour ne pas l'avoir écouté, j'ai été mordu par un serpent, et j'en serais mort s'il n'avait chassé mon mal à l'aide de sa pierre polie. Tu rigoles ?

— Non, non, protesta Viard.

— Il m'a appris qu'aucune rencontre avec un animal n'est fortuite et que, le temps et la patience aidant, l'homme de la forêt parvient à en déchiffrer la signification.

*
**

Au retour de leurs tournées, Jouffroy recevait les forestiers à sa table. Le Moal s'était ainsi retrouvé face à un missionnaire, frustré par l'échec de son apostolat auprès des populations montagnardes.

— Il faut, disait-il, aller au plus difficile. La conversion d'un seul Moï a plus de valeur que celle de dix Cochinchinois.

Assoupi par six mois de colloques paisibles avec les arbres, l'esprit de contradiction de Le Moal se réveilla soudain.

— Plus de valeur aux yeux de qui ? demanda-t-il.

— Mais, du Seigneur.

— Il vous l'a dit ?

— Vous blasphémez ! s'indigna le missionnaire.

— Je dis ce que je pense. Lorsque ma vieille passait devant le calvaire de Trébeurden, elle se signait trois fois et faisait un vœu. A voir sa tête, au retour à la maison, on comprenait qu'elle n'avait pas été exaucée. Le recteur avait beau lui dire qu'elle serait récompensée dans l'au-delà, elle s'entêtait à vouloir, dans ce monde-ci, une avance sur le bonheur promis. Elle y a cru jusqu'au jour où son homme a disparu. Du coup, elle a envoyé promener le calvaire, le recteur, les promesses et elle s'est couchée pour mourir.

» Père, qu'allez-vous proposer à S'Noul, le pisteur rhadé ? Il n'ignore rien de ce qu'il faut accomplir pour s'assurer un au-delà confortable. Il est en bons termes avec les huit génies supérieurs et avec la multitude d'esprits subalternes dont on imagine souvent, bien à tort, qu'ils sont sans pouvoirs. Un peu de respect et les voilà contents. Qu'est-ce, après tout, que saluer les fûts lisses des géants de la forêt, de tremper la main dans le ruisseau avant d'y poser le pied, de faire une entaille au coupe-coupe dans le tronc des résineux et d'y placer un lumignon qui luira, des années durant, dans ce minuscule sanctuaire ? Moyennant quoi, il peut vivre et mourir tranquille.

» Avec vos histoires de péché originel, de rachat, de crucifixion et de rédemption vous allez perturber des gens qui vivent en parfaite harmonie avec leur monde. Au mieux ils ne vous croiront pas, au pire, ils vous prendront pour un démon nouvellement débarqué. En tout cas, ils se sentiront agressés. Laissez la forêt aux génies, père. Ils y sont chez eux.

Les Bois et Scieries de Cochinchine veillaient au bien-être de leur personnel. Jouffroy se voulait un patron social. La traite, qu'il avait pratiquée autrefois, lui avait fait côtoyer des gens sans aveu dont il avait gardé un mauvais souvenir. Dupuis, son complice de l'époque, se souvenait de cette promiscuité avec moins de scrupules.

— Le profit, disait-il, est immoral par nature. Plus il est important, plus grande est l'immoralité. Vendre des hommes en trafiquant de leur vie, vendre des armes en trafiquant de leur mort sont des activités particulièrement rémunératrices. A haut risque, évidemment, mais ce n'est que justice. Au fait, que gagnes-tu, avec ta forêt ?

— Je n'en sais rien, répondit Jouffroy. Je vis, je vis bien, les gens qui travaillent pour moi aussi et j'aime ce que je fais. Pour le reste, c'est à mon comptable de le dire.

Au retour de sa première tournée, il avait proposé à Le Moal de s'établir.

— Tu navigues un mois sur deux, lui dit-il. Il te faut un port d'attache, c'est-à-dire une maison, un lit et une femme dedans, comme les terre-neuvas quand ils rentrent à terre. Tu n'as pas connu Hattier...

— Non, qui était-ce ?

— Celui qui t'a précédé. Il est mort d'une bilieuse hématurique en mars dernier. La petite Doan, avec qui il vivait, a été vraiment très bien. Je lui ai laissé la maison. Celui qui reprendra la fille aura la maison, une belle maison.

Il se pencha par l'ouverture de la véranda.

— Celle qui a des cannas rouges sur le devant.

Puis, après un silence.

— Il ne faut pas se compliquer la vie. Hattier était un brave type. Doan et lui faisaient bon ménage. Mais c'est du passé. Doan ne doit pas rester seule et toi non plus. Comprends-tu ?

— Je ne l'ai même pas vue.

— Qu'est-ce que ça change ? Elle n'est pas assez belle pour se faire enlever en ton absence, mais suffisamment pour que tu aies envie d'elle en rentrant de tournée. Quant à son caractère, tu ne le connaîtras qu'à l'usage. Ce qui est sûr en revanche, c'est que dès demain ton linge sera repassé et que tu n'auras plus l'air d'un clochard.

Elle serait donc sa deuxième femme annamite.

— Je l'appellerai Chi Haï, dit Le Moal avec autorité comme si, par cette décision, il faisait un choix alors que, plus prosaïquement, il héritait de la place laissée libre par son défunt prédécesseur.

Chi Haï avait un corps d'adolescente, des seins minuscules, des hanches à peine marquées, pas de fesses. Elle marchait en canard en traînant les pieds. Son visage, à la fois rond et aplati, n'était guère avenant.

Jouffroy fit les présentations le plus simplement du monde.

— Lui, c'est Jakez, dit-il jovialement. Elle c'est Doan.

Ils se regardèrent sans aménité, furieux d'être appariés sans avoir été consultés. Doan savait qu'une entrée en ménage se négocie comme n'importe quelle affaire. Le fait accompli la privait du plaisir de la discussion et des avantages qu'avec un peu d'astuce, toute femme peut obtenir avant d'aller au lit. Elle ne se faisait toutefois pas d'illusions. Sa marge de manœuvre était étroite. En la laissant dans la maison dont elle devenait une sorte de meuble, Jouffroy trouvait normal de la caser d'autorité.

Il ne s'étendit pas sur les droits et les devoirs du couple.

— Jakez, dit-il, habitera la maison. Tu lui feras la cuisine et tu t'occuperas de lui.

— C'est quoi t'occuper ? demanda-t-elle d'un ton grincheux.

— Est-ce que je sais, moi ! Laver son linge, le repasser, jouer aux cartes, faire le marché... Comme avec Hattier !

Elle prit un air buté.

— Pas coucher.

— Bon, concéda Jouffroy, pas coucher. Jakez ramènera une congaï de Bien-Hoa ! Comme ça il te laissera tranquille.

— Congaï fout' la porte, glapit Doan.

— Il faut choisir, mon petit, ce sera toi ou la congaï de Bien-Hoa.

Elle eut vite fait de se décider.

— Lui, combien donner ?

— Demande-le-lui.

Et, tapant sur l'épaule de Le Moal, il l'avertit.

— Tâche de ne pas te faire plumer. Elle est redoutable.

212

— Chi Haï...

— C'est moi Doan.

— Y a plus de Doan, tu es Chi Haï.

Elle hésita une seconde à jouer l'indignation et y renonça provisoirement. On ne bâtit pas une bonne scène sur une querelle mineure ; il faut attendre et trouver un prétexte plausible sinon une vraie raison pour s'engager à fond. L'affrontement, quel qu'en soit le motif, est le préalable indispensable à toute vie en commun. Plus dramatique il sera, plus importants les bénéfices à en attendre, sans oublier le principal, qui est de déterminer une fois pour toutes la place de chacun dans le couple.

En attendant, il visita la maison : sa maison, avec une femme dedans ! Construite sur pilotis, comme tous les bâtiments des BSC, coiffée d'un toit débordant, ceinturée d'une véranda protégeant du soleil les pièces d'habitation, au nombre de trois.

— Ici, c'est salon, annonça fièrement Chi Haï. La pièce était meublée d'un mélange hétéroclite de sièges de bois laqué de noir avec incrustations de nacre, raides comme des cathèdres, et de fauteuils de rotin garnis de coussins avachis : le tout d'une laideur agressive. Hattier aimait les bibelots, une pacotille de bazar ramassée entre le mont Saint-Michel et Colombo, dont la collection couvrait les tables du salon.

Les murs de la pièce étaient dédiés au souvenir du défunt. Il était partout, en pied, en médaillon, seul ou avec sa Doan, à cheval, en charrette, en pirogue, debout entre les contreforts monstrueux d'un lim de quarante mètres puis sur la photo d'après allongé sur un lit d'hôpital, amaigri et déjà moribond.

Il va falloir nettoyer tout ça, se dit Le Moal. La compagnie d'un fantôme ne vaut rien à personne. En Bretagne, tout le monde sait cela.

Quittant le salon, Chi Haï lui montra la chambre, essentiellement meublée d'un bat-flanc de teck aussi large que long, recouvert de minces matelas côtelés.

— Duraille ! dit Le Moal en tâtant la couche.

— C'est mieux dormir, répondit Chi Haï d'un ton péremptoire.

Elle avait une notion du confort qu'elle avait apparemment imposée à Hattier. N'ayant connu que la paillasse de Trébeurden, le cadre du morutier paternel, les hamacs de la Royale et les bat-flancs de ses prisons, Le Moal ne pouvait que s'en remettre à elle. Va donc pour la literie et les petits appuis-nuque bourrés de crin.

Le plateau disposé au milieu du lit le surprit néanmoins.

— Hattier fumait ?

— Le soir, un peu. Content fumer aussi ?

— De temps en temps.

Chi Haï sourit. Rares ou fréquents, les rendez-vous avec la drogue deviendraient bientôt quotidiens. Il n'était personne, à la colonie, pour en nier les bienfaits, surtout pas l'Administration qui en affermait le commerce. Deux ou trois pipes dans le calme et le silence : la fatigue était la première à disparaître. Les maux de ventre, dont chacun, ici, était affligé s'estompaient bientôt. Deux de plus et les ennuis, les chagrins et les haines qui empoisonnent la vie étaient réduits à leur importance réelle : mineure dans la plupart des cas.

— C'est toi qui prépares les pipes ?

— Moi faire, dit Chi Haï avec jubilation.

Avec un plateau, on tient son homme. Une génération de congaï pouvait en témoigner.

Poursuivant la visite de la maison, Chi Haï poussa la porte d'une pièce dont elle se réservait l'usage. Le bras en travers de l'huis, elle en défendit l'entrée.

— Ici, dit-elle, les affaires pour moi.

214

— On peut voir ?

— Pas moyen.

Du moins pouvait-il apercevoir dans l'entrebâillement de la porte, des marchandises de toutes sortes qu'elle faisait venir de Saïgon et dont elle faisait commerce.

— A qui vends-tu cette camelote ? s'étonna Le Moal.

Elle rit de tant d'ingénuité.

— A tout le monde. A toi aussi.

Il y avait une dizaine de Français aux BSC, autant aux Chantiers fluviaux de Bien-Hoa, quatre aux Ateliers de mécanique et tous, sans le savoir, étaient ses clients. C'était une affaire entre les boys, les *beps*[1] et elle, où chacun trouvait son compte, même les patrons qui payaient sans trop rechigner le prix d'une facilité de vie sans pareille.

— La cuisine ?

— En dessous.

Un four en brique et deux foyers alimentés au charbon de bois : c'était la cuisine de Chi Haï, installée entre les pilotis de la maison. Elle communiquait avec la véranda par une trappe, que la cuisinière soulevait pour annoncer.

— Moyen manger.

A voir l'installation du sous-sol, noire de crasse et de fumée, l'on ne pouvait espérer beaucoup plus que les préparations rudimentaires cuisinées naguère par Chi Mot sur ses foyers de plein vent, à l'ombre du Grand Marché. On se trompait. Avec des ustensiles de fortune, Chi Haï faisait une cuisine étonnamment riche et variée qui flattait le palais et ne manquait jamais de le surprendre.

Viard, qui poussait jusqu'à Bien-Hoa lorsqu'il était de passage à Saïgon, trouvait des excuses à l'embourgeoisement de Le Moal.

1. Cuisiniers.

— Des pinces de crabe au sel, du poulet au gingembre, des travers de porc à la sauce aigre-douce, des cuisses de grenouilles à la citronnelle et pardessus tout ça un nuoc-nam de première pressée puissant comme la mer, tu devrais être gras comme un Chinois de Cholon...

— Après un mois de tournée, j'ai besoin de me remplumer. Chi Haï y veille. Entre la table, le lit et le plateau, les semaines passent vite. J'aurais tort de me plaindre. Toute maigre qu'elle est, au lit, Chi Haï a des ressources insoupçonnées. Tu vois ce qu'elle vaut comme bep et tu verras tout à l'heure comment elle prépare les pipes. Le seul ennui, c'est qu'après un mois passé à compter mes arbres, je mène ici une vie d'abruti, que j'en suis conscient et que, néanmoins, je l'apprécie. Dupuis ne disait pas autre chose quand il prédisait qu'en six mois je serais guéri, seulement je ne savais pas au prix de quelles, quelles...

— Mutilations ?

— C'est cela : au prix de quelles mutilations j'arracherais de moi les souvenirs du Tongkin.

Les échos d'incessantes criailleries filtraient à travers les lattes du plancher. Le Moal soulevait la trappe et se penchait sur l'ouverture.

— Im[1] ! ordonnait-il.

Sans même l'en informer, Chi Haï avait étoffé sa maison. Elle disposait maintenant d'un aide-cuisinier, gnome borgne et idiot, dont la fonction consistait à alimenter ses foyers en charbon de bois et à veiller à ce qu'ils rougeoient sans émettre d'escarbilles. Bien entendu, le gnome idiot n'y parvenait pas. Elle le nourrissait cependant, ce qui était déjà bien beau. On aurait pu le croire satisfait de son sort. Erreur ! Il s'était mis à revendiquer un salaire.

1. Silence !

216

— Sais-tu seulement ce qu'est un salaire ? grondait Chi Haï.

C'était la blanchisseuse, engagée par elle, qui lui avait mis cette histoire dans la tête. La blanchisseuse avait l'esprit revendicatif, des mains qui traînaient partout, des fesses rondes et pleines et des idées sur le patron qu'elle se promettait bien de mettre à exécution le jour où ce vieux sac d'os de Doan commettrait l'imprudence de s'absenter.

— Vous la fermez ou je vous vire tous les trois !

— Une maison, trois domestiques, railla Viard. Tu as fait du chemin depuis ta dernière taule. Quand était-ce ?

— Il y a un an, jour pour jour.

L'oreiller de faïence était frais sous la nuque de Le Moal.

— On a finalement retrouvé la tête de Garnier, murmura-t-il. Il a fallu la racheter, avec les quatre autres, à un Pavillon Noir en mal d'argent.

— Pipe ? proposa Chi Haï après avoir longuement lissé sa boulette sur le dos du fourneau de céramique.

— Lui d'abord, dit Le Moal en désignant Viard allongé de l'autre côté du plateau.

Les trente secondes pendant lesquelles le fumeur s'emplissait les poumons étaient vouées au silence. Les suivantes aussi, parce qu'en général il toussait à fendre l'âme. Il était agréable, ensuite, de parler : les mots qu'on pressait comme des fruits exprimaient leur sens plein. On se sentait intelligent rien qu'à les prononcer.

— Qu'en a-t-on fait de cette tête ?

— Je n'ai rien demandé à personne car je savais que tous autant qu'ils étaient, auraient refusé.

217

C'était l'avant-veille de la remise d'Hanoï aux mandarins, vers onze heures du soir. Il fallait faire vite. On y est allé à quatre, pour ouvrir la tombe, soulever le couvercle du cercueil, et y placer la tête. Un moment, j'ai hésité : j'avais entendu dire qu'on mettait celle des guillotinés entre leurs jambes. Mais j'ai pensé qu'il était plus convenable que la sienne soit remise en place, dans le prolongement de son cou, comme pour la recoller. Curieusement, son corps a repris forme. On a refermé la tombe et effacé nos traces. Avant le jour on était de retour au cantonnement.

— Personne n'a rien remarqué ?

— Si, bien sûr. Quelques jours plus tard, Philastre a parlé de violation de sépulture. Le docteur Harmand m'a interrogé du bout des lèvres. Je lui ai répondu que Philastre était furieux parce qu'il aurait voulu traduire la tête de Garnier en conseil de guerre. On en est resté là. Sa dépouille a été transférée à Saïgon le mois suivant. L'Amirauté a refusé à la veuve de Garnier la feuille de plomb nécessaire pour doubler le cercueil qu'elle voulait ramener en France. C'est Dupuis qui la lui a procurée, en la faisant venir de Singapour. Au Tongkin, Philastre trahissait à tour de bras ceux qui nous avaient soutenus, les paysans pressurés par les mandarins, les commerçants chinois, les Lé, les chrétiens. Les renforts qu'il avait obtenus servaient à les anéantir au besoin à coups de canon. Après quoi, mission accomplie, il a mis le cap sur Saïgon.

Viard sourit.

— N'exagérons rien. Il a tout de même signé une convention avec les Annamites.

— Parlons-en. Il a consenti à l'évacuation du Tongkin comme préalable à la signature éventuelle d'un traité.

— Qui a été effectivement signé.

218

— Mais n'a toujours pas été ratifié et ne le sera jamais. As-tu entendu dire que, depuis un an, un bateau, un seul ait été autorisé à remonter le Fleuve ? Ou bien Dupré et Philastre sont des coquins, ou ce sont des imbéciles. Chi Haï, une pipe !

Le Moal prit son temps.

— Le *Decrès* devait nous ramener à Saïgon. Le commandant Testard avait réuni l'équipage et la troupe pour rendre les honneurs à Philastre qui prenait passage, lui aussi, sur son bateau. Je me suis avancé pour dire que je refusais de le saluer. Avant d'avoir pu dire pourquoi ; quatre *sacos* me tombaient dessus et me descendaient à fond de cale. Ce furent mes adieux au Tongkin. A l'époque, j'aurais tué. Aujourd'hui, je souris.

— C'est la forêt qui te vaut cette sagesse ?

— La forêt, oui...

Il éleva la pipe, sommée de son fourneau octogonal à la hauteur de ses yeux.

— ... et le bambou ! A cent cinquante et en deux mois, poursuivit-il, nous avons conquis un pays. Qui a jamais fait mieux ? On se prenait pour des dieux sans voir que pour le conserver, ce putain de pays, il fallait être cent fois plus. Garnier non plus ne l'a pas vu. Sa mort lui a évité d'assister à l'écroulement de son œuvre. Avec ou sans Philastre, elle n'aurait pas duré. Dupuis aussi s'est trompé, et il paye son erreur. Il s'est pris pour un conquérant français alors qu'il était un marchand chinois. S'il l'était resté, aujourd'hui le Fleuve serait ouvert au commerce. Il fera mieux la prochaine fois, je ne m'en fais pas pour lui. Et puis, tout de même, il y a une justice. Dupré, limogé, récrit l'histoire et s'empêtre dans ses mensonges tandis que Philastre, dûment décoré, est réduit à prendre sa retraite à trente-sept ans, et se fait philosophe comme d'autres se font moines.

219

Allongés sur le bat-flanc, Viard et Le Moal restèrent longtemps silencieux. Couchée en chien de
fusil à leurs pieds, Chi Haï grattait le *dross*ˆdes
dernières pipées et le déposait dans un petit cylindre
de cuivre. Comme de tout, elle en faisait commerce
et le vendait pour quelques sapèques, à des coolies-
pousse qui puisaient dans ce poison la force de
mourir entre leurs brancards.

— Si tu la veux, ne te gêne pas !

Entre ses paupières à demi fermées, le regard de
Chi Haï se fit aigu. Que Le Moal disposât d'elle ne
l'offensait pas dans la mesure où les contreparties de
ce prêt faisaient apparaître un solde en sa faveur. Il
n'imaginait même pas l'existence de ce genre de
calcul. Pas davantage, il ne s'interrogeait sur la
vérité de leurs rapports. Le Moal se satisfaisait de
ses performances et croyait sincèrement faire partager ses émois à sa partenaire. L'outrage, pour elle,
aurait été de ressentir du plaisir aux ébats dont il
faisait son ordinaire. Elle ne feignait pas, ou à peine,
et s'en tirait avec quelques miaulements qui suffisaient à le rassurer.

— Au lit, disait-il avec suffisance, elle est éton-
nante.

Aucun Blanc ne l'avait jamais fait jouir et elle se
promettait bien que pas un seul n'y parviendrait.
C'était une question de principe, un refus
inconscient de la conquête.

Cette mystification passive ne lui suffisait pas.
Pour se prouver qu'elle s'appartenait il lui fallait se
donner à un autre, sans passion aucune, à la seule
condition qu'il ne soit pas européen. Le bénéficiaire
de cet acte d'hygiène morale était le bep de Jouffroy,
qui devait toutefois rémunérer ces faveurs inatten-
dues et s'acquittait de cette obligation en majorant
le prix des denrées achetées chez Chi Haï pour le
compte de son patron.

220

Dès lors, elle pouvait sans déchoir se mettre à portée de Viard en retroussant l'une des jambes de son large caïquan.

— Vraiment pas ? insista Le Moal.

Indifférente aux atermoiements de l'invité, elle avait repris son travail de récurage.

— Après la sixième pipe, dit Viard comme pour s'excuser, je ne suis plus bon à rien, et ce soir, j'ai mon compte. Il faut que je dorme. Je repars demain.

— Pour le Cambodge ?

— Et le Siam. Nous y avons pénétré le mois dernier.

*
**

Viard s'était trouvé un patron hors du commun en la personne d'Auguste Pavie. Ancien militaire, disait-on. Il l'avait été, effectivement, parce que, pour un jeune désargenté, un engagement dans les troupes de Marine était le seul moyen d'aller à la découverte de l'Extrême-Orient. Mais le peu de goût qu'il avait pour la vie de garnison et la chasse aux pirates faisait de lui un sous-officier atypique et difficilement utilisable. C'est d'Angkor qu'il rêvait et de ces autres capitales de l'empire khmer, dont les ruines oubliées et perdues jalonnent la mythique Voie royale.

Aussi rapidement qu'il l'avait pu, il avait quitté l'armée pour atterrir dans les Postes et Télégraphes où, à première vue, son esprit d'aventure courait le risque de s'étioler. Il n'en fut rien. Affecté au Cambodge, il avait plaidé en faveur d'une liaison télégraphique Pnom Penh-Bangkok, et avait été entendu. L'étude et la construction de la ligne lui avaient été confiées : six cents kilomètres à travers un pays qui le fascinait ! Entre le début et l'achèvement des travaux, il avait appris le khmer, et transmis sa passion à son topographe dont le principal mérite, à ses yeux, était d'avoir accompagné Doudart de Lagrée jusqu'au fin fond de la Chine.

— Vous avez franchi la frontière du Siam ?

— Ou ce qui en tient lieu. Les Siamois la contestent comme toutes leurs frontières orientales, mais ça n'est pas nouveau. Pavie, lui, prétend que, pour confirmer les droits des Khmers, ses télégraphistes sont plus indiqués que des marsouins qui jugent inutile de parler un autre langage que celui des armes, au motif qu'il serait le seul à être partout compris.

— Pour combien de temps en avez-vous encore ?

— Un an.

Il fallut également une année à Le Moal pour venir à bout de la reconnaissance dont l'avait chargé Jouffroy. La synthèse de ce mois d'étude fit apparaître que le secteur nord sur lequel il avait travaillé n'était pas mieux loti que les lots voisins et que, tout bien pesé, la concession des BSC était loin d'être l'affaire exceptionnelle décrite par ceux qui, dans l'enthousiasme de la conquête, y avaient vu un eldorado.

Les conquérants sont incorrigibles. Ils croient, de bonne foi, aux contes qu'ils se forgent, et à l'existence des richesses qu'ils imaginent.

A les entendre, l'Indochine deviendrait la perle de l'Extrême-Orient pour peu que la Métropole confie à de véritables élites le développement de son économie et l'exploitation de ses ressources. Et de citer, parmi celles-ci, le café, le thé, le cacao, le sucre, le coprah, le poivre, les bois de toutes espèces, mais aussi le cuivre, l'étain, l'antimoine, le wolfram, le plomb, le manganèse et l'or, bien entendu, puisqu'il n'est pas de conquête coloniale qui n'ait misé, avant tous autres, sur ce mirage-là.

*
**

222

MM. Philibert et Gaston Dewynck, banquiers à Paris sous le règne de Louis-Philippe, n'avaient pas perdu de temps à rêver. Ils avaient cru aux Chemins de fer et avaient eu raison. Leurs héritiers s'étaient investis dans le remodelage de Paris aux côtés du baron Haussmann et la chance leur avait également souri. Leur banque talonnait celles des frères Pereire et d'Alphonse Mallet. Jusqu'alors ces établissements avaient suivi des routes parallèles. Après 1870, Jérôme et Sébastien Dewynck, petits-fils des fondateurs, estimèrent que le vivier dans lequel avaient prospéré leurs aînés était devenu trop fréquenté et que, pour survivre, les banquiers finiraient par se manger entre eux. L'outre-mer leur apparaissait comme le terrain d'aventure de la fin du siècle. Jérôme, l'aîné des deux frères, avait épousé la fille d'un banquier anglais qui s'était engagé dans cette voie et faisait présentement fortune grâce aux thés de Ceylan et aux clippers qui les transportaient. L'Indochine, dont on se persuadait que la possession ferait oublier à la France ses déboires passés en Extrême-Orient, n'avait jusqu'alors tenté que des entrepreneurs sans envergure.

— Go ahead, conseillait le beau-père. Le grand large, il n'y a que cela de vrai !

Jérôme Dewynck avait évoqué la possibilité de planter du thé et du café sur le plateau du Darlac. Le beau-père fit la moue. Le café, à Ceylan, lui avait laissé des souvenirs cuisants. Culture à risques, marché engorgé ! Déconseillée, également, la culture du thé dont la production de Ceylan et d'Inde du Nord ne laissait aucune chance à un thé d'Indochine.

— D'ailleurs, plaisanta-t-il, qu'est-ce que les Français connaissent au thé ? Ils ne l'apprécient pas et ne savent pas le boire. Vous ne prétendriez tout de même pas nous en vendre, à nous ?

Lui-même, à peine assuré son succès sur le plateau de Nuwara Eliya et dans les jardins d'altitude de Darjeeling, pensait à l'étape suivante qu'il fallait préparer dix à quinze ans à l'avance.

— Faites du bois, conseillait-il, même si vous n'exportez pas. Accumulez les concessions, en terres rouges exclusivement. Vous ne ferez pas fortune, mais vous vivrez, en attendant...

— En attendant quoi ?

— Le résultat des expériences de mon cousin Wickham qui a rapporté du Brésil soixante-dix mille graines d'hévéa, et les a fait lever dans les pépinières de Kew. La première partie de l'opération a été un succès. La transplantation à Ceylan a réussi également. Nous saurons, dans deux ans, si ces hévéas sont productifs. Wickham affirme qu'ils le seront. *Wait and see !* En cas de succès, nous planterons en Malaisie. N'attendez pas pour prendre position là-bas. D'ici peu, mes compatriotes pourraient trouver votre présence indiscrète. Mais surtout, occupez les terres rouges d'Indochine. Dans dix ans, il sera temps de raser vos forêts. Vous n'aurez plus alors qu'à planter de l'hévéa que vous ferez venir de vos pépinières de Malaisie. Ce sera, pour votre Indochine, la première justification de son existence, en dehors des gesticulations stériles dans lesquelles se complaisent les militaires en général et les vôtres en particulier.

Jérôme Dewynck avait découvert la Cochinchine en 1869. Son voyage lui avait laissé une impression de malaise. Aucune des escales de la ligne d'Extrême-Orient ne l'avait enthousiasmé. L'activité bourdonnante d'Aden, de Colombo et de Singapour l'avait impressionné, mais elle lui était apparue comme une course contre la faim plus que comme une ruée vers l'or. Trop de crasse, trop de poussière, trop de misère aussi, dans ces files de coolies ahanant sous des charges écrasantes. En bon protestant, il avait pensé que le Seigneur devait froncer les sourcils devant un tel spectacle.

Saïgon, se disait-il pour se consoler, sera plus civilisé. D'une certaine façon, c'était vrai. Les quais des Messageries impériales baignaient dans une agréable torpeur. Une foule clairsemée attendait le navire et l'on ne voyait pas trace, chez les coolies du port, de la hargne désespérée que manifestaient ceux de Singapour. Peut-être mangeaient-ils à leur faim et, de ce fait, n'étaient-ils pas aiguillonnés par la nécessité ? En bon protestant, Jérôme Dewynck avait eu le sentiment que le Seigneur devait réprouver cette mollesse et ce laisser-aller.

Saïgon l'avait laissé perplexe. La ville lui avait paru désuète avant que d'être construite. Aucun édifice n'avait de l'allure. Fugitivement, il avait revu ces avenues nouvelles, taillées dans la chair vive du vieux Paris, où la Banque avait fait édifier, par dizaines, des immeubles en pierre de taille, d'une architecture opulente et sûre de soi. Indestructibles.

Où étaient les richesses tant vantées de la Cochinchine ?

L'amiral Dupré les lui avait décrites avec emphase.

— Voyez par vous-même, avait-il conseillé. Voyagez dans ce merveilleux pays.

Il s'y était efforcé. Des plaines à fleur d'eau du Sud aux forêts impénétrables du Nord, il avait circulé en chaloupe, en sampan, en palanquin, à cheval et même à pied. Il avait passé des nuits à chasser les moustiques et des jours à tremper sa chemise. Il avait visité hameaux et villages et s'était étonné de l'indifférence vaguement hostile des habitants.

— Nous sommes accueillis à bras ouverts, lui avait dit l'amiral Dupré.

Il n'avait rencontré que des visages fermés.

Dans les pagodes où régnait le chacun pour soi de

la ferveur, les nuages d'encens noyaient les silhouettes des fidèles. L'expression de leur foi lui avait paru étrange, et en tout cas étrangère aux exigences tranquilles et limpides du rite protestant.

Pas davantage, il n'avait apprécié la cuisine annamite dont les préparations faisaient monter à ses narines des odeurs suspectes.

Pour finir, l'inconfort des gîtes d'étape, dont s'accommodaient la plupart des expatriés, le confirma dans l'idée que les pionniers de Cochinchine étaient des prolétaires de l'aventure.

Tout à l'opposé de ces trimardeurs poussés par le besoin d'échapper à leur médiocrité, Jérôme Dewynck se considérait comme l'avant-garde d'une nouvelle race de conquérants. Pionnier par l'esprit, qui œuvrait depuis ses bureaux lambrissés du boulevard Haussmann, comme son père et son grand-père, que personne n'avait jamais vus au fond d'un tunnel ou sur le faîte d'un échafaudage.

— Pour créer, disait l'ancêtre Philibert, il faut que se rencontrent l'idée, la volonté et les moyens. La création demande un don particulier. Disons le mot : du génie. Pour l'exécution, le talent suffit. C'est au créateur de le découvrir et de veiller à ce qu'il ne s'égare pas.

Parmi les Français qu'avait rencontrés Jérôme Dewynck au cours de son voyage, un seul lui avait paru posséder les qualités qu'il recherchait chez un exécutant. C'était un forestier des environs de Bien-Hoa, qui exploitait, au pied du Darlac, une concession dans laquelle il avait englouti le peu qu'il possédait et qui lui permettait tout juste de vivoter.

Allons, le voyage en Cochinchine n'aurait pas été vain ! Jouffroy avait la carrure d'un planteur. La banque Dewynck se l'était attaché, en rachetant sa concession et en le nommant directeur de l'exploitation nouvelle, celle-là même dont il avait rêvé sans espérer avoir jamais les moyens de ses ambitions.

226

En 1876, la forêt des BSC avait encore dix ans à vivre. C'était le délai nécessaire pour que les plants de Wickham fassent leurs preuves et que les pépinières malaises puissent livrer des sujets de cinq ans. L'opération tout entière avait été menée sous le sceau du secret. Les graines d'hévéa étaient sorties en fraude du Brésil, et Wickham ne s'en était pas vanté. Les projets malais n'étaient connus que d'un petit nombre d'initiés. Personne, en Cochinchine, n'en avait entendu parler. Jérôme Dewynck couvait bien son secret.

Ainsi Jouffroy ignorait-il que ses dernières années d'activité seraient employées à tuer sa forêt et à la transformer en une plaine indécemment dénudée où se consumeraient sans fin les souches des géants rongées par un feu invisible.

— *Lat !*
— *Sau !*
— *Kien-kien !*
— *Go !*
Selon les caprices de la forêt, la voix des pisteurs parvenait à Le Moal étouffée par le bâillon gorgé d'eau du sous-bois, ou bien inexplicablement haute et claire. Il arrivait même qu'elle résonne comme sous une voûte de pierre et qu'un écho la reprenne.

S'Noul était retourné en pays rhadé. Les explications qu'il donna sur les raisons de son voyage et sur la durée probable de son absence apparurent des plus confuses. Ceux des pisteurs dont il était le plus proche confièrent à Le Moal qu'à diverses reprises, au cours de leur dernière reconnaissance, il avait perçu des signes qui avaient valeur d'ordres. Le peuple rhadé avait à faire face à une menace que seuls pouvaient conjurer les initiés. S'Noul en faisait partie. Il était de ceux à travers qui les esprits se manifestaient. Il savait interpréter leurs exigences et calmer leurs colères. Dans certains cas, il avait même eu raison d'eux. Mais ce genre de résultat ne pouvait être obtenu qu'au prix de rites compliqués, et après que les âmes des ancêtres lui eurent accordé leur soutien. S'il s'engageait, ce combat, qui tenait à la fois de l'exorcisme et de l'envoûtement, pouvait durer des semaines.

Les adieux de S'Noul à Jouffroy furent rapidement expédiés. Le temps de remplir sa hotte de son modeste bagage, il avait pris la piste de son pas trottinant et silencieux. On ne l'avait plus revu.

Pour Le Moal il restait le maître qui, même absent, lui dictait son comportement. Les initiatives qu'il avait prises lorsqu'il avait cru pouvoir se libérer de la tutelle du Rhadé avaient régulièrement tourné court.

Une branche brisée au ras du sol, des traces à peine visibles dans le tapis végétal, deux colonnes de fourmis progressant en sens inverse le long d'une liane suspendue à un plafond invisible, les appels croisés des oiseaux ou leur silence subit, tous ces signes qui indiquaient à S'Noul la conduite à tenir, Le Moal les percevait maintenant et il réagissait comme S'Noul l'eût fait, sans chercher à comprendre le pourquoi des choses.

Les derniers mois avaient été éprouvants. L'absence de S'Noul, que Le Moal pouvait désormais doubler comme chef pisteur, avait ralenti la cadence des travaux.

— Pour en finir, dit Le Moal, il nous faut quatre mois, et les pluies vont commencer.

Jouffroy fit la moue.

— Crois-tu que ton équipe soit en état de travailler pendant la saison des pluies ?

— J'ai perdu deux hommes, l'un de tuberculose et l'autre de dysenterie. Je ne parle pas du palud : tout le monde en est atteint.

— Bon. On arrête jusqu'en octobre.

Le ton de Jouffroy démentait ses paroles. Le Moal le connaissait assez pour savoir que, sans revenir formellement sur sa décision, il la grignoterait jusqu'à ce qu'il n'en reste rien. Le procédé mettait Le Moal hors de lui.

Il n'y alla pas par quatre chemins.

— Pourquoi dire le contraire de ce que vous pensez ?

— J'ai toujours dit que j'espérais terminer les relevés avant les pluies et commencer l'abattage aussitôt après. Il se trouve que c'est impossible, tant pis ! Évidemment, si tu pouvais continuer...

Il se tut et regarda Le Moal d'un air interrogateur.

— Je ne te le demande pas. C'est à toi de décider.

— Vous avez vu dans quel état je suis ?

— Justement, je te trouve fatigué

Le Moal sentait monter en lui la colère, comme au bon vieux temps.

— Encore heureux que vous vous en aperceviez. Je ne suis pas fatigué, monsieur Jouffroy, je suis lessivé. Votre putain de forêt m'a démoli.

— Repose-toi.

— Et le travail ? bougonna-t-il.

— Je te l'ai dit. On le reprendra en octobre.

Devant un défi, Le Moal réagissait par réflexe : il le relevait, avec jubilation s'il s'estimait bien placé pour l'emporter avec hargne si ses chances étaient médiocres, ou nulles. Mais il ne renonçait jamais.

— On y va ?

— On y va.

Les défis les plus fous étaient ceux que l'enfant

révolté d'autrefois lançait à l'adulte assagi d'aujourd'hui. Vous avez dit assagi ? Est-ce que par hasard il serait homme à se dégonfler ? Faute d'adversaire il s'en prenait à lui-même, en un affrontement truqué puisqu'il favorisait le rebelle, son préféré, dont les foucades lui avaient pourtant valu d'innombrables ennuis.

Devant un tel dispositif, les mensonges patelins de Jouffroy faisaient pâle figure.

— Je les compterai, vos arbres, lui lança Le Moal. Une moitié de mes types y laissera la peau, mais vous vous en foutez, parce qu'en octobre, vous n'aurez plus besoin d'eux.

— J'ai dit qu'on arrêtait...

— Et moi je continue, parce que je l'ai décidé. Si vous me le demandiez, je refuserais. C'est comme ça ! Ne croyez pas que je sois un bon gars, un peu râleur seulement. Il paraît que vous aussi vous avez un patron, un banquier parisien qui va être heureux de savoir combien d'arbres il possède. S'il y avait une justice, le plus énorme de tous, un lim dont la cime se perd dans les nuages lui tomberait dessus pour venger la forêt. S'Noul, qui sait parler aux arbres, aurait été capable d'arranger cela, mais il est retourné chez lui, et le banquier aussi.

Deux cent mille mètres cubes de bois d'œuvre dans lesquels se retrouvait la soixantaine d'espèces de la forêt cochinchinoise, vingt ans d'exploitation au minimum, et beaucoup plus si l'on trouvait le moyen d'évacuer la production de secteurs actuellement inaccessibles.

Jouffroy avait en main la carte complète de la région. En même temps qu'il commencerait l'abattage il ouvrirait les pistes menant jusqu'aux rachs par lesquels les bois parviendraient au Donnaï.

230

— Dommage, se disait-il, qu'on ne puisse pas utiliser d'éléphants, comme au Cambodge. Il n'en manquait pas pourtant, sur le plateau, qui foulaient le *tranh*[1] par troupeaux de vingt à trente têtes.

Les Rhadés ne les chassaient qu'occasionnellement lorsque d'elles-même — égarées ou fourbues — quelques bêtes s'étaient séparées du troupeau. Ils négociaient alors leur capture avec les Mnong, qui vivaient de l'autre côté de la frontière cambodgienne. Jamais un Rhadé n'avait dressé un éléphant. On n'en voyait aucun dans leurs villages. Jamais non plus les Mnong dont la vie communautaire était étroitement associée à la capture et au dressage des éléphants n'auraient eu l'idée de louer les services de leurs bêtes en dehors de leur habitat traditionnel. La frontière qui traversait la forêt n'était indiquée par aucune borne, ni par le moindre mouvement de terrain. Les Mnong et les Rhadés étaient les seuls à la connaître et, éventuellement, à la contester.

Les deux peuples se vouaient un égal mépris. Depuis des lustres, leurs sorciers respectifs s'épuisaient en de vains anathèmes. De puissance ou de nullité égales, ils ne parvenaient apparemment qu'à se neutraliser.

C'était l'éléphant qui faisait la différence. Il n'y en aurait jamais aux BSC.

En dehors de quelques maladies tropicales reconnues et répertoriées, on mourait, à la colonie, d'affections diverses sur lesquelles la médecine s'interrogeait en vain. Faute de mieux, elle les avait regroupées sous le vocable peu compromettant de fièvres pernicieuses.

1. Herbe géante pouvant atteindre 3 mètres de haut.

A son retour à Bien-Hoa, mission accomplie, Le Moal avait juste eu le temps de remettre son rapport à Jouffroy avant d'entrer à l'hôpital.

Il n'avait perdu que quatre de ses hommes pendant l'été. Deux étaient morts en forêt et les deux autres quelques jours après leur retour.

— Fièvre pernicieuse, avaient dit les médecins.

Le même diagnostic s'appliquait à son cas. Jouffroy faisait prendre quotidiennement de ses nouvelles et s'efforçait de croire que sa sollicitude pour le malade était exempte de remords. Il regrettait, bien sûr, l'obstination de son cadet à ignorer ses mises en garde. Mais quels conseils avait-il jamais suivis, et même quelle tutelle avait-il jamais acceptée ?

— Va-t-il s'en sortir ? demandait Jouffroy.

— Le pronostic est réservé, répondait l'hôpital.

Ce qui était un euphémisme car, dans les années 70, l'issue d'une fièvre pernicieuse était presque toujours fatale.

L'expérience aidant, Chi Haï savait à quoi s'en tenir : après la bilieuse hématurique de Hattier, la fièvre pernicieuse de Le Moal. Ce second et probable veuvage ne la prendrait pas au dépourvu. Au nom de son « mari », elle réclama à Jouffroy le salaire qui lui était dû depuis juin et entama des discussions préliminaires sur l'indemnité à laquelle elle estimait avoir droit si, par malheur...

— Vous n'êtes pas mariés, objecta Jouffroy.

— Comment, pas mariés ? s'indigna-t-elle. C'était lui, Jouffroy, qui les avait installés dans la même maison, lui seul qui avait décidé que Le Moal prendrait la place de Hattier, sans même lui demander son avis. Pas mariés, peut-être, mais plus et mieux que cela. Voilà la vérité.

Jouffroy interrompit sa diatribe qui n'allait pas manquer de culminer dans l'hystérie.

— En tout cas, dit-il, Le Moal est encore vivant et tu m'as l'air bien pressée de l'enterrer. Compte sur moi pour le lui dire, lorsqu'il reviendra.

— Non, non, gémit-elle. Beaucoup la peine.

— Alors, file à la pagode et fais quelques *chim-chim*[1] pour sa guérison.

*
* *

Avant d'attaquer un arbre, les forestiers semblaient se recueillir. Le chef d'équipe évaluait l'évasement des contreforts dont dépendait la hauteur de l'échafaudage qu'il faudrait construire autour du tronc pour que les bûcherons ne s'épuisent pas en un travail inutile.

Le Moal savourait cet instant, plus intensément peut-être qu'il ne l'eût fait avant sa maladie. Sans attendre la fin de sa convalescence et en dépit des objurgations de Chi Haï, ostensiblement attentionnée depuis son retour, il avait rejoint les coupes comme si, trahi par la forêt, il avait avec elle un compte à régler.

En fait, il rentrait chez lui, dans ce monde qui lui convenait parce que la lutte à mener pour y survivre était à sa mesure.

Les arbres étaient pour lui des êtres vivants, des animaux gigantesques mais inoffensifs comme ces monstres marins dans l'entourage desquels prospèrent des milliers de parasites.

Les plus vieux, des centenaires d'un mètre de diamètre, semblaient étouffer sous la toison exubérante qui les habillait de pied en cap et les reliait à leurs voisins par des guirlandes de lianes elles-mêmes alourdies par leurs propres parasites.

Dans cet inextricable fouillis, il fallait repérer la

1. Invocation.

zone de moindre résistance qui servirait de lit à l'arbre dont la chute majestueuse ouvrirait un sillon de lumière aveuglante dans l'ombre du sous-bois.

Juchés sur leur plate-forme, les bûcherons débarrassaient de leurs plantes épiphytes la partie du tronc qu'ils allaient attaquer à la hache et la mettaient à nu. Souvent, à la sauvette, l'un d'eux accomplissait un geste rituel sans trop savoir s'il dédiait l'arbre à l'un des génies de la forêt ou bien s'il cherchait à se faire absoudre du sacrilège qu'il allait commettre.

Le sacrilège durait deux heures, parfois davantage, et se répétait trois fois par jour. Il y avait sur le chantier dix équipes qui travaillaient en même temps, pendant six mois d'affilée.

Abandonnée des dieux, la forêt subissait l'agression des hommes. L'harmonie des appels et des répons, la paix du sous-bois étaient fracassées. Le vacarme succédait aux murmures, l'ardeur du soleil à l'ombre tutélaire et la brutalité à la quiétude des lieux.

Le Moal, qui dirigeait le massacre, essayait de faire taire la honte et l'excitation qui se disputaient en lui. La forêt éventrée lui apparaissait comme une ville livrée aux soudards menant leur sarabande dans le crépitement des incendies.

A piocher dans ses souvenirs, il retrouvait quelques scènes de ce genre dont il avait enfoui les images au plus profond de lui-même. Certaines d'entre elles resurgissaient parfois sans crier gare : il les revivait alors avec un plaisir trouble. Comme en ce moment.

— Elle aura belle gueule, la forêt, bougonnait-il, lorsque nous l'aurons saccagée. Il l'aimait, ce qui ne l'empêchait pas de faire de ce saccage son métier, un peu comme ces chasseurs qui ne s'expliquent pas l'amour qu'ils professent pour le gibier et le plaisir qu'ils éprouvent à le tuer.

234

— Toujours à râler, constatait Viard qui abandonnait de temps à autre sa ligne télégraphique pour lui rendre visite. Tu ne changeras donc jamais ?

En fin de saison, cinq mille fûts, assemblés en radeaux interminables, descendaient le Donnaï. A cette production, qui faisait des BSC les plus gros exploitants de Cochinchine, il fallait ajouter les ressources diverses sous-traitées par Jouffroy à des Chinois qui avaient tôt fait de transformer en débiteurs-esclaves leurs infortunés fournisseurs.

Jérôme Dewynck n'en saurait jamais rien. Il n'était d'ailleurs préoccupé par l'exploitation des hommes que dans la mesure où elle risquait de perturber la marche d'une entreprise ce qui, Dieu merci, n'était pas le cas des BSC.

La société, sans doute, rapportait peu mais constituait un placement d'avenir. Les premières plantations d'hévéas que possédait la banque en Malaisie, au nord de Kuala-Lumpur étaient à l'image du siècle à venir, avec leurs alignements impeccables, leurs sous-bois passés au peigne fin et leurs activités minutieusement programmées : des entreprises industrielles, conçues en fonction du rendement, le contraire en somme du capharnaüm végétal au milieu duquel des forestiers brouillons et incontrôlables n'en faisaient qu'à leur tête.

3

Une année entière s'était écoulée depuis la dernière visite de Le Moal à Saïgon. Il n'en croyait pas ses yeux : une véritable ville avait émergé du marécage qui jouxtait l'Arroyo chinois ; le pont en dos d'âne de la rue Catinat avait disparu de même que le canal puant qu'il traversait. Pas une semaine ne se passait sans l'inauguration en grande pompe d'un bâtiment public : Douanes, Postes, palais de Justice, Trésor, Manufacture d'opium. Sur le plateau, un nouveau quartier était en train de naître. Les arbres que Le Moal avait vu planter étaient maintenant adultes. Le chroniqueur mondain de *l'Écho de Saïgon*, qui ne manquait pas d'audace, allait jusqu'à écrire qu'on avait vu, à dix heures du matin, quelques téméraires marcher tête nue sous la protection ténue des badamiers de la rue Catinat.

Si la laideur de la cathédrale en voie d'achèvement était toujours aussi affligeante, la majesté du palais du gouvernement, énorme pâtisserie de quatre-vingts mètres de façade, avec dôme central et pavillons latéraux, trônant au milieu d'un parc sage et peigné, ne pouvait qu'impressionner le forestier tout juste sorti de son cauchemar végétal.

Il l'avait aperçu une ou deux fois, de loin, depuis son inauguration. Mais c'était autre chose que d'en franchir les grilles, de fouler le gravier de l'allée circulaire menant au porche monumental, de pénétrer dans le hall, ruisselant de lumière, de serrer les mains d'inconnus aux uniformes chamarrés et d'être annoncé — oui, annoncé ! — par un officier d'ordonnance au maître des lieux, Le Myre de Villers, premier gouverneur civil de la Cochinchine : les temps avaient changé.

Sept années plus tôt la dépouille du « malheureux Garnier » était proprement escamotée lors de son débarquement à Saïgon. Il fallait enterrer jusqu'à sa mémoire.

Le traité de 1874 auquel l'amiral Dupré avait tant sacrifié et qui justifiait à ses yeux volte-face et reniements, n'était jamais entré en vigueur et le Fleuve Rouge était resté fermé au commerce international. Sur ce point, la position de l'empereur Tu Duc n'avait jamais varié. Seule différence : il multipliait autrefois les préalables à la signature du traité alors que maintenant il déplorait les obstacles — dont la liste était longue — qui empêchaient son application.

Mais aujourd'hui, il n'y avait plus de Philastre, pour prendre frénétiquement son parti, plus d'amiral Dupré pour tenir un double langage et surtout, à Paris, plus de gouvernement pour décréter le Tongkin interdit de conquête.

Au contraire. Le consul en poste à Haïphong, inutile et désœuvré depuis des années, était subitement invité à rendre compte de tous les incidents de nature à justifier une intervention armée.

— Il nous faut du volume, lui disait le Département. Détaillez les prétextes invoqués pour refuser l'application du traité, les exactions à l'encontre des missionnaires, la collusion des autorités avec les pirates de tout acabit.

Rien de neuf dans cette panoplie passablement défraîchie à laquelle néanmoins il devait donner une nouvelle jeunesse. A Saïgon, on renchérissait.

— Ne craignez pas de charger la barque. Rappelez-vous les affronts que nous avons subis.

Le consul était perplexe.

— Sera-t-il fait mention des mesures prises à l'encontre de M. Dupuis ?

— Certainement. M. Dupuis, homme d'honneur et patriote, a été victime d'une cabale fomentée par les Annamites, dans laquelle ont trempé certains de nos compatriotes. A Paris, il a fait justice des infamies colportées sur son compte. C'est, aujourd'hui, un homme écouté. Notre retour au Tongkin lui devra beaucoup.

— Nous interviendrons donc ?

— On le souhaite au parti républicain qui vient d'accéder au pouvoir.

L'affaire était politique et ne pouvait être confiée à l'un de ces amiraux choyés par l'Empire et qui en gardaient la nostalgie. C'est à un civil qu'il reviendrait de trouver un prétexte plausible d'intervention.

Et en attendant on honorerait les survivants de la précédente épopée, une poignée de braves, dont le matelot de 1re classe Le Moal Jakez qui avait été, en son temps, l'hôte le plus assidu de la prison maritime.

Oui, vraiment, les temps avaient changé et Le Moal avait du mal à s'y reconnaître. Pour lui, la vérité et le mensonge, le courage et la lâcheté, le bien et le mal étaient des notions simples et intangibles. Que Garnier, mort, ait été sali, que son œuvre ait été piétinée et les alliés qu'il s'était faits trahis et parfois même exterminés par ses successeurs, le colérique matelot ne l'avait pas supporté. Il avait reporté sa rancœur sur tout ce qui, de près ou de loin, représentait l'autorité responsable de cette forfaiture, et l'avait payé, comme à l'accoutumée, de longues semaines à la prison maritime.

Et voilà qu'un changement de cap, décidé à dix mille kilomètres de Saïgon, mettait tout soudain le

Tongkin à la mode et réhabilitait les forbans d'hier. Le Tout-Saïgon était convié à festoyer en leur honneur, dans les salons et dans le parc du palais du gouvernement.

A Le Moal, cette volte-face valait la Médaille militaire que l'amiral, chef des Forces navales d'Extrême-Orient allait lui remettre ce soir. Il n'en éprouvait ni plaisir ni fierté. Viard, revenu du Siam pour assister à l'événement, ne s'en étonnait qu'à moitié.

— Tu as toujours ramé à contre-courant, lui dit-il. De quoi te plains-tu aujourd'hui ?

Le Moal avait retrouvé sa hargne.

— Il serait trop facile de tourner la page en balançant une demi-douzaine de médailles à des retraités qui ne sont rien et n'ont jamais rien été ! Ça n'est pas d'eux qu'il s'agit, mais de Garnier qui est mort depuis belle lurette. Qui donc le décorera, lui, à qui une promotion posthume a été sèchement refusée à l'époque où les Pavillons Noirs promenaient triomphalement sa tête de ville en ville ? Il s'agit de lui, et de ceux qui se sont acharnés sur son œuvre. Sais-tu ce qu'on dit, ici même ce soir, des Dupré, des Krantz, des Philastre et des Dujardin : qu'ils étaient aveugles, ou idiots, ou coupables ? Pas du tout. On les plaint. On assure qu'ils ont ressenti un grand trouble et n'ont eu que plus de mérite à exécuter des ordres qu'ils réprouvaient. Mais, n'est-ce pas, c'étaient des ordres. Putain ! Il y en a même eu un, le gros à cinq ficelles que tu vois là-bas, pour s'exclamer, le verre levé : « Servitude et grandeur militaire, messieurs ! » Il a eu le culot de m'entreprendre pour me dire que je serai heureux de connaître sous peu le nom du successeur de Garnier.

— Qu'as-tu répondu ?

— Que le seul successeur que je lui connaissais s'appelait Philastre, à qui je botterais le cul, si je le rencontrais ce soir.

— Il n'est plus à Saïgon.

— Pour bien faire, il faudrait qu'il ne soit plus de ce monde.

*
**

A la lumière des photophores et des lanternes chinoises, la foule, heureuse d'elle-même, emplissait les allées du parc. En vingt-cinq ans, Saïgon ne s'était pas seulement édifiée, elle avait secrété une société originale par ses valeurs et dans ses comportements. Un gratte-papier de sous-préfecture oubliait ici ses manches de lustrine et l'odeur de colle surchauffée du local où il était destiné à passer sa vie. Il avait un bureau et surtout des subalternes, annamites évidemment, mais subalternes tout de même, qu'il initiait aux subtilités du travail administratif. Il avait maison et domestiques que sa femme dressait, ainsi qu'elle aimait à le dire. Elle participait à son ascension sociale et souvent même l'anticipait.

L'argent, certes, était roi, mais la promotion de chacun à l'intérieur de sa propre catégorie relativisait à ses yeux l'importance du fossé qui le séparait des nantis.

Les commis des résidences, les gendarmes, les douaniers, les agents des Travaux publics étaient trop occupés à se jalouser les uns les autres pour imaginer que des querelles semblables agitaient les mondes concurrents de la marine et de l'armée, des civils et des militaires, des grands et petits commerçants et que, tout en haut de l'échelle, la Banque, l'unique, celle de l'Indochine, pouvait prétendre à la puissance véritable face à des gouverneurs attentifs à ne pas lui déplaire.

Le Myre de Villers apparut juste après dix heures, précédé d'une garde de porteurs de torches et de lanciers annamites. Il fit un tour de parc parmi la foule des petits-blancs, plus à l'aise devant les buffets cham-

240

pêtres que sous les lambris de la salle des fêtes du palais, et gagna le salon où l'attendaient les notabilités civiles et militaires. Conviés à se joindre à ce groupe, quelques mandarins de haute caste, plus otages qu'invités, témoignaient par leur présence de l'excellence des rapports de la France et de l'Annam. C'était, toutefois, un témoignage muet. Tous parlaient parfaitement notre langue mais semblaient l'avoir oubliée. Courbettes, saluts mains jointes, petits rires et sourires de commande, il ne fallait pas en demander davantage à cette élite, qui ne retrouverait la parole qu'à l'issue de la soirée pour faire des gorges chaudes de ces Européens perpétuellement en sueur dans leurs costumes amidonnés.

A part ces officiels, les Annamites qu'avait conviés le gouverneur n'avaient pu se rendre à son invitation. L'un venait de perdre son père, l'autre, sa petite sœur, le troisième était au plus mal et le dernier était parti en voyage. Tous appartenaient à la grande bourgeoisie, celle-là même qui, partout dans le monde, s'accommode le mieux d'une occupation étrangère parce qu'elle garantit, en général, la pérennité de ses privilèges. Médecins, avocats, propriétaires terriens, ils étaient cette élite dont l'administration se disait fière d'avoir capté la confiance. La xénophobie qui l'animait depuis toujours n'avait pourtant pas désarmé. Aucun Européen n'avait franchi le seuil de leurs vastes demeures, dans les chefs-lieux de province qu'habitaient leurs ancêtres vivants ou morts. Jamais l'un d'eux n'aurait accordé la main de sa fille à un Français. Le métissage, à leur niveau social, était inconcevable.

Pour le menu peuple, il n'était certes pas désiré mais subi comme une fatalité de la conquête dont on finissait par s'arranger. Car s'il était déshonorant de compter un métis dans sa famille, sa présence pouvait lui valoir de substantiels avantages.

Ceux et celles qui avaient été conçus à l'époque de

241

la prise de Saïgon étaient maintenant adultes. Les garçons peuplaient la Sûreté qui, sans eux, aurait été sourde et aveugle. Les filles, souvent belles, étaient l'agrément de la colonie. Aux yeux des Européennes, qui avaient immédiatement flairé le danger, elles étaient tout à la fois méprisables, intrigantes, corrompues, malades le plus souvent, et pas même désirables. Les maris, qui étaient loin de partager cette opinion, se gardaient de les contredire. Entre elles et les célibataires, la chasse était ouverte, les uns et les autres étant tout à la fois chasseur et gibier. La réussite, pour elles, était évidemment le mariage, que la force des préjugés rendait socialement difficile.

Quelques succès éclatants faisaient néanmoins exception. Les gagnantes de cette course à la respectabilité étaient reçues avec un rien de condescendance. Elles faisaient mine de ne pas s'en apercevoir et puisaient l'aliment de leur revanche dans les hommages dont elles étaient comblées.

La soirée au palais du gouvernement, où elles se trouvaient pour la première fois face à leurs détractrices, était leur moment de gloire. On ne les voyait pas dans le parc, mais sous les lumières de la salle de bal, où chacun pouvait admirer après trois heures de danses ininterrompues leur carnation de velours que n'altérait en rien la moiteur étouffante de la nuit.

Viard à qui le célibat commençait à peser leur trouvait tous les charmes.

— Nous avons créé une nouvelle race, disait-il à Le Moal dont les goûts étaient plus rustiques. Un croisement surprenant dont la réussite vaut, à elle seule, la conquête de la Cochinchine.

Au détour d'une allée, ils tombèrent sur un grand escogriffe qui n'avait visiblement pas l'habitude de nouer une cravate, et que la foule semblait mettre mal à l'aise.

— Enfin un visage connu, dit-il en s'accrochant à Viard. C'est la foire ici.

— Qu'es-tu venu y faire ?

— Rencontrer un client, dès qu'il en aura fini avec ses mondanités chez le gouverneur. C'est une espèce de prince, autrichien ou moldo-valaque, je ne sais pas au juste, qui fait le tour du monde à longueur d'année pour chasser le gros gibier. Il est dégoûté du Bengale où la chasse au tigre, selon lui, est devenue un rituel aussi fastidieux que le thé de cinq heures et il vient voir ce que l'Indochine peut lui offrir.

— Griot des Fontaines, dit Viard en guise de présentation, est l'homme qui connaît le mieux l'Indochine. Il chasse, par goût et par profession. Le Moal, mon ami de toujours, est forestier dans le bas-Darlac.

— Aux Bois et Scieries de Cochinchine ?

— Exactement.

— Je connais votre forêt, dit le chasseur. Trop déserte pour mon goût. Vous y avez trouvé quelque chose d'intéressant ?

— Quelques rhinocéros dans des ravines perdues.

— Race de Java, piètre espèce. Pour trouver le rhinocéros de l'Inde il faut aller au Laos.

— Vous y emmènerez votre client ?

— Ça dépendra de ce qu'il cherche : tigre, éléphant, gaur, rhino. Je travaille à la demande.

Griot des Fontaines appartenait à la « noblesse des Iles ». Il descendait des colons qui, au XVIIIe siècle, avaient tenté l'aventure dans les possessions de la Compagnie des Indes, que l'on nommait alors Bourbon et l'Isle de France. La fortune ne leur avait pas souri. Du moins y avaient-ils fait souche. Depuis deux siècles ils vivotaient sur leurs propriétés en ruine, accrochés à leur nom lorsqu'ils en avaient un ou rallongeant celui dont ils avaient hérité lorsqu'ils le trouvaient trop court.

243

Les aînés étaient demeurés sur place puisque, par tradition, la terre leur revenait. Peu importait que les plantations d'autrefois, qui ne rapportaient rien, fussent retournées à la brousse. Ils chassaient, plus par besoin que par plaisir, et se contentaient du peu que leur donnait la nature. Assurés de n'avoir ni froid ni faim, ils attendaient sans impatience la fin des temps.

Obligés de s'expatrier, les cadets, tout compte fait, avaient eu la meilleure part. Ils avaient peuplé les comptoirs de l'Inde et y avaient épousé des métisses d'origine portugaise. Les plus aventureux de leurs enfants, à l'étroit sur la côte de Coromandel, avaient cru voir dans la Cochinchine récemment conquise une terre à la mesure de leurs ambitions.

Leur aristocratie, qui fleurait bon la vanille, mit un peu de couleur et de fantaisie dans l'étouffant conformisme sécrété par l'administration coloniale.

Griot des Fontaines, chasseur d'instinct, était devenu le meilleur professionnel de la colonie. Ainsi qu'il le disait, il travaillait à la demande, et montait, le cas échéant, de véritables expéditions, sans trop se préoccuper des questions de frontières et de souveraineté. A ses clients fortunés, il offrait un assortiment complet d'émotions, dans des territoires peuplés de tribus qui l'acceptaient de plus ou moins bonne grâce. Entre l'offre de boire à la jarre et l'élimination de l'intrus, d'un coup de sarbacane bien ajusté, il pouvait n'y avoir que la place d'un faux pas ou de la transgression involontaire d'un interdit. Le risque latent pimentait l'aventure. Certains originaux la payaient à prix d'or.

Le Moldo-Valaque, lui, voyageait pour son plaisir, mais, comme par hasard, il se passait toujours quelque chose d'intéressant à l'endroit où il mettait les pieds. C'était dans une île perdue de la Mélanésie, la découverte d'une rivière charriant des pépites d'or grosses comme des pois chiches, ou celle d'un gisement de cuivre aux flancs d'une montagne inviolée. Sous ses allures de dilettante se cachait un homme d'affaires au flair sans défaut.

— Un personnage tel que vous, lui dit Le Myre de Villers, ne se déplace pas pour tirer deux tigres et un éléphant.

— Non, certes. Mais que ne ferait-il pas pour découvrir un pays nouveau et les hommes qui le peuplent ?

— Visiterez-vous le Cambodge ?

Il rit.

— Le Cambodge et la Cochinchine, et le Laos aussi, à l'invitation du roi Oun-Kam.

Le gouverneur ne put cacher sa surprise.

— Par quel hasard...

— Il n'y a pas de hasard. Le roi du Laos connaît son Gotha mieux que vous ne pensez et n'ignore pas que je cousine avec tous les souverains d'Europe. Nous sommes, si l'on peut dire, du même bord.

Le prince-voyageur disait vrai mais omettait le principal.

Le roi Oun-Kam s'efforçait de desserrer l'étreinte siamoise et de sauvegarder les droits de la couronne de Luang Prabang sur les peuplements de tecks de Houei-Sai et de Pak-Lay.

— Les droits de la couronne sont inaliénables, allait lui dire le prince moldo-valaque entre deux chasses au gros. Le plus sûr moyen de les mettre à l'abri des ambitions siamoises est d'en concéder l'exploitation à une compagnie étrangère puissante, danoise par exemple, qui ne puisse être suspectée de servir une politique coloniale. Si Votre Majesté y avait convenance je pourrais arranger cela facilement.

En Cochinchine, c'était le site des futures plantations d'hévéas de son associé Jérôme Dewynck qu'il voulait visiter. Il venait de parcourir celles de Malaisie qui tenaient largement leurs promesses et était d'avis

245

de mettre un terme, le plus rapidement possible, à l'exploitation forestière des Bois et Scieries de Cochinchine, qui ne se justifiait plus dès lors que la compagnie avait fait le plein des concessions auxquelles elle pouvait prétendre.

***

Avec son allure de cercleux et sa moustache aux pointes cirées, encadrée de favoris foisonnants, Sigismond d'Este, fils de l'archiduc Ferdinand, palatin de Hongrie, ressemblait à l'un de ces globe-trotters que Jules Verne promenait, de roman en roman, aux quatre coins du monde. On l'imaginait sous un carrick à triple collet, coiffé d'un melon étroit et suivi d'un nègre chargé de veiller sur les malles, mallettes, sacs et valises cloutées de cuivre sans lesquels un voyageur tel que lui ne saurait se déplacer.

S'estimant quitte envers le gouverneur, il s'en alla respirer la nuit sur la terrasse du palais. Le palais ! Il fronça le nez. Ce n'était ni Schönbrunn, ni Sans-Souci, ni le Belvédère où il avait ses habitudes, ni même Chantilly dont son vieil ami le duc d'Aumale venait d'achever la restauration. Passe encore pour le bâtiment, mais les invités !

Il surprit Griot des Fontaines en conversation avec deux amis.

— Qu'est-ce que mon guide pense de cette fête ?

— Je ne suis pas bon juge, Altesse. Un coureur de brousse ne connaît rien aux bals de sous-préfecture.

— Pas de morosité, jeune homme. Présentez-moi vos amis.

— Voici Viard, qui a travaillé à la construction de la ligne télégraphique, Pnom Penh-Bangkok avec Auguste Pavie. Et voilà Jakez Le Moal, qui fut l'ordonnance de Francis Garnier, et s'en est mal remis.

— Je le comprends, dit d'Este. Que faites-vous maintenant ?

246

— Je suis forestier.

— Tiens donc ! Où cela ?

— Aux Bois et Scieries de Cochinchine.

— Eh bien ! monsieur Le Moal, nous sommes appelés à nous revoir. Faites mes compliments à M. Jouffroy et annoncez-lui ma visite.

Le Moal était bouche bée. D'Este se tourna vers Griot des Fontaines.

— Nous commencerons par le Cambodge, dit-il. On m'a signalé, au nord de Kompong-Thom, un temple que n'a encore visité aucun Européen, Koh-Ker avec une pyramide à sept étages et un *baray*[1] immense où viennent s'abreuver les tigres. Sauriez-vous le trouver ?

— Je sais au moins comment le situer.

— Angkor ne vous intéresse pas ? s'étonna Viard.

D'Este désigna les groupes d'invités agglutinés autour des buffets de plein air.

— J'apprécie la rencontre avec les hôtes du gouverneur, dans les jardins de ce palais républicain. Dans des ruines séculaires et royales, je la supporterais mal. Non, voyez-vous, Angkor est trop fréquenté à mon goût.

Pour Jouffroy le forestier, devenir planteur était une déchéance. Il n'avait jamais vu de plantation d'hévéas mais imaginait avec dégoût la parade des arbres alignés au cordeau, qu'une armée de coolies devait saigner tous les matins. La mise à la retraite lui éviterait d'avoir à gérer cette forêt-là.

Qu'en penserait Le Moal, qui voyait rouge dès qu'on lui parlait d'ordre et de discipline ? Justement, le voilà qui revenait de Saïgon, dûment médaillé, honoré et abreuvé. Jouffroy le héla.

1. Bassin sacré dont l'eau peut éventuellement servir à l'irrigation.

— Il paraît que tu as des relations ! Un duc !

Le Moal haussa les épaules.

— Des relations comme celles-là, je les laisse à qui les veut. Je donne des leçons à personne, mais tout de même, la vie n'est pas une partie de chasse. Notre pisteur rhadé, lui, tuait quand il avait faim. Qu'est-ce qu'il sait de la faim, le Moldo-Valaque ? Et puis, l'oisiveté...

— Qui te dit qu'il est oisif ?

— Il en a l'air.

— Ne t'y fie pas. Il préside, dirige, influence plusieurs centaines de sociétés industrielles, commerciales ou bancaires. La nôtre en fait partie.

— Les Bois et Scieries de Cochinchine ?

— Oui, mon petit.

— Vous m'aviez parlé de la banque Dewynck.

— Jérôme Dewynck et lui sont associés. Il est minoritaire dans la banque mais néanmoins la contrôle.

— Comment ?

— Trop long à expliquer. Sache seulement qu'il a décidé de notre avenir et qu'il a balayé nos projets. Nous serons planteurs, mon ami, planteurs d'hévéas. Il n'y aura pas d'exploitation rationnelle, de coupes sélectives et de repeuplements naturels, mais des coupes claires dans les terres rouges, secteur par secteur, à raison de deux mille hectares par an, avec récupération des bois nobles et essartage du reste. Tu étais forestier ? En attendant d'être planteur, tu te feras bûcheron.

Le Moal était blessé plus encore que furieux. A force d'y vivre, il avait fini par croire que la forêt était son bien et que nul ne pouvait l'en déposséder.

— Bûcheron, grommela-t-il. M'avez pas regardé ! Je lui dirai ce que je pense, au Moldo-Valaque.

Jouffroy s'apitoya.

— Tu ne le reverras jamais. Ce genre d'oiseau ne fait que passer, si haut qu'en général on ne le voit même pas.

248

— Vous vous trompez, je le reverrai, et pas plus tard que la semaine prochaine. Il m'a invité à le suivre au Cambodge.

*
**

Pendant cinquante ans Vong-Sen avait été bonze et s'était défroqué pour se faire ermite. Il habitait à proximité de Kompong-Thom, gros bourg endormi sur le chemin d'Angkor. Sa maison n'était qu'une cahute enfouie dans les herbes géantes. Un filet de fumée filtrant à travers le toit de palmes tressées attestait que le lieu, contre toute vraisemblance, était habité.

Il s'y était retiré, et n'en bougeait plus. C'était un vieillard hors d'âge, qui reposait ses jambes d'avoir trop marché, et ses yeux d'avoir trop lu. Il ne mangeait qu'une fois par jour, un bol de riz agrémenté de *pra-hoc*[1], et ne buvait que du lait de coco à même la noix qu'il décalottait d'un revers de coupe-coupe. Au jugé, car, depuis trois ans, il avait perdu la vue.

Mais pas la mémoire.

Il savait tout du pays, forêts, savanes ou plaines à riz, rivières et lacs, bêtes et gens, histoires et légendes auxquelles, pour honorer quelques visiteurs de qualité, il ajoutait volontiers des épisodes de son cru.

Pour Griot des Fontaines, l'ermite était un livre vivant qu'il ne se lassait pas de consulter. A chacun de ses passages à Kompong-Thom il le retrouvait égal à lui-même, assis en tailleur devant son foyer, aussi hiératique que ces statues de bois dont la laque luit doucement dans la pénombre des temples.

— Vous connaissez, bien sûr, le temple de Koh-Ker ?

Le vieil homme sourit.

— Mes pas m'y ont souvent mené. Une part de moi-même y réside.

1. Pâte de poisson fermenté.

249

— Je voudrais savoir comment y parvenir.

Vong-Sen se recueillit.

— Vishnou, dit-il, s'inquiétant du trouble apporté par les humains dans le *dharma*[1] du monde, entreprit un jour de marquer, au long d'un sillon parfaitement rectiligne, les lieux où ils pourraient s'alléger du poids de leurs péchés. Il enfourcha sa monture habituelle, l'oiseau *Garuda* qui, sur le trajet divinement tracé, se posa successivement, depuis Angkor, à Phnom-Kulen, à Koh-Ker et au Préah-Vihear. Bien des siècles s'écoulèrent avant que les hommes ne décident de lui élever des temples sur les lieux mêmes de ces étapes sacrées. Ainsi donc, jeune homme, trouverez-vous Koh-Ker sans difficulté. Il vous suffira de suivre le sillon : vous connaissez Angkor et Phnom-Kulen ; en continuant tout droit, vous ne pouvez manquer Koh-Ker.

Il se tut un long moment.

— Chasserez-vous ? demanda-t-il soudain.

— Bien sûr. C'est mon métier, vous le savez.

— Épargnez les banteng si vous en trouvez. Et bien sûr, le rhinocéros. Vous savez ce que le seigneur *Gautama*[2] a écrit à son sujet ?

— Non, je l'avoue.

— Je vous le dirai une autre fois.

Il fit signe à Griot des Fontaines que l'entretien était terminé.

— Tout de même, ajouta-t-il au moment où le jeune homme passait le seuil, méfiez-vous du feu.

Trois jours après avoir dépassé les ruines de Phnom-Kulen et tenu le cap indiqué par l'ermite de Kompong-Thom, Griot des Fontaines se mit à douter. Le pays que traversait sa petite expédition était totalement

1. Ordre harmonieux dont Vishnou a doté l'univers.
2. Nom de famille de Bouddha.

désert. C'était une plaine recouverte d'herbe paillote entremêlée d'arbustes malingres et de lataniers avec, de loin en loin, un arbre à huile, le *ca chac* des Annamites. Cette solitude n'appartenait pourtant pas qu'aux cerfs, gaurs et cochons sauvages dont les voies froissaient le tranh. Un saigneur invisible la parcourait également, balafrant les troncs d'arbre à hauteur d'homme d'une longue incision d'où suintait la goutte d'or d'une huile odorante qui se figeait dans des coupelles de terre cuite.

La chaleur avait soulevé l'horizon. Il flottait sur un coussin de brume bleuâtre. Une colline, loin sur la droite, s'était même envolée. N'en subsistait que sa crête chevelue, se contorsionnant au-dessus de la fournaise.

Rien n'indiquait que la route suivie était la bonne, mais rien non plus ne permettait d'affirmer le contraire. Griot des Fontaines scrutait la colline d'un air pensif.

D'Este poussa son cheval à sa hauteur.

— Qu'est-ce qui ne va pas ?

— Oh, rien ! Notre seul repère est cette colline, mais c'est une borne indéchiffrable. Je ne sais si nous devrions la laisser à notre droite ou à notre gauche.

— Alors ?

— Alors, je demande mon chemin au vent et aux odeurs.

D'Este rit. Il était plus grisant de chercher un temple oublié au fond du Cambodge que de chasser l'ours dans les forêts sombres des Carpates.

Dans l'après-midi, les arbres à huile se firent plus nombreux et moins éparpillés. D'autres espèces apparurent, des *dang huong*[1] mais aussi des bouquets d'arbustes dont les racines et les branches s'entremêlaient en d'inextricables fouillis. Il fallait contourner ces

1. Bois de rose.

251

îlots de verdure, ce qui malmenait quelque peu l'axe de marche de la colonne.

— Il doit y avoir de l'eau dans les environs, dit Griot. On boira frais ce soir.

Soudain il se figea.

A moins de cent mètres, contre un massif végétal impénétrable, une douzaine de banteng se tenaient immobiles. On ne voyait que leurs croupes, marquées d'une serviette blanche et, au-delà de leur bosse dorsale, leur gigantesque ramure.

En dix ans de chasse professionnelle, Griot des Fontaines n'en avait aperçu que trois fois, bien fugitivement. La rencontre d'aujourd'hui avait quelque chose de surnaturel. Le vieux Vong-Sen semblait l'avoir prévue.

— Épargnez les banteng, si vous en trouvez, avait-il dit. Ce n'était ni un conseil ni une requête, mais une injonction qu'il n'aurait transgressée à aucun prix.

D'Este, qui, par principe, bravait les interdits, avait dégainé son Anson and Deeley.

— On ne tire pas le banteng, dit une voix sèche derrière lui.

Il fit mine de ne pas entendre. Griot saisit l'arme par le canon et planta ses yeux dans ceux du chasseur.

— Vous êtes ici chez moi, monsieur, veuillez ne pas l'oublier. On ne tire pas le banteng.

— Et pourquoi, s'il vous plaît ?

Les bêtes s'étaient lentement détournées. Toujours groupées elles s'étaient placées face au vent, le mufle haut. On les sentait surprises, puis inquiètes. Il y avait parmi elles un vieux mâle qui semblait guider la harde. Une minute encore il hésita puis s'engagea, à petites foulées, vent dans le dos, dans la direction opposée à celle de la colonne.

Griot aussi huma le vent mais ne perçut que l'odeur habituelle du tranh surchauffé, à la fois âcre et douceâtre.

252

— Qu'est-ce qui leur a pris ? demanda d'Este avec humeur.

— Ils ont flairé un danger qui ne peut être que la proximité du tigre ou la menace du feu. Pour le tigre, vous êtes paré. Pour le feu, nous ferions bien de prendre nos précautions.

En moins d'une demi-heure de marche, ils découvrirent une ravine étroitement encaissée au fond de laquelle une succession de flaques d'eau noire stagnaient en attendant les pluies.

— Si c'est avec cela, dit Le Moal, que vous comptez boire frais, c'est raté. Elle est dégueulasse, votre eau.

— C'est la ravine qui importe. Nous bivouaquerons ici.

A la fin de la saison sèche, le crépuscule était de courte durée. Pendant quelques minutes, du côté du couchant, le ciel flamboya, tandis que partout ailleurs la nuit s'installait. Il fallut attendre l'obscurité pour se rendre à l'évidence : au nord, derrière l'horizon, l'incendie galopait.

— Les bantengs, dit Griot des Fontaines, l'ont su avec deux heures d'avance. Le feu vient droit sur nous. Dans moins d'une heure il aura passé en trombe au-dessus de la ravine. Ne rangez pas votre fusil, Altesse. Au cours des dix minutes qui précéderont son arrivée, vous verrez se presser tout ce que le tranh compte d'animaux, du plus petit au plus gros. Si le cœur vous en dit, vous n'aurez que le choix depuis la civette jusqu'au tigre. Ne manqueront que les prévoyants, l'éléphant et le banteng comme vous avez pu le voir.

— Et nous ? demanda Le Moal.

— Nous allons construire un abri au fond de la ravine : quelques pieux pour soutenir un toit d'herbe à paillote détrempée et recouverte de boue. Le temps que le feu passe, la boue n'aura pas même eu le temps de sécher.

Après le rougeoiement du ciel il y eut le vent, un ouragan dont la force et la chaleur augmentaient de minute en minute. Puis, le grondement d'un galop gigantesque, celui du million d'éléphants qui hante l'imaginaire des peuples khmer et lao.

L'enfer, se dit Le Moal, ça doit être ça.

L'intensité de la fournaise rendait aveugle et sourd et il n'y avait plus à respirer qu'une fumée noire et suffocante qui roulait ses tourbillons dans le fond de la ravine.

Dans deux minutes, se dit-il, tout sera fini.

Ce fut le cas, mais pas comme il le craignait. Aussi vite qu'il était survenu, le cataclysme s'éloigna, traînant derrière lui un arrière-front d'air froid qui fit frissonner les rescapés dans leur gangue de boue craquelée.

— Et voilà, dit Griot en reprenant pied sur la plaine rase et noire, comment s'est créée la technique de la terre cuite. Altesse, deux tigres ont bondi par-dessus la ravine. Vous les avez vus. Pourquoi ne pas les avoir tirés ?

— Vous étiez encore chasseur dans votre costume de boue gluante ? Moi pas. Je pensais à ma peau comme les tigres à la leur.

Griot sourit.

— Solidaire en somme ?

— Dans son arche, j'imagine que Noé, lui aussi, était solidaire de ses passagers.

Comment le feu avait-il pris ? Mystère. Pendant la matinée du lendemain la colonne foula une terre calcinée et finit par buter sur un barrage de végétation arbustive que l'incendie n'avait qu'effleuré. Au-delà, le tranh était intact.

Au fur et à mesure qu'avançait la journée, l'humeur de Griot s'aigrissait.

— On s'est foutu dedans, maugréait-il, mais à partir d'où ?

Vers le soir, le tranh se fit moins dense. Ils se

retrouvèrent dans une cuvette grossièrement défrichée au milieu de laquelle se dressait une cabane sur pilotis. Sur l'aire dégagée alentour picoraient quelques poules. Un feu brillait entre deux pierres au pied de la bâtisse. De part et d'autre du foyer, deux hommes se tenaient accroupis, et fumaient avec application. Les visites devaient être rares en ce lieu perdu. Pourtant ils n'avaient marqué ni intérêt ni surprise lorsque la colonne avait débouché dans leur clairière. Des hommes blancs ? Pour eux qui vivaient dans un isolement total, tout homme était un étranger. Ceux-là l'étaient à peine plus que les marchands qu'ils rencontraient trois fois l'an lorsqu'ils allaient livrer leurs pains d'huile, durcie des mois durant dans des cylindres de bambou.

Ils n'étaient ni bavards ni hospitaliers, et moins encore curieux. D'où venaient ces voyageurs surgis du tranh sans crier gare, où allaient-ils, avaient-ils faim ou soif ? Ils ne posaient aucune question, n'offraient rien de leur propre mouvement par discrétion peut-être mais plus probablement par manque d'intérêt.

— Sommes-nous sur le chemin de Koh-Ker ?

L'incongruité de la question les prit au dépourvu.

— Non, bien sûr.

— Où va-t-on par là ?

— Nulle part.

— A combien d'heures de marche est le prochain village ?

Ils rirent.

— Il n'y a pas de village, pas d'hommes. Après nous, il n'y a rien. Nous sommes les derniers.

Non sans satisfaction, ils semblaient se considérer comme les curateurs de ce néant.

— Pouvez-vous nous remettre sur le bon chemin ?

Ils se consultèrent.

— A condition de marcher aux étoiles.

*
**

255

Ils allaient d'arbre en arbre, s'arrêtaient, tâtaient en aveugles la fourche moussue des racines, et repartaient un rien plus à droite ou à gauche, non sans avoir vérifié, d'après le positionnement des constellations, le bien-fondé de leurs changements de cap.

La nuit entière y passa. L'aube révéla aux voyageurs un paysage de forêt claire où voisinaient des arbres qui semblaient vivre, chacun pour soi, le cycle des saisons. Une brume laiteuse collait au sol, ajoutant à l'irréalité du paysage. Droit devant, une butte aux flancs de laquelle s'agrippaient des fromagers émergeait du brouillard.

Les deux guides se laissèrent aller à leur joie. Il n'y avait pas cent mètres d'erreur dans la route qu'ils avaient tracée, sans rien en voir.

— Phnom Sirik !

— Il y un sanctuaire là-dessous, dit Griot. Chez nous ce serait plutôt un calvaire ou une chapelle. Regardez !

En quelques endroits, la pierre prisonnière avait éclaté sous l'étreinte de la végétation et formait, au pied du *phnom*, des éboulis au milieu desquels apparaissaient des fragments de sculptures, de rinceaux ou de bas-reliefs aux motifs indiscernables.

— Phnom Sirik, dirent les guides, est un repère connu sur le chemin de Koh-Ker.

— Connu de qui ? demanda d'Este.

Griot sourit.

— Altesse, vous serez sans doute le premier Européen à découvrir Koh-Ker. Cela ne prouvera rien, sinon que les Européens ont mille ans de retard sur ceux qui ont construit le temple.

D'Este négligea la remarque. Il pensait qu'un trésor n'avait d'existence, et de valeur, qu'à partir du jour où un Européen qualifié l'avait identifié.

— Alors, Koh-Ker ?

Les deux guides indiquèrent une direction plus qu'une piste véritable.

— Impossible de vous tromper. Il y a des traces partout, d'hommes et de bêtes et des gens par dizaines pour vous voir passer, même s'ils sont invisibles à vos yeux. Vous serez rendus ce soir.

Griot les paya en barres d'argent. Ce salaire leur parut anormalement élevé. Ils l'acceptèrent néanmoins, avec une certaine méfiance. Il y a toujours de l'étrange chez l'étranger. Pour se mettre à l'abri de toute surprise, ils feraient participer à l'aubaine les esprits bons et mauvais sur les terres de qui ils s'étaient aventurés sans en avoir obtenu l'autorisation préalable.

Toutes les étoiles d'un ciel lumineux se reflétaient dans le baray de Koh-Ker. On n'en voyait pas les bords qu'absorbait la nuit. On ne devinait pas davantage la forêt et la colline que coiffait le temple.

Seule, posée eût-on dit sur l'eau, la pyramide dressait ses sept étages frangés d'une pâle lueur. A peine striée de quelques rides, son reflet en reproduisait à l'identique l'image inversée, massive et sans grâce.

Le meuglement des crapauds-buffles était seul à témoigner de la vie dans ce paysage figé. Mais les crapauds-buffles sont animaux d'habitude : ils se taisent à heure fixe, tous ensemble. Soudain ils firent silence comme pour indiquer aux voyageurs que parler en ces lieux et à cette heure était une inconvenance.

Au jour, le baray resplendissait dans son écrin de verdure. Koh-Ker était un temple mort mais jouxtait un village bien vivant qui ne se souciait pas de ses fastes défunts.

Les habitants de ce lieu préservé, deux ou trois centaines au maximum, n'avaient pas conscience de la singularité de leur héritage. Ils en vivaient en toute innocence à l'abri du monde. Il n'y avait pas de monastère à Koh-Ker, pas de pèlerins pas même de bonzes hantant les ruines en quête d'un signe.

L'eau du baray avait permis d'irriguer la campagne alentour. Des vergers plantés autrefois et négligés depuis des siècles ne subsistaient que des rejets épars dont les produits suffisaient largement à la consommation locale. Avocats, mangues, pommes-cannelle, mangoustans, litchis : les habitants de Koh-Ker n'avaient qu'à se baisser pour les ramasser, qu'à jeter leurs filets dans le baray pour les ramener pleins de poissons, qu'à prendre à la main les paons venus, de la forêt voisine, faire la roue au milieu du village.

Le temple ? Ils en connaissaient l'existence mais n'y pénétraient jamais. Ils évitaient même de s'en approcher. L'interdit se transmettait de père en fils. Personne encore ne l'avait transgressé. C'est du moins ce que prétendaient les villageois, dont pas un n'accepta de se faire le complice du sacrilège que les étrangers projetaient de commettre en violant les ruines du temple-montagne.

Ces quelques jours marquèrent durablement Le Moal. Sa vision du monde l'amenait à des jugements sommaires, toujours excessifs mais rarement faux. L'intelligence, qu'il avait courte, n'y jouait aucun rôle. L'instinct y suppléait. Ceci valait bien cela.

A différentes reprises, au cours de la mission du Mékong, il avait eu l'impression d'effleurer des mondes hors normes où les usages, les lois, les interdits et la morale de tous les jours n'avaient pas cours, et il s'était dit qu'il lui serait plus facile de vivre dans ces enclaves d'exception que dans l'univers bardé de règlements avec lesquels il était en éternel conflit.

Il retrouvait à Koh-Ker cette atmosphère qui lui convenait. Bien que prévenu contre lui, il avait fini par reconnaître dans le Moldo-Valaque, l'un de ces personnages de rencontre qui l'avaient dégrossi : le ma-ta-jen à Yunnansen, Dupuis à Hang-Kéou, le maréchal Nguyen Tri-Phuong à Hanoï, S'Noul le Rhadé des forêts de Cochinchine.

— Pourquoi, lui avait demandé d'Este, refusez-vous l'idée d'être planteur ?

— Je ne me suis pas libéré de l'autorité des militaires pour tomber sous celle des civils. La forêt, pour moi, signifie la liberté. Une plantation ne peut être que le contraire : une prise d'armes permanente. Sauf votre respect... euh ! monsieur, vous êtes du côté de ceux qui passent les troupes en revue, moi du côté de ceux qui défilent.

D'Este rit.

— Détrompez-vous, mon ami. J'ai été cadet pendant deux ans, ce qui signifie que j'ai passé deux ans de ma vie à parader.

— Bon. Alors vous n'avez sûrement pas oublié la satisfaction béate qui se lisait sur les visages de ceux devant qui vous défiliez. Comme si la transformation d'hommes en automates présentait le moindre intérêt.

— Bref, vous n'inspecterez pas les hévéas ?

— Pour rien au monde.

— Fort bien. Je crois pouvoir vous offrir ce que vous cherchez. En attendant, accompagnez-moi au temple.

L'inondation annuelle minait la base de la colline. La première enceinte du temple bâtie sur ce terrain instable s'était peu à peu disloquée. Il n'en restait qu'une ruine informe, semblable à ces murets de pierres sèches qui bordent les chemins dans les pays de grand vent. La chaussée menant jusqu'au portique d'entrée avait souffert, elle aussi, dans sa partie basse. Tout s'ordonnait à mi-pente : les dalles rectangulaires ajustées au millimètre et les najas dressés de part et d'autre du chemin de pierre.

Passé le seuil, gardé par deux sentinelles à tête de singe, ils pénétrèrent dans l'avant-cour du temple proprement dit, un espace rectangulaire traversé par une allée de part et d'autre de laquelle étaient érigées des statues de Çiva géantes.

Quatre de chaque côté : huit Çivas mitrés en grès rose, intacts jusqu'aux moindres ciselures de pierre, à ceci près qu'ils étaient tous décapités et que la tête de chacun d'eux reposait à ses pieds, face tournée vers le ciel. Les cous étaient nettement tranchés, avec soin eût-on dit. Cette mutilation semblait revêtir une signification cachée.

— Le cou, dit d'Este, mal à l'aise, est la partie la plus fragile d'une statue taillée dans la masse. Sécheresse et humidité, chaleur et froid, ombre et lumière, finissent par en avoir raison...

Le Moal semblait s'amuser de sa gêne.

— ... et ont fait tomber les huit têtes ?

— Mêmes causes, mêmes effets.

— Toutes les huit, intactes, sans un éclat, dans la même position, et qui vous regardent les yeux dans les yeux ? Croyez-le si cela vous arrange. Moi, en bon Breton, je dis qu'il y a une diablerie là-dessous.

— Vous n'y toucheriez pas ?

— Qu'en ferais-je ?

— Rien, évidemment. Mes raisons sont différentes. Il y a, dans la galerie de ma maison de Buda, une niche vide qui attend depuis toujours l'une de ces huit têtes.

— Aucun de vos coolies n'acceptera de la porter.

— Il ne me viendrait pas à l'idée de le demander à qui que ce soit. Cette affaire est à régler entre Çiva et moi[1].

Çiva, semble-t-il, ne lui tint pas rigueur de son geste sacrilège.

---

1. *Note de l'auteur* : lorsque, soixante-dix ans plus tard, l'auteur de ce livre visita Koh-Ker, il trouva sept têtes au pied des huit statues décapitées.

Le regret de ne pas s'être approprié l'une d'entre elles le poursuit encore aujourd'hui.

4

La Compagnie asiatique industrielle et commerciale, communément appelée CAIC, était la lointaine héritière de la Compagnie des Indes danoise qui, depuis son comptoir de Tranquebar, entre Pondichéry et Karikal, revendiquait au XVIIIe siècle sa part de la côte de Coromandel.

Ses concurrents avaient disparu depuis longtemps. Elle seule prospérait. Abandonnées les épices, elle s'était spécialisée dans les bois précieux d'Afrique, d'Amérique et d'Extrême-Orient. Le teck était pour elle un quasi-monopole, qu'elle exerçait à la barbe des Anglais en Birmanie et au Siam. Le prochain objectif de sa filiale française était le Laos. Elle était sur le point de l'atteindre, grâce aux relations de Sigismond d'Este avec le roi de Luang Prabang, propriétaire des tecks de son pays.

Le Moal l'accompagnait. Il avait quitté Bien-Hoa le mois précédent, après des adieux brusqués à un Jouffroy saisi d'une inexplicable émotion.

— Je t'aimais bien, avait dit le forestier. Tu fais bien de partir. C'est une part de moi-même, la meilleure, qui s'en va avec toi. Bonne chance. Je m'occuperai de Doan.

Elle conservait la maison et attendait de pied ferme le prochain occupant. Tous les acquis de Le Moal lui revenaient : la cuisinière de fonte remplaçant l'antique fourneau, les meubles du salon tout juste livrés, le lit à l'européenne finalement imposé par Le Moal, et surtout les économies occultes faites au jour le jour sur les dépenses courantes de la maison.

— Combien de temps la mission du Mékong a-t-elle mis pour atteindre Luang Prabang ?

— Onze mois, de juin 66 à mai 67.

— Deux mois nous suffiront.

Pour tout ce qui touchait à la Mission, Le Moal était aujourd'hui encore d'une susceptibilité à fleur de peau et ne supportait pas la moindre critique.

— J'en doute, marmonna-t-il.

Il se souvenait pourtant des semaines d'arrêt imposées par des roitelets, des princes ou simplement des fonctionnaires gonflés d'importance, de l'attente interminable des passeports et des lettres d'accréditation, des allers-retours de Garnier à la recherche du courrier.

— Nous remontons le fleuve, ne l'oubliez pas.

— A moins que nous n'empruntions la voie de terre. Remonter le fleuve ne m'intéresse pas. C'est du temps perdu. La descente seule m'importe, pour les flottages de teck dont vous serez chargé.

Mais le Laos ignore les voyageurs pressés : on ne force pas l'allure d'un éléphant. D'Este apprit de plus qu'entre Paksé et Luang Prabang, il était impossible d'obliger qui que ce soit à faire le jour même ce qu'il pouvait remettre au lendemain.

Les fêtes et célébrations, les catastrophes naturelles, les deuils, maladies et empêchements de toute nature, introduisaient une dimension nouvelle dans le temps et l'espace. D'Este finit par comprendre que l'urgence était une notion d'Europe qui n'avait pas cours au Laos. Il l'oublia le temps du voyage, qui dura quatre mois ainsi que l'avait prédit Le Moal.

Oun-Kam, le vieux roi, avait dépassé quatre-vingts

ans. Son règne, comme celui de son frère Chan qui l'avait précédé sur le trône de Luang Prabang, n'avait été qu'une suite longue et malheureuse de luttes contre les Siamois. Dans ses jeunes années il avait assisté à la destruction de Vien-Chan, l'antique capitale, dont soixante ans plus tard ne subsistaient que des ruines envahies par la brousse.

Il avait cru se libérer de la tutelle siamoise en acceptant un protectorat annamite qui s'était révélé pesant et inefficace. Quitte à aliéner son indépendance, il en était arrivé à penser, comme son voisin Norodom du Cambodge, qu'un protectorat exercé par la France serait une garantie plus qu'une sujétion, un moindre mal en somme.

Pour lui, la France avait les traits de Doudart de Lagrée et de Francis Garnier dont il avait organisé la réception à la demande du roi, son frère, lorsque, en 1867, la Mission s'était arrêtée à Luang Prabang.

Le Moal se souvenait avec précision des détails de l'audience royale. Selon le protocole, les visiteurs devaient se tenir assis par terre pendant la cérémonie. Lagrée avait exigé des sièges. Oun-Kam avait obtenu des bancs. Le souverain se lèverait-il en leur honneur ? Non, disait le protocole. Lagrée avait demandé qu'il vînt à eux. Impossible, gémissait Oun-Kam. Ou alors le roi serait réduit à l'état de marionnette. Quel intérêt y aurait-il pour les *Falangs*[1] à tirer les ficelles d'une marionnette ? Le chef de la Mission avait transigé. Trois pas dans sa direction, avait-il dit, lui suffiraient. Pourquoi trois pas, avait rétorqué Oun-Kam et pas deux, ou un seulement ? C'est l'intention qui compte. Que le souverain esquisse le geste de se lever et les étrangers ne pourront qu'être satisfaits.

Bien qu'à bout de patience, Lagrée avait réussi à se contenir. Derrière lui, les membres de la Mission,

1. Français.

263

muets et silencieux, attendaient de pouvoir décroiser leurs jambes endolories. Le roi chiquait son bétel avec un air de mortel ennui tandis que les gardes à genoux louchaient à force de fixer la lame du sabre brandi devant leurs yeux. Le Moal était le seul à s'amuser de cette bouffonnerie, parce qu'il ne connaissait rien aux usages, et qu'il n'était encore qu'un barbare candide.

L'accueil réservé à d'Este fut moins protocolaire. Oun-Kam préférait l'intimité de sa pirogue aux fastes figés du palais.

— Les cours d'Europe, demanda-t-il, sont-elles aussi gourmées que la nôtre ?

— Toutes les cours le sont, Sire, chacune à sa façon. Les cours républicaines comme les autres, davantage même. Plus lourdes sont les contraintes qu'elles s'imposent, plus forte est l'idée qu'elles se font de leur légitimité.

Le vieux roi sourit.

— Les rites ne prouvent rien mais ils ont la vie dure. Il arrive même qu'ils survivent à la mort d'une nation. Je ne suis pas attaché aux rites mais aux réalités. Faire valoir les droits de la couronne sur les tecks laotiens est un impératif politique. Vous aurez l'une des deux concessions du royaume : Pak-Lay ou Houei-Sai. Je préférerais que ce soit Houei-Sai qui est à cheval sur la frontière siamoise.

— Faudra-t-il se battre ?

— Peut-être, mais sans faire de bruit.

D'Este désigna Le Moal.

— Voilà notre homme.

Oun-Kam le dévisagea longuement.

— Que savez-vous du haut-fleuve ?

— Je l'ai remonté avec le commandant Garnier, mètre par mètre, jusqu'aux rapides de Tang Ho.

— Vous êtes donc passé par Luang Prabang ?

— Oui, Sire.

— C'est bien cela. Vous étiez son ordonnance, n'est-ce pas ?

264

Le Moal était muet d'étonnement.

— Je me souviens moins de vous que des soucis que vous m'avez causés. La *sala* qu'occupait votre Mission était visitée, de l'aube à la nuit, par une foule de curieuses qui vous regardaient vivre et faisaient des grâces dans l'espoir d'obtenir un morceau de savon. Leur âge et leur allure ôtaient toute équivoque à leur présence. Seule, celle de ma nièce Sumuntha, qui n'avait pas vingt ans, pouvait prêter à commentaires. Je m'en étais ouvert au commandant de Lagrée qui trouvait comme moi cette fréquentation des vôtres compromettante. Mais ma nièce n'y voyait pas malice. « Les Falangs ? disait-elle. Ce sont des vieillards barbus bien incapables de bousculer une phousao. » Barbus, donc sans âge, sauf un...

Du pommeau d'ivoire de sa canne, il tapota la poitrine de Le Moal.

— Celui-là, qui était imberbe et rouge de cheveux. C'est la cicatrice qui m'a empêché de le reconnaître d'emblée.

Le passé resurgit, préservé, comme neuf : les matrones fessues chiquant leur bétel, accroupies sur les lattes de bambou, les fous rires grivois qu'elles faisaient mine de masquer. Et au milieu de ces silhouettes épaisses, la merveille : une fille de vingt ans, souple comme une liane, dont chaque mouvement, chaque attitude étaient la grâce même, la nièce du roi, devant qui, nonobstant des obstacles sans nombre, Viard s'était senti prêt à toutes les audaces.

— Ça n'était pas moi qui l'intéressais, balbutia Le Moal, que perturbait l'idée d'avoir laissé passer sa chance.

Que cette fille ne fût pas pour lui, qu'il était inutile de la convoiter, il en avait été tellement persuadé que par la suite il avait gardé d'elle un souvenir désincarné, comme d'une vision.

Viard, qui croyait aux contes de fées, s'était forgé le

sien. Ni l'un ni l'autre n'avaient compris l'histoire qu'ils vivaient. Seize ans plus tard, en apprenant qu'il avait été préféré, Le Moal ressentait cette faveur comme une blessure mal refermée.

— Qu'est-elle devenue ?

Le roi haussa les épaules.

— Rien que de normal. Elle a épousé l'un de ses cousins, de sang royal comme elle, et lui a donné six enfants dont quatre sont en vie. L'un d'eux régnera peut-être. En attendant ce jour elle fait de la musique, écrit des poèmes, et malheureusement prend du poids. Peut-être de temps à autre, pense-t-elle encore au jeune homme imberbe qui n'osait pas lui parler. Lorsqu'elle saura que vous êtes revenu au Laos et que vous partez vivre dans le nord, chez les *Khas,* elle vous fera sûrement cadeau d'une jeune servante pour vous tenir compagnie. En souvenir d'elle...

En amont de Luang Prabang, d'Este et Le Moal parcoururent la grande boucle que le Mékong décrit vers l'ouest avant d'obliquer brusquement vers le nord et de se transformer en torrent furieux. Les peuplements de tecks s'étageaient sur les flancs de la montagne, de l'autre côté des rapides. C'était à cet endroit que Lagrée, les jugeant infranchissables, avait décidé d'abandonner le cours du fleuve. Garnier, seul, avait continué et était revenu, ébloui de ses découvertes.

Le Moal se souvenait de son enthousiasme.

— Il faut passer ce seuil, avait-il dit. Au-delà, c'est le paradis.

D'Este avait levé un sourcil ironique.

— Le paradis, vraiment ? Il a eu plus de chance que moi qui le cherche en vain depuis trente ans.

— Je ne crois pas que vous le cherchiez vraiment. Et, si jamais vous le trouviez, vous n'auriez rien de plus pressé que d'en partir.

— Vous aimeriez y vivre, vous ?

— Pardieu oui.

— Si Garnier a dit vrai, vous serez exaucé.

— Reviendrez-vous pour en juger ?

— Sans doute pas. Revenir est toujours décevant. Vous-même, en revoyant aujourd'hui l'emplacement de ce bivouac...

— Oui, eh bien ?

— Vous êtes déçu. Dans votre souvenir, l'eau du fleuve était limpide : elle est boueuse. La forêt était majestueuse : elle est inextricable. Le sable blanc de la plage d'autrefois est devenu un limon grisâtre et surtout, surtout, le lieu est sans vie. Rien ne subsiste des gens qui se sont arrêtés ici, pas même l'écho des mots qu'ils se sont dits.

Le Moal supportait mal d'être deviné.

— Pas du tout, répliqua-t-il d'un ton rogue. Rien n'a changé.

— Bien sûr, concéda d'Este. Et votre paradis sera conforme à la description de Garnier. Plus beau même, puisque vous le partagerez avec la phou-sao que va vous offrir la nièce du roi. Heureux homme !

La maison à construire ; les Khas du hameau voisin à persuader que l'étranger nouvellement arrivé n'allait pas bouleverser leurs habitudes de vie ; leurs éléphants à louer pour le transport des grumes ; et encore l'acheminement depuis Luang Prabang des produits de première nécessité dont le forestier, loin de tout, seul avec ses tecks, allait avoir besoin ; le travail de préparation du site ; les reconnaissances des peuplements éloignés ; l'élaboration d'un plan d'exploitation rationnel ; les prévisions de stockage avec le grand lâchage à billes perdues, au plus fort de la crue du fleuve : après une année de travail acharné, interrompu par les déluges de la mousson et les accès de fièvre des bois, Le Moal n'en avait pas encore terminé avec les préliminaires de son exploitation.

D'Este était resté une semaine sur le site, découvert autrefois par Garnier. Les eaux étaient basses, le fleuve bruissait doucement ; il n'y avait ni vent ni nuages. A cent mètres de la rive les fûts lisses des tecks alignaient leur colonnade majestueuse.

— Le monde à la veille de la création, avait dit d'Este. Peut-être, après tout, Garnier avait-il raison. Mais il comptait sans vous qui allez fracasser cette beauté immobile et violer la paix séculaire de la forêt. Un poète de chez vous a dit à ce sujet des choses très bien.

— Ah ! bon.

Le Moal ignorait ce qu'était un poète et d'ailleurs, s'en moquait. La légèreté avec laquelle d'Este abordait les sujets les plus hermétiques, l'ironie, le doute qui coloraient ses jugements irritaient le Moal et le séduisaient tout à la fois. Il regretterait le personnage pour l'art qu'il avait de se mettre au niveau de ses interlocuteurs.

Il l'avait accompagné jusqu'au débouché des rapides où l'attendait un radeau de bambou au centre duquel se dressait un habitacle coiffé d'un toit de paille tressée. Quatre barreurs, un à chaque angle, composaient l'équipage de l'embarcation.

Le Moal avait du mal à réaliser qu'ils se quittaient à jamais.

— Où irez-vous après l'Indochine ? avait-il demandé machinalement.

— En Roumanie, mon ami. A Ploesti, pour le pétrole, qui est, paraît-il, l'avenir : visqueux et malodorant. Je ne t'oublierai pas, Le Moal.

Sur cet ultime tutoiement, il avait fait larguer les amarres et le radeau avait commencé à dériver dans le courant en tournant doucement sur lui-même.

*
*

D'Este disparu, Le Moal apprécia sa solitude. Non sans mal, il était parvenu à ses fins : il n'y avait plus de patron de pêche ni de quartier-maître pour aboyer leurs ordres, plus de héros à qui vouer son existence ou de directeur pour décider à sa place. Il avait une forêt, et quelle forêt, pour lui tout seul et personne ne viendrait lui dire comment abattre et transporter les arbres. Personne ne lui contesterait le monde dont il venait de prendre possession. Ce n'était toutefois pas, et de loin, l'éden entrevu par Garnier. Dès les premières pluies il se transforma en bourbier. La clairière choisie par Le Moal pour y construire sa maison était à l'abri des crues du fleuve, mais collectait l'eau cascadant des pentes de la montagne. Sous les piliers qui la soutenaient, le sol se fit spongieux. La construction commença à donner de la bande. Le Moal comprit qu'il lui faudrait l'abandonner et il se mit à chercher un terrain moins exposé. Avant qu'il l'ait trouvé un accès de fièvre pernicieuse le terrassa. Il croyait tout savoir des crises de palud avec lesquelles il avait conclu une sorte de pacte.

— Tu m'agresses, je me couche et te donne carte blanche pendant quatre jours, avec fièvre et frissons à volonté. Quatre jours, pas un de plus. Passé ce délai, tu cèdes devant la tisane de S'Noul et tu lèves le siège.

La fièvre des bois, ainsi que la nommaient les Khas, ignorait ce compromis. C'était un palud sauvage, teigneux, de mauvaise foi, qui attaquait sous des angles imprévus en utilisant tout un arsenal de feintes et de diversions aux conséquences souvent mortelles.

Dans sa maison en perdition, Le Moal agonisa pendant plus d'une semaine. Lorsque, après plusieurs paliers de semi-inconscience, il refit surface, ce fut pour constater que ses provisions en vivres frais étaient pourries, qu'après avoir séjourné dans l'eau, son riz s'était aggloméré en boules compactes, zébrées de moisissures, et que le potager, avant même d'avoir produit la moindre salade, avait été emporté par une coulée de boue.

Sa convalescence dura un bon mois, pendant lequel il négocia avec les Khas la location de leurs éléphants. Rien n'était simple avec ces villageois qui commencèrent par refuser de louer leurs bêtes, sous prétexte qu'ils les employaient à plein temps pour chercher leur nourriture, introuvable sur place.

— S'ils passent leur temps à chercher de quoi se nourrir, à quoi vous servent-ils ?

Les villageois l'avaient regardé avec commisération.

— Pourquoi devraient-ils nous servir ?

Comment faire comprendre à l'étranger que la vocation de l'éléphant n'est pas de servir mais d'être, et qu'il y va de la dignité du village d'en posséder ? De la dignité, et non de l'intérêt.

Les raisons mises en avant par les villageois pour justifier leur refus étaient bien entendu fallacieuses. L'occasion qui s'offrait à eux de louer leurs bêtes un bon prix était un cadeau du ciel. C'était l'en remercier que de discuter pied à pied les conditions de la location.

Le Moal le comprit. La patience dont il fit preuve tout au long de la négociation lui valut une considération flatteuse auprès des villageois qui allèrent, après boire, jusqu'à affirmer que les éléphants eux-mêmes avaient, de l'étranger, une opinion favorable.

Les tecks sont des arbres francs, qui ne trichent pas avec leurs contreforts. C'est dans le sol qu'ils trouvent leurs appuis. Les parasites de la forêt, lianes, rotins, fougères, cherchent en vain dans leur écorce lisse et serrée la faille ou le défaut qui leur permettrait de s'y introduire. D'où leur aspect insolite, dépouillé, au milieu des monstres chevelus liés les uns aux autres par une végétation étouffante.

Quatre-vingts centimètres de diamètre : bon pour la coupe ! L'aide qui suivait Le Moal dans ses reconnaissances taillait dans le fût un sillon circulaire d'une dizaine de centimètres de profondeur, juste de quoi priver de sève l'aubier par lequel l'arbre vivait. Il mettait un an à mourir. Pendant son agonie se développaient les qualités d'imputrescibilité qui faisaient du teck un bois incomparable.

L'année suivante, on pouvait abattre et acheminer les grumes jusqu'au fleuve si du moins on y parvenait avant l'arrivée de la mousson. Car pendant trois mois, la montagne était impraticable et aucun cornac n'y aurait risqué son éléphant. Deux saisons s'écoulaient donc souvent entre le marquage d'un arbre et son lâchage au fil de l'eau dans le déchaînement de la crue.

Le Moal s'était fait à ce rythme de vie bisannuel d'autant plus facilement que les repères habituels du calendrier lui faisaient défaut. Il s'était passé six mois entre le départ de Sigismond d'Este et l'arrivée de la première liaison avec Luang Prabang.

Griot des Fontaines l'assurait. Il surgit à la tête d'une petite caravane par un matin froid et mouillé.

Le Moal le vit arriver avec joie mais n'en montra rien. L'exubérance n'avait jamais été son fort ; la solitude l'avait renforcé dans sa rugosité.

— Tiens, Griot ! Cinq minutes plus tard, tu me manquais. J'allais partir pour une semaine visiter les peuplements d'altitude. Tu travailles pour la CAIC, à présent ?

— Je ne fais pas le difficile, et la CAIC non plus. Tu sais, il n'y a pas foule pour accepter de venir dans ton coin.

Il regarda la maison rustique et trapue, le terrain

dégagé alentour et la double enceinte de bambous effilés.

— Tu es prudent, à ce que je vois.

— Je me défends : contre les Siamois qui sont à portée de fusil et contre les moustiques qui sont partout.

— Contre les tigres aussi ?

— Les éléphants s'en chargent. Dès qu'il y en a un dans les parages, ils sonnent l'alerte. Les tigres n'insistent pas. Allez, entre, on boit un coup.

Les mots avaient fait passer l'émotion.

— J'ai plus l'habitude de causer, ajouta-t-il. N'empêche : je suis bien content de te voir.

Verre en main, face à Griot, il retrouvait un plaisir oublié. A deux on boit un coup ; seul, on ne fait que boire. La différence est immense : d'un côté le plaisir, de l'autre le cafard avec la cirrhose au bout du compte. Seule la précarité des liaisons avec Luang Prabang avait évité à Le Moal d'en être là. Depuis plusieurs mois ses réserves d'alcool épuisées, il était au régime sec. Ne restaient que la jarre des Khas et ses macérations dont, pour son malheur, il avait appris la recette. Depuis il n'en goûtait que contraint et forcé, pour ne pas offenser ses hôtes.

La première absinthe comblait un manque que le temps n'apaisait pas. Le Moal sirota les yeux fermés pour mieux suivre les ondes de plaisir qui se répandaient en lui. Lorsqu'elles se furent dissipées, il soupira :

— Tu peux pas te rendre compte.

— Mais si, je peux. Une autre ?

— Tout à l'heure. Les nouvelles d'abord.

— J'ai failli t'amener ta phou-sao.

Le Moal s'étonna.

— C'était sérieux, cette histoire ?

— Plus que tu ne crois. Tu vas te marier, à la laotienne, mon vieux, et il va falloir que tu payes une

272

dot à la famille, c'est-à-dire à la nièce du roi, ta belle-mère, une matronne obèse que tu as, paraît-il, connue.

— Je l'ai aperçue. A vingt ans, elle était belle.

— On dit aussi qu'elle en pinçait pour toi et que tu as laissé passer la chance de ta vie, en t'obstinant à ne pas voir ce qui crevait les yeux. Au fond, c'est un peu de sa jeunesse qu'elle t'offre aujourd'hui, par procuration.

— Drôle de cadeau, bougonna Le Moal, que je vais payer d'avance et les yeux fermés.

— La dot est l'expression de ta reconnaissance. D'ailleurs, d'une façon ou d'une autre, on finit toujours par payer. Là au moins, tu sais à quoi t'en tenir.

Les subtilités du mariage laotien échappaient à Le Moal. Il s'estimait capable de décider lui-même des conditions de son mariage, et s'irritait de se voir imposer un choix. Jouffroy pourtant n'avait pas agi autrement lorsqu'il lui avait attribué la maison aux cannas rouges et la femme qui l'habitait. Mais Jouffroy n'avait pas joué les belles-mères et surtout il n'entretenait pas, dans l'inconscient de Le Moal, le regret cuisant d'une aventure mort-née.

— Qu'est-ce qui t'a empêché de l'amener, ma phou-sao ?

— Ta belle-mère, toujours elle. C'est à Luang Prabang qu'aura lieu la rencontre, la remise de la dot et le *boun*[1] qui durera trois jours.

Sans qu'il en dît rien, l'idée de mariage séduisait Le Moal. Sans personne avec qui le partager, le repas le plus somptueux n'est qu'un casse-croûte. Un moment, il avait songé à rompre sa solitude avec une jeunesse choisie à Ban-Tha, le village le plus proche, mais le *tasseng*[2] lui avait fait comprendre que les mœurs de la grande ville n'avaient pas cours chez lui

1. Fête.
2. Chef de village.

et qu'une compromission avec un Falang de passage ne pouvait qu'amener le trouble dans la communauté.

Il était revenu, penaud, à son ermitage.

— A quand le mariage ?

— A la décrue, dès que tu en auras fini avec ton flottage.

Le Moal désigna la bouteille d'absinthe.

— Ça s'arrose, non ?

Il emplit les deux verres avec soin.

— Quelles autres nouvelles ?

Griot prit son temps.

— Tiens-toi bien. Nos troupes ont débarqué au Tongkin, mais pas à la sauvette, comme la dernière fois. L'ordre est venu de Paris et l'homme qui commande l'opération est le chef de la Division navale de Saïgon, un nommé Rivière.

Un torrent d'images et de souvenirs submergea soudain Le Moal. Muet et sans réaction, il se laissa noyer, par refus d'admettre l'impensable. Griot s'inquiéta de son hébétude.

— On reconnaît que vous aviez raison, Garnier, toi et les autres. Ça te fait plaisir, non ?

Comment Griot pourrait-il comprendre que certains souvenirs sont uniques, qu'ils ne se partagent pas et que toute tentative de refaire l'Histoire ne peut être qu'importune ? Le maréchal Nguyen Tri Phuong appelant le génie de Tran Vu à confondre l'adversaire appartient à la légende des héros. On ne réédite pas l'assaut de la porte Sud-Est de la citadelle d'Hanoï. Pas davantage on ne refait l'escalade des murailles de Nam Dinh et surtout on n'essaye pas d'imiter Garnier, l'inimitable.

Pour avoir dénoncé comme une trahison le traité de Philastre et traîné son auteur dans la boue, Le Moal s'était retrouvé en prison. Les termes employés étaient sans doute discutables mais la suite des événements lui avait donné raison. Il avait prédit que jamais les

274

Annamites n'appliqueraient le traité et que la seule façon de les y contraindre serait de retourner au Tongkin. Tout autre que lui aurait considéré que la tournure prise par ces événements constituait la plus belle des revanches. Il n'avait que faire de revanches.

— Qui c'est, ce Rivière ?

— Un capitaine de vaisseau. Quand tu t'expliquais avec les Pavillons Noirs, il matait la révolte des Canaques en Nouvelle-Calédonie.

— Il connaît donc rien au Tongkin.

— Non, mais il a des ordres et des moyens, six cents hommes et trois canonnières, pour commencer.

— Il ira pas loin avec ça.

— Aussi loin que vous en tout cas.

— Tu sais pas de quoi tu parles. Nous, en un mois, t'entends, en un mois on a pris Hanoï, Phu-Ly, Hai-Duong, Ninh Binh, Nam Dinh...

— Rivière aussi. Il a sommé le gouverneur d'Hanoï de lui livrer la citadelle. En bon mandarin, l'homme de Hué a cherché à gagner du temps, tout en protestant de la pureté de ses intentions. Rivière a perdu patience, pris d'assaut la citadelle et occupé la ville.

— Et le delta ?

— Il l'a conquis en moins d'un mois, comme Garnier. Entre eux, il n'y a qu'une différence, mais elle est de taille.

Le regard de Le Moal flamboya.

— Peut-on la connaître, cette différence ?

Griot battit en retraite.

— Rivière n'a pas porté atteinte à la mémoire de Garnier : il l'a vengée. Oui, l'un est mort et l'autre est vivant. Ainsi va le monde. Toi aussi, tu es vivant. Y a pas d'offense, que je sache.

— Non, seulement de l'ennui. Couper des tecks, les foutre à la baille une fois par an, mettre une fille dans mon lit, peut-être une autre après celle-là, est-ce une vie ?

275

— Ça n'est même pas une existence. La vie, c'est en toi qu'il faut en chercher le secret. Le vieux bonze de Kompong-Thom saurait t'expliquer cela, et plus près de toi le tasseng de Ban-Tha. Il paraît que c'est un sage.

Il se leva.

— Tu n'es pas plus mal loti qu'un autre. Malheureusement, tu n'es pas doué pour le bonheur. Ta phou-sao t'en donnera peut-être le goût. Tu as six mois pour t'y préparer. Allez, bon vent !

A l'origine, il n'y avait qu'un bout de vallée à fond plat qui appelait la culture du riz. Le village s'était construit sur les pentes qu'il avait fallu déboiser. Et comme la population avait augmenté rapidement, le déboisement avait suivi. Un nouveau paysage était apparu de rivières en terrasses et de potagers qui allongeaient leurs sillons irrigués, entre les troncs fuselés des aréquiers.

A cinq cents mètres du village une crique servait au bain des éléphants. Matin et soir, les cornacs y menaient leurs bêtes dont on apercevait de loin les dos luisants. Avec des bouchons de paille, ils leur grattaient la tête ainsi que le dessous des oreilles, où se loge volontiers la vermine, et les laissaient patauger un bon quart d'heure avant de les ramener à leur enclos.

Le village ne comptait guère plus de vingt cases dont chacune, il est vrai, abritait une famille entière, de l'aïeul grabataire aux nouveau-nés, soit en moyenne une trentaine de personnes.

Rien ne distinguait des autres la case du tasseng si ce n'est son relatif isolement au bout du terre-plein sur lequel se concentrait la vie publique du village : séchage du riz et du tabac, battage, fêtes et joutes célébrant les temps forts de l'année, palabres qui requéraient la présence de tous les villageois.

Un sage, le tasseng de Ban-Tha ? En lui rendant visite sous le prétexte de discuter du prix de location des éléphants pour la prochaine campagne, Le Moal se posait la question : qu'était-ce qu'un sage et qu'était la sagesse ?

Il se demandait si elle avait le pouvoir de dissiper l'amertume qui lui montait aux lèvres à l'évocation de son passé, et de le faire accéder au plaisir éphémère de l'instant avant qu'il ne cède la place au regret.

Assis en tailleur sur une natte face à une large ouverture protégée du soleil par un volet de bois, le tasseng passait son temps à filer le chanvre sur un antique rouet. Il fermait souvent les yeux et laissait aller ses mains. Ainsi se libérait-il de l'accessoire pour pouvoir réfléchir, juger, rêver à sa guise. C'était un vieillard couturé de rides, au visage couleur de bronze auréolé par une chevelure d'une blancheur immaculée.

Il fit signe à Le Moal de prendre place sur la natte, en face de lui, et fit venir son fils aîné qui avait glané quelques rudiments de français dans le rustique bureau consulaire de France à Luang Prabang.

— *Sambay !*

Le tasseng libéra sa main droite et l'éleva, paume ouverte.

— Sambay, euh !

Une adolescente entra silencieusement et s'agenouilla devant Le Moal pour lui offrir, mains jointes à hauteur du front, un bol de thé de Pou-Eurl noir et délicatement fumé. Lui-même tendit au vieillard la vessie de porc dans laquelle il conservait du tabac ambré de Se-Mao. L'un but, l'autre fuma, puis s'éclaircit la voix.

— Votre travail avance-t-il comme vous le souhaitez ?

— Nous allons mettre à l'eau deux mille grumes.

Le tasseng hocha la tête.

— C'est beaucoup.

— Justement. Il faudrait que les cornacs acceptent d'augmenter la durée du travail quotidien.

— Ils demandent aux bêtes ce qu'elles peuvent donner. Vous ne ferez que mille cinq cents grumes cette année.

— Et les cinq cents autres ?

Le tasseng sourit.

— Elles attendront l'année prochaine. Le bois n'en sera que meilleur. Nous disposerons alors des trois éléphants actuellement au dressage. Ne pressez pas l'allure, vous n'arriverez pas plus vite. Laissez-vous porter par le cours des choses, comme les grumes s'abandonnent à la crue du fleuve.

Pendant un moment, on n'entendit plus que le crissement du rouet.

— La voie du Sage, reprit le tasseng, c'est d'agir sans lutter.

— Ce n'est donc pas la mienne.

— Aujourd'hui, certes. Mais demain, lorsque vous aurez compris que vos luttes étaient vaines et que souvent même elles n'étaient qu'agitation ?

Le Moal rentra chez lui passablement perplexe. Depuis son plus jeune âge, il n'avait fait que combattre, moins dans l'espoir de vaincre que de sauvegarder sa dignité. Le matelot qu'il était, personnage infime voué à l'obéissance, n'avait existé que par sa révolte. Le plaisir enivrant de dire son fait à un gradé, de tenir tête à un juge jusque dans le sourire avec lequel il l'écoutait prononcer sa sentence n'avait pas de prix.

— Trente jours, Le Moal.

Il souriait et le juge ne pouvait retenir son indignation.

— Vous vous payez ma tête ?

Bien sûr, qu'il se la payait. C'était sa manière de faire jeu égal avec lui.

Survenait ce vieux, accroupi sur sa natte, qui dévidait ses sentences comme le fil de chanvre sur le fuseau de son rouet.

« Les paroles vraies ne sont pas belles.
Les belles paroles ne sont pas vraies.
Le sage n'est pas savant.
Le savant n'est pas sage.
Plus le sage donne aux autres.
Et plus il reçoit.
La voie du Sage c'est d'agir sans lutter[1]. »

Jusque tard dans la nuit les mots du tasseng le hantèrent sans qu'il sût dire pourquoi.

Juste avant les rapides, la falaise qui borde la rive du fleuve s'échancrait pour faire place au débouché de la vallée de Ban-Tha. La berge, à cet endroit, était faite d'alluvions qui n'avaient pas résisté aux crues. D'effondrement en effondrement elle avait reculé jusqu'à former une anse où l'eau tournoyait doucement à contre-courant. C'était l'endroit qu'avait choisi Le Moal pour y stocker ses grumes.

Au fil des mois, l'anse s'était remplie. Arrimées l'une à l'autre pour éviter que les plus éloignées de la berge ne soient happées par le courant, elles formaient une masse compacte presque totalement immergée.

Les dernières arrivées étaient stockées dans le lit boueux de la rivière de Ban-Tha ou encore à l'air libre sur le bord du fleuve en attendant le début de la saison des pluies.

Depuis les peuplements d'altitude, il fallait une journée entière à un éléphant pour traîner jusqu'au

1. Lao Tseu.

flottage une bille de trois tonnes. Le Moal avait commencé par le plus long et le plus difficile. A mi-saison, il avait déplacé ses chantiers et s'était rapproché du fleuve. Ainsi pouvait-il continuer d'acheminer sa production en dépit des pluies qui, sur le haut-fleuve, commencent dès la fin avril.

Lorsque les averses du début de saison eurent cédé la place aux cataractes de la mousson, il n'eut plus qu'à attendre la montée des eaux en surveillant son troupeau menacé en permanence par l'humeur fantasque de la crue.

Le tasseng ne s'était pas trompé. Au jour prévu pour le lancement, Le Moal disposait de quinze cents grumes prêtes à partir. C'était une première. Jusqu'alors, l'exploitation des tecks de Houei-Sai n'avait été qu'artisanale, et clandestine le plus souvent.

L'opération était risquée. Pour assurer au flottage une traversée des rapides sans encombres, il fallait attendre que la crue noie les obstacles qui les rendaient infranchissables en temps normal et le lancer au bon moment : ni trop tôt, ni trop tard. La crue, à son paroxysme, pouvait ne durer que trois jours, parfois moins.

Aussi Le Moal surveillait-il avec soin le niveau de l'eau qui se ruait dans le passage. Lorsque tous les rochers auraient disparu et qu'aux jaillissements d'écume auraient succédé des coulées lisses, tout ce qui flottait serait emporté à une vitesse folle : le moment serait venu.

Mais c'était en définitive aux hommes chargés du lancement d'en décider. Pêcheurs et mariniers, ils vivaient sur le Fleuve et savaient tout de ses colères. Entre les rafales de pluie que lâchaient par paquets des amoncellements de nuages saturés, on apercevait leurs corps nus arc-boutés sur leurs gaffes. Ils positionnaient les grumes en vue du lancement imminent. Le

Moal les vit agiter les bras, crier quelque chose qu'il n'entendit pas. Il cria lui aussi, sans se soucier d'être entendu.

La première bille, saisie par le courant, avait fait un tour complet sur elle-même, aussitôt rejointe par la suivante. Roulant et se cabrant, se chevauchant l'une l'autre, elles furent bientôt hors de vue. En moins d'un quart d'heure, elles sortiraient des rapides et pourraient commencer leur long voyage vers les chutes de Khone — à quinze cents kilomètres en aval — où se situait le grand rendez-vous.

Dans l'anse, les grumes s'entrechoquaient avec un bruit sourd. A la surface de l'eau, leur partie émergée était recouverte d'une pellicule de boue visqueuse comme la peau d'un poisson. Il semblait impossible de se tenir debout sur ces surfaces doublement instables. Les mariniers devaient pourtant faire davantage. Ils sautaient d'une grume à l'autre, raclaient la boue de la plante de leurs pieds, les fixaient comme des ventouses sur le bois détrempé. Ils enfonçaient le bout ferré de leurs gaffes dans la grume voisine et se mettaient à plusieurs, en profitant du contre-courant pour la pousser hors de l'anse. L'un d'eux perdait parfois l'équilibre et tombait entre deux fûts que séparait, en surface, un écart de soixante ou quatre-vingts centimètres. Ils se heurtaient cependant, sous l'eau, roulaient souvent en sens contraire, toujours prêts, si le malheureux ne se sortait pas du piège dans l'instant, à lui happer un membre et à le lui broyer.

Une minute pour la manœuvre, soixante billes à l'heure et, pendant deux jours consécutifs, douze heures de travail, de l'aube à la nuit close.

En dépit de la cadence du lancement, l'anse se vidait lentement. Deux éléphants y amenaient les billes engluées au confluent de la rivière. Deux autres s'aidant de la fourche de leurs défenses faisaient basculer depuis la berge celles qu'il avait fallu stocker à

l'air libre. Elles plongeaient dans un grand jaillisse-
ment de boue rouge et rebondissaient lourdement en
créant une houle qui gagnait le flottage tout entier.

L'eau était tiède, la pluie à peine moins. On étouf-
fait et pourtant on claquait des dents, de froid ou de
fièvre. Seuls, les hommes du Fleuve semblaient épar-
gnés par le mal. Lorsque avec la nuit, le travail s'arrêtait, ils se bouchonnaient devant un grand feu en
commentant bruyamment les incidents de la journée.
Puis, sans cesser de parler, ils engloutissaient
d'incroyables portions de riz gluant. Ils étaient les
seuls à rire de leurs plaisanteries, que personne ne se
souciait de comprendre. C'étaient des Pong, Shan-
Birmans, piroguiers, caravaniers, pirates surtout, cou-
rageux, cruels et d'exécrable réputation.

A voix basse, car ils les craignaient, les Khas
disaient qu'après avoir lancé le flottage ils suivraient
les billes au fil de l'eau, mettraient la main sur les plus
faciles à saisir et les cacheraient lestées de grosses
pierres, aux confluents des petites rivières, afin de les
vendre, plus tard, à des scieurs clandestins.

Le Moal attendit que le Fleuve s'apaise avant de
prendre à son tour le chemin de Luang Prabang. Il y
parvint au terme d'une semaine de navigation au ras
des berges, zigzaguant d'une rive à l'autre à la
recherche des grumes échouées par accident ou, le
plus fréquemment, par malveillance.

La pluie tombait maintenant avec une monotone
régularité mais n'affectait en rien l'activité du marché
installé sur les estacades branlantes du port fluvial.
Une foule multicolore s'y pressait. Thaïs blancs et
noirs, Méos aux coiffures tintinnabulantes, Khas
enturbannés de bleu, bonzes en procession, leur
gamelle sur le ventre, drapés de jaune ou d'orange, le
crâne poncé luisant de pluie.

Tout juste débarqué, Le Moal se sentait perdu au milieu de cette multitude jacassante. Suivi d'un piroguier thaï chargé de son bagage, il se dirigeait instinctivement vers l'endroit où la Mission, naguère, avait installé ses quartiers.

Un fonctionnaire du palais, reconnaissable au sarong retroussé entre les jambes, qui lui faisait comme un pantalon bouffant, l'accosta les mains jointes. Les nouvelles circulent vite, se dit-il. Le fonctionnaire ne parlait pas un mot de français et Le Moal, qui n'avait que des Khas comme interlocuteurs, n'avait appris que quelques rudiments de laotien. Il comprit néanmoins que le fonctionnaire était chargé de lui souhaiter la bienvenue et de le conduire à la maison qui lui avait été réservée.

— Par qui ?

C'était trop lui demander. Il n'en savait probablement rien. Peut-être le voyageur serait-il l'hôte du palais, ou celui de la nièce du roi, en raison des projets le concernant, ou de la représentation française, ou plus simplement de la CAIC qui pouvait avoir prévu l'arrivée de son agent de Houei-Sai.

Le fonctionnaire, Le Moal et le piroguier thaï, l'un suivant l'autre, gagnèrent un quartier paisible, par un chemin bordé de frangipaniers. On construisait vite, à Luang Prabang, mais on entretenait peu. En trois saisons une maison neuve perdait son air pimpant. Celles qui avaient été édifiées de part et d'autre du chemin, vastes et bien conçues, paraissaient négligées, presque à l'abandon.

— Voici votre logement, dit le fonctionnaire.

Plantée au milieu d'un jardin envahi d'herbes sauvages, la maison était méconnaissable. C'était pourtant bien celle où la Mission avait logé autrefois. Le Moal n'eut pas le temps de se poser la question. Une silhouette venait d'apparaître à l'étage : Viard qui, à grands gestes, l'invitait à monter.

A se faire trop insistant, le hasard, aux yeux de Le Moal, avait quelque chose de suspect. Ou alors, il n'était plus le hasard. Ainsi la présence inopinée de Viard, posté en sentinelle en ce jour et en cet endroit, relevait peut-être bien du surnaturel.

Il ne manquait pas de gens sérieux pour affirmer que des marins perdus en mer depuis des années avaient soudain reparu à leur ancien bord, sans la moindre explication, qu'ils y étaient demeurés silencieux et l'œil lointain une heure ou deux avant de disparaître aussi mystérieusement qu'ils étaient arrivés. Des équipages entiers pouvaient en témoigner. En général, ces réapparitions ne présageaient rien de bon.

Le Moal ne savait que penser de celle-là.

— Viard, c'est toi ? hasarda-t-il.

La réponse lui parvint, joviale.

— Qui veux-tu que ce soit ? Le gouvernement français a décidé d'ouvrir à Luang Prabang un consulat à part entière, et Pavie sera le titulaire du poste. Je suis chargé de préparer son arrivée et de reconnaître les lieux. J'ai pensé à notre maison. On est un peu chez nous ici, pas vrai ?

Ils s'étreignirent.

— Alors, ce paradis ?

— Le paradis n'existe pas, l'enfer non plus, d'ailleurs. La forêt tient un peu des deux.

— La solitude ?

— Il n'y a pas davantage de solitude. Entre les Khas de la montagne, les piroguiers du Fleuve, les pirates shan, les éléphants et leurs cornacs, les bêtes de la forêt, celles qui restent et celles qui ne font que passer, j'ai de la compagnie. Et puis, il y a les tecks, bien sûr, qui sont un monde à eux seuls.

— Le nôtre ne t'intéresse plus ?

— Si, concéda Le Moal. Mais quand tu m'auras dit qu'on va installer l'éclairage électrique dans les

rues de Saïgon, qu'un tramway relie maintenant Saïgon à Cholon, que les Bois et Scieries de Cochinchine
ont planté leurs premiers hévéas et que Tu Duc continue à signer des traités qu'il n'honore pas...

— Il ne continue pas. Il est mort.

— Voilà en effet une nouvelle. Qui lui a succédé ?

— Duc Duc, son fils adoptif. Il a régné trois jours,
suivi de Hiep Hoa, son frère utérin, qui a duré quatre
mois mais est mort empoisonné. On en est à un
troisième successeur, Kien Phuc, un neveu de Tu
Duc, celui-là, qui n'en a pas pour longtemps.

Viard se tut et attendit. La question — la seule qui
intéressait Le Moal — ne pouvait être longue à venir.

— Et Rivière au Tongkin, demanda-t-il d'un ton
désinvolte, que devient sa brillante conquête ?

— Rivière travaillait à son bureau de la citadelle
lorsqu'on vint le prévenir que quelques centaines de
Pavillons Noirs, surgis de nulle part, s'approchaient en
braillant des remparts. Avec les Pavillons Noirs, l'histoire n'en finit pas de se répéter. Après qu'il les avait
taillés en pièces une bonne dizaine de fois, Rivière
estimait que, pour le moins, ils devaient se tenir tranquilles. Il lui était intolérable qu'ils viennent le narguer
sous les murs de Hanoï. Deux minutes plus tard, il
sortait de la citadelle suivi de quelques hommes. Les
Pavillons Noirs détalaient déjà. Rivière entama la
poursuite. Juste avant d'atteindre le Rempart du roi,
au pont de Papier exactement, où il arriva bon premier, une embuscade l'attendait.

— Au pont de Papier ?

— Oui, à trois cents mètres de l'endroit où Garnier
était tombé.

— Et alors ?

— Même endroit et même mort, à dix ans tout
juste d'intervalle.

Le Moal s'assit lourdement, assommé par la nouvelle. Unis par le même sort, Rivière et Garnier ne

faisaient qu'un. Il n'arrivait pas à dissocier les deux histoires l'une de l'autre. Garnier, lui semblait-il, était mort une seconde fois. Tant de peines, de deuils, d'espoirs pour en arriver à une fin imbécile, aujourd'hui comme hier ! Il en avait l'estomac retourné, et dans la bouche le goût de ce passé qu'il aurait voulu vomir.

Dans ce genre de drame il faut toujours un traître pour servir de repoussoir.

— Y a-t-il un Philastre dans le coup ? demanda-t-il.

— Pas le moindre.

— On n'évacue pas ?

— Au contraire. Pour remplacer Rivière, on a envoyé au Tongkin un général avec 2 500 hommes de renfort.

Le Moal était partagé entre l'approbation de cette démonstration de force et le regret cuisant qu'elle vienne si tard.

— Avec 2 500 hommes, il y a dix ans, on réglait une fois pour toutes la question du Tongkin.

— Peut-être. En tout cas aujourd'hui, il en faut davantage, car les Chinois se sont alliés aux Pavillons Noirs et nous sont tombés dessus.

— Au Tongkin ?

— Parfaitement. Et pour les combattre, il a fallu envoyer 9 000 puis 15 000 hommes en renfort. Pendant ce temps, l'amiral Courbet coulait la flotte chinoise à Fou Tchéou, occupait Formose et bloquait le golfe du Petchili pour affamer Pékin. On s'est embarqué dans une guerre qui va coûter cher. Pour quel profit, va savoir ! Du Fleuve Rouge, personne ne parle plus, pas même Dupuis que j'ai vu à Saïgon il y a deux mois.

— Il a pourtant obtenu ce qu'il voulait.

— Il voudra plus et mieux. Quand la paix reviendra, il démontrera que le Fleuve n'était qu'un pis-aller et que l'avenir est au chemin de fer. Ce sera sa prochaine croisade.

286

Le Moal était outré.

— Il nous a empoisonné la vie pendant des mois avec son Fleuve. Et maintenant qu'on y va, il laisse tomber.

— Tu l'as dit toi-même : on y va, mais avec dix ans de retard. Dupuis, c'est l'avenir qu'il regarde. Il rêve, comme tous les conquérants. Laisse-le rêver, oublie le Tongkin et pense à ta phou-sao qui t'attend depuis des mois, comme une promise de Trébeurden espère le retour de son terre-neuvas.

— Xien toung, méo ou yunnan ?

Luang Prabang avait de bonnes chances de devenir la plaque tournante du commerce de l'opium. C'était avec le benjoin sa ressource principale. Mais si les cours du benjoin, sérieusement concurrencé, s'essoufflaient depuis plusieurs années, ceux de l'opium ne pouvaient que monter. Avec la pacification du Tongkin, que les militaires annonçaient pour bientôt, les liaisons avec Hanoï pourraient se développer. La capitale du Nord retrouverait les produits de qualité dont les désordres de la guerre l'avaient privée.

— Xien toung, s'il vous plaît.

Le tenancier approuvait.

— Vous êtes des connaisseurs.

Il les flattait. Le moindre fumeur savait que le xien toung était une fois et demie plus fort que le méo et deux fois plus fort que le yunnan.

— Tu en as, à Houei-Sai ?

— Pour ça, oui. J'en ai même pas d'autre. En arrivant de Birmanie, les Pong s'arrêtent chez moi. Je suis servi avant Luang Prabang.

— Tout seul là-haut, tu ne forces pas sur les doses ?

— Moins que tu ne crois. Bien sûr, de temps en

temps, quand l'amibiase te tord le ventre, que la fièvre cogne et que tu ne peux plus te supporter, alors, oui, tu touffianes. Exactement comme tu boirais, s'il y avait quelque chose à boire. Seulement à Houei-Sai, à part la jarre, bernique ! D'un certain côté, c'est peut-être préférable.

— Tu prétends toujours que la solitude ne te pèse pas ?

Le Moal changeait souvent d'opinion, moins par versatilité que par esprit de contradiction. Mauvais coucheur et caractère de chien : il soignait sa réputation. Ses dehors bourrus lui permettaient de sauvegarder une intimité pudique qu'il ne livrait que rarement et comme par accident.

— Ma solitude ? Je m'en arrangeais bien. Je m'arrangerai aussi d'une femme dans ma maison. Y a pas que des inconvénients.

— Il y a même quelques avantages. Tu le sais bien mais ça t'écorcherait de l'admettre.

— C'est pas de prendre une femme qui m'embête, c'est qu'on me la fourgue sans me demander mon avis. Et puis leur histoire de *baci*, aux Laotiens, c'est pas mon truc. Il paraît qu'il y aura même un bonze dans le coup.

— Au Laos, tu ne peux pas te passer de bonze. Tu t'y feras, et t'en trouveras bien.

Le Moal poursuivit.

— Tu l'as vue ?

— Oui, l'autre jour au palais.

— Comment est-elle ?

— Plus gracieuse que belle, très jeune, presque une enfant, avec des yeux brillants comme des lacs. Elle se nomme Tiam-Pa, ce qui, en laotien, veut dire fleur de frangipanier.

Sumuntha, princesse de sang royal, ne s'était

289

jamais prise au sérieux. Son mari Chao Khem Houy, neveu du vieux roi, était le quatrième sur la liste de succession. Il était le seul à croire qu'il pourrait monter un jour sur le trône de Luang Prabang. Son épouse ne lui voyait aucun avenir. Plutôt que de se préparer à ceindre une improbable couronne, elle se consacrait à la poésie et plus encore aux poètes à qui, l'âge venant, elle se dépêchait d'accorder ses faveurs.

Ses yeux s'étaient ouverts sur le monde lorsque, à l'âge de dix-neuf ans, elle avait vu arriver les Falangs de la mission Doudart de Lagrée. Leurs mœurs étranges l'avaient fascinée. A l'époque, elle ne se souciait ni de musique ni de poésie, mais rêvait d'un surhomme, aussi fort que le roi des singes, qui l'emporterait dans un monde inconnu. Il lui était apparu : peu lui importait qu'il fût prince ou gueux, il était aussi large que haut. Il avait des cheveux couleur de feu et des yeux verts de fauve.

Un *phi*[1], s'était-elle dit, bienfaisant ou maléfique, dont elle capterait les pouvoirs et qu'elle apprivoiserait avant de se donner à lui. Le phi n'avait pas daigné la remarquer. Il avait disparu et seize ans avaient passé.

Dans son miroir, Sumuntha découvrait un visage dont elle s'était longtemps nié à elle-même la progressive altération. Les traits graciles d'autrefois avaient fait place à une face léonine aux bajoues envahissantes. Les pommettes hautes, le creux ombré des joues, le menton pointu, le cou mince et long s'étaient noyés dans la graisse.

Le reste de son corps, seins, taille, croupe, était à l'avenant. Elle soupira.

— Tiam-Pa, peigne mes cheveux.

Une fois défait le chignon compliqué qui lui déga-

1. Génie.

290

geait la nuque, ses cheveux lui tombaient jusqu'à la taille, aussi somptueux qu'autrefois.

— Ils sont beaux, dit la phou-sao.

— Oui, admit Sumuntha d'un ton mélancolique. Mais le reste ?

Elle rêva un instant.

— Tu as dix-neuf ans. L'âge que j'avais à l'époque. Mais toi, tu vivras ce que j'ai rêvé. Est-il arrivé ?

— Il attend dans l'antichambre.

— Tu l'as vu ?

— Oui.

— Comment est-il ?

Tiam-Pa baissa la tête.

— Pardonnez-moi Chao Sumuntha. Il est vieux et maigre. Et laid : une cicatrice profonde et rouge lui fend le visage en deux.

Était-ce une consolation ou une tristesse de plus ? Les années l'avaient marqué, lui aussi. En somme, ils étaient quittes.

— Fais-le entrer.

Son aspect la surprit. Vieux et laid, c'était beaucoup dire. Les jugements de la jeunesse sont sans indulgence, et, bien souvent, dénués de fondement. Le temps avait empâté les traits de la belle d'autrefois, mais avait buriné, sans les déformer, ceux de l'homme. Sa balafre rappelait son passé guerrier et, sa maigreur, les souffrances qu'il avait endurées. Avec ce qu'il conservait d'attraits, le fiancé était pour une servante un parti inespéré. Cette union n'était une mésalliance ni pour l'un ni pour l'autre. A la princesse aux charmes fanés, elle procurait de plus, la satisfaction d'avoir su accommoder ses restes.

Ce fut un beau baci, cette fête par excellence par laquelle les Laotiens manifestent leur joie de vivre au milieu des sourires et des fleurs.

Le Moal ne comprenait qu'à moitié la significa-tion des rites qui l'accompagnaient. Le *phakouan*[1] apporté par quatre serviteurs l'intrigua. C'était un plateau rempli d'offrandes — alcools, œufs, riz, pié-cettes d'argent, cierges et fils de coton — au milieu desquelles étaient disposés en pyramide des cornets de feuilles de bananiers remplis de fleurs ; le tout sommé d'une corne d'abondance d'où s'échappait, tressée avec art, la chevelure multicolore d'un bou-quet de fleurs des champs.

— Asseyez-vous ici.

Selon les devins, l'emplacement était faste. Tiam-Pa croisa avec naturel ses jambes l'une sur l'autre. Le Moal eut plus de mal à y parvenir. L'offi-ciant, un *chane*[2], se plaça face à eux et commença ses invocations.

Sumuntha l'avait prié de faire court.

— Le fiancé, avait-elle dit, ignore tout de nos divinités.

Autant demander au chane de se couper un bras. Il avait répliqué avec indignation.

— Que diraient Sakké qui demeure dans le para-dis aux seize étages, Charoupé qui demeure dans les sphères divines, et Khirisi dans les cours d'eau et Attarikhé dans les airs ? Offenser l'un ou l'autre serait vouer ce couple au malheur.

Il n'oublia rien ni personne, appela les trente-deux âmes des fiancés, une pour chaque partie de leur corps. Au moment des souhaits, Le Moal, complètement tétanisé, était devenu de pierre.

— Soyez aussi résistants que le bois de cerf et la défense d'éléphant, psalmodiait l'officiant.

— *Sa*[3], répondait l'assistance.

— Si vous avez la fièvre, qu'elle disparaisse.

1. Repas de l'âme.
2. Bonze défroqué.
3. Ainsi soit-il.

— Sa.

— Soyez tout-puissants sur le monde.

— Sa.

Sur quoi le vieillard s'était levé et avait attaché aux poignets des fiancés une cordelette de coton. Puis chacun des membres de l'assistance en avait fait autant. Lorsque, avec difficulté, Le Moal avait déplié ses jambes, les cotons porte-bonheur lui montaient jusqu'au coude.

La journée avait été éprouvante. Moins que celle de la veille, mais pour d'autres raisons. Le Moal avait vu de près, pour la première fois, celle que Sumuntha lui destinait. Il n'y avait rien à redire, la fille était belle. En revanche, les coutumes auxquelles il avait dû se plier lui parurent odieuses. Il savait qu'en sa qualité de fiancé il lui appartiendrait de payer une dot. Mais il apprit qu'en plus, et préalablement à ce paiement, il devrait s'acquitter du *kha khum phi* qui n'était rien d'autre qu'une extorsion de fonds au bénéfice des génies tutélaires. Pour sa quête, le curé de Trébeurden s'en remettait à la générosité de ses paroissiens. Méfiants, les bonzes avaient perfectionné le système et institué un tarif variant en fonction de la position sociale de la fiancée : de dix piastres pour une fille du peuple à cent cinquante piastres pour la fille d'un haut dignitaire.

— Tiam-Pa, déclara Sumuntha, n'est pas une servante ordinaire, mais la suivante d'une princesse de sang royal. Son kha khum phi sera de cinquante piastres.

Une ruine ! Le Moal paya en maudissant la vanité de sa pseudo-belle-mère et la voracité des génies tutélaires.

La dot, proprement dite, le *kha dong*, était laissée à l'appréciation du fiancé. Le Moal entendait bien la réduire au maximum.

Sumuntha s'insurgea.

— Le montant du kha dong est solennellement annoncé aux invités de la noce. C'est un moment que chacun attend avec impatience. Voudriez-vous que Tiam-Pa perde la face devant le monde le jour même de son mariage ? Et moi aussi, par la même occasion, puisque je vous ai choisi ? Le kha dong doit illustrer la qualité de vos sentiments : je le chiffre à quarante piastres.

— Je ne les ai pas, gémit Le Moal.

— Je vous les avancerai avec plaisir.

Avec usure aussi, mais elle se dispensa de le préciser.

La discussion avait été chaude, orageuse même. Toutefois, l'âpreté qu'y mettaient les Laotiens n'était qu'un jeu de plus et participait d'un spectacle qu'ils se devaient d'interpréter avec conviction. La dot acquise, et les génies tutélaires satisfaits, chacun retrouvait le sourire et le ngan[1] pouvait commencer.

Avec plus ou moins bonne grâce, Le Moal s'était prêté aux exigences rituelles du mariage laotien. Mais devant le ngan il déclarait forfait. Peut-être était-il capable d'éprouver des sentiments délicats ; les traduire en mots était hors de sa portée. Il n'imaginait pas qu'il puisse s'abaisser à roucouler devant une femme que ce soit en français ou en breton. Alors, en laotien !

Dans un mariage digne de ce nom, il n'était pourtant pas question de faire l'économie du ngan, ce dialogue dans lequel phou-sao et *phou-bao* faisaient assaut de finesse dans l'attaque, l'esquive et la provocation.

Sumuntha avait résolu la question en confiant les rôles des fiancés à deux acteurs professionnels qui

1. Joute galante à laquelle se livraient les fiancés.

rabâchaient à longueur d'année les vingt-quatre mille strophes du *Râmâyana* et trouvaient facilement dans leur répertoire de quoi disserter sans fin sur l'amour.

Le Moal et Tiam-Pa s'affrontèrent donc par trouvères interposés. La joute y gagna en qualité. Elle devint un spectacle que Tiam-Pa fut la seule à ne pas apprécier. Privée de parole par l'incapacité de son partenaire, elle rageait d'entendre les répliques médiocres et convenues qu'échangeaient les deux saltimbanques.

— D'où vient le seigneur, à travers quels monts est-il passé et quel est son désir ?

— Nous arrivons du palais tout de pierre bâti où l'or et l'argent s'entassent, incalculables.

— Dans votre pays, n'y avait-il pas de femmes assez désirables pour vous retenir ?

— Aucune n'a attiré les yeux de notre maître.

Elle minaudait. Il insistait. Tous deux étaient à gifler. Sumuntha appréciait, Tiam-Pa enrageait et Le Moal rêvait aux charmes sans apprêts des noces bretonnes.

La première journée s'était achevée sur cet épisode galant, la seconde sur les bénédictions du chane. S'étant acquitté de son office, le vieillard salua à la ronde et entreprit de se retirer. Les festivités étaient-elles pour autant terminées ? Le Moal semblait las, mais résigné.

— Et maintenant ? demanda-t-il.

Sumuntha le dévisagea avec ironie.

— L'heure est venue de faire de votre épouse une femme. Faites attention, mon gendre ! Même dénuées d'expérience, les Laotiennes savent reconnaître ce que valent les hommes. Tiam-Pa, n'en doutez pas, sera exigeante.

Pour leur première nuit, les époux logèrent au palais. Selon la coutume, une dame vertueuse et dûment mariée devait les conduire à la chambre nuptiale. Un peu abusivement, Sumuntha s'arrogea ce rôle de chaperon. Personne ne le lui contesta. Dans l'allégresse du moment, son goût pour les poètes fut porté au crédit de son amour pour la poésie.

Elle mena les époux jusqu'à leur lit et les quitta comme à regret. Tiam-Pa se tenait devant elle, mains jointes et tête inclinée. Du bout des doigts, elle lui releva le menton et caressa ses traits délicats, presque enfantins. Le Moal se sentait gauche et s'efforçait, mais en vain, de trouver quelque chose à dire. Du regard, Sumuntha le parcourut des pieds à la tête.

— Prenez soin d'elle, murmura-t-elle. C'est un peu de moi-même que je vous ai donné.

*
* *

Le plus encombrant dans le trousseau de Tiam-Pa était le métier à tisser sur lequel elle travaillait depuis l'âge de dix ans et le *khène* à quatorze trous, long de quatre coudées dont, et pour cause, elle ne se servait pas : seuls les hommes jouent du khène.

— Le métier à tisser, passe encore, avait bougonné Le Moal. Mais le khène ?

Le fragile assemblage de bambous aurait cent fois l'occasion de se disloquer pendant le transport. Et pour quel profit ?

— Il y a toujours un khène dans une maison laotienne.

— Tu ne prétends pas en jouer ?

— Moi non. Mais, toi, tu apprendras.

Cette idée mit Le Moal en joie.

— Va pour le khène. Ça n'est qu'un colis de plus. Qu'est-ce que tu as pu mettre dans les vingt autres ?

— Ici mes affaires personnelles : les *sin*, les écharpes, les sarong que je tisse depuis mon enfance, mon rouet et les fils de coton, de soie et de laine, sans oublier les teintures. Et là tout ce qui est nécessaire pour rendre une maison habitable. Les hommes seuls, c'est connu, vivent comme des sauvages et tu ne faisais sûrement pas exception.

Le Moal pestait, menaçait de se fâcher et finissait par céder.

Elle exagère, se disait-il.

C'était vrai. Elle abusait de sa grâce, de sa fragilité, de sa candeur, elle traitait la mauvaise humeur par le rire et prétendait que la tristesse était une maladie, guérissable d'ailleurs. En moins de deux semaines, elle avait occupé toutes les positions à partir desquelles se gouverne un ménage.

Le Moal livrait, pour le principe, un combat d'arrière-garde.

— Et ça ? demanda-t-il en désignant un volumineux colis ficelé dans des nattes.

— C'est l'autel que nous installerons à la tête de notre lit avec les statuettes rituelles du Maître.

— Un autel et des Bouddha, il ne manquait plus que cela !

— Je suis bouddhiste.

— Et moi je suis chrétien. Pourtant, il n'y a pas de crucifix dans la maison.

— C'est un tort. Je veillerai à ce qu'il y en ait un. Mes Bouddha et ton Christ se feront face et s'entendront très bien.

— Sais-tu bien où nous allons ? Comment penses-tu que nous pourrons transporter ce barda ?

Elle avait répondu avec insouciance.

— S'il est une affaire d'hommes, c'est bien celle du transport. Le plus difficile est sans doute de choisir entre la pirogue, la charrette à bœufs, les chevaux et l'éléphant.

297

Au plus fort des discussions, elle s'interrompait et s'approchait, bras levés, comme pour remettre de l'ordre dans sa coiffure. Il suffisait de ce geste pour libérer le parfum poivré que dégageait l'intimité de son corps et dont l'effet, sur lui, était instantané. Éléphant, cheval, bœufs ou pirogue, que lui importait ! Il allait la retrouver à la fois femme et enfant, innocente et délurée, curieuse de leurs deux corps, comme tous les soirs depuis que Sumuntha les avait livrés l'un à l'autre avec sa bénédiction ambiguë.

Le Moal s'était honorablement comporté au cours de cette première épreuve. Tiam-Pa s'était dite satisfaite, sinon comblée. Cette réserve pouvait être diversement interprétée. Le Moal le faisait de la façon la plus flatteuse pour son orgueil d'homme. Satisfaire l'appétit d'une jeunesse de dix-huit ans était déjà bien beau. Que resterait-il à désirer si la perfection était atteinte d'emblée ?

Il n'y a pas plus agréable que le dixième mois pour entreprendre un voyage au Laos. Les matins sont frais et brumeux et le soleil tarde à sécher le paysage scintillant de rosée. Le Fleuve est assoupi ; les rapides eux-mêmes se font aimables.

— Nous partirons demain, dit Le Moal.

Viard, lui aussi, bouclait ses bagages.

— Et moi, deux jours plus tard. En pirogue, mais en sens contraire.

L'un remontait le fleuve, l'autre le descendait. Viard avait recensé les difficultés qu'il faudrait vaincre préalablement à l'installation de Pavie à Luang Prabang.

Les Siamois étaient les maîtres. Il fallait faire en sorte qu'ils le soient moins, avant qu'en un second temps ils ne le soient plus du tout. Il fallait aussi en

298

finir avec les liens de vassalité plus ou moins virtuels qui entravaient la liberté d'action des souverains de Luang Prabang. Curieuse politique que la leur : menacés de toutes parts, ils avaient, au cours des ans, donné des gages à leurs adversaires — chinois, annamites et siamois — en se disant que, par l'effet de la concurrence, leurs suzerainetés respectives se neutraliseraient l'une l'autre.

Le bien-fondé de ce raisonnement s'était en partie vérifié. Les Chinois, occupés à guerroyer contre la France, laissaient le Laos en paix. L'Annam, en proie à l'anarchie, se contentait du tribut de cornes de rhinocéros par lequel le royaume de Luang Prabang renouvelait annuellement son acte d'allégeance. Aucune brèche, en revanche, n'avait été ouverte dans la suzeraineté siamoise, qui se manifestait par une mainmise militaire et politique toujours aussi pesante. S'il voulait secouer ce joug, comme à son habitude, par l'habileté et la persuasion, Pavie avait du pain sur la planche.

— Quand viendra-t-il ?

Viard répondit évasivement.

— Pas avant un an. Quoique, avec lui, on ne sait jamais. Il est capable de filer à Bangkok et de démontrer aux Siamois que leur intérêt le plus évident est d'évacuer le Laos.

Ils allaient se séparer. Viard retint son ami.

— J'allais oublier. Tu m'avais bien dit que Garnier s'était fait déborder parce qu'il n'avait pas occupé Son Tay ?

Visiblement, Le Moal ne vivait plus à l'heure tongkinoise.

— C'est ce que prétendait Dupuis, répondit-il. Pourquoi cette question ?

— Parce que nos troupes se sont emparées de Son Tay et de Tuyen-Quan.

Plus facilement qu'il ne l'eût cru, Le Moal parvint

à se fermer à la moindre réaction. Il voulait ne rien ressentir à l'annonce de cette nouvelle. Ni joie ni amertume. Il s'assura qu'aucune image, aucun souvenir ne pénétrait en lui par effraction. Son regard erra du fleuve lisse et brillant aux collines bleutées qui fermaient l'horizon puis se porta sur sa femme occupée à recompter les colis embarqués dans la pirogue.

— Son Tay et Tuyen-Quan, vraiment, que veux-tu que ça me fasse ?

*
**

En moins de cinq minutes, la nouvelle fit le tour de Ban-Tha. Il y a une femme lao avec le Falang. Elle porte un sin de soie bariolée qui lui couvre l'épaule droite. Ses cheveux sont ramenés sur le haut de sa tête.

— Et sa coiffe ?
— Elle n'a ni coiffe ni bonnet.

Les villageois n'en revenaient pas. Jamais une femme kha n'était sortie tête nue de sa maison. Les habitants qui avaient dépassé le confluent de leur rivière et du fleuve se comptaient sur les doigts de la main. Un ou deux avaient visité Luang Prabang et s'étaient estimés heureux d'avoir pu en revenir. L'agitation de la ville, l'étrangeté des peuples qui s'y côtoyaient leur étaient apparues comme une menace contre laquelle ils n'étaient pas armés.

La Laotienne, venue tout droit de ce monde inconnu, leur inspirait une curiosité craintive et le Falang, son maître, un supplément de respect.

Arrivée en vue de la maison, Tiam-Pa s'arrêta, jeta un coup d'œil aux pilotis massifs sur lesquels elle reposait, à la véranda bien ombragée qui en faisait le tour et aux tuiles de bois dont elle était couverte.

300

Depuis la haie d'épineux qui limitait le jardin, vingt paires d'yeux guettaient ses moindres mouvements. On la vit parcourir le potager ou ce qui en restait après les quatre mois d'absence du maître, hocher la tête devant l'envahissement du jardin par la brousse, visiter l'écurie, l'étable, les clapiers, aussi vides les uns que les autres, puis ramasser le sac de toile brodée qu'elle avait posé à terre et s'engager dans l'escalier qui menait à la terrasse.

Un Kha, qui devait faire fonction de gardien, l'attendait en haut des marches. Tête baissée, dos rond, mains jointes, il bredouillait dans son patois ce qui était peut-être un discours de bienvenue ou le mea-culpa d'un domestique confessant ses insuffisances.

Elle l'écarta pour pénétrer dans la pièce principale que des volets coulissants permettaient d'aérer de tous côtés. Le gardien n'avait pas jugé utile de les ouvrir depuis le départ de Le Moal pour Luang Prabang. Dès le seuil, une insupportable odeur de moisi vous prenait à la gorge.

S'il avait été seul, l'état de sa maison aurait inspiré un grand coup de gueule à Le Moal. Le factotum s'en serait tiré avec une admonestation musclée et les choses seraient paisiblement rentrées dans l'ordre. La présence de sa femme lui faisait voir sa maison avec des yeux neufs. Et ce qu'il découvrait confinait au désastre.

— Je n'avais pas le souvenir d'une aussi triste maison, dit-il lorsqu'ils eurent achevé le tour du propriétaire.

— Abandonnée depuis quatre mois, comment pourrait-elle être gaie ? C'est à nous d'en faire une maison heureuse.

Elle ne récriminait pas. A son indulgence, Le Moal aurait préféré des reproches. Ils lui auraient permis de reporter sur d'autres la colère qu'il nourrissait contre lui-même.

301

— La maison, maugréa-t-il, pourrait au moins être aérée. Tous fainéants ! Ils vont m'entendre, à commencer par cet abruti de gardien !

Tiam-Pa apaisa ses ardeurs punitives.

— Un serviteur, dit-elle, n'est que le reflet de son maître. Pas de maître, pas de reflet. En ton absence, ce pauvre bougre n'existait pas. Comment le lui reprocher ?

Le Moal ne trouva rien à répondre. Aussi loin que remontaient ses souvenirs, il n'avait jamais laissé une remarque sans réplique. Il y répondait avant même de réfléchir, sans trop se soucier de la pertinence de ses reparties. L'important était de faire front, par la parole, parce que le silence est déjà une soumission.

Avec Tiam-Pa, les règles du jeu étaient totalement modifiées. Pour la première fois de sa vie, Le Moal ne ressentait autour de lui aucune hostilité et n'éprouvait pas le besoin de se raidir dans une attitude de refus.

Il discutaillait encore, mais seulement pour donner l'illusion à sa femme qu'il lui cédait. L'illusion pourtant était sienne et son aveuglement pouvait paraître surprenant. Il l'assumait sans complexe. « S'aveugler délibérément, disait-il, est un acte de clairvoyance. Je m'aveugle parce que j'en ai envie. »

Il passait aujourd'hui sous les fourches Caudines d'une fille qui n'avait pas la moitié de son âge, rengainait ses humeurs et s'installait avec fatuité dans le piège douillet qu'elle avait refermé sur lui.

Il était heureux.

Surgis on ne sait d'où, des massifs de fleurs étaient apparus dans le jardin. Les herbes folles avaient fait place à du gazon et les allées hier encore crevassées avaient été recouvertes de gravier fin. Deux villageois, les reins ceints d'un sarong neuf, avaient remis en place le système d'irrigation du potager. Stupéfait, Le Moal avait humé le mélange de parfums qui imprégnait la maison. A l'odeur du benjoin en fumigation, à celle des bouquets de bâtonnets d'encens, dont la combustion se traduisait en longues volutes de fumée grise, et de la cire d'abeille qui faisait luire parquets et meubles, s'ajoutait un parfum plus subtil que Le Moal ne connaissait pas.

— Je n'ai jamais rien senti de pareil.

Tiam-Pa s'amusa de son ignorance.

— Ah, Falang, il te reste beaucoup à apprendre !

Elle lui montra une cassolette dans laquelle brillait un minuscule lumignon.

— C'est de l'huile de *Vang-Kieng*[1]. Un cadeau du tasseng.

— Tu l'as donc vu ?

— C'était la moindre des choses, non ?

Il semblait bien que le tasseng eût lui aussi succombé au charme de la jeune femme. Il avait bien voulu faire abstraction des préventions que suscitaient en lui son âge et ses origines. L'entretien qu'il lui avait accordé n'en était pas moins une épreuve et ses questions, aussi affables qu'elles parussent, autant de pièges que Tiam-Pa déjoua avec naturel et simplicité.

Elle s'enquit du médicastre, du magicien et du sorcier qui ont en charge la santé de leurs concitoyens.

Le tasseng apprécia que Tiam-Pa ait feint d'ignorer la modestie du village.

— Ban-Tha, dit-il, ne peut s'offrir les services d'un médicastre. Nous devons nous contenter de ceux du magicien et du sorcier.

— J'aimerais leur rendre visite.

— Vous les rencontrerez à l'occasion du boun

1. Résineux originaire du Laos septentrional.

que le village organisera en l'honneur de votre couple.

C'est ainsi que Le Moal et Tiam-Pa étaient devenus citoyens d'honneur de Ban-Tha.

*
**

Le Moal retrouva son monde avec plaisir. Les pisteurs et les bûcherons, les scieurs et les cornacs juchés sur leurs bêtes tout juste sorties du bain lui firent un accueil chaleureux.

Le gardien de l'enclos aux éléphants, un vieux cornac dont la bête était morte après vingt ans de vie commune, lui désigna les trois nouveaux éléphants.

— Ils sont là comme promis. Et bien dressés.

— Sambay, euh! dirent les cornacs en levant leurs maillets.

L'anse aménagée dans la rive du fleuve avait peu souffert, à part les berges de terre qui avaient fondu sous l'action de la crue. L'escarpement depuis lequel on basculait les grumes était devenu une plage de terre qui se transformerait en marécage à la saison des pluies, et la rivière, engorgée d'alluvions, se cherchait un nouveau lit dont elle ébauchait les méandres à travers la rizière.

Le Moal était impatient de revoir les sites d'altitude et de vérifier l'état des pistes tracées l'année précédente. Ce n'étaient que des cheminements de terre nue exposés à l'érosion. Trois mois de ruissellement ininterrompu avaient transformé plusieurs d'entre elles en fondrières. Mieux valait les abandonner et en tracer de nouvelles.

Les tecks, cerclés depuis dix mois, étaient au rendez-vous. Ils étaient de vieilles connaissances dont un profane n'aurait su dire ce qui les différenciait les uns des autres. Le Moal se souvenait de la verrue de l'un, de la racine contournée de cet autre

304

ou de la fourche en Y d'un géant d'un mètre de diamètre qui ouvrait ses bras démesurés à vingt mètres du sol. Il aimait ses arbres, qu'il avait mission de tuer, comme Griot des Fontaines aimait ses tigres et ses gaurs.

Deux mille pièces au moins tomberaient cette année sous la hache de ses bûcherons.

*
**

La maison qu'il retrouvait au retour de ses longues journées de marche en forêt n'était plus l'abri où il reposait naguère ses membres endoloris.

— Les hommes seuls, avait dit Tiam-Pa, vivent comme des sauvages.

Du temps de sa solitude, il rentrait chez lui sans prendre la peine de se débarrasser de ses vêtements maculés de sueur et de boue, envoyait valser ses chaussures de brousse, grimaçait de constater que les mycoses prospérant entre ses orteils puaient de plus en plus.

— Merde, murmurait-il. Je pourris sur pied.

C'était une constatation sans plus. Il entretenait avec l'hygiène des rapports distants.

— *Bak noï*, braillait-il. La bouffe !

Le factotum apportait un brouet de sa composition, dont le manque de saveur était occulté par la fulgurance de la purée de piments dont il l'agrémentait.

— Dégueulasse, se bornait à commenter Le Moal, que ce régime conduisait tout droit à l'ulcère.

L'après-dîner était son seul moment de détente. L'opium calmait ses brûlures d'estomac, ravivait ses souvenirs les meilleurs, remodelait les pires et mettait un peu de couleur dans la grisaille de ses jours.

Aujourd'hui, Tiam-Pa abandonnait son métier à tisser pour l'accueillir. Sa peau était veloutée, ses cheveux artistement relevés sur le haut de sa tête. Sous son écharpe en sautoir, elle ne portait pas de cache-seins. Sa poitrine était libre et se laissait deviner. Serré à la taille, son sin mettait en valeur le galbe de ses hanches.

Ses yeux exprimaient une interrogation feinte.

— Suis-je désirable ?

Comme si elle ignorait à quel point elle l'était !

Sans qu'elle le lui ait dit, il s'était avisé de l'incongruité qu'il y aurait à poser la main sur elle avant de s'être récuré.

Un baquet d'eau chaude fumait. Une chemise et un sarong fraîchement repassés l'attendaient. Elle le séchait puis le frottait d'une huile odorante, différente de celle qu'elle avait fait brûler la veille.

— Encore un cadeau du tasseng ?

— Oh non ! Celle-là, Sumuntha me l'a donnée le soir de notre mariage. C'est l'huile de la fidélité.

Elle se serrait contre lui.

— Tu ne m'échapperas pas, Falang !

Il n'en avait aucune envie.

— Maintenant, veux-tu ?

— Ce serait un péché. Regarde le ciel s'empourprer. C'est aux génies qu'appartient cet instant.

Ils dînaient à la nuit close, en se protégeant des moustiques avec des feux d'herbes disposés sous leur table.

Le Moal n'était pas un gourmet. Il n'avait jamais trouvé à redire aux nourritures épaisses que mijotaient les cuistots de la Marine. C'était la générosité du rabiot plus que la saveur de la soupe qu'il appréciait.

Chi Mot, la gargotière, et Chi Haï, sa congaï de Bien-Hoa, l'avaient un peu dégrossi. Il avait fini par s'habituer aux saveurs contrastées de la cuisine annamite et avait même oublié ses préventions contre le nuoc-nam. Tiam-Pa voulait qu'il fasse un pas de plus.

306

Elle lui avait demandé avec un rien de suffisance :

— Tu avais une femme en Cochinchine ?

Le ton de la question l'avait piqué au vif.

— J'en ai eu deux, répondit-il, et tu es la troisième. Je les avais nommées madame Première et madame Deuxième, Chi Mot et Chi Haï. Pourquoi ne serais-tu pas Chi Ba ?

Elle s'était dressée, pâle de colère.

— Parce que je suis une Laotienne, et pas une *Kéo*[1] comme tes filles à soldats. J'ai un nom, moi, et n'accepterai jamais de n'être qu'un numéro.

Ils se regardèrent, étonnés par la vivacité de leur affrontement. L'instant d'après, elle avait retrouvé son sourire.

— Voici une table laotienne. Dans ces coupes, de la menthe, des sensitives, des tiges de nénuphar et des pousses de bambou, des graines amères et des lianes sucrées, pour faire oublier la brûlure du piment. Ici, de la « nourriture tigre », des mets crus, poissons et viandes macérant dans des aromates ; là, des crêpes farcies, du gibier en hachis, du poisson à la vapeur...

Elle souleva un panier de fine vannerie fermé par un couvercle.

— ... Et bien entendu le panier à riz gluant. Tu ne vas pas « faire le gendre », j'espère ?

— Faire le gendre ?

— C'est se montrer timide devant les plats offerts. N'oublie pas non plus de refermer le panier en fin de repas. Le laisser ouvert serait une façon de me dire que tu restes sur ta faim.

Houei-Sai était le bout du monde. Au-delà

1. En laotien, dénomination péjorative des Annamites.

commençait le chaos des gouffres où disparaissaient les rivières, des montages sans vallées, et des vallées sans issues. Personne ne disputait ces terres hostiles aux peuplades qui s'y accrochaient, des Lu, que les Khas, eux-mêmes, considéraient comme les derniers des sauvages.

Tiam-Pa avait fait de sa maison un havre de confort et de beauté. A la nuit, les lumières de cet avant-poste jetaient un défi aux immensités obscures qui la cernaient.

Le tasseng, que le couple avait invité un soir, avait hoché la tête en contemplant les illuminations du jardin et de la maison.

— Avez-vous peur de l'obscurité, avait-il demandé à Tiam-Pa ou bien la bravez-vous par orgueil ?

Tiam-Pa remonta la mèche d'une lampe qui fumait.

— Je ne crois pas aux démons de la nuit, dit-elle. Ils ne tirent leur puissance que de la crainte des hommes. Voyez les Lu.

— Les Lu vivent selon les lois de la nature.

— Dites plutôt qu'ils en meurent. Dans vingt ans, ils auront disparu.

La maladie ne les frappait pas plus que d'autres mais ils ne lui opposaient qu'une résistance dérisoire. Leurs magiciens et leurs sorciers étaient impuissants devant cette hécatombe.

Ceux de Ban-Tha étaient mieux lotis. Ils avaient affaire à une population robuste qui affrontait leurs pratiques sans dégâts particuliers.

Le magicien combattait le phi responsable du mal dont souffrait le malade. En un premier temps, il l'identifiait parmi cent autres. Il le neutralisait ensuite à la façon dont un exorciste chasse le malin.

Le sorcier, lui, s'attaquait au mal, constitué pas un corps étranger qu'un être malfaisant, naturel ou surnaturel, avait introduit dans le corps de sa victime. Il l'en extirpait d'un bon coup de dents. Certains en réchappaient. Ils remerciaient leurs guérisseurs, comme un croyant rend grâces au Seigneur de l'avoir sauvé d'un mal dont chacun autour de lui est mortellement frappé.

A diverses reprises, Tiam-Pa avait assisté les patients du sorcier et du magicien. Le Moal s'insurgeait contre cette connivence avec des mystificateurs mais s'attirait de vertes réponses.

— Donner de l'espoir aux malades est déjà bien beau. Qui le ferait sinon eux ? Pas les médecins falang qu'on ne risque pas de voir à Houei-Sai. Et d'ailleurs, que feraient-ils de plus ?

— Ils soignent, sans faire de simagrées.

— Guérissent-ils pour autant ? Devant les fièvres, le choléra, la dysenterie, ils sont aussi désarmés que nous.

Le Moal ne jugea pas utile de poursuivre la discussion.

— Tiam-Pa, lui dit-il doucement, parle-moi de cuisine, de tissage, de musique, d'amour, d'amour surtout, mais pas de médecine.

Furieuse, elle avait répliqué :

— Tu es sans doute plus qualifié que moi pour en parler.

A ses yeux d'Européen, c'était une évidence. Il oubliait que les siens avaient toujours préféré les rebouteux aux médecins et que lui-même ne leur avait jamais fait confiance. Et pour cause : il était notoire qu'ils étaient impuissants devant l'avalanche des maux qui s'abattaient sur le corps expéditionnaire et que les bateaux-mouroirs, rapatriant les malades sur la France, perdaient en cours de voyage un bon tiers de leurs passagers.

**
***

Pour Georg Eistrup, directeur de la filiale saïgon-
naise de la CAIC, les tecks du Laos constituaient
une rente. L'importance des flottages que lui expé-
diait Le Moal augmentait régulièrement d'année en
année : mille cinq cents, deux mille, deux mille cinq
cents billes dont 95 % arrivaient aux chutes de
Khone. Sur les 5 % restants, une moitié, échouées
sur des hauts-fonds au moment de la décrue, se
remettaient d'elles-mêmes à flot à la saison suivante.
Les pertes, en définitive, étaient inférieures à 3 %.

Sigismond d'Este l'en avait félicité avant même
qu'il ait adressé à sa direction son rapport annuel.
Cet homme qu'on ne voyait jamais devait avoir des
informateurs partout et à tous les niveaux. Était-ce
d'ailleurs à lui, Georg Eistrup, que s'adressaient les
félicitations du patron ? Il relut sa dernière lettre
avec un sentiment de frustration.

« Votre homme à Houei-Sai, écrivait d'Este, a fait
un excellent travail. Nous lui devons en grande
partie la décision du roi Oun-Kam d'accorder la
concession du Pak-Lay à la CAIC. En reconnaissance de quoi vous veillerez à augmenter son
salaire. J'ai appris d'autre part son mariage avec
une jeune Laotienne proche du palais. Si vous ne
l'avez fait, vous voudrez bien lui accorder une
prime d'établissement et lui faire parvenir le
cadeau personnel que je lui destine. Un de mes
correspondants vous le remettra. »

De lui-même, Georg Eistrup n'avait pensé ni à
augmenter le salaire de Le Moal, ni à lui accorder
une prime, encore moins à lui faire un quelconque
cadeau, et il ressentait comme une injustice les
faveurs dont son subordonné était l'objet.

Il s'était plaint à la direction de Copenhague de
recevoir des instructions d'un personnage — si

310

important fût-il — dont il ne dépendait pas hiérarchiquement. Sa lettre fut transmise à d'Este, à qui elle parvint sur le site d'un forage pétrolier, proche de Ploesti, dont la mise en production était imminente.

Il n'aimait ni l'odeur du pétrole ni celle des pétroliers, qui salissaient tout ce qu'ils touchaient. La lettre d'Eistrup lui donna l'occasion de les oublier un instant et de revivre des heures qu'il avait aimées. Il se rappela la vague de feu déferlant sur la plaine cambodgienne, son radeau de bambou tournoyant dans les rapides du haut-Mékong, les tecks de Houei-Sai et cet étonnant Le Moal dont l'inculture avait préservé l'authenticité.

La fréquentation de ses pairs l'avait laissé sans illusion sur les hommes de pouvoir. Il en était et ne s'estimait pas meilleur qu'eux : plus clairvoyant seulement. Ni la puissance ni la richesse ne l'impressionnaient ; il en avait à revendre. Il jugeait les hommes sur leurs qualités. Les critères sur lesquels il se fondait n'étaient pas ceux de sa caste.

D'emblée, il avait jaugé Le Moal. Il était honnête dans un monde où chacun trichait. Son intelligence était en friche mais son instinct était un gage de survie. Il était rude de manières, brutal, provocateur, mais la tendresse affleurait sous ses dehors abrupts. D'Este, qui passait sa vie à parcourir le monde, s'avouait qu'il avait rencontré peu d'hommes de cette trempe.

Griot des Fontaines, chargé par la CAIC des liaisons avec Houei-Sai le tenait informé des conditions de vie sur la concession.

Ainsi d'Este savait-il que l'ombrageux Le Moal avait épousé sa phou-sao et que le mariage l'avait transformé. Ne se sentant plus agressé, il avait, paraît-il, désarmé les bombardes qu'il tenait toujours prêtes à la riposte. Selon Griot, sa misanthropie s'était muée en indifférence. Il prétendait se désintéresser du Tongkin où il avait pourtant laissé une part de lui-même. Peut-être était-ce moins vrai qu'il ne le disait. En tout cas, il évoluait.

— Le Moal, disait encore Griot, est en train de devenir un sage. Il découvre l'envers des choses. Ses certitudes s'effritent, il doute de ses croyances. Dans sa maison, un crucifix fait face à un autel bouddhique. Je m'en étais étonné.

— Ma femme est laotienne, m'a-t-il répondu. Je mange du riz gluant et je porte un sarong. Si j'en étais capable, je jouerais du khène. Le Christ de Trébeurden séjourne ici en invité.

Tiam-Pa, son épouse, souriait en l'écoutant. Il lui avait fallu deux ans pour faire de lui cet homme nouveau. Lui aussi l'avait transformée. Elle était enceinte de trois mois.

Durant leur premier séjour à Houei-Sai, Le Moal avait proposé à sa femme de descendre à Luang Prabang pendant la saison des pluies. En vain. Il avait insisté.

— Trois mois, sans pouvoir mettre le nez dehors, enfermée dans une maison qui prend l'eau de toutes parts, ce n'est pas une vie.

— Pourquoi resterais-je enfermée ? Je sais ce qu'est une pluie de mousson. Il tombe autant d'eau à Luang Prabang qu'à Houei-Sai.

— C'est ce que tu crois. Ici tu ne ferais pas dix pas dehors.

— Tu sors bien, toi.

— Je suis payé pour ça... et je reviens en grelottant de fièvre.

— Raison de plus pour rester. Il faut quelqu'un pour te soigner.

Elle n'avait pas chômé, et lui non plus. En alternance, ils avaient souffert d'une forme maligne de paludisme et d'un typhus des broussailles dont ils avaient mis des semaines à émerger.

Entre ses poussées de fièvre, Le Moal titubait jusqu'au parc à bois. Insensibles à l'averse qui crépitait sur leurs corps nus, les Pong positionnaient les billes de teck en prévision du flottage.

Tiam-Pa tentait de le retenir.

— Les Pong se débrouilleront sans toi.

Péniblement, il se mettait debout.

— Il faut qu'ils se sentent surveillés.

De guerre lasse, elle le laissait aller.

— Ton orgueil te tuera.

— Oui, sans doute. Mais jusqu'à présent, il m'a fait vivre.

Leurs fièvres lâchèrent pied au moment où s'annonçaient la décrue. Amaigris, à peine convalescents, ils s'embarquèrent pour Luang Prabang à la fin du neuvième mois. Tiam-Pa, qui allait fêter ses vingt ans, retrouva rapidement la fraîcheur de son teint. Celui de Le Moal resta d'un jaune malsain, définitivement.

Sumuntha accueillit le couple en belle-mère possessive et s'alarma de l'état de son gendre.

— Les tecks de mon oncle ne valent pas que vous vous mettiez dans un état pareil. C'est à votre femme que vous vous devez désormais.

Il en convenait en son for intérieur mais prétendait le contraire.

— Je vis pour et par les tecks, répondit-il.

» Sans doute existe-t-il de plus nobles ambitions. Mais on a les ambitions qu'on peut. Ma peau, voyez-vous, ne vaut pas cher.

— Épargnez au moins Tiam-Pa.

— J'ai tout fait pour qu'elle quitte Houei-Sai avant les pluies. Elle s'y est refusée avec obstination.

— Elle tient à vous, remarqua Sumuntha avec une moue de dépit.

— Cela vous étonne ?

— Franchement, oui.

Sumuntha avait pris quatre kilos depuis l'année précédente. Rien ne subsistait de la grâce dont elle avait jusqu'alors préservé quelques restes. Pas même le souvenir de ce qu'elle avait été.

— Les femmes, dit-elle mélancoliquement, ont moins de chance que les hommes. Voyez ce que nous sommes devenus l'un et l'autre. Je ne suis pas belle à voir, mais vous n'êtes pas mieux. Pourtant Tiam-Pa, dans l'éclat de ses vingt ans, ne semble pas s'en apercevoir.

Chacun, à sa façon, le lui faisait remarquer. Sumuntha avec nostalgie, Viard et Griot avec une inquiétude que le ton de la plaisanterie n'arrivait pas à masquer.

— Est-ce du teck que tu abuses ou bien de ta femme ? En tout cas, tu en as pris un sacré coup. Il va falloir te remplumer.

Viard attendait l'arrivée imminente de Pavie, qui venait d'être reportée une nouvelle fois. Les Laotiens la souhaitaient et les Siamois s'y étaient résignés. Aujourd'hui les difficultés venaient de Paris. Anguste Pavie allait être nommé vice-consul, chargé d'une mission particulière, mais personne ne savait de quelle nature serait cette mission, ni même si son accréditation serait demandée à Luang Prabang, à Bangkok ou dans les deux capitales ? Paris excluait de reconnaître à Bangkok une quelconque autorité en la matière. C'était mettre la charrue avant les bœufs et supposer résolu le problème que Pavie avait précisément pour mission de traiter.

A raison de trois mois pour un aller-retour de courrier, et autant pour l'obtention d'une décision ministérielle, il fallait compter six mois pour rece-

314

voir un ordre et six autres pour que parvienne le contrordre correspondant. A ce train, une année était vite passée.

Les raisons de la présence de Griot des Fontaines à Luang Prabang étaient plus confuses. Employé occasionnellement par la CAIC, il était discret sur ses autres activités. Chasseur professionnel, soit. Mais on lui connaissait peu de clients. En fait il ne cherchait même pas à rendre crédible cette couverture.

— Vous êtes quoi exactement ? lui avait un jour demandé le chef de la Sûreté à Saïgon.

— Je suis suspect, vous le savez bien, avait-il répondu en riant.

Les trois hommes aimaient à se rencontrer. Ils avaient beaucoup à se dire. Curieusement, leurs différences les rapprochaient : elles leur apparaissaient comme complémentaires.

— L'année a-t-elle été bonne ?

— Deux mille billes, comme prévu. Et la chasse ?

— Bonne aussi. Il y a de tout chez les Lu au nord de chez toi. A propos...

Il s'adressa à Viard.

— Tu feras bien d'avertir ton patron, lorsqu'il se décidera à venir. Le vieux roi a l'habitude de dire que les Laotiens détestent les Chinois, méprisent les Annamites et craignent les Siamois.

— N'est-ce pas la vérité ?

— Si, bien sûr. Mais ils ne se méfient pas des Thaï et ils ont tort.

— Ils sont thaï eux-mêmes.

— Je parle des Thaï blancs, ceux de Deo Van Tri.

— Qu'est-ce que Deo Van Tri viendrait faire au Laos ? Ses repaires sont au fond du Tongkin, à un mois de marche d'ici.

— Il veut se payer Luang Prabang. C'est chez lui une idée fixe.

315

— Comment le sais-tu ?

— Je le sais. Et je ne vois pas qui pourrait l'en empêcher. Pas les Siamois qui somnolent en attendant une guerre improbable, pas les miliciens laotiens qui n'ont jamais tiré un coup de fusil et pas non plus le gendarme de garde au consulat de France.

Deo Van Tri était l'un de ces roitelets-chefs de bande dont Dupuis prétendait autrefois qu'il était indispensable de se faire des alliés.

Le Moal écoutait d'une oreille distraite ce qu'en disait Griot. Les Thaï de Deo Van Tri lui rappelaient d'autres bandes, celles des Pavillons Noirs de Lieou-Yuen-Fou, celles des Pavillons Jaunes qui tenaient le cours supérieur du Fleuve Rouge, des coupe-jarrets yunnanais de Dupuis et des partisans des Lé, tous prêts, selon les circonstances, à combattre l'envahisseur européen ou à s'allier à lui.

C'était « son » Tongkin, celui qui était mort avec Garnier. Il ne voulait pas connaître l'autre, dont les progrès l'exaspéraient. Il l'avait dit et répété à qui voulait l'entendre. Mais aucun de ses amis ne le croyait.

— Il y a du nouveau là-bas. Ça ne t'intéresse vraiment pas ?

— Dis toujours, concédait Le Moal.

— Tuyen Quan a été assiégée pendant trois mois par quinze mille réguliers chinois. Les six cents légionnaires de la place ont été finalement secourus et les Chinois taillés en pièces. Langson a eu moins de chance. Attaquée par surprise, la citadelle a été évacuée en catastrophe.

Le succès de Tuyen Quan avait laissé Le Moal de marbre. La panique de Langson éveilla son intérêt.

— On a foutu le camp, comme des Annamites ?

— Non tout de même. Langson a été réoccupée quelques jours plus tard. Mais à Paris, le gouverne-

316

ment est tombé pour de bon et Jules Ferry, le ministre, a été à deux doigts de se faire balancer à la Seine depuis le pont de la Concorde.

— Le Tongkin est pourri, conclut Le Moal, comme s'il s'agissait d'une évidence. Donne à boire : il fait soif.

Il appréciait qu'au Laos la France ne parle pas de conquête et il trouvait douce à vivre l'anarchie dans laquelle baignait le pays.

Deux rois, l'un au nord, l'autre au sud ; cinq ou six roitelets se partageant, sur les confins birmans, des fiefs minuscules ; quatre suzerains plus ou moins fictifs ; un consul de France humaniste dont on guettait en vain l'arrivée...

L'ancien matelot s'était fait sa place dans ce monde aimable. Il était l'homme du teck, le régisseur de Houei-Sai, ce domaine de la couronne dont les revenus permettaient de restaurer les pavillons délabrés du palais royal et le toit du *Vat mai*, à l'intérieur duquel trônait la statue géante du *Pra bang*, protecteur du Royaume ; un notable en somme, que le vieux roi aimait à faire parler des mystères de la forêt.

A Houei-Sai, l'année suivante avait été faste. Tuberculose, palud, dysenterie s'étaient faits discrets. Aucun accident n'était survenu au cours de l'abattage et le transport des grumes. Les Pong n'avaient assassiné personne et les vols qu'ils avaient commis n'avaient pas dépassé les limites du supportable. Le Moal n'avait pas à se plaindre : les pluies avaient été abondantes mais régulières et la crue avait gonflé le fleuve sans excès. Les fruits étaient arrivés à maturité sans pourrir, ce qui était exceptionnel, et les limaces avaient épargné le potager. Il avait flotté deux mille cinq cents billes dans les meilleures conditions. Sa santé avait été bonne ; celle de Tiam-Pa également.

Ils avaient commencé par apprécier cette trêve, mais à la longue l'avaient ressentie comme une mise à l'écart de la vraie vie avec ses drames et ses déchirements mais aussi ses instants de bonheur intensément vécus.

Le tête-à-tête est une difficile épreuve. Pendant les mois de mousson, lorsque Le Moal, ivre de fatigue, regagnait sa maison, il n'avait à raconter que des histoires de teck, toujours de teck. Elle-même qui, par lassitude, avait abandonné son métier à tisser et passé sa journée à regarder tomber la pluie, ne trouvait rien à lui dire. Insidieusement, l'ennui s'installait dans le couple. Ni l'un ni l'autre ne l'avouaient. Tous deux, en fait, attendaient de leur prochain séjour à Luang Prabang d'être délivrés de leur claustration.

A l'arrivée dans la capitale, la nouvelle d'une promotion attendait Le Moal. Il en fut heureux, moins cependant que du cadeau — un bouddha tibétain en ivoire — que lui avait fait parvenir Sigismond d'Este et surtout de la lettre qu'il avait trouvé le temps de lui écrire, entre un forage pétrolier et une chasse au gros.

10 février 1887.
Auguste Pavie, que l'on espérait depuis deux ans, était enfin arrivé à Luang Prabang. L'attente avait été longue mais combien justifiée ! Il avait obtenu des Siamois qu'ils évacuent le Laos dans un délai de six mois. La boutade de Viard était devenue réalité.

L'artisan de ce succès était un homme affable, modeste et avide d'apprendre. L'autorité qui émanait de sa personne ne devait rien au désir de paraître et de s'imposer. Il attirait la sympathie, suscitait la confiance. Son amitié était recherchée. Il ne la galvaudait pas.

Au Cambodge, il avait beaucoup appris de Vong-Sen, l'ermite de Kompong-Thom. A Luang Prabang, Sa That, le supérieur des bonzes, maître des consciences du royaume, l'avait invité à le rencontrer. Contrairement à nombre d'érudits, il ne s'enfermait pas dans une spécialité et restait ouvert au monde.

La forêt l'intéressait et les forestiers. Il reçut Le Moal que lui présenta Viard avec une grande cordialité.

— Voilà donc l'homme du teck, dit-il en lui serrant la main. Comment vit-on à Houei-Sai ?

— J'y ai connu des années de solitude et n'en ai pas souffert. Contrairement à ce que l'on croit, le solitaire ne se coupe pas du monde. C'est le monde qui s'éloigne de lui. Il lui paraît plus petit, moins important et vainement agité. Ses préoccupations lui sont de plus en plus étrangères. Les retrouvailles sont rudes.

— Vous êtes marié, m'a-t-on dit ?

— Effectivement. Ma femme vit avec moi sur la concession. Sa présence a transformé mon existence mais je ne peux me défaire d'un sentiment de culpabilité à son égard. Car la vie à deux, et rien qu'à deux, est tout de même un enfermement, dont la femme souffre plus que l'homme. La mienne ne me le dit pas, mais je sais qu'elle a parfois l'impression de mourir à petit feu. Pour moi, comme vous le dites, il y a les tecks.

— Qu'ont-ils de particulier ?

La question prit Le Moal de court.

— De particulier... ?

Il réfléchit un bon moment.

— J'ai servi sur l'*Arbalète*, dit-il, une canonnière pourrie qui sillonnait les canaux de Basse-Cochinchine.

— Je sais...

— Non, monsieur Pavie, vous ne pouvez pas savoir. L'*Arbalète* était un assemblage de tôles rouillées qu'on ne pouvait même plus peindre, une barge qui puait l'huile brûlée et qui avait atteint, dans la saleté, un point de non-retour.

» Un jour, je ne sais plus pour quel motif, je fus convoqué à bord du croiseur-amiral, ancré en rivière de Saïgon. En passant la coupée, j'eus l'impression de changer d'univers. Les peintures semblaient de la veille, les cuivres rutilaient. A bord, c'était l'ordre et le silence que soulignaient les vibrations imperceptibles de la machine. C'était aussi l'activité sans hâte ni gesticulation d'un équipage tiré à quatre épingles pour qui le matelot déguenillé de l'*Arbalète* n'existait même pas.

» De la pouillerie à la... noblesse, voilà ce qu'était le passage de l'*Arbalète* au *Tourville*. Voilà ce qu'est aussi le passage d'une forêt ordinaire à une forêt de tecks.

— Votre femme semble considérer le teck avec moins de lyrisme que vous.

— Le teck est mon affaire, pas la sienne. Elle ne retournera d'ailleurs pas à Houei-Sai, pour les raisons que j'ai dites, plus une, qui clôt le débat. Elle est enceinte et devrait accoucher en juin prochain. Juin, monsieur Pavie, le plus fort de la crue, le mois du flottage !

Avant même que Le Moal en eût ainsi décidé, Sumuntha, qui s'estimait partie prenante dans la maternité de sa protégée, avait décrété qu'elle attendrait la naissance de son enfant à Luang Prabang et qu'elle observerait scrupuleusement les rites et les usages, tant de la grossesse que de l'accouchement.

— Le *mo sado*[1] et lui seul l'assistera, avait-elle déclaré péremptoirement.

1. Médicastre accoucheur.

320

— Il y a un médecin au consulat de France, avait hasardé Le Moal.

Sumuntha l'avait toisé.

— Le mo sado possède le pouvoir de « forcer les portes closes ». Il est le seul habilité à prononcer les formules rituelles qui permettent d'éviter le drame en cas d'accouchement difficile.

Le médecin du consulat, c'était évident, ne détenait pas ce pouvoir. Il était inutile d'essayer d'imposer sa présence. Le mariage avait été laotien, la naissance de l'enfant le serait également. Tiam-Pa aurait droit aux litanies du mo sado : « *Pivatiti... i... i... Pivatiti...* » Elle étreindrait une corde suspendue au toit de la maison pour aider à sa délivrance, tandis que le mo sado recracherait sur son corps de l'eau consacrée, préalablement ingurgitée, afin d'écarter les phi, qui ont la phobie de l'eau lustrale. Après l'accouchement, c'est lui qui introduirait le placenta, lavé et salé, dans un tube de bambou qu'il choisirait d'enterrer au pied de l'escalier ou d'abandonner au fil de l'eau.

Enterrer le placenta sous l'escalier, faire vomir l'accouchée avec un pédoncule de bétel, quoi encore ?

Le Moal se félicitait de ne pas avoir à participer à ce cérémonial. Les tecks lui sauvaient la mise. Libéré de ses obligations familiales, il attendrait sous les déluges de la mousson l'instant propice pour lancer son flottage. Une fois encore, les Pong feraient de l'équilibre sur le dos des fûts brinquebalant en tous sens, et lâcheraient deux mille cinq cents, peut-être même trois mille billes dans le courant.

De toute évidence cet alibi lui convenait. Pavie s'en étonna.

— Votre ermitage ne va-t-il pas vous paraître bien vide ?

— Ce n'est pas de moi qu'il s'agit, dit Le Moal, mais de ma femme, du gosse à venir, et de mon boulot. Morutier, matelot ou coupeur de bois, j'ai toujours fait des métiers d'homme seul. Depuis toujours, chez nous, l'épouse reste au pays.

Il était à Luang Prabang comme un permissionnaire de longue durée, mais ne profitait pas vraiment de son séjour dans la capitale. Au tête-à-tête lassant de Houei-Sai avait succédé une vie dont il ne maîtrisait pas le cours. Plus abusive que jamais, Sumuntha prétendait régenter son emploi du temps et lui imposer ses relations.

— Pour un peu, maugréait-il, elle me ferait porter le sarong retroussé entre les jambes comme les pitres du palais royal.

Tiam-Pa ne se rebellait pas. Elle suivait à la lettre les prescriptions d'usage. Le mo sado, qui avait flairé la bonne affaire, ne la lâchait pas d'une semelle. Il apparaissait à l'improviste, l'air sévère et des interdits plein la bouche. Était-ce l'heure du repas, il vérifiait la composition du menu.

— Pas de larves d'abeilles, de tamarins, de bananes à pépins, ni d'aubergines : vous risqueriez d'accoucher d'un enfant turbulent.

Tiam-Pa raffolait des larves d'abeilles : elle s'en privait. Coquette au point de se farder dès le matin à Houei-Sai, elle y avait renoncé sous peine, avait dit le mo sado, de mettre au monde un enfant vain et orgueilleux. Elle évitait de s'asseoir sur la première marche de son escalier et se déplaçait avec précaution afin de déjouer les pièges que les phi tendaient au ras du sol.

L'insouciante phou-sao était en train de devenir une commère laotienne dans laquelle il ne reconnaissait plus sa femme. Si libre naguère dans les gestes de l'amour elle avait banni toute fantaisie de leurs étreintes.

322

Le Moal confiait son désarroi à Viard.

— Elle s'allonge et ferme les yeux après s'être noué un fil de coton rouge autour du cou. Je crois même l'entendre réciter à voix basse les formules de son connard de sorcier. Ah, misère ! Des prières, il ne manquait plus que cela. Je baise une bonne sœur. Veux-tu que je te dise ? Le mo sado, eh bien ! je ne serais pas étonné qu'il lui ait interdit de jouir. De quoi j'ai l'air dans tout ça ? Vivement Houei-Sai.

Il y retourna avec deux semaines d'avance sur le programme prévu. La maison lui parut vide, comme l'avait prédit Pavie. Au moins pouvait-il la meubler de souvenirs.

Au Tongkin, les chefs de bandes qui tenaient la Haute-Région se soumettaient ou se ralliaient les uns après les autres. La pacification était réellement à portée de vue.

Pavie en attendait beaucoup.

— Il faut désenclaver le Laos, répétait-il, et établir d'urgence une liaison Luang Prabang-Hanoï par Diên Biên Phû qui deviendra l'indispensable relais entre les deux capitales.

Moins de deux mois après son entrée en fonctions, il s'était entretenu avec Griot des Fontaines, seul Européen à s'être aventuré dans la région. Griot se faisait fort de remonter la Nam Hou en pirogue, malgré les seize rapides qui en obstruent le cours, puis de gagner Diên Biên Phû par l'un de ses tributaires la Nam Youm.

Mais il ne manquait pas d'ajouter.

— ... Dès que sera levée l'hypothèque Deo Van Tri. En ce moment même, à la tête de six cents pirates ho, il suit en sens inverse l'itinéraire que nous voulons emprunter. Avant un mois, il sera à

Luang Prabang. Il n'y a plus de Siamois pour défendre la ville, et pas encore de Laotiens. Au mieux, elle sera mise à sac, au pire elle sera détruite, comme Vien-Chan en 1828. La Cour serait bien inspirée de prévoir une villégiature hors de la capitale.

Elle l'envisageait en effet, à la laotienne, sans se presser. Pourtant, à partir de la mi-mai, les informations des émissaires arrivant de la vallée de la Nam Hou permettaient de suivre avec précision l'avance des hommes de Deo Van Tri. Au 20 mai, ils avaient dépassé les rapides de Han-Luang, dernier obstacle sur le cours de la rivière, avant son confluent avec le Mékong. On signalait leur passage à Pak-Lung, Hat-Kit, Hat-Mot. Ils allaient arriver au Mékong ; ils y étaient et n'avaient plus que vingt kilomètres à franchir pour parvenir à Luang Prabang.

Deo Van Tri à deux heures de pirogue ! Ce qui n'était jusqu'alors qu'une menace vague et lointaine devenait un péril imminent. Les pirates ho avaient une réputation de barbarie solidement établie. Le roi Oun-Kam, ses ministres, ses conseillers passèrent subitement de l'insouciance à la panique. Le Fleuve leur apparut comme la voie du salut.

Tiam-Pa était parvenue au neuvième mois de sa grossesse. Son accouchement n'était plus maintenant qu'une question de jours. Le mo sado était soucieux. La princesse Sumuntha venait de lui faire savoir que Tiam-Pa embarquerait sur l'une des pirogues qui allaient transporter la famille royale et les membres de la Cour hors d'atteinte des pirates, probablement jusqu'à Pak-Lay.

Sur le fleuve en pleine crue, le voyage n'était pas sans danger. Dans certains chenaux, invisibles en surface, le courant s'accélérait soudain. Cette glissade lisse et rapide se terminait sur un haut-fond qui lui faisait obstacle et transformait la masse liquide en un bouillonnement de vaguelettes se chevauchant l'une l'autre. Le tourbillon, alors, n'était pas loin. Des arbres entiers, des cadavres d'animaux et bien sûr, les tecks de Le Moal, en route depuis la veille, dérivaient indépendamment les uns des autres. Les heurts entre ces béliers, de plusieurs tonnes parfois, et les frêles pirogues pouvaient leur être fatals. Aussi naviguerait-on avec prudence, au ras des berges où l'on ne risquait pas de ces éperonnements. L'allure de l'exode royal s'en ressentirait. Il faudrait quatre jours au moins pour atteindre Pak-Lay.

Tiam-Pa ne pourrait attendre aussi longtemps. Selon toute vraisemblance, elle accoucherait en route, dans une pirogue ballottée dans les remous du fleuve ou dans l'un des rares hameaux échelonnés sur ses rives entre Luang Prabang et Pak-Lay.

Cette perspective était d'autant plus inquiétante que l'accouchement s'annonçait compliqué. Le mo sado parlait d'une mauvaise présentation, qu'il n'avait pas été en mesure de modifier. Prières, objurgations, mises en demeure, offrandes, les moyens les plus éprouvés étaient restés sans effet. Les phi, plus obstinés qu'à l'ordinaire, n'avaient pas cédé d'un pouce.

L'air sombre, il prédisait :

— Ce sera un siège, au mieux une présentation par les pieds. Peut-être serait-il préférable de demeurer à Luang Prabang, en dépit du risque. Les Ho ne s'attaqueront tout de même pas à une parturiente.

Sumuntha ne le laissa pas achever.

— Vous ne les connaissez pas. Tiam-Pa serait une victime de choix, dont l'assassinat mettrait un peu de piquant dans la monotonie des tueries de routine. Non, non, elle partira. Il ne s'agit, après tout, que d'un accouchement délicat : c'est votre métier d'y faire face.

L'embarquement se fit sous une pluie battante qui mit à mal la majesté royale. Cousinant avec le soleil, à l'aise sous la brise des éventails et la protection des dais de toile fine, elle était désarmée devant les cataractes de la mousson. Car rien n'avait été prévu pour les affronter hormis d'inconfortables palanquins, fermés par des volets à tirette, dans lesquels le passager était littéralement escamoté. Quelques privilégiés trouvèrent place dans les palanquins du palais, puis dans les pirogues royales, au nombre de six. Les autres se rendirent à pied à l'embarcadère où, dans un tumulte indescriptible, les mariniers louaient à prix d'or leurs pirogues, grandes ou petites, en bon ou mauvais état et jusqu'aux barcasses qui servaient d'ordinaire à transborder passagers, bétail et marchandises d'une rive à l'autre du fleuve.

Sumuntha avait installé Tiam-Pa et le mo sado dans la pirogue que le palais avait réservée à sa famille. C'était une embarcation solide, munie d'un rouf sous lequel les passagers étaient relativement à l'abri. La jeune femme s'efforçait de prendre avec bonne humeur la perspective d'un accouchement en pleine nature. A Sumuntha, folle d'anxiété, qui n'arrêtait pas de harceler le mo sado, elle rappela que la plupart des grands hommes, et jusqu'à des dieux, celui des chrétiens par exemple, avaient été mis au monde dans des conditions précaires.

— Lorsque mon fils sera célèbre, disait-elle en riant, on se souviendra qu'il est né dans une barque malmenée par un fleuve en furie. Et tout le monde comprendra qu'après une telle naissance, son destin ne pouvait être qu'exceptionnel.

La nuit fut agitée. Le lendemain matin, Tiam-Pa ressentit une douleur sourde qui lui crispa le ventre. Le mo sado accrocha sa corde à un arceau du rouf et fit allonger la parturiente sur un matelas de kapok. Un homme d'équipage s'évertuait à mettre en place des panneaux latéraux pour protéger les passagers des rafales de pluie. La pirogue virait de bord ou le vent changeait de direction : dans les deux cas, l'eau pénétrait à l'horizontale par les ouvertures non protégées et inondait le rouf où Tiam-Pa, agrippée à sa corde, haletait maintenant entre deux contractions.

Le vieux roi avait demandé à Pavie de l'accompagner dans son humiliant exode.

— J'aurais dû rester au milieu de mon peuple, se reprochait-il, en espérant être contredit.

— Les pirates auraient interprété votre geste comme une reddition sans conditions.

— Que vont-ils faire de la ville ?

— La mettre à sac, Sire. Je ne pense pas qu'ils aillent plus loin. Avant deux ans, Deo Van Tri devra se rendre et il le sait. Il ne peut plus se permettre de crimes majeurs. Mais d'autres que lui seront tentés d'attaquer le Royaume tant qu'il restera sans défense. Il faut le protéger et mon pays y est disposé...

Viard écoutait distraitement l'argumentation de Pavie. Il se demandait ce qu'avait pu devenir Griot des Fontaines, disparu dans la confusion du départ.

La seule à savoir à quoi s'en tenir était Sumuntha qu'il avait rencontrée avant qu'elle n'embarque.

— Je vais à Houei-Sai, lui avait-il annoncé, prévenir Le Moal.

Elle l'avait regardé avec incrédulité.

— Et les pirates ?

— Je passerai à travers. Le Moal fera pareil. Il vous rejoindra à Pak-Lay.

Pendant plus de quatre heures, le mo sado avait

327

essayé d'améliorer la présentation de l'enfant. Il avait alterné prières et manipulations et avait fini par admettre son échec.

— Non seulement c'est un siège, dit-il lugubrement, mais le travail est arrêté.

Il avait eu un moment d'espoir lorsque Tiam-Pa avait perdu les eaux. L'expulsion avait même commencé. Suspendue à sa corde, elle s'épuisait à pousser. Dans l'écartèlement de ses cuisses une chair rouge était apparue. C'était bien un siège. Il ne restait au mo sado que l'ultime recours, celui du dialogue avec le nouveau-né récalcitrant. Il retira de son sac le vieux soulier réservé à cet usage, et frappa à petits coups le postérieur qui cherchait à forcer le passage.

— Rentre, rentre, petit cul, ce n'est pas toi qu'on attend. Enfant, écoute-moi, c'est ta tête qu'il faut montrer d'abord !

Tiam-Pa avait lâché la corde et s'était laissée aller, consciente seulement de la douleur qui l'habitait.

Prise dans un tourbillon dont elle n'arrivait pas à se dégager, la pirogue pivotait sur elle-même. Tout tournait également dans la tête de l'accouchée. A la souffrance s'ajoutait l'écœurement. Entre deux nausées, elle criait :

— Finissez, finissez !

Lorsque la nuit était tombée, la fin de ce calvaire n'était pas encore en vue. Il ne s'acheva que le lendemain 7 juin à l'aube. La délivrance se fit dans un grand déchirement de chairs, au milieu d'un flot de sang et de sanie. L'enfant était mort, étranglé par le cordon enroulé autour de son cou.

Au même moment, les six cents Ho de Deo Van Tri se répandaient dans les rues de Luang Prabang et commençaient un pillage qui devait durer trois jours entiers.

A Houei-Sai, la crue se maintenait à son plus haut niveau. Il restait encore cinq cents billes dans l'anse de stockage. Le Moal espérait pouvoir les flotter avant que ne s'amorce la décrue mais n'était pas sûr d'y parvenir. Ses gens ne réagissaient ni à ses encouragements ni à ses coups de gueule. Épuisés par trois jours de labeur, les Pong travaillaient moins vite. Leur attention se relâchait, ils avaient le pied moins sûr et à tout moment ils risquaient l'accident. Le Moal avait proposé au chef d'équipe de doubler les primes, à condition qu'il accepte d'écourter la pause de midi.

— Ma peau vaut plus cher qu'une prime, avait répondu celui-ci.

Du menton, il avait désigné les nuages noirs qui galopaient au ras des crêtes.

— Si au moins cette saloperie pouvait s'arrêter.

A peine avait-il exprimé ce souhait qu'une nuée crevait au-dessus du chantier. Toutes vannes ouvertes, le ciel se vidait.

— Nous finirons demain matin, trancha-t-il. Prime doublée, bien entendu.

Le Moal lui tourna le dos et rentra chez lui, pas mécontent finalement d'avoir un bon motif de se mettre au sec.

— Salauds de Pong, marmonna-t-il.

Dans sa bouche, la formule n'avait rien d'injurieux. Il les aimait bien, ses chenapans de Pong. Non seulement ils le ravitaillaient en opium, mais en plus il lui fournissaient du *choum*[1] qu'ils faisaient venir du Siam.

Un fagot de petit bois brûlait dans le foyer de pierre et d'argile. Sa chaleur était la bienvenue :

---

1. Alcool de riz.

celle du choum également. A la première rasade, il cessa de frissonner. Il s'en resservit un plein bol qu'il lampa sans reprendre haleine. Son esprit s'éclaircit. Il découvrit que son acharnement à forcer la cadence du flottage n'était qu'obstination futile.

— Trois mille ou trois mille cinq cents billes, au fond, qu'est-ce que j'en ai à foutre ? Qu'est-ce que j'y aurai gagné, à part la crève, et qui m'en saura gré ?

Tiam-Pa l'avait assez répété, l'an passé. Comme toujours elle avait raison. C'était le seul reproche qu'il avait à lui faire. L'alcool aidant, il se sentit ému à l'évocation du bonheur qu'ils avaient connu. Sa grossesse les avait éloignés l'un de l'autre ; la maternité les rapprocherait. Ils partageraient leur temps entre Houei-Sai et Luang Prabang et se retrouveraient plus proches et plus unis qu'ils n'avaient jamais été.

Le choum ouvrait le chemin de la repentance et des bonnes résolutions, mais aussi celui de la vérité. Oui, Tiam-Pa lui avait fait connaître la douceur, l'indulgence, la joie de vivre, même si, par une étrange pudeur, il avait toujours feint de ne pas y croire. Il admettait ce soir que les années vécues auprès d'elle étaient les seules vraiment heureuses de sa vie et il le répétait avec entêtement comme pour stigmatiser son propre aveuglement.

D'un pas mal assuré, il était sorti sur la véranda pour s'éclaircir les idées.

— Le bonheur n'est pas une tare. Ça n'est pas une vérole qu'on cache à l'autre parce qu'on a honte de soi. Il faut le prendre à pleines mains, le presser comme un fruit...

Dans le jardin que l'ombre envahissait, quatre cavaliers étaient apparus. Ils abritèrent leurs chevaux entre les pilotis de la maison. Trois d'entre eux

330

allèrent se chauffer au foyer de la cuisine, le quatrième gravit l'escalier.

Le Moal le reconnut avant même d'avoir vu ses
traits.

— Griot, par ce temps, mais c'est de l'héroïsme !

Griot était exténué et ne parlait qu'avec peine.

— As-tu quelque chose de fort à boire ?

— Toute la Cour ?

— Et dans une belle pagaille, avec les Ho quasi-
ment aux portes de la ville ! Le Roi, les frères et les
oncles, les cousins et les dignitaires, les bonzes aussi,
sauf Sa That, leur supérieur, qui s'est mis en méditation aux pieds du Pra bang. Et puis les gardes,
dont la moitié seulement pouvait embarquer et qui
s'entretuaient...

— Je me fous des gardes. Tiam-Pa ?

— Elle a embarqué dans une pirogue du palais
avec la princesse Sumuntha et le médicastre. Elle
était à terme, Jakez, et a vraisemblablement accouché avant d'arriver à Pak-Lay.

— Je partirai demain à l'aube.

— Non, ce soir, afin de passer à Luang Prabang
dans la nuit de demain. Les Ho ont mieux à faire
que de monter la garde dans le noir et la pluie.
Prends mes hommes avec toi ; ils sont bien armés. Je
terminerai le flottage. Après-demain, tu seras à Pak-
Lay.

Le Moal semblait désemparé.

— Tu crois vraiment qu'elle a accouché en
route ?

— Tu le sauras en arrivant.

Seuls les Pong avaient assez d'audace pour se
lancer, de nuit, sur le fleuve déchaîné. Ils l'avaient
fait maintes fois lors de transports plus ou moins
avouables.

— Mieux vaut ne pas y voir, disait leur chef d'équipe, si l'on ne veut pas être vu.

Il affirmait que la nuit pouvait être une alliée et que le bruissement de l'eau, son odeur, son contact avec la pagaie le renseignaient mieux que ses yeux lorsqu'il n'y avait de visible qu'une étendue d'eau sans rives ni horizon. Il faut trouver, disait-il encore, le chenal le plus rapide. C'est toujours le plus sûr et veiller à rester dans le fil du courant. Nous descendrons le fleuve à la vitesse d'un cheval au galop.

Le chef d'équipe avait choisi la pirogue.

— Celle-là, dit-il, se joue des rapides les plus furieux.

Les piroguiers arrimaient avec soin le baluchon du passager.

— Ceux-là, ajouta-t-il, vous conduiraient en enfer si vous le leur demandiez.

Griot et Le Moal s'étreignirent brièvement.

— Merci, dit Le Moal.

— De quoi ? plaisanta l'autre, la gorge nouée. J'ai toujours rêvé de flotter des tecks.

Le courant happa la pirogue avec violence. En quelques secondes les feux de la rive disparurent et l'obscurité devint totale. Au jugé, les piroguiers cherchèrent à se placer dans le chenal le plus lisse. Habitués à naviguer ensemble, ils ne parlaient pratiquement pas, ou par brèves interjections. Tassés au fond de la pirogue, les hommes de Griot faisaient le gros dos sous la pluie. Pendant la première heure, Le Moal chercha désespérément à voir autre chose que la silhouette du piroguier debout à l'avant. Rapidement, il en vint à ne plus savoir s'il avait les yeux ouverts ou fermés tellement l'obscurité était profonde. Et il s'endormit. Le ruissellement de l'eau dans son dos le réveilla. Il tremblait de fièvre, se rendormit, se réveilla. L'aube vint : seule différence, le noir de la nuit devint le gris du jour. Et le voyage fantomatique se poursuivit. Pendant deux jours, les piroguiers restèrent à leur poste, ne se reposant de manœuvrer debout qu'en s'asseyant d'une fesse sur le plat-bord.

Le soir le surprit. Le temps aussi avait été effacé. Le Moal somnolait. Le piroguier placé derrière lui secoua l'épaule. Il s'était accroupi au fond de l'embarcation et son équipier avait fait de même.

— Luang Prabang, dit-il.

Le Moal écarquilla les yeux. De rares lumières, à peine perceptibles, clignotaient dans le lointain. Elles défilèrent au ras de l'eau et disparurent presque aussitôt.

Dix heures encore.

Le ciel était toujours aussi chargé mais la pluie avait cessé. Les rives du fleuve étaient maintenant visibles bien que son lit se fût élargi. Celle de droite bordait une plaine étroite, limitée par des massifs montagneux que le plafond des nuages escamotait à mi-pente. A quelques centaines de mètres de la rive, un village était visible. Un chemin menait au fleuve et se terminait par une estacade autour de laquelle était amarrée une flotte disparate de pirogues et de barcasses.

— Pak-Lay, annonça le piroguier de proue.

Une foule multicolore se pressait sur le chemin et l'estacade. Après deux jours de navigation en aveugles, l'effet était saisissant. Les regards, toutefois, étaient attirés plus à gauche, dans le milieu de la plaine, par une vision insolite.

C'était, au-dessus d'un édifice invisible depuis le fleuve, un feu dont les flammes étrangement rouges faisaient fuser des gerbes d'étincelles. Le vent était tombé. Du brasier crépitant s'élevait, droit dans le ciel, une immense colonne de fumée noire.

333

La gorge nouée par l'angoisse, Le Moal n'arrivait pas à dire un mot. Il fit signe aux piroguiers de s'approcher de la rive. On voyait maintenant, au milieu de la rizière, un pavillon de bois et de papier qui achevait de se consumer.

Avant même d'avoir mis pied à terre, il avait compris que, dans cette construction éphémère, sa part de bonheur était réduite en cendres.

6

Des images d'autrefois l'assaillaient tandis qu'il s'engageait sur la diguette au bout de laquelle avait été dressé le catafalque. Il se souvenait d'une autre rizière, quelque part au Tongkin, et des secondes qui avaient précédé la découverte du corps de Garnier.

Tant que je ne l'aurai pas vu... se disait-il alors.

L'espoir insensé qui s'était emparé de lui n'avait duré qu'une seconde.

Ici, rien de tel. La foule allant et venant sur le sentier, les amis et familiers devisant autour du brasier étaient détendus, presque joyeux. Ils lui souriaient au passage, comme pour le féliciter d'on ne sait quoi. Sur place, il n'y avait rien à voir. Contrairement à d'autres qui brûlent mal ou incomplètement, ce bûcher-là avait parfaitement fait son office.

Sumuntha s'était trouvée devant lui.

— Nous avons craint d'être empêchés, dit-elle.

— De quoi ?

— Les bonzes interdisent toute crémation, et même tout rite funéraire pour les femmes mortes en cours de grossesse. Nous avons dû prouver que ce n'était pas le cas.

Il ne pouvait se faire à l'idée que le corps, la parole, le rire, la beauté de Tiam-Pa étaient réduits à ce tas de cendre, rougeoyant dans l'entrecroisement de bambous à demi calcinés. Même mutilé, un corps conserve une certaine consistance. On peut le toucher, frémir d'horreur à la vue de ses plaies, se résoudre à l'évidence et finalement accepter. Ici, il n'y avait pas de mort. C'était pire : il n'y avait rien.

— Le retour au néant, disait Sumuntha avec une tranquille assurance. Le *nirvana* n'est pas triste, Jakez, et la vie n'est pas un bien absolu.

— En somme, dit-il d'une voix blanche, tout est au mieux.

— Pour Tiam-Pa, certainement. Et puisque nous l'accompagnons, en ce moment même, dans son voyage, nous nous devons de lui présenter un visage serein.

Autrefois, il aurait hurlé, aurait cherché à s'en prendre au premier venu, et à cogner, pour évacuer son trop-plein d'amertume. Un ressort s'était sans doute distendu dans la mécanique de ses emportements. Il n'avait plus ni l'envie ni les moyens de faire un éclat, seulement de s'isoler avec son chagrin, dans sa grande maison où le moindre objet parlait d'elle.

Seul avec sa forêt, il avait eu le temps de remâcher sa peine et de s'en faire une compagne auprès de laquelle il s'était habitué à vivre.

Six ans avaient passé depuis l'arrivée de sa pirogue à Pak-Lay et la découverte du pavillon de bambou et de papier achevant de se consumer dans la rizière.

Six fois, les Pong avaient lancé dans le fleuve, par milliers, les tecks acheminés jusqu'à l'anse de stockage pendant les mois d'hiver.

Six fois, Le Moal avait guetté la montée des eaux. Avec chaque mousson son palud était revenu. Ses cheveux rouges, qui étaient devenus poivre et sel, avaient commencé à se clairsemer. Il avait encore maigri, de partout sauf du ventre, car son foie prenait du volume. Son humeur s'était encore assombrie.

Il n'était à l'aise qu'en compagnie de Griot, qui effectuait deux liaisons par an avec Houei-Sai, et de Viard qu'il retrouvait à Luang Prabang après la fin du flottage.

Pas une fois il n'avait revu Sumuntha.

Les nouvelles de l'extérieur lui parvenaient par à-coups. Il les accueillait avec une indifférence de moins en moins feinte.

Successivement, il apprit le retour du roi Oun-Kam à Luang Prabang et sa renonciation au trône en faveur de son fils aîné ; puis la soumission de Deo Van Tri devenu du jour au lendemain un auxiliaire apprécié de l'œuvre de pacification au Tongkin ; le voyage de Pavie à Hanoï, sa nomination comme consul général à Bangkok, les incidents franco-siamois, les représailles françaises et le traité reconnaissant l'autorité de la France sur la rive gauche du Mékong.

Le Moal n'avait pas bronché. Griot s'en était étonné.

— C'est important, non ?

Il avait haussé les épaules.

— Important pour qui, et pour quoi ?

Vong-Sen, l'ermite de Kompong-Thom, disait à peu près la même chose. A la saison suivante, Griot lui rendit visite. Momifié par l'âge, le vieux sage semblait immortel. Il l'accueillit comme s'ils s'étaient quittés la veille. Leur dernière rencontre remontait pourtant à plus de cinq ans.

— J'ai à vous parler d'un ami qui m'inquiète, lui dit Griot. Il vit en solitaire, mais contrairement à la vôtre, sa solitude est malsaine. C'est une réclusion. Lorsque je l'écoute, je l'entends prononcer les mêmes mots que vous, mais ils n'ont pas la même signification. Votre éloignement du monde, l'indifférence que vous témoignez devant les remous de l'existence sont exempts d'hostilité. Vous jugez les autres avec indulgence et, le plus souvent, vous vous abstenez de juger.

» L'indifférence de mon ami Le Moal se nourrit, au contraire, de rancune et de misanthropie. Il en veut au monde d'avoir fondé son équilibre sur l'injustice, l'inégalité, l'oppression et de faire participer les victimes à leur propre écrasement. Son refus de juger n'a rien d'un acquittement ; c'est une condamnation sans appel, si globale qu'il estime inutile de la formuler. Je crois qu'il s'en veut plus encore à lui-même, d'avoir la lâcheté de vivre.

— Votre ami est malade, dit l'ermite. Il y a deux façons de le soigner, la vôtre et la nôtre. A vous de choisir. A défaut de remèdes, vos médecins ont trouvé des noms pour désigner sa maladie. Ils la nomment mélancolie, dépression, psychose, monomanie, que sais-je encore ? Mais aucun d'eux ne la soignera vraiment. Ils se savent impuissants devant elle et tout bas avouent qu'elle conduit au suicide.

» Nous ne nions pas le mal, mais nous affirmons que le malade peut s'en rendre maître, sinon s'en guérir. Il en est de la maladie comme du bien et du mal ou du temps qui passe : c'est une notion relative.

» Le temps ! Avez-vous remarqué que certains le laissent s'enfuir, que d'autres savent le retenir et même l'arrêter ? Êtes-vous pressé d'arriver au terme de votre existence ?

— Non, répondit Griot. Mais il n'est pas en mon pouvoir d'en retarder l'échéance.

— Effectivement, si vous rythmez votre vie comme une horloge, avec la subtilité d'un balancier : tic, tac, encore une minute et ainsi de suite jusqu'à la fin. Il est une autre manière de vivre, en maîtrisant le temps. L'important est de savoir ce que vous en ferez.

— Rien d'intéressant. Je me contente de vivre celui qui m'est donné. N'est-ce pas, aussi, une forme de sagesse ?

Vong-Sen laissa la question sans réponse. L'égrènement de son chapelet d'ambre le tint occupé un instant.

— La sagesse aussi est relative. Il faut que votre ami en retrouve le chemin. Je vous avais parlé, autrefois, d'un texte du seigneur Gautama.

— Le Rhinocéros...

— C'est cela. Un apologue en trente strophes que j'ai traduit du *pâli* en khmer.

Il appela un bonzillon qui faisait son noviciat auprès de lui.

— Il y a une rangée de *krân* sur l'étagère du haut. Celui que je cherche est le septième à partir de la gauche. Apporte-le-moi.

C'était, plié en paravent, un cahier oblong en papier fort, de quarante centimètres sur dix, dont les premiers et derniers feuillets, blancs à l'intérieur, portaient à l'extérieur le titre de l'ouvrage.

Il tendit le krân à Griot.

— Que ton ami le lise et le relise, le comprenne, s'en imprègne et qu'il fasse siens les préceptes du Maître, si simples qu'ils semblent évidents. Quand ce sera fait, le mal ne pourra plus rien contre lui. Il sera hors d'atteinte.

Plus encore que son état physique, son délabrement mental s'était accentué au cours des derniers mois. Lorsque Griot arriva à Houei-Sai pour sa liaison de printemps, la maison lui apparut sans vie.

Le Moal n'avait pas bougé de sa chambre depuis

trois semaines. Il avait fait abaisser les stores de la véranda pour bien marquer qu'elle était interdite à quiconque. Affalé dans un fauteuil, une bouteille de choum à portée de la main, il s'était coupé du monde. Il ne dormait pas mais somnolait, ne vivait pas non plus mais végétait, ne se rasait plus, ne se lavait plus. En pénétrant dans la pièce sombre, Griot fut frappé par l'odeur qu'il dégageait.

Il pue la mort, se dit-il, consterné.

Sa décision fut vite prise.

— Tu redescends avec moi.

Le Moal protesta mollement mais se laissa convaincre.

— La concession, tout de même...

— Eh bien quoi, la concession ? Il faudrait bien t'évacuer si un teck te broyait une jambe. Ce qui t'arrive est pire : il n'est même pas sûr que tu sois encore vivant.

A Houei-Sai, les jours de Le Moal étaient sans doute comptés. Son retour à Saïgon ne garantissait pas pour autant sa guérison.

Sigismond d'Este lui vint en aide une fois de plus. Il était fidèle en amitié et prenait un plaisir de dandy à jouer de l'arbitraire en faveur de ceux — rares, il est vrai — à qui il accordait son estime.

Griot l'avait informé de la détérioration inquiétante de la santé de Le Moal.

« Il ira jusqu'au bout, lui avait-il écrit, sans rien demander à personne. Sa direction de Saïgon trouve cette discrétion bien pratique. »

Sa lettre chemina jusqu'au Transvaal où d'Este assistait à la mise en exploitation d'une mine d'or dont l'une de ses sociétés était concessionnaire. Sa richesse, sa naissance, ses succès, sa puissance lui apparaissaient comme le fruit d'une salutaire inégalité dont il jouissait sans états d'âme, à condition de lâcher un peu de lest, en cas de surcharge, sous forme d'actions désintéressées : un orphelinat, des bourses d'études, une mission humanitaire faisaient l'affaire. Un coup de main à Le Moal également, bien que dans ce cas précis l'amitié qu'il portait à l'homme des tecks fût sa véritable motivation.

Deux mois plus tard, Georg Eistrup, qui était sur le point de licencier à peu de frais le forestier hors d'usage, reçut de sa direction de Copenhague deux pleines pages d'instructions qui le firent s'étrangler de fureur.

Il lui était prescrit d'accorder à Le Moal le congé de six mois dont bénéficiait le personnel de la CAIC après six années de service. Sauf erreur, lui rappelait-on, Le Moal venait de passer dix ans à Houei-Sai. Qu'il n'eût jamais fait valoir ses droits ne l'en privait pas. Il lui était également rappelé que le décompte des mois de congé était net, hors voyage, et que, Le Moal renonçant à se rendre en Europe, la CAIC lui devait la durée de la traversée aller-retour, soit quatre mois. Au total donc, quatorze mois à plein salaire.

Griot avait profité de la présence de Viard à Saïgon pour fêter, à trois, le retour sur terre de Le Moal. Un mois d'hôpital n'avait pas été de trop pour le remettre d'aplomb. Il avait réappris à se nourrir, à dormir et à respecter son foie. Il s'était réhabitué aux bruits de la ville, à l'animation des rues et avait découvert avec étonnement l'éclairage électrique nouvellement installé dans les grandes artères de la ville.

— Il te faut une maison, avait décrété Griot. Je te l'ai trouvée. Elle est petite, pratique et loin de l'agitation du centre.

— Dans quel quartier ? demanda Le Moal avec une feinte curiosité.

— En bordure de la plaine des Tombeaux. Tes fenêtres donnent sur une mare tapissée de lotus et peuplée de crapauds-buffles.

*
**

— L'Inspection d'abord !

Le Tour de l'Inspection était la promenade favorite des Saïgonnais, une allée que l'on parcourait dans les deux sens en fin de journée, autant pour voir que pour être vu. On y venait en pousse, en voiture attelée, de maître ou de louage, à cheval et même à pied si l'on tenait vraiment à se faire remarquer. Du moins jusqu'au coucher du soleil. La promenade était tout aussi fréquentée, la nuit venue, mais les promeneurs ne s'affairaient plus à se reconnaître : toutes les formes possibles de couples se retrouvaient dans les voitures et profitaient de l'ombre et de la fraîcheur pour s'ébattre dans un relatif incognito.

Au passage dans le halo d'un globe électrique apparaissait cependant l'image d'un enlacement, l'éclat d'une chair rose dans un bouillonnement de dentelle, voire le profil d'un visage connu : de quoi alimenter les ragots qui feraient, dès le lendemain, le tour de la ville.

— Ils veulent quoi, au juste, demanda Le Moal avec bon sens, se cacher ou se montrer ?

— Les deux à la fois.

Une calèche passait, capote abaissée. Le passager serrait de près un adolescent.

— Celui-là, dit Viard, tout le monde le connaît. Ses provocations ne font même plus jaser.

— J'en ai assez vu, bougonna Le Moal. Ils sont grotesques, vos Saïgonnais. Où va-t-on ?

— A Cholon.

La ville chinoise n'avait pas cherché à se donner

des allures d'Occident. Il lui avait suffi de remplacer le torchis de ses murs par de la brique et les paillotes de ses toits par de la tôle ondulée. Mais le dédale des ruelles était toujours celui que Garnier avait connu lorsqu'il administrait l'agglomération.

Dans les artères fréquentées par les Européens, les restaurants s'étaient surélevés de quelques étages, comme les Chinois à l'aise s'alourdissaient de quelques kilos. Les maisons de jeu autorisées s'annonçaient de loin par le bruit de crécelle des parties de *mah-jong* en cours. Les tripots noirs et enfumés qu'il fallait découvrir au fond des venelles et d'arrière-cours inquiétantes avaient la préférence des connaisseurs. Le monde des jeux clandestins était fermé et le Blanc qui s'y risquait devait s'y faire accepter.

Le Cholon du plaisir proposait à l'amateur le choix entre le bordel anonyme, dont l'entrée lugubre — carrelage blanc et plante verte obligatoire — rappelait celle d'une morgue, ou le débraillé bruyant des ruelles chaudes où se pressait une foule friande de femmes à l'étalage.

A des tarifs bien plus élevés, Cholon proposait également la courtisane de maison de thé dont il fallait s'acquérir les faveurs par des préliminaires coûteux et la chanteuse de restaurant, affectée à un invité de marque, qui miaulait entre deux plats et tamponnait à tout bout de champ, d'un linge imprégné de citronnelle, le front en sueur de son client. S'il voulait obtenir des prestations supplémentaires, qu'elle n'était pas tenue d'assurer, il fallait qu'il en paye le prix, prohibitif et, du moins pour un Européen dont la face n'est pas le souci primordial, hors de proportion avec la qualité du service effectivement dispensé.

Les Chinois veillaient à ne pas mélanger les genres. C'était pour eux une question de culture. Ils ne confondaient pas les maisons de plaisir et les fumeries, lieux paisibles de retraite et de silence où chacun pouvait s'isoler à sa guise.

La seule véritable innovation française, hérésie dans ce monde aux rites polis par l'usage, était la fumerie-bordel, mélange barbare que les conquérants, contents d'eux-mêmes, considéraient comme le soleil noir de leur dépravation.

Pour la nuit de sa résurrection, Le Moal eut droit à la gamme complète des ressources de Cholon : la maison de jeu où, en dépit des efforts d'une hôtesse obligeante, il limita ses pertes au strict minimum ; l'interminable dîner qui pourtant ne lui rappela que de loin les vingt-six services du banquet offert jadis à la Mission par le ma ta jen du Yunnan ; les filles en montre derrière de gros barreaux de bois.

— De vraies cages. Pourtant ça n'est pas le pire. Avec ou sans barreaux, tout le monde a droit à la cage. Ce sont les curieux qui me dégoûtent.

Une première fumerie ensuite, où les bat-flancs encastrés les uns dans les autres étaient occupés par des formes immobiles sur lesquelles veillait un lumignon.

— Elle est funèbre, votre taule, protesta Le Moal.

Ils échouèrent, comme de juste, rue des Marins, dans la plus réputée des fumeries-bordels, chez Josepha, tenancière exemplaire, qui garantissait la qualité de sa drogue, du pur *xien-toung* et la santé des demoiselles qu'on rencontrait autour de ses plateaux.

Elles étaient chinoises, japonaises, indiennes, annamites et d'âges variés, depuis la femme-enfant jusqu'à la solide travailleuse sur qui était passée, sans qu'il y paraisse, une génération entière de marins. Cet échantillonnage de beautés disponibles ne troublait pas Le Moal. Il se croyait immunisé contre ce genre de pulsions. Aussi fut-il le premier étonné de se sentir soudain la gorge sèche et le ventre crispé devant l'étrange beauté dont le regard avait capté le sien et ne le lâchait pas.

Belle, certes, mais d'une beauté singulière, à facettes. D'un moment à l'autre, elle changeait de visage. Sans qu'une parole ait été dite ou que son comportement se soit modifié, son sourire se figeait, une lueur mauvaise s'allumait dans son regard, ses traits passaient de la finesse à la vulgarité. Son corps qu'on devinait sous la tunique ajustée participait à cette dualité, gracile mais dur, petit mais moulé, aussi près du refus de soi que de l'abandon.

Une garce, en tout cas, se dit Le Moal, dont les sens ressuscitaient, après un coma de six années.

Josepha devinait avant qu'ils ne les expriment les préférences de ses clients.

— Sino-annamite, lui glissa-t-elle à l'oreille. Elle se nomme Xuan, Printemps ; jolie n'est-ce pas ?

Et d'ajouter, en confidence, cette stupéfiante révélation.

— Xuan n'est pas une fille de joie. Ses parents sont des comédiens de talent.

— Je suppose qu'elle est comédienne elle-même ?

Josepha ne perçut pas l'ironie de la question.

— Oui, et même très bonne comédienne.

— Malheureusement sans engagement ?

— Voilà !

— Qu'à cela ne tienne. Je l'engage... pour ce soir.

Dans la victoria qui ramenait vers Saïgon les trois compères et l'artiste, celle-ci eut une première occasion de démontrer que l'amateurisme n'exclut pas le savoir-faire. Viard et Griot, tout à leur bonne action, s'absorbaient dans la contemplation du paysage, un boulevard désert, jalonné de loin en loin par le rond lumineux d'un lampadaire. Proprement chevauchée, elle se donnait à fond mais avait conservé assez de présence d'esprit pour prodiguer simultanément de touchantes attentions à ses deux voisins.

La voiture s'arrêta devant la maison de Le Moal. En le voyant pénétrer chez lui, flanqué de sa Fleur de Printemps, Viard fut effleuré par la crainte qu'il puisse donner une suite à cette soirée. Sait-on jamais, après six ans de continence ?

— N'oublie pas, lui dit-il avant qu'il ne referme sa porte, qu'une représentation de gala est unique, par définition.

Viard et Griot étaient perplexes. Après la disparition de Tiam-Pa, ils avaient vu Le Moal se confiner dans un espace clos dont il calfeutrait toujours plus hermétiquement les ouvertures, au point d'en faire un étouffoir. L'un après l'autre, il avait coupé tous les contacts qui le reliaient au monde. Il mourait petit à petit, comme la flamme d'une chandelle qui n'éclaire plus, ne chauffe plus, grésille une seconde et finit en fumée.

On l'avait à grand-peine ramené à la vie. Il y goûtait depuis deux mois, moins par appétit que par souci de ne pas désobliger ses proches.

Et le réveil était venu, de façon totalement inattendue. Le gala avait duré trois jours, pendant lesquels, rideaux tirés et volets clos, Xuan l'artiste et le solitaire de Houei-Sai avaient rivalisé d'ardeur.

Elle avait joué sa partition sans une fausse note, en lui donnant à penser qu'il dirigeait l'orchestre. Fort de cette assurance, il s'était mis en tête qu'ils formaient un couple. Elle avait de bonnes raisons de ne pas le contredire. Comment un forestier, seul avec son bois pendant six ans, sans possibilité de dépenser une piastre n'aurait-il pas accumulé un sérieux magot ? Mordu comme il l'était, il ne mettrait pas, à le défendre, une énergie farouche.

L'approche est un travail délicat auquel elle décida de consacrer le temps nécessaire. Ainsi Le Moal vécut-il une lune de miel, béatement, comme s'il était naturel que le sort lui offrît cette revanche.

— J'en ai assez de vivre seul, confia-t-il à Viard. Il me faut une congai.

— Tu l'as trouvée ?

— Oui, Xuan, la fille de l'autre soir.

— Mon pauvre vieux ! Ta solitude, à Houei-Sai, c'était la peste. Je crains que Xuan ne soit le...

Le Moal lui broya le poignet.

— Ne crains rien. Si c'est le choléra, je suis vacciné.

Ce fut le choléra.

Absorbé par sa nouvelle vie, Le Moal ne décela pas le mal ; il le niait encore bien après qu'il se fut déclaré. Xuan ne lui avait jusqu'alors présenté que son bon profil. Elle était enjouée, facile à vivre, à peine capricieuse et toujours pressée d'aller au lit.

Le lit ! Il s'en voulait d'y penser sans cesse et ne pouvait se douter que sa tisane du soir, obligeamment préparée par Xuan et censée le délivrer de ses fièvres, était un philtre qui transformait son désir en obsession.

Xuan dosait la mixture avec soin. Encore quelques jours et il serait à point. En attendant il était content de lui et manifestait à son égard un orgueil de propriétaire.

— A partir d'aujourd'hui, tu te nommes Chi-Tu' !

— Pourquoi ?

Il lui flattait la nuque.

— Parce que tu es ma quatrième.

— Seulement ? Beaucoup de femmes ont dû vouloir.

— Beaucoup. Mais toi...

Elle se blottissait contre lui, passait ses doigts fuselés sur ses lèvres.

— Même pas donné la bague !

Il offrit la bague et le bracelet et la broche et les boucles d'oreilles. Le collier de perles fut plus difficile à obtenir. Pour une fois, il renâclait.

— Nous n'irons pas loin à ce train-là ; je ne suis pas un homme riche.

— Pas faire menteur, Jaké ! Toi, c'est riche : je sais. Seulement, c'est cacher l'argent.

Elle l'avait dit sur le ton de la plaisanterie tout en laissant filtrer un regard inquisiteur entre ses paupières mi-closes. Le Moal resta de marbre et pour cause : il n'avait pas de cachette et ses fonds étaient au plus bas. Les avances sur son salaire de congé, perçues à sa sortie de l'hôpital, s'étaient volatilisées. Eistrup se fit tirer l'oreille pour en consentir de nouvelles, mais finit par s'exécuter.

Chi-Tu' ! eut son collier de perles. Elle voulut un bep ayant des notions de cuisine européenne, une *boyesse* pour le lavage et le repassage, un coffre de laque rouge à deux étages pour ranger ses soieries et un coffret d'écaille pour ses bijoux.

Elle les obtint. La relance ne tarda pas.

— Je vais au marché avec la *boîte d'allumettes*[1]. J'attends longtemps quelquefois, avec le soleil, avec la pluie.

— Prends un pousse.

— Oui. Mais pas le pousse sale et vieux et le coolie pour tirer.

— Quoi alors ?

— Le vrai pousse. J'ai déjà trouvé ; noir et rouge, tout neuf, avec le tireur bien habillé.

La bague, le bracelet, les perles, le bep, la laque, l'écaille et maintenant un pousse de maître avec un coureur en livrée, nom de Dieu ! Il explosa.

— Tu te fous de moi ?

1. Petite voiture à quatre ou cinq places servant aux transports en commun.

Elle pleura. Il la consola. Elle renifla et ils allèrent au lit. Le lendemain fut un jour de trêve. Mais, quarante-huit heures plus tard, elle revint à la charge.

— Au moins venir pour voir, Jaké. Voir seulement, pas acheter si pas content...

— N'insiste pas, c'est non !

Elle le considéra avec étonnement. Il se révélait moins maniable qu'elle n'avait pensé.

— Tant pis, dit-elle avec hauteur, je vais à pied. C'est toi qui perds la face.

Et de bouder pendant trois jours, sous prétexte de migraine et d'indisposition. Au matin du quatrième, elle était prête pour le grand jeu.

— Oublions le pousse, proposa-t-elle, puisque tu ne veux pas. Je suis pas fâchée, seulement un peu triste.

Le Moal se réjouit de l'embellie.

— Moi non plus, je ne suis pas fâché.

— Alors, fais-moi plaisir.

— Bien sûr, opina-t-il imprudemment. Que puis-je t'offrir ?

— Le collier de Ming Do, le bijoutier de la place du Marché. Le collier et le pendentif. Ming Do m'a dit qu'il voulait bien discuter.

Sûre de son fait, elle n'avait pas craint d'annoncer ses prétentions : Le Moal était ferré ; il se débattrait, mais il finirait par céder. Avant huit jours, elle saurait tout de sa fortune.

Aveuglée par sa cupidité, elle n'avait pas su reconnaître l'accent de la vérité lorsqu'il lui avait avoué qu'il ne disposait pour vivre que de son salaire d'employé. Elle n'en croyait rien.

— Et s'il disait vrai ? se demandait-elle toutefois dans ses rares moments de lucidité. Ce serait pire encore car Jaké, dans ce cas, serait deux fois coupable : de ne pas avoir d'argent, et de lui avoir fait croire qu'il en avait.

Hypothèse hautement improbable. A n'en pas douter, comme tous les avares, le vieux protégeait son magot en criant misère. On verrait bien qui aurait le dernier mot.

S'envenimant de jour en jour, la querelle prit un tour irrationnel à la fois tragique et grotesque.

— Il faudrait savoir ce que tu veux, tentait de plaisanter Griot : la mettre à la porte, lui passer une avoine, lui faire la peau ou bien lui acheter son collier.

— Le collier, sûrement pas.

— C'est à voir. Viard te le disait l'autre jour. Si vraiment tu veux te procurer de quoi l'acheter, c'est simple. Tu abats un rhino, tu ramènes sa corne, ses poils, ses oreilles, un pan de peau, bien épais, et même un bout d'intestin.

— J'abats un rhino, tu en as de bonnes !

— Parfaitement. C'est en pays Lu qu'il faut que tu ailles. C'est là que les rhinos traversent le Fleuve, au terme de leur errance vers l'est, et que tu as les meilleures chances d'en trouver.

— Ou de faire buisson creux.

— Il n'y aurait que demi-mal, parce qu'au bout de la route tu te trouveras toi-même. Ce n'est pas moi qui le dis.

— Et qui donc ?

— Vong-Sen, l'ermite de Kompong-Thom. Il ne fait d'ailleurs que reprendre ce qu'a écrit le Bouddha. Tiens, c'est pour toi.

Il mit entre ses mains le krân dont le vieil homme lui avait fait présent.

— Je l'ai traduit du khmer à ton intention. Il te tiendra compagnie.

Le Moal ouvrit le long dépliant et lut :

L'Amour nait de la rencontre
Et la souffrance nait de l'amour
Pour te garder de ce fruit empoisonné

Voyage en solitaire comme le rhinocéros.

— Je ne l'aime pas, dit-il. Je la hais.

— Cela aussi tu l'oublieras.

**
*

— Chi-Tu' ! apporte à boire !

Elle s'exécutait lorsque la demande se faisait comminatoire et posait à grand bruit bouteille, carafe, verre et sucre sur la table avant de se détourner et de quitter ostensiblement la pièce.

Il s'était offusqué de ce manquement aux usages mais n'avait pas protesté. Il y avait entre eux assez de motifs sérieux d'affrontement pour éviter les querelles mineures. D'ailleurs, et c'est connu, les véritables amateurs d'absinthe ne laissent à personne le soin de préparer leur verre.

Il buvait donc seul, et beaucoup, affalé dans le fauteuil à bascule où il passait le plus clair de son temps. Chi-Tu' disparaissait des après-midi entières et le toisait au retour, en déballant sous ses yeux ses dernières emplettes.

» Il finira bien par se demander d'où vient l'argent que je dépense », se disait-elle. Mais il ne relevait pas la provocation et ne se préoccupait apparemment pas de savoir à quelle source elle le puisait.

En vérité, il s'était posé la question, mais y avait immédiatement répondu.

— L'usure. Chinoises ou annamites, elles sont usurières dans l'âme. La mienne prête à la semaine, à la journée, à l'heure même et fait la tournée des débiteurs tous les après-midi.

C'était en partie vrai. Quant au reste, Josepha était bien trop discrète pour en parler.

Offensée par le manque d'attention de Le Moal, elle se faisait la tête de la compagne excédée par l'ivrognerie de son homme.

351

— Boire, toujours boire, glapissait-elle, bientôt faire *chet* [1].

Le dîner était bâclé et l'après-dîner inexistant.

Se rappelant la remarque de Griot, Le Moal se disait qu'effectivement et à court terme il aurait à choisir entre les quatre solutions envisagées. Son passe-temps favori était d'en peser les avantages et les inconvénients.

— Je la mets à la porte, je lui fous une raclée, je l'étrangle, ou je prends la piste !

Choisir l'une d'entre elles le priverait du plaisir inhérent à chacune des autres. L'argument était fallacieux et il en était conscient. Le seul vrai choix, qu'il différait avec l'espoir que Chi-Tu' s'adoucirait, était de partir ou de rester. Et encore !

— La question est truquée, lui dit Viard, inquiet de le voir sombrer. Il n'y a pas d'alternative. Si tu veux sauver de toi ce qui peut l'être encore, il faut que tu partes, vite et loin.

— Au pays Lu, précisa Griot. C'est là...

— Tu me l'as déjà dit. C'est là que le rhinocéros de l'Inde traverse le Mékong.

— Et quand pars-tu ?

Une seconde encore, il hésita.

— Demain, par la chaloupe de Pnom Penh.

La similitude des chiffres le frappa : vingt-sept ans plus tôt, la canonnière 27 avait fendu les mêmes eaux. Debout à l'avant de la chaloupe, il humait les senteurs du fleuve, un mélange douceâtre d'arômes et de pestilences, tout à la fois animal et végétal, élaboré au rythme des saisons sur un parcours de quatre mille kilomètres.

1. Mourir.

L'odeur était la même, et lui rappelait sa surprise d'alors. Il avait cru découvrir en elle le parfum de l'aventure. Curieusement, aujourd'hui, après avoir humé toutes les senteurs d'Extrême-Orient, plus souvent suspectes que suaves et souvent agressives, c'est celle-là, anodine en somme, qui lui permettait d'accéder au monde des souvenirs où il aimait errer.

Le présent, eût-on dit, ne commençait à l'intéresser qu'au moment où il devenait du passé, et il ne l'appréciait que sous forme de regret.

Aussi ce jour était-il exceptionnel. Avec l'odeur retrouvée du fleuve, les jacinthes d'eau voguant au fil du courant, la ligne verte de la plaine au ras de l'horizon aquatique et les chapelets de nuages sur le bleu intense du ciel, c'était le passé qui accourait à lui pour constituer, brin à brin, un moment qu'il était enivrant de vivre.

Peut-être, plus simplement, était-ce la liberté dont il retrouvait la saveur. Semblablement, un jour, la canonnière 27 s'était plantée dans la vase au creux d'un méandre du fleuve, et il avait fallu une journée d'efforts — avant, arrière, délestage, halage — pour la remettre à flot. Le plaisir qu'il avait éprouvé à sentir le bateau se libérer était, toutes choses égales, comparable à celui qu'il éprouvait aujourd'hui.

Il n'avait pas de bagages, hormis deux sacs : dans le premier était rangé le Anson and Deeley que Sigismond d'Este lui avait donné en quittant Houei-Sai.

— Je ne t'oublierai pas, Le Moal, lui avait-il dit au moment d'embarquer sur son radeau.

Et il lui avait tendu le fusil, dans son étui étanche doublé de peau de chamois.

— Garde-le en souvenir de moi, avait-il ajouté.

Le Moal s'en était peu servi, mais l'avait souvent admiré : le damasquinage des méplats d'acier et la gravure de la crosse aux armes de la maison d'Este en faisaient une pièce unique.

Le second sac contenait le krân dont Griot lui avait fait présent.

— Le fusil pour le rhino, le krân pour toi, tu es paré, Jakez !

Le soir, à la lueur d'une lampe-tempête que le mouvement de la chaloupe faisait osciller, il avait voulu relire ce texte dont l'étude était, paraît-il, une thérapie. En ouvrant les longs pliages en accordéon du krân, il eut l'impression de découvrir un message venu de très loin dans l'espace et le temps, qui lui était personnellement destiné. La langue elle-même semblait être arrivée jusqu'à lui, depuis le lointain pâli dont il ne savait rien, en passant par le khmer qu'il ne comprenait pas, pour aboutir au français qu'il déchiffrait avec application.

> Insensible aux parfums aux goûts et aux saveurs,
> Ni maître ni esclave, plus fort que tes désirs,
> D'un pas toujours égal va d'étape en étape,
> Voyage en solitaire comme le rhinocéros.

L'envie de celle à cause de qui il entreprenait son long et hasardeux voyage diminuait au fur et à mesure qu'il s'éloignait de Saïgon.

A son arrivée à Pnom Penh, il se demandait si vraiment il avait eu l'idée saugrenue de partir à la recherche d'un animal mythique et d'en rapporter la corne, à seule fin d'offrir une parure de reine à une roulure sino-annamite.

A l'escale de Kompong-Cham, il en doutait.

A celle de Kratié, son opinion était faite : sa traque n'était qu'un prétexte lui permettant de se sortir d'une aventure dégradante. Sa liberté reconquise, il pourrait réintégrer sans dommages le monde pour lequel il était fait.

Le texte du krân, qu'il relisait comme un curé son bréviaire, le fortifiait dans cette idée.

Domine le plaisir et le jeu et la joie
Et ne les considère qu'avec indifférence
Rejette loin de toi luxe et solennité,
Voyage en solitaire comme le rhinocéros.

Lorsque l'assertion est péremptoire, le démenti n'est jamais loin. Il lui tomba dessus à l'improviste une nuit, sous l'abri de chaume d'une *sala* où s'abritaient les voyageurs qui franchissaient à pied le labyrinthe des chutes de Khone.

La nuit était poisseuse et la *sala* infestée de moustiques. Le Moal cherchait en vain le sommeil. Des réminiscences le sollicitaient en ordre dispersé : celles d'un visage ou d'un mot, ou d'un paysage, qu'il chassait pour faire le vide en lui-même. Il croyait y être parvenu lorsque le souvenir de Chi-Tu' l'assaillit charnellement.

— On n'enterre pas un souvenir comme celui-là, se défendit-il, ou alors c'est qu'on a peur. Il faut, au contraire, s'habituer à vivre avec, l'apprivoiser en quelque sorte pour le priver de son pouvoir maléfique.

« Le fusil pour le rhino, le krân pour toi », la formule de Griot était ambiguë. Fallait-il choisir entre l'un et l'autre ou bien les deux étaient-ils complémentaires ? Entre rêve et réalité, alors que l'aube pointait au-dessus du brouillard des chutes, il se posait la question.

Au même moment, quelque part au-delà de la frontière birmane, dans un fond de vallée inaccessible, un rhinocéros armé d'une corne de plus d'un mètre de long émergeait du bourbier dans lequel il s'était reposé. Monstre d'un autre âge, fidèle à la loi de son espèce, il entamait sa lente migration vers l'est.

De toute éternité, Le Moal et lui avaient un rendez-vous. Mais le hasard — si c'en était un — n'avait encore décidé ni du lieu ni des conditions de la rencontre.

*
**

Dans les biefs les plus calmes, la chaloupe traçait nonchalamment sa route. Lorsque le lit du fleuve se faisait plus étroit et que le courant s'accélérait, elle peinait, faisait du surplace et parfois même reculait. Devant ce refus de l'obstacle, le pilote n'insistait pas. Il la dirigeait vers la rive la plus proche, l'y amarrait et poussait ses feux jusqu'à ce que la soupape de sécurité de la chaudière émette un sifflement angoissé. Il relançait alors la lourde embarcation dans le courant, forçait le passage et abordait le bief suivant.

Les rapides les plus importants se franchissaient à pied. En amont, une autre chaloupe prenait le relais.

Après Kemmarat, Pak-Lay qui précédait le long bief de Luang Prabang. Plusieurs jours avant d'y parvenir, il avait libéré le souvenir de Tiam-Pa, qu'il maintenait verrouillé au fond de sa mémoire mais qu'en ce lieu il n'était plus possible d'ignorer. Il le fit avec prudence, redoutant que le passé ne lui saute au visage. Il n'en fut rien. Avec émerveillement, il découvrit qu'après six ans l'histoire qu'il avait vécue avec Tiam-Pa n'avait rien perdu de sa fraîcheur. Le bonheur d'alors, si simple et si limpide, tranchait d'autant plus fortement avec l'épisode avilissant qui lui avait succédé.

— Vivre seul, avec un souvenir qui te ronge, c'est te condamner.

356

Avait-il assez entendu Viard et Griot le lui dire et le lui répéter ?

— Tu ne retrouveras jamais une seconde Tiam-Pa. Pas plus qu'un autre tu ne revivras ce que tu as vécu. Tourne la page.

Il avait essayé, ou plutôt s'était laissé aller. Les avertissements de ses amis auraient dû le mettre en garde. Ils avaient été vains, de même que les reproches qu'une part de lui-même s'adressait et qu'une autre refoulait avec hargne.

De lui-même, il n'aurait sans doute pas été capable de mettre fin à la dépendance pitoyable dans laquelle il s'enlisait. Paradoxalement, c'était à la fille qu'il devait d'y être parvenu. Privé de lit, comme un cancre est privé de sortie, il avait marché, malgré lui, vers l'issue de secours par laquelle il s'était échappé. Peu enclin à reconnaître ses faiblesses, il se targuait aujourd'hui d'avoir conquis sa liberté par ses propres moyens.

A Pak-Lay, il était loin de cette fange, et il pouvait renouer avec un passé dont l'évocation n'était plus douloureuse. Rien n'avait été perdu, chaque souvenir était en place, avec ses traits à peine tremblés et ses couleurs qu'on eût dit fanées comme celles des fleurs après les premières gelées.

Dans la rizière, il retrouva la diguette qui menait au terre-plein sur lequel avait été édifié le catafalque. De ce qui s'était fait ici ne subsistait nulle trace. L'endroit, sec et plat, servait d'aire de battage aux paysans du village. Ils avaient recouvert le sol de feuilles de bananier sur lesquelles s'amoncelait le paddy doré du deuxième mois ; et préparaient les festivités de la fête de la Moisson.

Une fois encore, mais très brièvement, il se rebiffa devant ce néant, puis se rappela les mots apaisants de Sumuntha.

— Le nirvana n'est pas triste, Jakez.

Ce sont les restes qui sont tristes. Mis en boîte, enfouis, livrés à l'innommable, leur présence à poste fixe est censée conforter les vivants. On leur rend visite, on leur parle, ou on les prend à témoin, on leur demande conseil et on les fleurit. Les défunts restent muets et se contentent d'être là : c'est leur manière d'exister.

Tiam-Pa n'existait pas. Éteint le dernier brandon, refroidie la cendre du bûcher, il ne restait d'elle qu'une idée qu'il était doux de chérir.

Allons, il était temps de dire adieu à Trébeurden, à la flèche de granit de son église, au culte naïf de ses morts et aux croix indestructibles de son cimetière.

Son séjour à Luang Prabang fut bref. Il évita le consulat de France où il n'avait personne à voir. Pavie l'avait quitté pour Bangkok et Viard l'y avait suivi. De même évita-t-il le palais royal, bien vide depuis la mort du vieux roi.

Sumuntha ? Bien sûr. Elle avait encore dû s'alourdir, n'avait rien à lui apprendre et ne pouvait que troubler le dialogue qu'il avait réussi à nouer avec l'ombre de Tiam-Pa. Il l'évita donc également.

Luang Prabang...

Luang Prabang avait peu changé. L'occupation de la ville par les Ho de Deo Van Tri n'était plus qu'un souvenir. Ils avaient peu tué et violé à peine plus qu'une troupe ordinaire. Si les magasins avaient été pillés, peu d'entre eux avaient été incendiés. Dans une ville construite en bois, cette retenue n'avait pas de prix. Luang Prabang, qui avait craint de subir le sort réservé par les Siamois à Vien-Chan, considérait qu'en fin de compte Deo Van Tri avait fait preuve d'une louable modération.

Malgré les accords passés avec Bangkok, la menace siamoise pesait toujours sur la capitale et s'était même précisée en plusieurs endroits. La présence de militaires, tout juste arrivés du Tongkin par Diên Biên Phû et la Nam Hou, faisait présager une riposte française. La population ne demandait qu'à être débarrassée des Siamois mais s'inquiétait du prix qu'il faudrait payer sa libération. Le commandement faisait peu de cas de l'adversaire, plus exaspérant que dangereux, et qu'une bonne démonstration de force ramènerait à la raison. Ils en avaient vu d'autres et de plus rudes, dans la vallée du Fleuve Rouge et de la Rivière Noire.

Le Moal les écoutait discuter dans les bistrots de la ville, dont le nombre avait doublé depuis leur arrivée. Pas une fois il ne se mêla à eux. Les lieux de leurs combats, les tribus adverses, les villages qu'ils avaient conquis portaient des noms qu'il ignorait et qu'il ne cherchait même pas à situer. Ils ne parlaient pas du Fleuve Rouge ou seulement pour dire que le tracé de la ligne de chemin de fer, parallèle à sa vallée, devait parfois s'en éloigner pour franchir le cours de ses tributaires.

— Comment qu'ils les franchissent ? On se le demande. Imagine un peu : tu sors d'un tunnel pour entrer dans un autre. Entre les deux, un gouffre avec des parois à pic. Le pont n'est pas encore construit, mais je serais curieux de savoir comment il le sera. Et y en a des dizaines comme ça.

Fugitivement Le Moal pensa à Dupuis qui devait bien savoir, lui, comment les ponts seraient construits. Il avait longtemps attendu sa revanche ; aujourd'hui, il se consolait du Fleuve avec la ligne du chemin de fer, dont chaque rail équipant les huit cents kilomètres de voie, et chacune du million de traverses métalliques qui la soutiendrait lui laisseraient un bénéfice.

Il n'était pas homme à se retourner sur son passé. Le souvenir de ses bateaux, le *Mang Hao*, le *Hong-Kiang*, le *Son Tay*, n'encombrait pas sa mémoire. Il avait été l'homme du Tongkin d'hier. Il était celui du Tongkin d'aujourd'hui, sans même en vouloir à ceux qui l'avaient ruiné. Qui se souvenait encore des Dupré et des Philastre ?

Le Moal avait quitté sa table. L'un des militaires l'interpella.

— Un civil à Luang Prabang, ça ne court pas les rues. Qu'est-ce que tu fais au Laos ?

— Je coupe du bois.

L'idée parut plaisante au soldat.

— Comme ça, tout seul ?

Le Moal sourit.

— Eh oui, mon vieux, tout seul. C'est plus sûr.

Il mit pied à terre dès le début de la montée et entreprit, à croupetons, l'ascension de la pente que la piste à peine tracée coupait en biais. Bientôt transformée en un ruisseau de boue, elle disparaissait cent mètres plus loin, gommée par la surface luisante de la coulée d'argile.

Les Khas, qui sont les rares habitants de cette région, ne perdent pas de temps à monter à flanc de montagne. Ils attaquent directement la pente en cherchant l'appui précaire, la racine ou la touffe d'herbe où ils pourront ancrer leurs orteils et se hisser jusqu'à la prise suivante.

C'est ce que Le Moal essayait de faire. Haletant, glissant, les yeux exorbités, il grimpait en s'aidant des mains et des ongles, essayant de creuser du bout du pied des encoches assez profondes pour y loger un bout de semelle.

Griot, qui lui avait tracé sa route, l'avait prévenu.

— Tu auras quatre chaînes de montagnes à franchir, entre 1 800 et 2 000 mètres. En toute saison, les sommets sont dans la crasse. Il y bruine sans cesse. Même l'air que tu respires est imbibé d'eau. Il n'y a que les sangsues pour s'en réjouir. Elles t'attendent, par milliers, dressées sur leur ventouse postérieure, et, à chaque glissade, tu en ramasses une bonne douzaine. L'itinéraire est direct, mais je te préviens, tu vas en baver.

— Et les chevaux ?

— Ils te suivront, quitte à faire la culbute, eux aussi. Les chevaux lao ne bronchent jamais.

» Encore un conseil : ne cherche pas à savoir où tu en es de ton ascension. Tu irais de déception en déception. Consulte ta montre et défonce-toi. Quand tu auras compté sept heures tu seras sur l'arête et tu n'auras plus qu'à te laisser glisser jusqu'en bas, te baigner dans la rivière, brûler tes sangsues et recommencer à grimper de l'autre côté. Au-delà commence le pays Lu.

Un cheval de selle et un cheval de bât, liés l'un à l'autre par une longe : c'est en cet équipage qu'il avait quitté Luang Prabang deux semaines plus tôt. Il avait chevauché pendant plusieurs jours dans un pays de moyenne montagne dont les habitants avaient détruit la forêt depuis longtemps. Les villageois étaient accueillants. L'apparition de l'étranger suivi de ses deux chevaux était un événement qu'en bons Laotiens ils tenaient à célébrer. L'étranger était d'ailleurs généreux et connaissait les usages. Il offrait des piécettes d'argent aux phi protecteurs du village, n'omettait pas de sourire en joignant les mains, toussait discrètement pour s'annoncer et soutenait de sa main gauche son bras droit lorsqu'il saisissait la tasse de choum qu'on lui tendait.

361

— Où va le voyageur ? demandaient les villageois.

— Vers le soleil couchant, jusqu'au grand fleuve.

Ils hochaient la tête et comptaient sur leurs doigts.

— Il lui faudra affronter des montagnes que hantent des génies redoutables, traverser de nombreuses rivières, la Nam Beng, la Nam Tha, la Nam Pha, d'autres encore, trouver son chemin à travers des forêts épaisses. Pourquoi toute cette peine ?

— Il est chasseur.

Les villageois se regardaient, incrédules.

— Quel gibier poursuit-il donc ?

— *To-het*[1].

L'évocation de l'animal fabuleux valait bien quelques secondes de recueillement.

— En avez-vous déjà vu par ici ?

— Non, jamais. Mais nous avons entendu dire que plus loin, vers le couchant, en pays Lu...

— Je sais. C'est en pays Lu que je me rends.

Souriants l'instant d'avant, les visages se figeaient. Au nom des Lu était attaché le souvenir d'anciennes terreurs. Ils étaient les descendants des guerriers qui avaient conquis, sabre en main, un royaume dont les frontières s'étendaient de la Salouen au Fleuve Rouge, et qui avaient mis en esclavage les peuples paisibles de la vallée du Mékong. Vaincus à leur tour par d'autres conquérants ils s'étaient réfugiés dans les montagnes inaccessibles adossées au Yunnan et y végétaient depuis des lustres sans jamais en sortir.

Peut-être en effet, les Lu étaient-ils devenus inoffensifs. Mais les villageois ne se fiaient pas aux apparences. Aucun d'entre eux n'avait jamais rencontré un Lu. Aucun non plus n'avait jamais vu un phi. Et pourtant !

1. En laotien : rhinocéros.

Toujours aimables, mais soulagés de le voir partir. Ils avaient souhaité bonne route à l'étranger qui allait dîner avec le Diable.

*
**

Ainsi prévenu, Le Moal s'attendait à découvrir des villages barricadés derrière des haies de bambous taillés en pointe et des habitants sur le qui-vive, armés et prêts à en découdre. Personne, toutefois, ne se souciait d'agresser les Lu dans leurs montagnes. Ils étaient ignorés.

Sa première rencontre avec ce peuple redouté le mit en présence d'une douzaine de jeunes femmes en train de se baigner dans le ruisseau qui cascadait au pied de leur village. Elles avaient de l'eau jusqu'en haut des cuisses et s'aspergeaient mutuellement, au point que leur vêtement leur moulait étroitement le corps. Elles avaient dénoué leurs chevelures, qui leur descendaient jusqu'au milieu du dos, et les démêlaient avec des peignes de bois à larges dents.

Surpris par ce spectacle inattendu, Le Moal avait arrêté son cheval. Les jeunes femmes l'avaient aperçu et s'étaient aussitôt égaillées en poussant des cris de souris, plus par jeu que par crainte.

Le village était étonnamment propre et accueillant, mais dans le pays Lu il était bien le seul dans ce cas. Partout ailleurs les habitants se montraient méfiants, vaguement hostiles et inhospitaliers. Chez des gens que l'Histoire avait malmenés, cette morosité était compréhensible. Mais rien n'expliquait la crasse innommable dans laquelle ils vivaient, une crasse séculaire qu'on eût dit entretenue, qui recouvrait gens et choses d'une patine lustrée. A ce point, la saleté devient un fait culturel. Elle allait d'ailleurs au teint des villageois à qui elle conférait une sorte de noblesse.

Ils portaient les cheveux longs et raides, tombant sur les épaules. Leur vêtement de cotonnade noire n'était égayé que par les colliers de piécettes d'argent à la longueur desquels se mesurait leur réussite sociale. Les femmes étaient moins classiquement vêtues. Leur jupe se gonflait d'une tournure qui leur faisait un postérieur avantageux. La mode lu privilégiait les fesses aux dépens des seins, aplatis sous le corselet nervuré de verroteries et d'étoiles d'argent. Il n'y avait rien là que de classique. Chez les Lu, la coquetterie des femmes se nichait dans leur coiffure, un échafaudage volumineux, entremêlant cheveux et bourrelets de crin, maintenu en place par une résille de perles et de colifichets pendillant sur le front et le côté du visage.

*
**

Les pièces de dix cents dont Le Moal avait garni sa ceinture furent son sésame en pays Lu. A l'idée d'enrichir leurs colliers d'argent, les hommes retrouvaient un sourire perdu depuis des générations. L'instant d'avant, ils prétendaient ne rien savoir, n'avoir rien vu ni rien entendu, ne posséder ni riz en réserve, ni porcs, ni poulets. La volaille qu'on voyait picorer sous leurs maisons ne leur appartenait pas et d'ailleurs les maisons n'étaient pas les leurs. L'apparition des piécettes d'argent leur faisait retrouver la mémoire, la vue et l'ouïe. Ils se rappelaient tout à coup qu'ils gardaient pour l'ami de passage un sac de riz au fond de leur maison et qu'ils seraient honorés que l'étranger s'y reposât.

Pauvres Lu, pensa Le Moal, que l'adversité avait aigris mais qui se décrispaient au moindre témoignage d'amitié.

— Le grand fleuve est-il encore loin ?

Ils firent la moue.

364

— Trois montagnes et deux rivières nous en
séparent. L'une des deux est difficile à franchir.
Pour trouver une pirogue l'étranger devra en
remonter le cours pendant une semaine. A cette
époque de l'année, les bateliers accepteront de le
faire passer sur l'autre rive, mais pour ses chevaux
qui devront nager dans les remous, la traversée sera
dangereuse.

Le Moal changea de sujet.

— To-het ?

Autour de lui, les mines s'épanouirent.

— Bien sûr. Depuis toujours, le to-het franchit le
grand fleuve pour venir en pays Lu.

— Le chassez-vous ?

Un grand maigre écarta avec hauteur l'offensante
question.

— Nous le vénérons.

Et d'ajouter, l'air suspicieux.

— Vous-même, êtes-vous venu pour le chasser ?

Le Moal ne mentit qu'à moitié.

— Je ne le chasse pas, je le cherche. D'autres que
moi le tuent. Qui sont-ils ?

— Des Shans qui le traquent depuis la Birmanie,
des Chinois de Meng-La et même des Yunnanais.
Dans mon jeune temps, le pays Lu était le refuge
des to-het. Il est devenu leur cimetière.

— En avez-vous vu récemment ?

— Ici, non. Mais au nord de Muong-Sin ils traversent toujours le Fleuve au même endroit, puis ils
s'attardent quelques jours dans les marécages qui
noient ses rives, avant de s'engager dans la forêt.
Vous aurez des chances d'en trouver, mais aussi de
rencontrer des chasseurs, bandits d'occasion aussi
dangereux pour l'animal que pour l'homme.

Trois montagnes et deux rivières, avaient dit les

Lu. Au cours des derniers jours, il en avait bien escaladé et dévalé le double. Il avait cherché des gués et franchi des torrents par dizaines, et le pire était survenu.

Le cheval de bât, qui était bon nageur et savait déjouer les traîtrises de l'eau, s'engageait toujours en tête pour franchir un rapide, une chute ou un chaos de rochers entre lesquels bouillonnait une eau déchaînée.

Alors qu'il tâtait du sabot un fond de grosses pierres le sol se déroba sous lui. Son antérieur droit s'enfonça jusqu'au genou dans le trou d'eau ouvert sous ses pas. Il essaya de s'en extirper d'un vigoureux coup de reins mais sa jambe se coinça entre deux rochers. Il perdit l'équilibre et s'abattit sur le côté, le métacarpe brisé comme une branche de bois sec. Deux ou trois fois il s'agita convulsivement puis, comme s'il se résignait à l'inévitable, posa sa tête sur un bout de rocher et ne bougea plus. Le Moal s'approcha et crut percevoir une supplication dans les yeux de l'animal. Ce fut la première fois, depuis son départ de Saïgon, qu'il utilisa le Anson and Deeley de Sigismond d'Este.

L'accident était survenu si brusquement qu'il n'en perçut pas immédiatement les conséquences. Dans sa chute, le cheval s'était débâté et la quasi-totalité de son chargement était perdue. Le Moal marchait dorénavant, dans un pays désert, sans autres provisions que le boudin de riz qu'il avait sauvé du désastre.

Des provisions, pour quoi faire ? Celles qu'il avait emportées de Luang Prabang ne lui avaient pratiquement pas servi. Jamais il n'avait vidé le panier de riz gluant qui constituait sa réserve ordinaire avant d'avoir atteint un village où il pouvait trouver de quoi se nourrir et se ravitailler. Il en serait de même à l'avenir même si dans le pays actuellement

366

traversé les hameaux se faisaient de plus en plus rares.

Cette certitude était rassurante, mais ne suffisait pas à expliquer l'euphorie que provoquait en lui son soudain dénuement. Il n'en percevait pas clairement les motifs et, comme toujours quand il ne comprenait pas, il se contentait de ressentir.

Un voyage comme le sien, lui semblait-il, n'avait de signification que s'il excluait les commodités d'une chasse organisée. Le to-het était solitaire. Il devait l'être également. Une force qui dépassait le to-het le faisait marcher vers l'est. Celle qui le faisait aller à sa rencontre était tout aussi surnaturelle. On ne se munit pas d'un casse-croûte pour se rendre à un tel rendez-vous.

Au soir, il fit halte dans un hameau aux trois quarts désert. Les quelques habitants qui ne l'avaient pas abandonné semblaient atteints d'une maladie de langueur. Ils se déplaçaient lentement, avec hésitation, et passaient le plus clair de leur temps, assis au pied de leur case, à attendre on ne sait quoi. En d'autres circonstances, Le Moal ne se serait pas attardé en ce lieu, mais il n'avait pas le choix. Dans les montagnes qu'il parcourait, mises à nu par l'érosion ou recouvertes de tranh il n'était pas facile de trouver un village où se nourrir et s'abriter, fût-ce sous un toit crevé.

Les villageois avaient peu à partager : quelques épis de maïs, un poisson séché, réduit à l'état de fossile, et des bananes à pépins, mais ils le faisaient avec cœur, en s'excusant de ne pouvoir rien offrir de mieux.

— Que s'est-il passé dans le village ? demanda Le Moal.

— Les phi l'ont condamné. L'air, ici, est empoisonné. Il provoque des fièvres mortelles pour les enfants. C'est pourquoi les couples jeunes ont fui.

367

Tout moisit, sous l'épaisse végétation qui écrase le vallon, le bois des maisons, le chaume des toits, le coton des vêtements. Il faut brosser le maïs avant de le faire bouillir et laver deux fois le riz.

— Pourquoi rester ?

Ils semblaient étonnés par la naïveté du Falang.

— A chacun selon son dharma. Le nôtre est de demeurer en ce lieu aussi longtemps qu'il nous sera donné de vivre.

L'hôte avait souhaité une bonne nuit au voyageur, lui avait laissé un lumignon et s'était retiré. Le silence de la nuit s'emplit alors du crissement des termites. Au train où ils allaient, les piliers de la maison n'en avaient plus pour longtemps.

Le dharma du village voulait, sans doute, qu'il soit livré aux termites. Mi-plaisant, mi-sérieux, Le Moal se demanda :

— Et le mien, de dharma, c'est quoi exactement ?

Pour la première fois de sa vie, il se posait la question et ne pouvait savoir que, si réponse il y avait, il était le seul à la détenir. Le krân n'en contenait aucune. Il prodiguait des conseils et soufflait un message, vieux de deux mille ans, qui n'avait pas pris une ride. Le Moal l'avait lu à diverses reprises et s'était étonné de ne pas s'en lasser.

Sauvé par miracle du naufrage, le krân était, avec son fusil, le seul bien qui lui restât, mais celui des deux auquel il était le plus attaché. Il le retira de son sac de toile cirée, et approcha le long dépliant du halo de lumière de la lampe à huile.

Une strophe du long texte, que jusqu'alors il n'avait pas particulièrement remarquée, lui revint en mémoire. Ici et maintenant, elle prenait tout son sens.

Il la chercha. Elle était écrite au dos de la dernière feuille du krân, comme si elle avait été rajoutée et, contrairement aux autres, n'était précédée d'aucun texte en pâli et en khmer.

Qu'importe ! Seul comptait le message, qu'il lut avec un sentiment de plénitude.

« Marche droit devant toi, sans crainte de man-
                                            quer
L'arbre à pain, l'arbre à sucre, l'aréquier, le
                                          palmiste
Te donneront leur sève et leurs fruits à foison
L'arbre du voyageur étanchera ta soif.
Voyage en solitaire comme le rhinocéros. »

*
**

Le village s'appelait Muong Moune et la rivière Nam-Pa. C'était un relais où les caravaniers chinois transbordaient leurs marchandises sur des pirogues. Plus en aval, d'autres caravanes les prenaient en charge et les acheminaient vers le Tongkin ou la région de Luang Prabang.

Le Moal y parvint à bout de ressources. Les maigres provisions qu'il avait constituées lors de sa dernière étape étaient épuisées depuis quarante-huit heures lorsqu'il aperçut les toits de Muong Moune par-dessus les frondaisons qui bordaient la rivière.

Le village possédait une auberge où se concentrait l'essentiel de son activité. Elle était le rendez-vous des caravaniers arrivés à pied, en pirogue ou à cheval, qui se rencontraient discrètement pour traiter leurs affaires.

Ils buvaient, mangeaient, jouaient sans mot dire, l'œil fureteur et les sens en alerte.

Sinistres, se disait Le Moal, qui avait toujours apprécié le caractère festif des beuveries en commun.

Certains venaient de loin, ainsi qu'en témoignait l'aspect de leurs chevaux dont le dos à vif et sangui-

369

nolent ne supporterait plus longtemps la charge écrasante du bât.

A Muong Moune, un cheval en bon état excitait trop de convoitises pour qu'un homme seul puisse longtemps conserver le sien. Mieux valait le négocier que de courir le risque de se le faire voler : heureux encore si, à la perte de sa monture, ne s'ajoutait celle de sa vie. Les caravaniers avaient le coup de couteau facile et la rivière se chargeait de transporter jusqu'aux chutes les cadavres encombrants.

Épicerie, magasin, gargote dortoir, tripot, l'auberge était tout cela et plus encore. Mais c'était surtout à l'autorité du patron qu'elle devait sa réputation. Il était le conseiller, l'intermédiaire, l'arbitre dont la sagacité était unanimement reconnue.

Dix minutes lui suffirent pour régler l'affaire Le Moal.

— Tu as tout intérêt à traiter, lui dit-il. Personne ici ne fera passer ton cheval sur la rive d'en face, et si tu insistes, aucun piroguier ne te fera traverser, toi. Comme tu le vois, ton cheval ne vaut pas grand-chose, et tu vaux à peine plus. Cela dit, combien en veux-tu ?

— Je ne veux pas d'argent, mais des vivres. Une hotte de riz et de poisson séché, des condiments, des mangues, des bananes, quelques légumes. Et un porteur, pour aller jusqu'au Fleuve.

— Pour la hotte, d'accord. Pour le porteur aussi, mais je ne te le conseille pas. Il disparaîtra avec tes vivres à la première occasion.

— Oublions le porteur.

— Marché conclu.

— Combien de temps jusqu'au Fleuve ?

L'aubergiste jaugea Le Moal du regard et fit la moue.

— Par la montagne, deux jours. Si tu y arrives.

*
**

Ce que la Mission n'avait pu faire, jadis, il l'avait accompli, tout seul, au prix d'un effort que son corps déglingué n'était plus capable de fournir. Cœur affolé, souffle en détresse, épaules sciées par les bretelles de la hotte, il rampa vers la dernière crête en répétant la bave aux lèvres :

— Crève, mais crève donc...

... puis s'abattit bras en croix, en parvenant sur l'étroit sommet, attentif seulement à ce que son souhait frénétiquement répété ne soit pas exaucé.

Revenu à la vie, il contempla la vallée, *sa* vallée et devina le Fleuve, sillon d'un jaune éteint qu'un rai de soleil fit briller l'espace d'un instant comme s'il lui adressait un coup d'œil complice.

Un voile de brume mauve estompait le bas des pentes et les terres nouvellement émergées. Le Fleuve y traçait une large courbe, à l'aise dans le lit démesuré où s'épanchaient les crues d'été. Ses eaux basses contournaient des pitons calcaires émergeant, selon les saisons, d'un lac d'eau crémeuse ou d'une plaine alluvionnaire. Lorsqu'elle se retirait, à la fin des pluies, l'eau laissait la place à un marécage qui mettait des mois à s'assécher. Dès novembre, il verdissait. En juin, c'était une savane bruissante de vie.

Il se dressa sur l'arête. L'air n'était plus, dans ses poumons, le fluide glacé qui les déchirait. Son cœur battait à coups sourds et réguliers, à peine plus rapides que d'habitude. Ses douleurs lâchèrent prise, une à une. Rasséréné, il entreprit sa descente vers le Fleuve retrouvé.

Au sortir de la zone marécageuse qui bordait son lit s'étendait une plage de boue solidifiée depuis peu. Les bêtes qui l'avaient traversée y avaient imprimé leurs traces. Il y avait là, pour le connais-

371

seur, un bestiaire étonnant. Parmi toutes les empreintes dont le sol était criblé, il n'en cherchait qu'une, plus profonde que les autres en raison du poids de l'animal, et facilement reconnaissable avec celle de ses trois sabots disposés en triangle.

Il avait trop attendu cet instant pour ne pas en jouir pleinement, sans hâte, comme on déguste une liqueur rare. Ne doutant pas du résultat de sa recherche, il la poursuivait sans fébrilité et s'attardait même sur des empreintes qu'il essayait d'identifier par simple curiosité.

Celle du to-het s'imposa à lui plus qu'il ne la découvrit. Elle était isolée au centre d'un bout de plage vierge de toute trace et se présentait comme un moulage que sa profondeur et sa texture permettaient de dater.

L'animal était passé ici deux semaines plus tôt. D'autres empreintes permettaient de déterminer la direction qu'il avait prise, celle d'une faille étroite par laquelle la montagne expulsait l'eau et la boue dont ses flancs étaient gorgés.

On eût en vain cherché de la terre ferme dans cette dépression. La boue qui en obstruait le fond, sur un bon mètre d'épaisseur, nourrissait des herbes gigantesques et des roseaux aux barbes épineuses étroitement entremêlés.

Le Moal suivit des yeux le tracé de la faille, qui s'enfonçait dans les contreforts de la montagne mais ne se prolongeait pas en altitude. Le to-het s'était engagé dans un cul-de-sac dont les agréments lui cachaient peut-être encore qu'il n'en sortirait pas.

Auprès du feu qu'il alluma à la tombée de la nuit, Le Moal rêva longtemps à son aventure, si proche maintenant de son dénouement, sans parvenir à imaginer de quelle façon il préférait qu'elle se terminât.

*
**

Progresser dans la faille exigeait un effort démesuré. Le Moal s'y essaya néanmoins mais dut vite renoncer. A chaque pas, il s'enfonçait plus profondément dans le bourbier dont la pâte visqueuse collait à ses jambes, à ses cuisses, faisait ventouse et ne se résignait à lâcher prise qu'avec un bruit de succion écœurant.

Tirer à pleines mains sur le tranh et les roseaux pour éviter l'enlisement était une tentation à éviter. L'herbe entaillait profondément les paumes et les barbes des roseaux y plantaient des pelotes d'épingles.

Le to-het avait certes suivi cette voie : pour lui, il n'en existait pas d'autre, et d'ailleurs elle lui convenait. Avec sa masse et l'épaisseur de sa peau, il était à l'aise dans la vase et se faisait un lit douillet du tranh, des roseaux et des épineux longuement piétinés.

Une telle bauge se voyait de loin. En progressant sur les flancs du vallon, difficilement mais à pied sec, Le Moal découvrit celles qu'il s'était successivement aménagées. L'animal n'était pas pressé, ou alors il était fatigué, peut-être même inquiet. Ses arrêts étaient anormalement fréquents.

La nuit parut longue à Le Moal. Au-dessus du vallon vibrionnait un nuage de moustiques que la tombée du jour rendait incroyablement agressifs. Il pensa leur échapper en s'élevant de quelques dizaines de mètres, jusqu'à un ressaut de roche surplombant la pente. Faute de mieux, il campa sous cet abri, et alluma sans grande conviction un feu qui lui roussit le poil, sans lui épargner la moindre piqûre.

Heureusement pour lui, il n'avait pas faim. Des provisions qu'il avait emportées de Muong Moune ne lui restait qu'un peu de riz gluant et une main de bananes. Il n'y toucha guère. En même temps que la faim, la soif s'en était allée, sa fatigue avait disparu, son besoin de sommeil aussi ; ses membres ankylosés ne le faisaient plus souffrir. Il flottait dans un état second et s'émerveilla, soudain, de pouvoir regarder, en témoin, ce corps usé d'avoir trop servi, recroquevillé dans une position bizarre, et qui était le sien.

La fièvre de l'aube le secoua. Il savait tout de cette vieille compagne, qui se rappelait à lui lorsqu'il avait couché à la belle étoile et le faisait frissonner en attendant les premiers rayons du soleil.

L'appétit revint et la soif également. Il racla le fond de son panier à riz, but à sa gourde ce qui lui restait d'eau et déplia lentement ses jambes.

A cinquante mètres en contrebas, tapie sous sa toison végétale, la faille frangeait la base de la montagne et disparaissait derrière un éperon calcaire dressé en sentinelle face à la plaine.

L'air vibrait au-dessus de sa cime et la coiffait d'un mirage : un pointillé de gris qui se mouvait lentement dans l'aveuglante lumière du soleil levant. Il fallait le fixer longtemps, paupières mi-closes, pour comprendre qu'il n'y avait pas de mirage, et que le pointillé de gris était un vol d'oiseaux tournant en rond.

Le Moal s'interdit de penser à ce que pouvait signifier un tel vol en cet endroit et se refusa même à admettre qu'il s'agît véritablement d'oiseaux.

— Je ne crois que ce que je vois, disait-il souvent. Et je m'y prends à deux fois, pour être certain de ce que j'ai vu.

Il força l'allure et parvint au pied du piton après deux heures de marche. A mesure qu'il s'en approchait, la masse rocheuse envahissait le ciel. Il fallait la dépasser pour découvrir ce qu'elle cachait : une nuée de vautours planant en larges cercles, descendus de si haut que les derniers à prendre place dans cet étrange carrousel étaient à peine visibles tandis que, chez les plus proches, prêts à plonger, apparaissait le détail du plumage, des bouts d'aile en peigne, du cou décharné et de la tête inquiète.

Une discipline acceptée semblait régir la lente approche. Chaque oiseau y tenait sa place et planait en silence. Lorsque le regard s'attachait à l'un d'eux il pouvait suivre son vol en spirale, sa perte progressive d'altitude et l'attaque fulgurante qui le projetait au plus fort d'une mêlée sans merci.

Combien étaient-ils, deux cents, cinq cents, mille ? Et le festin était loin d'être terminé. Après les vautours viendraient les charognards puis, à la nuit, les hyènes et les chacals, suivis de la multitude des petits à pattes multiples et à mandibules qui nettoieraient les miettes et pour finir les infimes après le passage desquels ne resterait sur place qu'un squelette disloqué bientôt absorbé par la vase.

Fugitivement des images d'autrefois s'associèrent à celles qu'il avait sous les yeux : Le Moal revit le bosquet de bambous, le fossé boueux et la horde acharnée à frapper une forme à terre. C'était l'épilogue de sa première vie.

Il avait voulu voir, de près et en détail, pour ne pas oublier. De même le voulait-il aujourd'hui. Mais il lui fallait attendre car les vautours, en nombre, ne supportent pas d'être dérangés. Peu importait la durée du festin : il n'avait désormais plus la moindre impatience.

Entre les gens qui traquaient le to-het existait un code de bonne conduite. La bête appartenait à ceux qui avaient décelé sa présence. Les traces qu'ils avaient relevées pouvaient dater de plusieurs semaines parfois de mois. Le to-het était un voyageur au long cours, les chasseurs devaient l'être également. La poursuite qu'ils entamaient était longue et incertaine. Elle les amenait à courir la brousse, à traverser des fleuves et des marais et même à franchir des frontières en se fiant à leur flair, lorsque les traces manquaient ou avaient disparu.

L'équipage de cette chasse hors du commun comptait une vingtaine d'hommes et une dizaine de chevaux de bât. Chasseurs aujourd'hui, les Shan de Xien-Toung étaient tout aussi bien contrebandiers, marchands ou bandits de grands chemins. Bien qu'aléatoire, la traque du to-het avait leur préférence. Ils aimaient le risque et le profit. Le to-het leur offrait l'un et l'autre.

Celui dont ils avaient relevé les empreintes, non loin des sources de la Nam Yong, un affluent birman du Mékong, était à coup sûr un animal gigantesque. L'expédition avait été aussitôt mise sur pied, sous l'autorité du plus expérimenté des traqueurs de Xieng-Toung, un vieux tout ridé du nom d'U Pok dont l'instinct disait-on, était celui de la bête. Il n'avait besoin ni d'empreintes ni de fumées pour retrouver une voie effacée. Sa méthode paraissait simple : debout, face au vent, il humait l'air, pivotait sur lui-même d'un quart de cercle à droite et à gauche, puis décidait : continuer, changer de direction ou revenir sur ses pas, ses hésitations correspondaient à celles de l'animal et ses décisions se fondaient sur la logique et les pulsions du to-het intraduisibles en langage humain.

Il décrivit l'animal à ses compagnons, indiqua la taille de la corne, la surface des caparaçons utilisables, le volume des viscères à traiter immédiatement, le poids de sel et le volume d'alcool nécessaires.

— Il a une semaine d'avance sur nous, dit-il. Et

voici son itinéraire. Pour la traversée du Fleuve, il n'a pas le choix. Nous le franchirons avant lui et l'attendrons sur l'autre rive.

En cherchant sa voie, mais en suivant finalement l'itinéraire prévu par U Pok, le to-het traversa le Fleuve à l'endroit désigné. La caravane de chevaux et les traqueurs étaient en place depuis l'avant-veille. U Pok avait reconnu les directions entre lesquelles il pourrait hésiter. La faille marécageuse qui longeait les contreforts de la montagne lui parut constituer le piège idéal dans lequel il fallait inciter l'animal à s'engager de lui-même.

U Pok posta des chevaux sur tous les cheminements, sauf sur celui qui menait à la faille. Le to-het éventa les cavaliers. Pendant une journée, il tourna en rond, inquiet de ne pas avoir le choix entre plusieurs solutions. Celle qui lui était offerte était trop belle. Un vallon broussailleux, tapissé de vase profonde et dont les flancs pierreux ne pouvaient receler de surprise, quel to-het a jamais trouvé mieux ? Il s'y engagea cependant à regret, n'avançant que par petites étapes, conscient d'une menace mais incapable d'en déterminer la nature.

Un piton rocheux se dressait dans son axe de marche. La faille le contournait. S'engager plus avant comportait un risque sur lequel son odorat ne pouvait le renseigner. Il lui parut plus sage de faire demi-tour, mais en doublant sa voie, il décela une odeur ennemie. Force lui fut donc de reprendre sa marche en avant. Il dépassa le rocher. Au-delà, la faille butait sur des parois verticales. Dans ce cul-de-sac était dressée l'embuscade. Le to-het y fit face avec fureur, mais sans le moindre espoir de s'en tirer.

A peine avait-il pénétré dans cette enceinte naturelle qu'un *go* de vingt-cinq centimètres de diamètre s'abattit en travers du vallon. L'obstacle aurait été franchissable s'il n'avait servi d'abri à une ligne de chasseurs munis de cordes qui l'attendaient de pied ferme. Le to-het chargea l'arbre couché et commença à piétiner la masse de feuillage et de branches obstruant le passage. Le tronc sur lequel il buta gémit mais ne se rompit pas. Venu on ne sait d'où, un nœud coulant coulissa au-dessus d'un de ses pieds. La corde fut aussitôt arrimée au tronc d'arbre. Un second nœud enserra un autre de ses membres, puis un troisième. A chacun de ses mouvements, les liens se resserraient. Ils finirent par l'écarteler entre les points fixes sur lesquels ils avaient été capelés. Les cordes maintenant s'abattaient sur lui de tous côtés : une pour le quatrième pied, deux autres pour le garrot, une autre encore pour une jambe sur laquelle il était parvenu à se redresser.

Pas un mot n'avait été échangé entre U Pok et ses hommes.

— Je ne tue pas, disait-il. Je capture à mains nues.

Il arrêta là son travail. Tout juste contrôla-t-il la façon dont l'animal était abattu, d'un seul coup de feu tiré à bout touchant derrière l'oreille, ce qui, comme souvent, se révéla insuffisant. Il maugréa pour la forme, connaissant mieux que personne les maigres performances de ses munitions.

Dès que le to-het se fut raidi il s'éloigna, s'assit à l'écart et bourra sa pipe de cuivre.

— La boucherie, dit-il encore, ne me concerne pas.

Il est vrai que, comparée à la noblesse de la capture, le dépeçage faisait penser à une profanation.

La corne d'abord, proprement sciée : soixante-quinze kilos de kératine qui valait son poids d'or. Les pieds ensuite pour la corne des sabots, les poils du mufle et des naseaux, la langue, les testicules.

Les écorcheurs aiguisèrent leurs couteaux. Ils étaient six plus leur chef, difficiles à imaginer dans un autre emploi que celui-là.

— Une demi-heure, dit-il. Pas une seconde de plus. Quand on ouvrira le ventre, il faudra que la peau soit déjà chargée, et qu'en cinq minutes on en ait fini avec les tripes. Sinon, c'est à nous que les vautours feront la peau.

Ils se mirent au travail et prélevèrent sur l'un des flancs de l'animal les caparaçons du garrot, de l'épaule, du ventre et de l'arrière-train, puis entreprirent de le basculer pour recommencer l'opération sur l'autre flanc. Ils y perdirent de longues minutes : englué dans la boue, le corps pesait plus que ses quatre tonnes. Le retourner tenait de l'exploit.

C'en fut un autre que d'écorcher vingt-cinq mètres carrés d'un cuir de six centimètres d'épaisseur, de le découper en plaques de cinquante kilos, de les arrimer sur les chevaux, le tout en moins d'une demi-heure.

Le plus dur les attendait. Lorsqu'ils ouvrirent le ventre et que les viscères en jaillirent, même les plus aguerris eurent un geste de recul. La puanteur que dégageait l'énorme sac était à défaillir. Dans les minutes qui suivirent, les vautours firent leur apparition. Une moitié des hommes dut s'employer à s'en protéger pendant que les autres plongeaient les mains dans le bouillonnement des intestins, à la recherche de la précieuse poche à fiel, de la rate et du foie. Ils tinrent quelques minutes, mais durent battre en retraite devant le déchaînement de l'orgie.

— On remballe, cria le chef des écorcheurs à peine visible dans la tempête de battements d'ailes, de serres et de becs.

Ils ne se le firent pas répéter. Le départ de la caravane ressembla à une fuite. Les vautours tinrent à s'assurer que les intrus quittaient vraiment la place. Vaille que vaille, avec leurs chevaux surchargés, ils s'extirpèrent du vallon et entamèrent une grimpée directe, sans se soucier de la raideur des pentes, puis firent route vers la Chine où ils allaient recueillir le fruit de leur labeur.

Le festin des vautours durait depuis deux jours lorsque Le Moal était arrivé sur les lieux.

*
**

Il ne fut pas déçu d'avoir été devancé. Sans véritablement le souhaiter, il s'attendait à ce que survienne un incident qui interromprait sa traque, commencée quatre mois plus tôt, et éviterait qu'elle ne se termine par une rencontre sans surprise, programmée en quelque sorte.

Ce face-à-face lui avait été épargné, et il en était heureux. Dégainer à vingt pas de l'animal, l'abattre, prélever sa corne et reprendre la piste : pour aller où et pour quoi faire ? Depuis longtemps, le to-het lui était devenu familier. L'un et l'autre voyageaient, chacun de son côté, et ce compagnonnage lui avait ôté toute envie de tuer.

Au fil des jours, le prétexte de la corne avait perdu de sa consistance. Il ne se voyait pas en train de la négocier dans une arrière-boutique de Se Mao et moins encore d'en consacrer le prix à l'achat d'un bijou extravagant exigé par une putain de Saïgon en échange de ses faveurs.

Le souvenir de Chi-Tu' le laissait de marbre. Il s'était libéré des sentiments de colère, de honte et de frustration qui avaient accompagné sa liaison avec elle, et les considérait avec détachement.

Tout bien pesé, en tuant le to-het, les chasseurs l'avaient tiré d'embarras. Il y avait la manière, certes, et elle n'était pas belle. C'était bien le moins qu'il en constatât les effets de ses yeux.

380

Repus, les vautours avaient cédé la place à des charognards, de moindre envergure, qui festoyaient sans arrogance. Lorsqu'ils virent l'homme s'approcher des restes du to-het, ils s'éloignèrent de quelques pas en sautillant et demeurèrent aux aguets en attendant le départ de l'importun.

On ne décrit pas une charogne déchiquetée de quatre tonnes exposée en plein soleil depuis deux jours : on la fuit et on dégueule. C'est ce que fit Le Moal, après avoir entrevu la trace de sciage de sa corne sur ce qui restait du museau de la bête.

*
**

— Et maintenant ?

— Maintenant, rien.

Le Moal se découvrit sans projets, sans but, sans raisons d'agir et sans même de prétextes permettant d'en pallier l'absence.

Il se vit libre, détaché de ses souvenirs et de ses amitiés qui lui semblaient appartenir à la vie d'un autre. Il vit son corps dont les rouages grinçaient comme une mécanique hors d'usage et qui rechignait même au plaisir.

C'était une fin, sans doute, ni plus ni moins glorieuse que tant d'autres, mais dont il était possible de faire appel pour peu que l'on sût voir au-delà des apparences. Il avait toujours voulu ; l'heure était peut-être venue d'accepter, de substituer l'indifférence à la passion, et de compter pour ce qu'elles sont, c'est-à-dire peu de chose, la chance et l'adversité.

Retourner vers le monde des autres lui parut sans intérêt. Il n'avait rien à y faire et personne ne l'y attendait sauf pour lui poser des questions oiseuses.

— Alors, ce rhinocéros ?

Il lui faudrait raconter une histoire que personne

pas même Griot ne comprendrait, renouer avec des activités dont il connaissait le détail jusqu'à l'écœurement, réintégrer la cage dont il avait eu le bonheur de s'évader.

Il eut faim et soif.

Au pied du rocher qui obstruait la faille avait poussé un bouquet de cocotiers qui s'étaient délestés d'une demi-douzaine de noix. Les unes, intactes, avaient conservé leur lait. Dans les autres, qui s'étaient fendues, la pulpe avait séché et crissait sous la dent.

Il but et mangea. Rassasié, il se retrouva, disponible comme jamais il ne l'avait été.

Au-dessus de lui, le piton, avec sa cime arrondie couronnée d'arbres tourmentés par le vent, semblait attendre l'ermite qui viendrait y construire un havre de paix inaccessible au commun. Face à la plaine, il dressait une paroi verticale sur laquelle s'accrochait une maigre végétation. Côté montagne, l'ascension était plus aisée. Le Moal l'entreprit.

Parvenu au sommet, son cœur lui fit signe. Il dut s'asseoir. Le monde qu'il avait sous les yeux était paisible comme il l'était lui-même. Il mêlait dans la poussière d'or où s'écoulait le Fleuve, les joies et les peines des hommes, leurs échecs et leurs réussites, leur courage et leurs faiblesses, qui sont choses sans importance.

Épilogue

Il ne reparut jamais à Saïgon ni même à Luang Prabang. Longtemps on le crut mort. Entre les fièvres, l'épuisement et les mauvaises rencontres, toutes les hypothèses étaient plausibles. A défaut d'enterrer son corps, on enterra petit à petit sa mémoire. On ne cultivait pas le regret, à Saïgon.

Griot était le seul à croire Le Moal vivant. Il était allé en pays Lu, avait même poussé jusqu'à Muong Moune où il avait rencontré le patron de l'auberge-tripot.

— Le Falang ? Bien sûr qu'il a logé ici. Même que j'ai acheté son cheval un bon prix... enfin un prix honnête. Il voulait traquer le to-het et en a trouvé un. Mais les Shan de Xien-Toung l'avaient devancé.

— Sais-tu ce qu'il est devenu ?

— Moi, non. Mais y en a ici qui pourront t'en parler.

Il se tourna vers un caravanier pong.

— Tu l'as vu, toi ?

L'homme avala son riz, rota paisiblement et répondit.

— Une fois, oui. C'était au bord du Fleuve, sous les rapides de Siem La.

— Que faisait-il ?

383

— Il pêchait. Entre nous, ton Falang, il n'était pas beau à voir. Plus solide quand même qu'il n'en avait l'air. Un de mes cousins, qui travaille aux tecks de Houei-Sai, m'a dit qu'il était passé là-bas quatre mois plus tard.

Il se resservit une portion de hachis de poisson.

— J'en sais pas plus.

Viard et Griot étaient attablés à la terrasse toute neuve du Café de Paris en compagnie du commissaire Basini, qui régnait sur la Sureté.

— Vivant, dit Griot. Et il s'est arrêté à Houei-Sai. Qu'en dites-vous, commissaire ?

Basini avait sa tête des mauvais jours.

— Je dis qu'il a bien fait de ne pas s'y attarder.

— Et pourquoi donc ?

— Vous avez appris que le parc des Travaux Publics va être construit en face de l'ancienne maison de Le Moal ?

— C'est un étang.

— C'était un étang. On l'a dragué avant de le combler. Et savez-vous ce qu'on a trouvé, sous les nénuphars ?

— ...

— Le corps de Chi-Tu', la congaï de Le Moal. Elle n'y était pas venue toute seule. La boyesse a reconnu un de ses bijoux, puis le bep a parlé.

» Le Moal l'a étranglée, comme il menaçait de le faire depuis longtemps, puis l'a fourrée dans son vieux sac de marin lesté de quelques briques et il a balancé le tout dans l'étang aux nénuphars, de l'autre côté du chemin. C'est le lendemain que votre ami a pris la chaloupe de Pnom Penh. Ce que j'aurais à lui dire n'aurait rien d'agréable. C'est pourquoi, messieurs, pour lui comme pour nous, il est préférable qu'il reste où il est, vivant ou mort, et qu'on n'en parle plus.

Il leva un index magistral.

— Nous sommes comptables de la moralité de ce pays, ne l'oubliez pas.

Septembre 1992
Janvier 1994

Achevé d'imprimer en septembre 1994
sur presse CAMERON
dans les ateliers de la S.E.P.C.
à Saint-Amand (Cher)

N° d'Édit. : 6274. — N° d'Imp. : 2235.
Dépôt légal : septembre 1994.

Imprimé en France